国家社科基金
GUOJIA SHEKE JIJIN HOUQI ZIZHU XIANGMU
后期资助项目

利维斯研究

Study on F.R.Leavis

周芸芳　著

中国社会科学出版社

图书在版编目（CIP）数据

利维斯研究/周芸芳著. —北京：中国社会科学
出版社，2018.10
ISBN 978-7-5203-2950-7

Ⅰ.①利… Ⅱ.①周… Ⅲ.①利维斯—文学评论
Ⅳ.①I561.065

中国版本图书馆 CIP 数据核字（2018）第 179064 号

出 版 人	赵剑英
责任编辑	郭晓鸿
特约编辑	席建海
责任校对	冯英爽
责任印制	王　超

出　　版	中国社会科学出版社
社　　址	北京鼓楼西大街甲 158 号
邮　　编	100720
网　　址	http://www.csspw.cn
发 行 部	010－84083685
门 市 部	010－84029450
经　　销	新华书店及其他书店

印　　刷	北京君升印刷有限公司
装　　订	廊坊市广阳区广增装订厂
版　　次	2018 年 10 月第 1 版
印　　次	2018 年 10 月第 1 次印刷

开　　本	710×1000　1/16
印　　张	20
插　　页	2
字　　数	359 千字
定　　价	85.00 元

国家社科基金后期资助项目

出 版 说 明

后期资助项目是国家社科基金设立的一类重要项目，旨在鼓励广大社科研究者潜心治学，支持基础研究多出优秀成果。它是经过严格评审，从接近完成的科研成果中遴选立项的。为扩大后期资助项目的影响，更好地推动学术发展，促进成果转化，全国哲学社会科学工作办公室按照"统一设计、统一标识、统一版式、形成系列"的总体要求，组织出版国家社科基金后期资助项目成果。

全国哲学社会科学工作办公室

姗姗来迟的荣誉："利维斯"
研究与中国（代序）

中国学界从 20 世纪民国时期就开始对利维斯进行介绍和研究，相当长时间里研究曾一度停滞。而 21 世纪以来，"利维斯"研究在中国才逐渐成为学术热点，中国学界近年来对利维斯的研究热情高涨，这对他来说是一个姗姗来迟的荣誉。根据资料表明，在欧美学术界，有关利维斯的研究从 20 世纪 60 年代就开始了，70 年代末随着利维斯的逝世而成为学术热点，至今，这种热度还未减退。两相比较，研究何以形成如此大的差异？无疑，利维斯的学术思想一定对当今文学研究产生了较为深远的影响，只不过因为种种因素，中国学者长期以来未能走进利维斯深入展开研究。对一个文论家展开研究应该是将他放在当时历史的具体环境中进行考察，在与其他学者的参照中进行分析，并最终对其个人的学术价值和历史作用做出客观判断。据此，"利维斯"研究虽然已经在近些年成为热点，但关于他的研究似乎更多地关注其在文化研究领域的成果，显然，这与中国的文化研究热有关，或者说，文化研究热在某种程度上带动了中国学者对利维斯的研究。所以，问题又回到开头了，欧美学术界一直持续着利维斯研究热，而中国学界的研究才开始成为热点，这本身就说明了利维斯研究的重要性，而深入展开对利维斯的研究或许能够为中国文学研究提供新的阐释路径和空间。

中国文学的发展一方面需要传承自己的传统文化，另一方面则要借鉴外来的优秀文化，而且要平衡中华文化与西方文化之间的关系，不能顾此失彼。一味地专注于自己的文化则会故步自封，而过于谄媚外来文化则会舍本逐末。中国现代新文学传统正是在西学东渐的时代背景中形成的，也正是中国学界积极学习借鉴西方文学，中国现代文学才取得很多成果，中国学界也出现了钱锺书、夏志清、季羡林等这些学贯中西的学者。这正是五四运动前后的"拿来—致用"的思维方式，西方文学促进了中国现代文学的创新和发展。而中华人民共和国成立后，由于中国学界大幅度减少对西方文学的借鉴，中国文学的发展逐渐走向"批判—停滞"。到了新时期，中国学界强烈意识到和西方学界的差距，学习西方文学开始走向"赶上—填充"的势头，到了20世纪90年代初期，中国学界对西方文学理论和方法的借鉴达到高潮。90年代中晚期开始对西方文学理论进行反思，21世纪以来，中国文学界开始尝试与西方文论进行对话而建立自己的文论话语。20世纪以来，中国文学的发展历程表明，西方文论的学习和借鉴是不可或缺的，它是我国文学发展的重要参照对象。诚然，学界对利维斯的研究可以追溯到20世纪三四十年代，但研究仅仅停留在对其思想的介绍，而从新中国成立到90年代初，研究甚至停滞。直到20世纪90年代末21世纪初，利维斯的研究才开始有所突破。利维斯研究在现今的中国成为热点足以证明其学术思想的价值，或者说他的观点和理论对当下中国的文学更有借鉴的价值和意义。

我一直在给我的博士生们讲授西方文论，其中在和他们探讨英国学者特里·伊格尔顿（Terry Eagleton，1943— ）的《二十世纪西方文学理论导言》过程中，注意到伊格尔顿多次提到利维斯，足以看出利维斯在英国学界的影响。2008年，我和我的学生们谈到利维斯为何在英国这样有影响力？为何中国学者对他关注并不多？当时参与讨论的周芸芳对这些问题非常感兴趣，在我的建议下，她决心将"利维斯研究"作为自己的博士论文选题，我想她的研究可能最终将回答以上问题。历经十年，她的《利维斯研究》即将出版，可喜可贺。她将利维斯放到20世纪前后的英国文化环境中进行分析阐释，认为利维斯在英国文学学科建设方兴未艾的状态下，坚守自己的学术立场，不畏惧权威，别出机杼，开拓一条独特的文学批评路径。她抓住了剑桥大学当时盛行的学术思潮和英国文化发展特点，从利维斯的文学批评实践分析文化批评形成的缘由。具体而言，她根据当时英国有识之士大多认为英国文化走向衰落，道德水平下滑，判断利维斯的初衷是希望通过文学学科开展一场"文化和道德运动"。周芸芳从文学批评和通俗文化两个维度对利维斯的学术思想展开分析，参照了与利维斯同时代学者的观点和批评方法，以凸显利维斯的学术个性和在英国学术史上的地位。她分析利维斯的文学批评观点，归纳出利维斯不拘一格的多元批评特色，认为利维斯注重从文学文本中获得的感受力出发，结合现实生活，强调文学是对"生活的批评"，改变了当时英国学界长期以来脱离生活实际的文学批评模式。她着重挖掘利维斯当时创办的文学期刊《细察》（Scrutiny），认为他开辟了一条多元批评的路径，也认为其没有盲目照搬时髦的理论，而是既关注文本的内部也关注外部，形成了全面观照文学文本的批评模式。不仅如此，她还认为利维斯树立文学批评标准，遴选经典作家以重编英国文学史，以此传承英国的传统文化。她还认为，根据利维斯忠实于文学文本和现实生活，他能够独立地获得特殊的感受力，并构建了自己的有机文化共同体观点、生态批评思想、媒介素养理论，等等。

因此，周芸芳从对利维斯进行的个案研究中得到以下重要启示：

一、利维斯反理论的态度给我们的启示：文学批评要以文学文本展开研究，不要被流行的理论方法所束缚，也不要盲目迷信理论和套用理论，而要从文学阅读中获得重要的感受力，从这个感受去发现重要的问题。

二、利维斯提倡文学史是"对生活的批评"改为利维斯提倡文学是"对生活的批评"。

三、利维斯通过《细察》将文学批评深入多个层面，形成了自己独特的多元批评视角。这就是当今中国学界应该学习的，我们要试图改变当下追逐一波又一波的时髦理论思潮的风气，不能走向狭隘的批评境地，而应该理性地结合中国现实，在文学批评中多方位地关注实际问题。

诚然，《利维斯研究》全面关注利维斯的学术思想，能够较好地把握文学研究和文化批评兴起之间的关系，较自然地判断文化批评源于文学批评实践，对于利维斯和伯明翰学派的渊源关系分析有着重要的帮助，能够证明利维斯对文化研究的深远影响，以及在文化研究领域的学术价值和地位。

这本书把利维斯放在英国文化变革时期，以及文学学科在欧美各大高校的发展处于起步时期，参照了当时众多的学者观点，能较客观地对利维斯的学术个性和地位进行辨析，能够直观地呈现利维斯在文学批评领域所取得的成就。

因此，全书最后回答了中国学界对利维斯研究落后西方的原因，即经济水平发展不平衡使然。20世纪90年代，中国工业社会发展下的大众文化兴起，大众文化研究热潮促使利维斯研究成为热点。但是，利维斯的成就绝不仅仅限于文化批评。正如本书结语部分谈到的，利维斯的生态伦理思想仍有待开掘，他的语言观和后结构主义存在密切的联系，利维斯主义、马克思主义、伯明翰学派存在怎样的渊源关系问题，利维斯的文学经典问题，等等，这些表明利维斯的研究仍存在值得拓展的空间。

几年前，周芸芳将"利维斯研究"作为博士毕业论文选题，为了将论文做得更深入细致，她查阅了国家图书馆、清华大学图书馆、北京大学图书馆等，并委托英国剑桥大学、伯明翰大学等友人帮助搜集资料，经过长时间的努力，她挖掘了不少珍贵的原始材料，提出了自己独特的见解，得到外审专家和答辩委员的一致好评。最近几年，她又对博士学位论文进行了大幅度的更新与完善，且获得了国家社科基金后期资助，我很为之高兴。这部出版的书稿凝聚了她多年的心血，我知道这种成果来之不易，另一方面也表明周芸芳找到了自己的学术定位，能够在自己的研究领域独立地撑起一片天空了，一种由衷的喜悦油然而生，让我们预祝她在未来的学术道路上走得更远吧！

曹顺庆

2018 年 11 月 20 日

于川大花园

目　录

绪　论

　　历史的车轮滚滚向前，把人类带到 20 世纪工业社会的时代，人类享受着工业生产带来的种种便利，同时生活方式得到了重大改善，物质充裕极大程度上满足了人类对生活的需求。当人们沉醉于物欲的时候，有一个学者怀着沉重的心情呼吁人们去阅读文学作品，这个人便是英国剑桥大学著名的文学批评家——弗·雷·利维斯（F. R. Leavis, 1895—1978）。当时整个英国社会出现了这样的现象：伴随着工业文明出现的大众文化对精英文化造成强烈的冲击，以电影、广播、广告和流行报刊等为传播媒介，以追求商业利润为主要目的。在大众文化的影响下，人们利用闲暇时光观看电影节目，收听广播节目，欣赏流行小说，而随处可见的商业广告吸引着消费者的眼球，鼓动人们积极消费，消费文化悄然登场。伴随而来的是英国民间诞生了各种文化消费群体，因此，人们的休闲方式不再以阅读文学作品为主，而是走向多样化。

　　利维斯认为，一方面，资本主义工业社会使人的精神世界受到戕害，个人主义、利己主义和享乐主义思潮出现，人性变得自私自利，道德下滑，维多利亚时代的道德风尚已经随风消逝；另一方面，大众传媒的发展带动通俗文化的兴起和发展，这只能加剧精神世界的危机，使传统道德体系和价值观遭到挑战。为了挽救传统文化，利维斯在文学批评和文化研究领域开展了革新运动。他的革新运动反映了文学和文化发展的困境，也从侧面反映了文学的重要性。

　　在 20 世纪初，英国文学经历了天翻地覆的变化。20 年代以后，英语文学研究的性质和地位有了显著的改变和提高，成为剑桥、牛津等高等学府的一门学科。另外，这门学科在建设的过程中取得了骄人的成就，奠定了英语文学研究的学术方向：由传统的学院派重视作家生平、历史背景转向文本的价值研究；强调对诗歌、小说以及戏剧结构、修辞和哲学美学价值探讨；将其他学科的理论运用到文学研究，形成了科学化批评的趋势；由感悟式批评转向系统化、理论化批评。在这样的学术语境中，利维斯的文学研究获得了更大的空间，在古代与现代、英国与世界的时空观念下形成了一种较为开放的批评模式。这也使得他与同时代的新批评风格相去甚远，走向了一种多元批评（pluralism）的态势。

诚然，文学发展到今天，经历了口头文学、文字文学到影像文学的过程，读图时代的到来使得社会大众更多地关注电影、电视、广告、网络等。而文字文学逐渐处于边缘，遭受了严峻的挑战，特别是文学经典作品边缘化的危机，读经典作品的人越来越少。正如利维斯的夫人 Q. D. 利维斯曾说的，18—19 世纪是阅读的时代，而 20 世纪是阻碍阅读的时代。① 纵观 20 世纪至今这段历史，传统的文学形式遭遇前所未有的挑战，面临如网络文学、广播文学、影视文学等新兴文学样式的强烈冲击。另外，第一次世界大战后，大英帝国维多利亚时代的荣光已经黯然失色，英国政府内忧外患。而基督教文化大厦已经坍塌，资产阶级建立起来的文化体系遭到冲击，苏联马克思主义思潮在英国变得日益激进。英国知识分子感受到传统文化濒临破坏的危机，部分知识分子为挽救文化而试图探索新的解决办法。在这样的势态下，利维斯于 1932 年创办了《细察》杂志，倡导在英国开展道德和文化的运动。利维斯的思想体系和文学批评实践足以证明 20 世纪初他对文学以及文化未来发展的预见性，反映了利维斯思想的原创性和先导作用。

利维斯近 40 年的教育研究经历，关注文学以及文学所处的文化环境，他的思想与英国文学传统渊源深厚。他坚持文学传统，认为大众文化太过平庸，不利于心灵的健康成长，强调阅读文学作品才能塑造美好的情感，培养自然而然的人性。为此，他列出了文学经典的目录，以指导学生进行文学研究，希图建构以文学为中心的文化主义思想，抵制大众文化的冲击。抵制主要在文学批评、文学史和文化研究三个层面展开，是利维斯在文学的教学和研究、文学研究期刊《细察》的创办发行等实践活动中逐步形成的。

在利维斯的努力下，他的文学批评改变了英国文学批评滞后的现状，使得英国文学批评从不自觉发展到自觉的阶段，推动了英国现代文学批评迈向新的阶段；他的文学观和批评方法在英国已经为大学和中学所采用，并成为英国现代文学批评史中不可缺少的一部分；他的文学史编写方法独特，确定了批评标准，从英国汗牛充栋的文库中遴选出了一批文学经典作品；他从语言的角度定义文化，坚持精英文化立场，力图捍卫文化主义传

---

①　Q. D. Leavis, *Fiction and The Reading Public*, London: Penguin Books, 1932, p. 1.

统，奠定了英国文化研究的坚实基础。下面将详细陈述"利维斯研究"的研究对象、研究价值和国内外研究现状。

第一节　研究对象界定

本书以"利维斯研究"为题，是基于对利维斯及其学术思想个性和地位进行全面评价，用学术史上关于利维斯的评论观点来表明笔者的观点。目前，中国学界对利维斯及其思想的研究并不多，而国外关于利维斯研究的成果颇为丰厚，这种鲜明的对比说明了利维斯在中国没有引起足够的重视。这也是笔者研究利维斯的文论思想体系的重要原因。

在 20 年代，当时的理查兹、艾略特和燕卜逊作为新批评的开山祖师对利维斯形成了较大的影响。但是，利维斯并未沿着他们的脚印亦步亦趋，而是创立和领导以《细察》为阵地的"细察派"，在英国形成一支较有影响的批评队伍，至今不衰。美国学者雷纳·韦勒克（René Wellek，1903—1995）在《文学理论》一书中强调文学研究分成内部研究和外部研究。利维斯的文学批评贯穿了这两个部分，既从语言修辞角度分析文学文本，也分析产生文本的社会文化环境，形成了一个多维研究空间，人称"多元批评"。由此可见，本书研究利维斯时力求全面而深入，不会笼统地把他与艾·阿·理查兹（I. A. Richards，1893—1979）、雷蒙·威廉斯（Raymond Williams，1921—1988）、雷纳·韦勒克、特里·伊格尔顿、弗雷德里克·詹姆逊（Fredric Jameson，1934—　）等学者同日而语。理由在于：理查兹长期致力于文学批评理论的研究和建树，他的成果《实用批评》《文学批评原理》《思辨工具》等奠定了其在文学批评史上的地位，被约翰·克劳·兰塞姆（John Crowe Ransom，1888—1974）称作"新批评的始祖"，而利维斯着眼于诗歌和小说文本的批评实践；威廉斯主要从事文化研究，构建了工人阶级的大众文化理论，其著作《文化与社会：1780—1950》《漫长的革命》《马克思主义与文学》《关键词：文化与社会词汇》等，确立了以工人阶级为代表的大众文化地位，而利维斯则极力维护以知识阶层为代表的精英文化地位；韦勒克主要从事文学理论和文学批评的研究，其作品有《比较文学的危机》《文学理论》《文学批评史》，而利维斯主要从事文学批评实践；詹姆逊主要从事马克思主义文化批评，而利维斯并不看重马克思主义文论。因此，本书试图把利维斯放在时代环境中加以剖析，在 20 世纪西方文论体系下客观评论利维斯及其文论思想体系。

梳理利维斯的思想和活动经历，发现他强调语言、文学、社会、生态和文化的作用，笔者于是把这五个方面联系在一起，沿着从语言到文化的研究思路，把研究的宗旨指向文化。因为利维斯认为文化有助于社会稳定，在社会发展中起着关键的作用。第一次世界大战后的英国社会和文化处于无序的状态，政府应对乏术，利维斯决心从文学入手，提出"文学文化"的建议，希图文学能担当拯救文化危机的重任。为此，利维斯在剑桥大学从事文学研究四十载，从一个知识分子的角度出发，始终关注社会和以拯救文化危机为己任，具有强烈的忧国忧民情怀。他在文学研究和文化研究两个领域颇有建树，被誉为文学批评变革的领袖和文化研究的创始人。整体来看，他的文学研究和文化研究几乎是齐头并进，相互关联，形成了用文学研究方法研究社会文化，以及用文化研究方法关注文学的模式，为后来学者所极力推崇和借鉴。因此，本书主要研究他在文学批评和文化研究两个领域做出的贡献和学术价值。

本书在研究利维斯在诗歌批评领域方面成就的同时，还将重点放在其文化研究、小说研究和生态价值研究三个方面，原因有三：一是利维斯很早就在关注文化。在20世纪30年代，利维斯连续出版了《大众文明和少数人文化》（1930）、《文化与环境》（1933）、《文化传承》（1933）。除此以外，利维斯于1932年开始他办《细察》，该期刊发行20年，除了关注文学外还涉及音乐、政治、思想、经济、文化等领域，在今天看来，堪称文化研究期刊的典范。在这些专著和期刊中，利维斯明确提出文化已经处于危机之中，表示对文化前景的担忧。为此，他坚持以文学为中心的精英文化，认为文学相对其他形式更能给人深刻的思想，能培养良好的自然人性。二是利维斯在小说领域的研究具有很多创新的地方，特别是影响颇大的《伟大的传统》一书，始终把文本放在更为深广的社会生活中进行分析。三是他积极关注自然环境的问题。例如在小说批评中对城市和乡村的看法，关注自然环境被污染的事实，在课堂上给学生讲述杀虫剂对昆虫和自然环境的破坏，推崇华兹华斯和劳伦斯的自然理念。本书将这三个部分作为重点分析，是因为中国学界对此研究不深或还未涉入，这三个部分的研究将更全面地展示利维斯的多元批评体系。

第二节 利维斯思想的研究价值

1895 年，利维斯出生于剑桥，是一个钢琴销售商的儿子。第一次世界大战期间，他应征入伍，战争结束后他又重返剑桥大学伊曼纽尔学院攻读历史，后来转向英语文学的学习。1924 年，利维斯在剑桥获得哲学博士学位，论文题目是"从英格兰报业的发源与早期发展看新闻业与文学之关系"（*The Relationship of Journalism to Literature：Studies in the Rise and Earlier Development of Press in England*）。从这个时候开始，利维斯开始关注新闻与文学之间的关系，为他后来的文学研究和文化研究打下了坚实的基础。在利维斯留校任教时期，正值剑桥文学学科的创建时期，对初出茅庐的利维斯来说，要推行一种新的研究模式可谓困难重重。当时他与伊曼纽尔学院的班奈特（H. S. Bennett）因为教职闹得很不愉快，而比尔·卡特尔（Bill Cuttle）正在唐宁学院（Downing College）组建文学学科，他非常赏识利维斯，这样，利维斯被推荐到该学院任教。在唐宁学院，利维斯获得了更大的自由发展空间，他通过大学教学和创办期刊《细察》扩大了文学的影响和推动其发展。因为唐宁学院课程种类繁多，自然形成了一种学术自由的风气，这样，利维斯获得了非常宽广的批评视域，能够拓展自己的多元批评空间。因此，利维斯把文学批评看作"对人生/生活的批评"，关注文学作品中各个层面的研究，并在晚年还在为此而奋斗，在《我的剑不会停止：论多元批评、怜悯和社会希望》（*Discourses on Pluralism，Compassion and Social Hope*，1972）中，表达了捍卫自己文学批评信念的决心。文学批评是利维斯的毕生事业，他一生奉献教育近 40 年，教授了 335 名学生。

除了在课堂上开设文学研究课程以外，1932 年，他还创办了《细察》期刊，是英国文学批评史上一个重要的事件。这一期刊历经二十载，以"细读"（close reading）的方法把握文本，以诗歌、小说研究和书评为主，且讨论与文学有关的社会、生活、教育和思想等问题。由于利维斯采用的研究方法新颖独特，密切联系时代，特别是结合了媒介的传播功能，他的批评模式很受当时一批具有求新意识的师生欢迎。最终，利维斯身边聚集了一批热爱文学和文化批评的精英们，如 I. A. 理查兹、耐兹（L. C. Knights）、哈丁（D. W. Harding）、雷蒙·奥梅里（Raymond O'Malley）、约翰·史皮尔斯（John Speirs）、丹尼斯·汤普森（Denys

Thompson)①。他们和利维斯一道努力把《细察》变成了文学和文化批评的阵营,《细察》因此迅速引起了欧美各地对它的关注。英国知名学者戴维·洛奇（David Lodge, 1935— ）称,《细察》的成就和影响是现代英语文学文化不可逃避的事实之一, 发挥了与出版著作的主要阐释批评功能一样有价值的作用, 现今的英国期刊无法企及。② 戴维的评价虽有些夸大, 但足以看出《细察》对当时的影响之大, 它的读者队伍越来越壮大, 很多国家大学的师生争相阅读, 使得获得这套完整期刊变为困难的事情。因此, 1963 年, 英国剑桥大学重版了整套期刊, 出售给各个地方的图书馆。《细察》的批评理念、方法、目标已经为众多文学研究期刊所借鉴, 细察派也成为英国学术界不可忽视的力量, 同时为利维斯赢得了在国际上的学术地位。著名批评家伊格尔顿说:"以利维斯为代表的潮流已经流入英国文学研究的血管, 并且已经成为一种自然而然的批评智慧, 其根深蒂固的程度不亚于我们对地球环绕太阳转动这一事实的坚信。'利维斯辩论'已经有效死亡这一事实也许正是《细察》取得胜利的重要标志。"③ 伊格尔顿也肯定了利维斯对英国文学批评的推动作用。

1932 年, 利维斯的诗歌批评著作《英国诗歌的新方向》出版, 他一方面以艾略特、庞德和霍普金斯的现代诗歌创作风格为标志, 说明诗歌发展迈向新的道路。另一方面, 否定了维多利亚时代形成的诗歌传统, 认为其缺少创作技巧上的自由, 形成了松散的、粗心的和不令人信服的艺术, 而诗人脱离现实生活, 退回到一种麻痹的梦幻生活中。他详细分析了现代主义思潮的到来。第一次世界大战后西方人陷入虚无的精神危机之中, 利维斯提出"诗歌必须适合现代生活"④ 的观点, 这些反映现代诗歌适合了当时的需要。现代诗歌自由地表现了一种现代的情感方式、感觉方式、经验模式, 也表现了完全活在自己时代和与时代密切联系的方式。因此, 这部书使得利维斯坚定了文学批评关注现代生活的信念。韦勒克谈到这部著作时认为, 利维斯的思想是"对艾略特观点的阐说、发挥和运用"⑤, 并认为

---

① 耐兹是塞尔温学院的学生, 研究生时和利维斯合作研究; 哈丁是伊曼纽尔学院的学生; 奥梅里是三一学院的学生, 当时该学院未设立研究生学位点, 他就要求自己的导师让利维斯指导自己; 史皮尔斯是《细察》的中世纪文学研究专家, 是利维斯在伊曼纽尔学院的学生; 汤普森和利维斯既是同事也是朋友。

② David Lodge, *The Modern Language Review*, London: Modern Humanities Research Association, Vol. 65, No. 2.

③ Terry Eagleton, *Literary Theory An Introduction*. London: Blackwell Publishing, 1983, p. 27.

④ F. R. Leavis, *New Bearings in English Poetry*, London: Chatto and Windus, 1938, p. 22.

⑤ [美]雷纳·韦勒克:《近代文学批评史》(第五卷), 杨自伍译, 上海译文出版社 2002 年版, 第 373 页。

他的思想在此基础上还关注伦理道德和文化。

1936 年，利维斯在《重新评价：英语诗歌的传统与发展》中借鉴了艾略特对诗歌史的编写方法，重新审视英国 17 世纪初到 19 世纪 30 年代的诗歌发展状况。文中第一章至第三章按照机智诗路（wit）来勾勒 17 世纪诗歌发展的情况，从考利（Abraham Cowley，1618—1667）、赫里克（Robert Herrick，1591—1674）到蒲柏（Alexander Pope，1688—1744）的诗歌中体现出来的理智，以及玄学诗人蒲柏是怎样把理智和感情糅合在一起的，还追溯了玄学派兴起的源头。他认为玄学派是从本·琼森（Ben Johnson，1572—1637）和多恩（John Donne，1571—1631）开始，经卡鲁（Thomas Carew，1595—1639）和马韦尔（Andrew Marvell，1621—1678）传到蒲柏的。在书中，他用了一个章节来讨论弥尔顿（John Milton，1608—1674）的语言结构，认为其拒绝英语习语，脱离语言秩序、结构和重音而具有拉丁语化的倾向，评价他的诗歌"丧失了精微和优雅生活的所有可能"①。为此，弥尔顿没有被列入利维斯构建的英语诗史中。第四章主要论述奥古斯都诗歌传统，认为奥古斯都时代是个崇尚理性的时代；社会是一个有机整体，出现了浪漫主义先驱蒲柏、约翰森、戈德史密斯（Oliver Goldsmith，1730—1774）和克拉布等。利维斯发现了阿肯塞德（Mark Akenside，1721—1770）与华兹华斯的渊源关系，其风格经马修·格林、布莱克（William Blake，1757—1827）传至柯勒律治和拜伦。第五章至第七章论述华兹华斯、济慈和雪莱的浪漫主义诗歌风格，分析阿诺德和华兹华斯的联系，将华兹华斯和雪莱进行区别，分析济慈的"美即是真理"的艺术观。他指出雪莱过分注重情感的宣泄，欣赏华兹华斯和济慈对自然的抒写。整部著作梳理了英国诗歌发展的传统，按照非个人化原则选定了一批创作接近传统的诗人，主要对奥古斯都时代和浪漫主义时代的社会文化环境进行分析，确定了感性和理性、内容和形式、文学与生活等文学观，在英国产生了一定的影响。但是，韦勒克认为这部书体现了利维斯对蒲柏、华兹华斯和济慈的偏爱，且带有一定的假设和猜测，缺乏思想理论基础。这里暂不讨论韦勒克的观点正确与否，但这恰好说明利维斯在诗歌史研究方面与艾略特存在一定的差别。

相对诗歌来说，利维斯在小说方面的研究取得了更大的成就。1948 年，他的《伟大的传统》问世，其价值在于：它奠定了利维斯在小说研究

---

① F. R. Leavis, *Revalauation: Tradition and Development in English Poetry*, New York: George W. Stewart, Publisher, INC, 1947, p. 53.

史上的地位；其按照人性和伦理道德标准来甄别小说家和经典作品；树立了乔治·艾略特（George Eliot，1819—1880）、亨利·詹姆斯（Henry James，1843—1916）、约瑟夫·康拉德（Joseph Conrad，1857—1924）等多位小说家在文本中传递出来的道德意识，希望在20世纪初的英国重建维多利亚时代的道德风尚。他后来还专门著书《作为小说家的劳伦斯》（1955）和《作为小说家的狄更斯》（1970），把劳伦斯和狄更斯补充到小说史的传统中。这部书为小说研究提供了新视角和新方法，同时改变了文学史编写的模式，也改变了文学的鉴赏趣味。利维斯对一部分文学作品的细读也带动后来的学者对经典的关注和研究热潮。这部书对世界的影响较大。乔治·斯坦纳（George Steiner，1929— ）认为，利维斯的主要成就在于他的小说研究标准。尽管韦勒克对《伟大的传统》挑剔甚多，但他还是肯定其在历史上的成就。比兰认为，该书的伟大在于把小说定义为道德寓言和戏剧诗，"利维斯试图把他考虑的东西解释为形式（或结构）和道德利益，或艺术和生活之间的联系"①。这主要评价了利维斯在如何把内容和形式结合起来研究小说的方面所起的重要作用。

利维斯的文学批评确立了自己在英国文学批评史上的地位，他的文学研究思想成了英国文学批评的传统，也成了英国文化主义的中心。利维斯的同事乔治·斯坦纳（George steiner）认为，利维斯改变了当时犹如一潭死水的传统文学批评方式，把文学趣味推进到新的方向。但是，对利维斯来说，文学研究不是最终目的，在文学研究的基础上关注文化才是目的所在，他为英国学术在从文学研究转向文化研究的道路上做出了卓越的贡献。1930年，他的《大众文明和少数人文化》面世，引起人们极大的关注。这本小册子主要谈了如下六个方面：当前文化面临着重要的危机；大众文明对少数人文化已经构成威胁；文学濒危，要捍卫以文学为中心的精英文化；通过语言的角度来定义文化；电影、广告、广播等媒体只会对文化造成不良影响；呼唤有教养的读者，等等。利维斯试图捍卫精英文化的中心地位，培养有鉴赏能力的文学批评家，通过他们来教化大众。利维斯的文化主义继承了马修·阿诺德的文化思想，在如潮滚滚而来的大众文化面前，体现了精英知识分子以天下兴亡为己任的精神。尽管利维斯试图抵制大众文化的做法遭到了一些学者的反对和嘲笑，但是，这本册子奠定了文化研究的基础，为后来的伯明翰学派提供了研究的路径、范畴和方法。

_____

① R. P. Bilan, "The Basic Concepts and Criteria of F. R. Leavis's Novel Criticism", Novel: A Forum on Fiction, Vol. 9, No. 3, 1976.

威廉斯、斯图亚特·霍尔（Stuart Hall，1932—2014）等学者汲取了利维斯的文化思想，沿着他开辟的路线对一些重要问题进行了更加深广的研究，在他的基础上进一步开拓，由此建立了以文学研究、媒体研究以及亚文化研究为主体的文化研究学科。

在《大众文明和少数人文化》的基础上，利维斯进一步推进对文化的研究，他不断地分析自己所处时代的文化、社会，认为工业化社会是文化出现危机的罪魁祸首，18世纪以前的英国乡村社会才是文化良性发展的健康环境。1933年，利维斯和丹尼斯·汤普森（Denys Thompson）又出版了《文化与环境：培养批判意识》，该书被视为"媒介素养教育"的滥觞。后来，汤普森回忆起和利维斯夫妇交往的生活点滴，叙述了和利维斯合作《文化与环境》的过程和学术影响。"这本书被印刷了40多年一直未变，后来又在美国发行。"① 利维斯认为，新兴的大众传媒在商业丰富利润的刺激下普及了流行文化，往往推销一种"低水平"的满足，这将误导社会成员，特别是缺乏免疫力的青年人的精神追求。因此应当开展教育，以大学课程训练培养公民对媒介的批判意识，使他们认识到大众文化中可能存在的欺骗性、虚伪性和麻痹作用，从而防范大众传媒的错误影响和腐蚀。因此，他强调学校应该开设系统的课程或训练，培养青少年的批判意识，增强他们的辨别能力，以有效抵御大众传媒的不良影响。在此书中，他流露了对工业社会以前田园生活的怀念之情，探讨适合文化生存的有利环境。认为工业革命虽然提高了人们劳动的效率，同时为人们提供了更多的休闲时光，但其目的是通过人们的消费活动来打发这个时光，而消费行为又反过来推动工业社会的发展。但是，人们的这种消费在最浅层次上获得精神满足，只会使人的生活平庸化，解决文化困境的主要办法就是阅读有思想深度的文学经典作品，通过知识分子来教化和指导人们去阅读。这本书的成功在于：对现代消费社会和过去的有机共同体进行比较分析，批判工业文明的非人性，激励人们积极思考，期望建立一种有机共同体。这本书提出了对未来文化的设想，而战后大众文化发展势头如日中天，这种设想不能适应时代潮流，遭到许多学者的冷嘲，一度使英国文化主义的发展陷入困境。正是基于这种困境，不少学者在此基础上不断思考怎样打破这种僵局，在霍加特、霍尔、威廉斯等几代文化理论家的努力下，终于扭转这个局面，推动了文化研究的全面发展。

① Denys Thompson，*The Leavises Recollections and Impressions*，London：Cambridge University Press，1984，p. 48.

　　为了充分发挥文学的社会功能，利维斯进一步探讨了文学与社会、文化的关系，他陆续发表了几篇重要的文章，如《文学与社会》《社会学与文学》《在哪个君王的统治下，暴民吗?》《马克思主义和文化传承》《再次为批评家声明》，有些还被收录在论文集《文化传承》中出版。这些论文主要分析 20 世纪 30 年代马克思主义重新在西方世界复苏的文化现象，利维斯没有完全反对马克思主义思想，他赞成马克思主义关于资本主义经济问题的观点。他和马克思主义文化批评理论存在明显分歧的地方在于："他（利维斯）和马克思主义的争论是程度上的不同和对文化自治的关注。"① 出身资产阶级家庭的利维斯对劳工阶级持轻视的态度，唯恐大众从知识精英手里夺走对文化的领导权，体现了他强烈的精英文化意识。因此，文化传统、社会和人是他主要关注的对象，也是人文精神的集中体现。

　　以上是有关利维斯思想的重要著作和论文，集中体现了他的学术价值，也是本书重点研究其价值之所在。正因为利维斯在英国文学学科发展初期做出的重要努力，西方学者对他展开了更为广泛的研究，下面笔者将具体阐述国内外学者对利维斯思想的研究现状。

第三节　涟漪效应及在中国的境遇

　　利维斯开拓了英国现代文学的多元批评空间，从 20 世纪上半叶来看他对创建英国文学批评理论和方法做出了巨大贡献。当时，整个西方世界处于两次世界大战的浩劫之中，文学批评的建设可谓举步维艰，而利维斯夫妇及其追随者顶着多方面的压力，开辟了现代文学研究的路径，既传承传统的伦理批评、社会历史批评和美学批评，又创造性地开启了文化批评、生态批评的大门。虽然他对 17 世纪的英国乡村社会生活眷念不已，但并不因循守旧，而是积极吸收当时现代伦理学、语言学、历史学、生物学、社会学等多学科的理论和方法，并把这些知识运用到文学研究领域，显示了文学研究的科学化特征。虽然他积极学习和借鉴导师理查兹的语义批评理论，借鉴阿诺德、艾略特等一代大师的理论精华，但他并不是跟在他们身后亦步亦趋，而是大胆质疑理查兹的心理学方法、艾略特的"非个人理

---

① F. R. Leavis, *Re-reading Leavis*: *"Culture" and Literary Criticism*, London: Macmillan Press LTD, 1996, p. 110.

论"。正是这位特立独行的人，在这样一个历史时期，创建了英国现代文学的多元批评理论和方法。这些理论和方法从英国传到欧洲大陆，再传到了大西洋对岸的美国，进而传到东方乃至世界，成为各大学校师生学习和借鉴的对象，形成了英国文化圈—欧洲文化圈—西方文化圈—东西文化圈—世界文化圈的涟漪传播效应。虽然多元批评不如当时俄国形式主义和新批评那样颇具轰动性，但这种影响确实是"随风潜入夜，润物细无声"的过程，是一种细微而持久的涟漪效应。在欧美世界里，最初新批评获得的声誉远远盖过了利维斯，但仅仅十几年间就沉寂下去了，而利维斯的思想却不温不火，一直持续到今天。在中国，最初利维斯是因新批评被介绍到中国来，由于种种原因，利维斯的译介和研究进展得较为缓慢。直到2009年，中国学者袁伟翻译出版了利维斯的《伟大的传统》，开始引发了国内学者对利维斯研究的热潮，而目前中国学界有关利维斯研究也正向深处开掘。

利维斯思想在英国乃至世界都产生了一定的影响，它对欧美很多高校的英语文学学科的建立和发展都有着重要的意义。在英国，当时的剑桥大学刚刚设置了文学学科，学生通过三脚凳考试①就可以获得学位，但英语文学的研究还处于起步阶段，各种理论和方法有待探索和创建。利维斯在剑桥大学唐宁学院借助多学科知识背景，创造性地开辟了文学的多元批评方法，在全英国赢得了超过当时盛极一时的新批评派的美誉。牛顿（K. M. Newton）在《新批评和利维斯主义批评》（*The New Criticism and Leavisite Criticism*）中将新批评派和利维斯主义批评进行比较，认为二者之间都渊源于艾略特、理查兹和燕卜荪的理论，"然而，一个最重要的差别是，新批评比利维斯更重视文本阐释，而利维斯则很少关注意义问题"②。这表明新批评派并没有在英国引起较大的影响，而是在20世纪40—60年代在美国引起了反响，借助美国文化的传播产生了世界性影响。而利维斯则主要借助剑桥学术圈的资源，吸收了新批评始祖理查兹和燕卜逊开创的"细读法"和语义批评，教大学生怎样去培养文学阅读中的感受力，强调获得文本的情感比思想更重要。但是，利维斯并没有像新批评那样醉心于

---

① 三角凳考试：英语三脚凳考试的英文名是 English Tripos，由 Mansfield Forbes 教授首创。1917 年，剑桥建成了大学学位课程体系，这种考试形式设立初期要求学生坐在三脚凳上进行测试，慢慢地成为一种高规格的考试而被重视。现今演变为两种含义：一是课程科目的设置内容分成两个部分；二是考试制度，学生修完每门课程后进行的考试，测试可以是闭卷考试也可以提交该课程的论文，和我们中国大学生课程考试较相似。

② K. M. Newton, *Theory into Pratice: a reader in Modern Literary Criticism Edited and Introduced*, Newwork: St. Martin's Press, 1992, p. 8.

语义的科学剖析，而是着重于文学的道德和文化层面，注重把文学与现实生活结合起来。因此，他更强调文学中的人文传统意识，为此，他和斯诺展开了关于科学文化和文学文化的激励争论。正如盖伊·奥托拉诺（Guy Ortolano）在《两种文化的争论：战后英国的科学、文学和文化政治》（*The Two Cultures Controversy*：*Science*，*Literature and Cultural Politics in Post-war Britain*，2009）评价的那样，利维斯一直坚持人文主义传统。利维斯和其成立的细察派一直坚守文学的人文意识，这使得他的文学批评获得了比形式批评和新批评更加宽广的视域——涉及哲学、美学、文艺学、社会学、新闻传播学和政治经济学等领域的问题，与新批评、经典研究、文化研究、后结构主义、马克思主义文学批评、生态批评等当代热点研究密切相关。

利维斯改变了剑桥大学的文学批评趣味，他的多元批评通过剑桥和《细察》杂志两个阵营有效地在欧美地区传播。利维斯多次谈到自己的成功是依靠剑桥唐宁学院和《细察》期刊。没有剑桥设立学士资格的荣誉考试，《细察》的理想不可能实现。[①] 细察派的很多成员是他来自剑桥的同事和热爱文学的学生，这些学生毕业后又把利维斯思想带到英国各大专院校，把利维斯的批评思想传承下去。2017 年 6 月 30 日下午，在清华大学丙所会议室召开的"剑桥批评：中国与世界"国际会议上，澳大利亚国立大学的威廉·克里斯蒂（William Christie）发表了《澳大利亚的利维斯》（*Leavis in the Antipodes*）的精彩演说，他谈到在英国剑桥大学留学的学生是怎样把利维斯的批评思想带到澳大利亚，促使澳大利亚各大学英语文学学科的成立。当然，还有利维斯夫妇的美国学生伊恩·瓦特将利维斯的思想传到美国。不仅如此，《细察》以其特有的批评方式吸引了欧美广大师生，他们孜孜不倦地阅读该文学期刊。他们没想到文学还可以这样进行研究，也使得利维斯的思想产生了广泛的影响。因此，利维斯在文学和文化方面的变革确立了自己在英国现代文学批评中的地位。剑桥大学为了纪念利维斯，把他的画像挂在墙上，以确认他对剑桥学术做出的贡献。

正因为利维斯的影响，英语世界的学者对利维斯研究的热情从 20 世纪 60 年代开始至今未减，已经有数十部专著（见本书"主要参考文献"部分）。这些研究由最初单纯的人物介绍和评论发展到交叉学科的研究、与

---

① G. Singh, ed., *Valuation in Criticism and Other Essays*, London. New York. New Rochelle. Melbourne. Sydney: Cambridge University Press, 1986, p. 218.

相关人物的比较研究，由简单的述评走向复杂的论证，这足以说明利维斯的思想涵盖面广。这些学者主要撰写关于利维斯的回忆录，多数偏向对利维斯功过是非进行评价；评价利维斯在文学批评领域的贡献和学术价值。主要的著作有雷蒙·威廉斯的《文化与社会：1780—1950》，评价利维斯有关文学与社会、文化的关系；安妮的《现代文化理论家：F. R. 利维斯》，首次评价利维斯在文化批评方面的贡献；格雷（Gary Day）在《重读利维斯：文化和文学批评》中分析休闲和消费主义、工作之间的关系，以新的视角来分析利维斯关于环境的假设，展示了消费主义时代的真相。罗伯逊（P. J. M. Robertson）撰写了《关于小说研究的利维斯夫妇：一种历史关系》(*The Leavises on Fiction：A Historic Partnership*，1981），专门论述利维斯及其夫人如何成功编写英国小说史，分析利维斯后期对狄更斯和劳伦斯的补充研究评价。该书从正面肯定了小说史编写的价值和意义。《细察》的主要编辑耐兹（L. C. Knights）撰写了《细察和 F. R. 利维斯：一个人的回忆》一文，叙说了和利维斯创办期刊的过程和艰难，真实呈现它的筹划、运营和细察派队伍的发展情况，强调文学杂志设立的严肃标准，并指出该期刊涉及了比文学更为广泛的内容。韦勒克、威廉斯、伊格尔顿等学者谈到了利维斯排斥马克思主义的原因。

综合利维斯思想的传播和研究，这些欧美学者各自对利维斯的评价进行了归纳分析，指出他对文本分析的重视、对经典研究的推进以及坚持精英主义的立场，如何建构文化共同体，在一定程度上又是怎样推动了西方文艺理论的发展，同时指出了他在文学批评中存在的弊端。英语世界的利维斯研究成果颇丰，且进一步向深度和广度进军。这充分说明他们采用了新视角，涉及了新的研究领域。但是，由于利维斯的思想涉及多个方面的问题，研究存在一定的不足和缺陷，具体表现为：对利维斯的学术价值和历史地位评价仍然存在分歧。利维斯在学界引起了诸多的争议，因为20世纪初的英国现代文学批评正在建设之中，处在一个新旧交替时期，各种文学观念和批评方法混淆在一起，文化多元化现象开始呈现，无法以一个统一的标准给利维斯的学术价值做出评价。另外，利维斯思想本身的矛盾使得学者们对他的历史地位存在争议，不管是冷嘲还是褒扬，均说明了研究利维斯存在的难度。

英语世界的学者对利维斯的研究仍然欠缺深度和广度。例如，安妮和格雷各自将利维斯思想与经典问题、后结构主义问题结合起来研究，但安妮把重点放在追溯利维斯关注经典问题的起因，而未考察利维斯对经典研究的贡献对后来经典研究的影响。格雷只分析了利维斯思想和后结构主义思潮之间的差异性，而未考察二者可以共处的地方。从广度来讲，学者们对利维斯的研究视角和领域仍有待新的开拓，如从美学角度研究"有机整体"观点而未扩大到生态学批评的视域；从传播学、社会学等来评述《细察》的发展历程、成就和成员的社会成就，而与当时的新批评等批评流派比较少，等等。

英语世界的学者所持的阶级立场和理论素养不同，要对利维斯思想进行客观公正的研究存在一定的局限性。例如，韦勒克站在纯理论家的立场，坚持文学批评需要理论支撑的观点来批判利维斯思想的狭隘性，表明他对利维斯思想体系及其背后的学术传统缺乏全面的了解。工人阶级家庭出身的伊格尔顿也指出：利维斯排斥了马克思主义，不懂得运用政治批评分析文化现象也导致自己的思想走向狭窄。这也反映伊格尔顿对利维斯的思想断章取义和过于严厉苛刻等。这有待后来的学者通过努力，突破利维斯研究中存在的局限性。

相对国外传播和研究现状而言，国内对利维斯展开研究的论文并不多，一般都是散见在期刊论文和翻译文本的序里。总体来说，利维斯在中国的研究现状局限在文学批评和道德批评，近年来才开始涉及文化研究。20世纪三四十年代是中国对利维斯介绍和研究的阶段，叶公超最先关注利维斯；清华大学的学生常风曾撰《利维斯的三本书》一文发表在《新月》杂志上，初步介绍利维斯的文学批评思想，陈述较为平面化，未做进一步的阐释；西南联大师生和当时的《现代》杂志都提到归属在新批评派成员中的利维斯，对他的了解仍然处于浅表层次。这一时期主要在新批评范畴下探讨他和中国现代文化的关系，出现了将利维斯和新批评派混为一谈的现象，说明这个阶段利维斯的成就完全被新批评遮蔽了，从新批评的影响程度来说，利维斯显然在译介中是关注较少的对象。因此，他对当时国内学界的影响并不大，而对在英国留学期间的钱锺书、夏志清等影响较大。例如，钱锺书的高眉（highbrow）、中眉（middlebrow）、低眉（lowbrow）观点；夏志清注重文学文本批评中的美学感受力和智思，树立了文学批评的标准，挖掘了作家书写人性的价值和意义。

由于左派文艺思想和"文化大革命"的影响，20世纪50—70年代，国内相关研究一度中断，直到80年代之后才恢复。80年代的改革开放潮流使得国内利维斯思想的翻译和研究得到明显的推进。赵毅衡《〈新批评：一种独特的形式文论〉前言》认为，细察派不是新批评派的支流，这表明作为细察派的领导者和新批评存在一定的区别。他谈到利维斯领导的细察派："但他们除了'细读法'和语意分析批评方法与新批评相近，其他方面很不相同，他们更着眼于道德批评。"① 首先，《新批评：一种独特的形式文论》一书的意义在于第一次将细察派和新批评做了一个明确的区分，改变了长期以来将利维斯归在新批评成员中的做法，也替利维斯的思想正本清源，为后来的学者进一步深入研究利维斯的思想奠定了基础。其次，肯定了利维斯在道德批评方法方面的贡献，引发国内对利维斯思想的道德批评进行研究。这时期，国内学界对利维斯的研究拓展到文学史、道德观等多个层面，同时利维斯对在英国留学的中国学者产生了一定影响，如陆建德的语言、文化和伦理观，聂珍钊的伦理批评思想体系。聂珍钊在《剑桥学术传统与研究方法：从利维斯谈起》一文中指出利维斯从文本出发的文学批评方法，是建立在文化批评和社会批评基础上的阅读批评，有较强的道德批评倾向，并指出他的批评范式无疑对我国当代理论泛滥的局面有启示作用。②

进入 21 世纪之后，中国日益与国际接轨，文化呈现多元化趋势，市场经济形态下的文化环境与利维斯关注的对象存在许多相似的地方，如广告、电影、流行杂志、广播等文化形态。英国学界开拓的文化研究开始在中国广泛传播。2002 年，袁伟翻译出版了利维斯的《伟大的传统》，等等。这些推进了国内学界对利维斯文化研究思想的研究。孟祥春的《利维斯文学批评研究》一文把利维斯置于当时的历史与文化语境，旨在全面系统地"细读"、还原、阐发并评判利维斯批评的三大方面，即文化批评、诗歌批评与小说批评，并探讨其内容、维度、性质、得失、历史地位及当下意义。另外，王宁、陆扬、江玉琴等人开始关注利维斯的文化批评，挖掘利氏的文化理论和中国现代文化进程的内在关联。陆建德在《弗·雷·利维斯与〈伟大的传统〉》一文中提到过他的精英文化立场，对媒体的批判，认为他是文化研究的始祖，但论述不多。这些研究把利维斯的文化批评和文学批评结合起来进行研究，确定了利维斯在文化研究领域中的学术地位，论述了利维斯对伯明翰学派的影响，对文化的定义、精英文化立场、媒体文化、报刊和出版社、文化和社会等精辟独到的分析。整体来看，利维斯的思想在中国的传播历了 80 多年，从早期的被遮蔽到逐渐明朗化；它对中国的影响从文学批评领域到文化批评领域，形成一种道德和文化意识；中国学界对利维斯的研究视角从单一转向多元，研究层次由浅入深。

综合分析国内学界对利维斯的译介情况，中国学术界对利维斯的研究

---

① 赵毅衡：《新批评：一种独特的形式文论》，中国社会科学出版社 1986 年版，第 14 页。
② 聂珍钊：《剑桥学术传统与研究方法：从利维斯谈起》，《外国文学研究》2004 年第 6 期。

虽起步较早，但一直停留在文本批评和道德标准的层面，直到21世纪初才有所改变。其主要原因在于：研究范围相对狭窄，只关注部分学术思想，大多论述利维斯对文学作品展开的道德批评和对人文精神的彰显。这些论文几乎都谈到了利维斯对道德的重视，特别是对《伟大的传统》的研究，几乎每篇论文都提到这本著作中的道德意识，对《大众文明和少数人文化》和《文化与环境》的研究非常少，有的论文只是略微提到。相对文学批评来说，国内学者对文化批评的关注甚微，未涉入更广阔的领域。翻译和介绍利维斯思想的文献资料并不多。目前，袁伟翻译的《伟大的传统》是唯一的一部中译本，杨自伍翻译的韦勒克《近代文学批评史》有一章专门评述利维斯；伍晓明翻译了伊格尔顿的《二十世纪文学理论》，开头有对利维斯的评价。很明显，由于翻译环节的薄弱，利维斯在中国的影响和研究进展相对缓慢，视角单一，不能把握利维斯思想的复杂性：要么是对利维斯思想的译介，要么是做泛泛的评述，很少将利维斯放在历史和时代中作历时与共时的分析论证。一些学者反复关注他的道德批评，缺乏新的发现，将他与当代热点问题结合起来研究的也不多。因此，国内的利维斯研究没有获得新的起色，也没有一支稳定的研究队伍。据上面的统计，近年来发表论文的人数虽然有上升趋势，但并不稳定，如赵毅衡、刘雪岚、杨冬、聂珍钊、殷企平、陆扬、江玉琴只略微提及利维斯。陆建德、高兰从利维斯的部分观点加以论证，而将利维斯作为个案研究的较少。

综合国内外研究，与利维斯在西方学术理论界的影响力和地位相比，中国学术界对利维斯的研究状况显然远远不够。利维斯的研究涉及文学、哲学、社会学、语言学、符号学、文化研究、政治伦理研究等多个领域，现有的成果尚未真正全面深入把握利维斯的整个理论体系。具体来讲，利维斯的文学批评需要进一步突破原来的模式，应改变停留在道德批评方面的研究，关注利维斯其他方面的学术思想；改变停留在通俗文化的研究，而应该从语言、符号、生态批评、马克思主义等多角度探讨更为广义的文化；应改变对利维斯断章取义的态度，潜心系统研究利维斯的学术思想。另外，在工业化进程和后现代主义思潮的影响下，中国处在多元文化共生的国际环境中。在这样的文化环境中，大众传媒引导下的通俗文化日益兴盛，占据了文化的中心地带，很多问题凸显出来——精英文化和通俗文化的界限问题、文学研究和文化研究冲突问题、文学经典问题等亟待解决，而利维斯思想与中国当代文化环境有着极为紧密的关联性。因此，全面而深入研究利维斯显得尤为重要，本书正是基于这样的研究目的展开对利维斯整个理论体系的探讨。

第四节 研究内容和创新

根据国内外学者研究利维斯的现状来看，主要分析评价利维斯怎样在文学作品研究中坚持道德批评标准，运用多种批评方法来分析文本，以及重写文学史和对大众文化的批判。本书针对学者对利维斯的历史作用褒贬不一的评价进行辨析，并表明笔者的观点，试图改变学术界对利维斯的一些偏见。本书将拓展利维斯文学批评研究的范畴，用新的视角来关注其思想体系。例如，从道德批评方法研究扩大到对文本批评、文化批评和生态批评等方法的研究；注重整体研究和局部研究相结合；以利维斯整体思想研究为经，以利维斯文学观、文学史观、文化研究等局部研究为纬，从两个维度展开，试图将利维斯研究向深度和广度展开；将利维斯思想的生态学价值、对马克思主义的看法以及如何处理文学与文化的关系进一步分析，这是研究的难点，也是对研究现状的重要补充。本书将重点分析利维斯文学研究中的文学理念，探讨英国浪漫主义诗歌研究中的生态价值、小说研究的价值以及用文学研究方法研究现代英国的通俗文化问题。其基本内容包括如下。

第一章，论述利维斯的生平及其地位。阐释利维斯是英国现代文学批评奠基人的深层次原因，将他置于20世纪以来的西方文论史中去考察，分析英国剑桥学术传统对利维斯学术个性的形成原因。对利维斯思想进行概述，分析为什么只研究早期成果的缘由。在英国文学批评历史进程中，以英美新批评、西方马克思主义文论批评和英国文学文化变革为基础，试图给极具争议的利维斯一个客观公正的评价。

第二章，总结利维斯思想的诗学特征。本章分析其在欧洲"语言学转向"的潮流及维特根斯坦、理查兹、艾略特等影响下，创造性地形成了"细读"的文学批评模式。又分析利维斯对古典文学理论和批评方法的传承，结合其对英国诗歌和小说的分析，考察文学作品本身的形式、语言、语义等文本内部，涉及社会生活、道德伦理、宗教、政治意识形态等文本外部。全面剖析西方文论发展的环境，推论利维斯的诗学理论是传统与现代、科学主义和人文主义、内部研究和外部研究、中心与边缘等融合的集中体现，阐明利维斯式文学批评对英国文学审美特性的变革意义。

第三章，分析利维斯的文学观。主要考察利维斯强调"对人生的批评"的哲理意义，主张文学与生活的密切关系，通过文学关注社会是一个有学术价值的观点，也是对当时盛行的形式主义批评的有力补充。利维斯关于感性和理性平衡观的价值，认为是他对艾略特"非个人化理论"的继承和反拨，认同艾略特的感性与理性不可分的做法，但认为艾略特过度偏重理性，而倡导情感更重于理性的观点。利维斯重视文学内容与形式的有机整体论，对当时小说创作的实验性有一定的指导意义；特地指出利维斯别出心裁地将现实主义原则运用于小说文体批评，他对莎士比亚晚期戏剧的美学价值探讨也有一定的价值。

第四章，考察利维斯的文学史观和经典研究。本章立足于文学与文化新变，考察利维斯如何在艾略特编写的诗歌史的基础上，重评英国从古代到当代的诗歌。认为其并不像艾略特那样重视玄学派诗歌，而是看重英国浪漫主义诗歌，探讨诗歌带来的情感感受力，阐明利维斯建立的新的批评标准的重要性。把利维斯在小说史研究做出的贡献——《伟大的传统》一书作为重点研究，从而把利维斯研究推向一个新的方向。指出其怎样按照现实主义原则和人性、道德的标准梳理小说家们承上启下的轨迹，弄清其对作家态度的前后变化，创建了一个鲜活的文学传统，从而突破了英国文学史编写的模式：认为文学经典在思想深度、道德教化、情感感受力等方面具有规范和指导的意义。当代文学经典研究热进一步证明了利维斯捍卫文学传统的必要性及其在学术领域中的前瞻性。

第五章，探究利维斯的文学批评方法。本章依据英国文学批评史，分析文学批评变革的时代背景，认为传统的作家背景分析、文献考据等方法已经无法适应现代主义文学时代的到来，高度评价细读中感受力的重要性。展示了英国以理查兹、艾略特为代表的新批评、西方马克思主义文论批评的特性，将它们与利维斯的"细读法"、道德批评、文化批评等进行详细比较。认为利维斯的"细读法"吸收了理查兹的关于语义分析理论，但不拘泥于文本层面的研究，说明其伦理批评和文化批评的重要学术价值，指出文化批评标志着英国学术转向。将利维斯的批评方法与马克思主义文论进行分析，认为：前者有利于维护文学批评的中心地位，但会出现文学中心主义的局面，而后者可能陷入政治分析的文化研究中，失去文学本质，只有将二者融合起来才能相得益彰。最后，分析利维斯的批评体系，认为其走向了一个多元批评的空间。

第六章，挖掘利维斯文学批评中的生态学价值研究。将结合利维斯"有机的"（organic）观念，把它与19世纪生物学、达尔文进化论思想结合起来分析，论证利维斯推崇社会有机共同体的内外因。根据利维斯的教学实践、对城市与乡村的态度以及关注华兹华斯的自然观，对狄更斯和劳伦斯小说中导致人性异化的工业文明的批判，注重环境与文学之间的关系。利维斯的理论将自然、环境和人类联系一起，推崇人文主义传统，可谓是西方当代生态批评的源头之一，存在一定的研究价值。通过分析利维斯对华兹华斯、狄更斯、劳伦斯等的评论，梳理生态批评发展的源头，探讨利维斯生态价值观的意义。

第七章，论述利维斯的文学与文化的关系。根据文学新变化和文化革命的时代背景，客观评价利维斯处理文学和文化两个问题的方式、方法及价值。认为他的"语言即文化"的界定以及"文学文化"的提法有机地把文学和文化联系在一起。本章将从利维斯对莎士比亚、弥尔顿、乔伊斯等作家的文学语言进行详细分析，考察其如何透过文字语言来分析文化问题。将文学研究和文化研究之间的关系进行分析，从利维斯文学批评的多学科乃至非学科的视角探究文化研究源于利维斯的文学批评。分析 20 世纪 60 年代兴起的后现代主义思潮，认为解构主义导致了文学危机和文化批评衰微的局面，而利维斯以文学批评为中心，用文学批评的方法研究文化问题，既能防止片面强调文学而脱离文化，陷入狭隘境地，又能防止只谈文化而偏离文学，坠入泛文化研究，故对当代文学发展具有积极的意义。

第八章，分析利维斯的文化研究思想。以 20 世纪三四十年代的媒体发展和工人阶级大众文化的兴起为背景，把利维斯的文化理论放在英国文化研究史当中，详细分析其与英国文化研究之间的渊源关系。认为利维斯创办的《细察》期刊，涉及文学、政治、音乐、广告、电影、报刊等文化现象的研究，开启了英国文化研究的先河。梳理文化定义演变的过程，阐明利维斯从语言的角度定义文化的重要性和必要性。深入分析其文化批评的精英认知模式，探讨其对大众文化的审慎态度。剖析利氏倡导的文化共同体观点，结合时代背景，将 17 世纪之前的农耕社会和 18 世纪之后的工业社会作对比，肯定利氏批判工业化生产破坏文化共同体的进步作用。将结合 20 世纪 60 年代后兴起的伯明翰学派与利维斯的文化思想进行横向和纵向的比较，指出该学派的雷蒙·威廉斯如何沿着利维斯的文化研究思路进行文化变革运动，从而建构自己的工人阶级大众文化，推动文化研究这门学科的发展。将利维斯的文化思想与同时代的德国法兰克福学派进行比较，指出其在研究方法、内容和目的等方面的差别与联系。

第九章，阐述利维斯主办的《细察》的贡献及与英美新批评的关系。首先，本章将以利维斯的思想阵地《细察》为研究对象，把它和英国的《标准》《猎犬与号角》《学术讨论会》、美国的《新共和》等期刊进行对比，分析英美文学和文化发展状况。客观评价《细察》在文学、文化、政治、社会等方面的作用和指导意义，指出其在文学批评和文化研究领域做出的贡献和深远影响。其次，梳理英美新批评运动的兴起、发展和衰微的过程，评价该流派的得与失。最后，将利维斯为代表的细察派和当时的新批评进行渊源、流传、方法、观点和影响诸方面的比较，分析在英国细察派的声誉高于新批评的原因，从而客观评价利维斯的贡献。

对利维斯思想的价值和地位进行综合研究很有必要，因为其与当代批评界仍然有着十分密切的联系。20 世纪初，英美大学文学学科的日趋完善促使现代文学研究获得了前所未有的成就，带动了现代文论的大发展。例如，随着语言学转向的研究潮流，俄国形式主义、英美新批评开始专注于文学作品的本体；在作品本体论研究走向狭隘的境地时，研究又转向以读者为中心的模式，阐释学、接受学也相继而出；60 年代以后，后现代主义思潮和文化研究的思维方式，女性主义、后殖民主义、文化批评、生态批评等应运而生。依此而论，当下的批评界处在一个多元共生的时代背景之中，文学批评遭遇文化批评，"文学学科之死""文学批评终会被文化批评替代"等危机论调弥漫学界。然而，纵观现代文论史，文论思潮是你方唱罢我登场的发展势态，早期的语言学转向已经走向了以文化为中心的研究方向，说明现代文论史是一个动态的发展历程。但是，不管文论如何变幻，文学批评仍然绕不开利维斯的研究模式。利维斯确立了现代文学研究的基本方向，简而言之便是批评的多元化，与当代的多元化时代相契合。因此，利维斯研究仍然具有当代的价值。

结合本书研究的主要内容，笔者对利维斯的研究作了一个全面的研究，其研究思路表现为：笔者以利维斯的论文、专著、书评等为文献资料，考订这些史料的真伪，对学术观点进行辨析，探寻渊源流变关系；注重陈述其思想观点和评论该观点的创新价值；运用比较文学、传播学的研究方法分析利维斯及其思想体系在欧美的影响和接受情况，特别提到利维斯及《细察》在美国的接受情况。笔者认为，本书还存在不足和缺陷：利维斯关于生态学价值的研究还不够深入，对其文学与文化的内在联系还缺乏进一步的探讨，利维斯对语言重视的内在原因还要加深论述；对有机共同体的局限性以及与未来的关系研究未曾涉及；对马克思主义的研究欠缺哲学层面的理论深度。尽管一些问题至今隐晦不明，而且在以后相当长时间也不十分清楚，但通过自己能力范围之内的审慎研究和冷静判断，笔者非常肯定这些问题终将得到解决。本书将重点论述利维斯文学研究的文学观、文学史撰写模式、以社会文化视角关注文学的文化批评方法、通俗文化研究的理论。通过这本书的撰写，笔者试图对利维斯进行一次全面、深入和系统的研究、本书的学术价值和创新具体表现为：研究利维斯思想，将具有一定的学术价值和意义。其中，将讨论利维斯思想中与当今息息相关的热点问题：如文学批评的标准确立、文学传统的构建、文学史模式的编写、文学经典意识的形成、小说和文化的概念，媒体时代形成的通俗文化、精英文化、文化符号以及后结构主义等。

本书试图详尽论述利维斯在文学研究方面、媒体研究方面和文化理论构建方面做出的贡献。将从文学的基本性质入手来探讨利维斯的文学观，认为文学离不开生活，内容与形式、感性与理性是相互统一的。分析利维斯怎样将实用批评用于文本阅读的，强调文本的整体性，详细阐释文学研究中的文化批评和道德批评方法。在历史的语境里，怎样评价利维斯对小说和文化下的定义，分析评价利维斯精英文化立场的利与弊，客观地分析利维斯对媒体文化的怀疑和排斥态度，综合考核利维斯对未来文化的设想。试图在20世纪英国文学批评变革的潮流中，客观公正地评价利维斯及其批评思想，对其文学批评、文化批评思想等进行全面、及时、系统的深入阐述和界定。由于利维斯的研究融合了多种知识，涉及哲学、美学、艺术、社会学、心理学、语言学等，研究具有一定复杂性。他改变了当时的阅读趣味，对英美新批评和文化研究的到来起了先导的作用，他的研究在西方文学研究历史上具有里程碑意义——利维斯在英国文学研究中重点探讨的问题：英国文学史经典的重写、文学批评范式、反理论、精英文化等。笔者试图探讨利维斯主义何以形成、发展，以及对英国文学批评界和世界学术界的影响，分析其利弊。本书对我国在当代文学批评理论的研究乃至当代西方文学批评理论研究或许均有一定的启发作用。特别是针对当代文学危机、文学批评衰微的现象以及批评理论泛滥成灾，消费主义文化诌媚、平面化的诸多缺点起到一定的借鉴作用。总结、分析利维斯文学批评范式和文化批评理论，促进我国当代文学批评与理论的繁荣与发展，对从事文化研究、文学理论研究、传媒和报刊等领域研究的学者有一定的启示意义。

《利维斯研究》这部书从酝酿到撰写花了相当长的时间，其初衷在于让国内学者了解利维斯及其文论思想体系的全貌，评价利维斯在学术史上的思想个性和地位：其一，进入20世纪的英国，面临着内外交困的局面，利维斯以一个学者的身份，敢于向当时的文学权威挑战，在自己的文学研究领域开辟了一个新天地，显示了一个文化人的担当和人格魅力。20世纪初的英国文学批评老套和落后，无法适应时代的发展。利维斯及其追随者经过长时间的努力，积极推进英国文学批评的变革，成功确定文学批评的标准。不仅如此，利维斯对 30 年代的大众媒体推动的通俗文化作了细致的研究，构建了关于通俗文化研究的理论。其二，笔者对利维斯的学术个性、在文学批评领域的学术价值以及在通俗文化研究领域的地位均做了细致的论述，展示了英国学术史动态发展的过程，揭示了 20 世纪英国现代文学和文化与世界千丝万缕的联系。其三，利维斯的学术思想具有持久的生命力，其道德批评、文学史编写模式、经典观、生态观、通俗文化理论仍然是当今研究的重点和热点，利维斯研究仍然具有学术价值和意义。

第一章　利维斯：英国现代文学
批评的奠基人

利维斯是英国现代文学批评的奠基人之一，这是对利维斯的学术个性和地位的总评价。因为利维斯作为一个生活在 20 世纪初的知识分子，面对英国文学发展的文化环境，做出了一个学人的思考和贡献。作为一个站在英国文学变革潮流浪尖的学者，利维斯一方面受到文化传统的影响，其思想打上了传统的烙印，有维护和推崇英国传统文化，眷念工业社会之前的文化环境的一面，如同伊格尔顿所说，"晚年的利维斯将为英国绅士的消逝而感到遗憾；车轮已经周而复始"①。利维斯视当今社会为"一个由廉价小说、使人异化的劳动、陈词滥调的广告和导致庸俗的大众传媒所构成的机械化了的社会"②。另外，他又热切地关注现实，思考英国现代主义文学的发展现状，在文学批评实践上大胆革新，正像他创办的《细察》那样"不仅是一份杂志，而且是一场道德和文化的改革运动的中心"③。他主张用"细读法"和语义批评提升文学的感受力，同时独创性地开拓多元批评的模式，将英国文学批评由传统推向现代的发展轨道。他大刀阔斧的做法带给世界深远的影响，彰显出他的求新意识。这足以证明利维斯奠定了英国现代文学批评的基础，广受学界的关注。从 20 世纪 30 年代开始到现在，利维斯的文学批评思想一直具有持久的生命力，他的学生如恩普森、威廉斯等把他的思想带给全国乃至世界。本章主要分成三节来展开论述：其一，早年经历与英国剑桥学术传统；其二，文论思想的早期和晚期；其三，文学和"文学革命"。

---

① ［英］特雷·伊格尔顿：《二十世纪西方文学理论》，伍晓明译，北京大学出版社 2007 年版，第 42 页。
② 同上书，第 33 页。
③ 同上书，第 32 页。

第一节 早年经历与英国剑桥学术传统

利维斯出生于英国剑桥，他的父亲是个商人，中产阶级的家庭环境使他对居于社会底层的普通大众缺乏一定了解，也导致他和劳工阶层距离较远，进而形成了对工人阶级文化、大众文化和马克思主义文论思想的排斥态度。因此，他在《大众文明和少数人文化》一书中认为：群众是没有经过文化整合的乌合之众，是"暴民"，不能担当文化传承的任务。19世纪晚期以来，英国面临一个历史转型时期，大英帝国的世界霸主地位被严重动摇，国家内部出现经济衰败和政府内乱，外部则发生了蔓延到英国境内的第一次世界大战。英国人民的帝国心态遭受了前所未有的重创，许多学者对此表示担忧。例如，马修·阿诺德的《文化和无政府主义》（1869）、奥斯瓦尔德·斯宾格勒（1880—1936）的《西方的没落》（1918）等相继问世，反映了当时整个欧洲社会空前的文化危机，掀起了一股拯救文化危机的思潮。这股思潮深深影响了年壮气锐的利维斯，在这样的环境中成长起来的他密切关注国家的前途。第一次世界大战爆发后，他主动申请去法国战场担任医护队的担架手，亲见了战争的残酷和无人道，发现了人性的弱点和道德感的丧失。战争的残酷使他认识到捍卫人类道德意识的重要性，希望通过塑造良好的品性和道德来解决文化危机的问题，他的思想表达了试图挽救濒临崩溃的英国文化的诉求。因此，在他的学术生涯中，他始终坚持以人性和道德为标准来审视英国文学作品，探讨现代文明下的文学和道德之间的关系。战争结束后，利维斯进入剑桥大学学习，念完一年历史学后，转而学习英语文学，期望借助文学的力量实现拯救文学和文化危机的梦想。因为在他看来，经历了世界大战的英国人已经对宗教失去了信心，作为意识形态的宗教逐渐走向衰微，而文学是一门正在建设而充满活力的学科，它通过审美的意识活动能塑造美好的人性。因此，剑桥大学一些具有开拓意识的学者把希望寄托在文学上，相信只有文学才能担当道德教化、培养文化人的任务。在前辈的推动下，利维斯开始致力于一场道德和文化的运动。

然而，当时英国主流大学都不太重视文学这门学科，一些女子大学、职业学校才开设文学研究课程，而像剑桥和牛津这样的世界一流大学迟迟未开设，仅重视古希腊罗马文学这些古典文学的研究，英国近现代的文学却完全被忽视了，难登大雅之堂。特别是 20 世纪初在英国出现了现代主义文学思潮，涌现了詹姆斯·乔伊斯、伍尔夫、T. S. 艾略特等著名作家，他们创作了具有现代思想和文学技巧的优秀作品。这样的状况进一步说明学院派的文学批评现状与现代文学的发展相比严重滞后，文学批评的改革行动势在必行，正如利维斯在创办《细察》初期强调的那样："要开始一场道德和文化的运动。" 19 世纪末 20 世纪初，在剑桥大学掌舵的是长期浸淫于古希腊罗马文学的老学究。尽管英语文学作为大学科目在 1898 年开始创建，但它的发展相当缓慢，直到 1917 年才正式设立英语文学学位。这个时候，剑桥出现了三位新秀：亚瑟·奎勒－库奇（Arthur Quiller - Couch，1863—1944）爵士、理查兹、燕卜逊（William Empson，1906—1984），这三个人被后来人冠以文学研究的"剑桥学派"之称。其一，英语文学当时挂靠在中世纪和现代语言学科下，而奎勒－库奇坚持这样的观点："文学不可能脱离生活，离开了人创作的文学，文学不可能被理解，文学是一种活的艺术，既被实践也令人钦佩。" [①] 他与当时的斯图尔特（H. F. Stewart）、查德维克（H. M. Chadwick）两位教授致力于把文学创建为一门独立的学科。在第一次世界大战爱国主义思潮的环境中，英语文学作为一门学科在 1917 年得以成立。在他们的努力下，营集了一些早期的文学讲师：福布斯（Mansfield D. Forbes）、蒂利亚德（E. M. W. Tillyard）、库尔顿（G. R. Coulton）、本奈特（H. S. Bennett）、卢卡斯（F. L. Lucas）、希尔达·默里（Hilda Murray）、伊妮德·威尔士福德·巴兹尔威利（Enid Welsford Basil Willey）、亨（T. R. Henn）和利维斯。其二，剑桥学派的第二个有影响的人便是理查兹，他的贡献在于创建了诸多文学批评的理论和方法。他在 1919 年开始讲授批评理论，他与当时的奥登（C. F. Ogden）教授合写了一本书《意义之意义》，专注于语言的研究，认为意义来自文本，与当时转向语言学研究的索绪尔、皮尔斯、维特根斯坦形成了一种呼应。理查兹还把心理学和语义学引入文学研究，促使当时文学研究进一步走向科学化。其三，理查兹的学生燕卜逊是剑桥学派的第三个重要人物，他从数学转向文学，在导师的指导下，他撰写了《含混的七种类型》（*Seven Types of Ambiguity*，1929），用数学思维来分析文学语言的特征，产生了较大的反响。美国耶鲁学派成员之一保尔·德曼（Paul de Man，1919—1983）在《形式主义批评的消亡》（*The Dead - end of Formalist Criticism*，

---

① ［美］沃弗雷：《当代英国和爱尔兰批评和理论导读》，中国海洋大学出版社 2006 年版，第 24 页。

1954）中将燕卜逊与理查兹进行比较，极为赞赏燕卜逊。库奇、理查兹和燕卜逊三个人物形成了强大的英语剑桥学派，奠定了英语学科发展的基础，随后，利维斯及其后来的学者继续了他们的使命，把剑桥文学向前推进。1921 年，作为被授予学位的毕业生之一，利维斯的学术事业发展几乎伴随着剑桥英语文学的成长。1924 年，利维斯获得了博士学位。这时的他经常去旁听理查兹的文学课，对其实用批评（practical criticism）产生浓厚兴趣并深受启发。1927 年，利维斯作为实习老师留校任教。而这个时候的剑桥英语文学正面临前所未有的发展机遇，因为 20 年代的理查兹开始尝试将哲学和心理学的方法运用到文学研究中，创立了实用批评方法，在学生中产生了较大的影响，标志剑桥英语文学在探索现代批评方法方面迈出了重要的一步。在理查兹的影响下，利维斯开始尝试从语义角度分析诗歌文本，开始专注于英国文学作品的细读方法，是实践理查兹文学理论和方法的忠实学者。

因此，在利维斯的文学批评实践下，文学研究在英国大学成为师生们津津乐道的对象。当时，利维斯和他的追随者们将道德和文化主张融合在自己的文学批评实践中，并且在各大高校推行英语文学研究，形成了利维斯式的鉴赏趣味。在利维斯及其弟子和其他学者的努力下，英国文学批评在剑桥得以发展，他的文学批评方法也随着剑桥大学的影响力辐射到全英国。于是，英语文学研究逐渐在各大高校开设，担当起传承文化的重任，而利维斯的批评思想在这时迅速得到传播，几十年后融入英国文学批评史中，改变了当时的文学鉴赏趣味，从而使利维斯在英国文学批评史上成为不可绕过的一座丰碑。利维斯带领他的弟子们创办《细察》，历经二十载，推行多种视角的文学批评实践，极大地拓展了文学研究的空间。在英国学术界，没有哪个批评流派能够像"细察派"这样注重对文学整体的研究：文本分析、文学批评的标准，文学与社会、生活、生命的联系，文学批评和哲学、伦理、美学等之间的关联。

一方面，利维斯的早年经历形成了自己的文学梦想；另一方面，利维斯从历史学转向文学的几年大学生涯，既继承了英国剑桥学术传统，又不断吸收新的学说理论和方法，使得现代英语学科与古典文学、语言史、盎格鲁－撒克逊语等保持一定的差别。剑桥学术传统表现在以下三个方面。

首先，表现在重视继承英国的人文主义传统，强调培养学生的人格。剑桥把培养人作为自己的理念，重视对学生品质的塑造和创新思维的培养，而不仅是塞给学生一些知识。例如，在利维斯的著作中，他提出了一个重要的观点：培养有教养的读书人（educated person）。通过文学阅读的途径来提升人的思想品德，这个是利维斯努力的方向。他通过课堂文学阅读训练，造就了有英语文学研究思维习惯的人才。同时，他确立了道德标准，遵循这个道德标准选出了一批作家作品。其著名作品《伟大的传统》是他用伦理道德批评付诸实践的伟大尝试。利维斯的这些创新思想得益于剑桥一直以来的学术传统。

其次，强调做学问要有理论根基。剑桥大学的师生都有一种对学问执着探索的精神，更有一套科学、严谨的研究方法。剑桥从建校起就强调在课堂上阅读和解释文本，重视把理论修养融入对文本及与文本相关的研究之中，因为理论有利于培养学生的思维能力。理查兹在英语文学创立初期就致力于文学理论的构建，利维斯的成就也在某种层面上得益于他的实用批评理论。利维斯吸收了经验主义方法并提倡阅读感知，借鉴理查兹的"实用批评理论"对文本进行实证研究，对 T. S. 艾略特的非个性化理论和马修·阿诺德的文化批评思想也有借鉴。因此，理论是批评的重要支撑力量，细究利维斯的思想渊源，发觉利维斯自身构建了一套科学、严谨的研究方法。利维斯的成功在于能灵活运用理论，并将它化入学术研究中。他之所以提出"反理论"的主张，是反对在评论中充斥着理论术语，反对机械地套用理论框架。这对于那些空谈理论的批评家来说无疑是个有力的反击。

最后，强调学术平等、自由。剑桥大学营造了宁静平和的学术环境，通过督导课（supervision）、研讨课（seminar）等学术训练，促进学生学习。平等自由的氛围有利于学术的发展，造就了利维斯的成功。剑桥唐宁学院给他提供了一个自由发展的环境，这使得他坚持自己的精英文化立场，敢于与当时的学术权威相抗衡。利维斯曾经与斯诺、韦勒克和贝特森先后进行过激烈的论战，分别围绕文学要不要科学主义，文学要不要哲学理论支持，文学史的书写要不要文学批评展开了三次论战。利维斯言辞苛刻，被学界公认为尖酸刻薄，他领导的"细察派"被批评"自高自大"，不被占据主流的学院派所接受。利维斯虽屡屡遭受诋毁和忽视，尽管一生只是讲师，但仍然坚持自己的理想，他的坚定态度仍体现在《我的剑也不会停止》一书中。因此，利维斯是一个敢作敢为的人文批评家，他的成功得益于自由平等的学术氛围。

剑桥学术传统使得利维斯形成了创新、求是、严谨和自由的学术品格，而历史学、文学多学科融合的学识形成了其独特的学术个性。特别是利维斯后来长期教学的唐宁学院是一个多学科教学的地方，形成了利维斯非常开阔的批评视域。"唐宁英语学院是利维斯影响的两个互补基础的一个，而另一个则是《细察》。"① 当英国文学批评发展到 20 世纪初，许多批评家为了追求创新，放弃作家背景分析的传统方法，探索从新的角度切入文学作品分析，从形式角度展开批评的则主要有俄国的形式主义批评潮流、英美新批评、利维斯主义等。这三种批评方法都是对传统批评模式的反拨和突破，均转向了文学文本的分析，其中新批评和利维斯主义较为切近。

第二节　文论思想的早期和晚期

通过了解英国剑桥学术传统，也就从侧面了解了利维斯的治学之道和学术个性，对分析利维斯的思想体系无疑有很大的帮助。利维斯的思想价值主要体现在早期，晚期的著述和观点反映了利维斯思想和态度的变化轨迹，不是本书研究的重点。1930 年，《大众文明和少数人文化》一书出版，确定了"文化"的定义，涉及文化研究的各个方面，包括文学、广告、出版社、电视电影、报刊等，"任何时期，是由少数人辨别艺术和文学的欣赏"②，他坚持少数人文化立场而否定大众文明。同年，《劳伦斯》出版，通过对劳伦斯作品的分析，探讨了他的艺术思想、自然观，并为劳伦斯辩护，"他的宗教对他来说是个现实"③，表明他不是偏爱性爱而是以宗教为中心的。1932 年，《英语诗歌的新方向》出版，把庞德、艾略特和霍普金斯确定为主要的现代作家，从而确定了 20 世纪英语诗歌发展的新方向，"代表一个决定性的重新为英语诗歌传统制定秩序"④。同年，《怎样教阅读：庞德的启蒙书》出版，提出当前的问题，"文学文化的作用是什么——它的理由存在吗？我们为什么阅读？我们为什么应该阅读，通过什么标准、什么准则、什么原理，我们能把秩序带进阅读中？"⑤ 此书分析了庞德的批评思想和方法，并提出积极的建议，指导和提高了剑桥学生的阅读水平。同年，《细察》开始发行，这份发行了将近 20 年的学术期刊，对文学批评产生了决定性的影响，培养了大量有甄别力的读者，有助于在教

① Christopher Hilliard, *English as a Vocation：The Scrutiny Movement*, London：Oxford University Press, 2012, p. 5.

② F. R. Leavis. *For Continuity*, Cambridge：The Minority Press, Cambridge, 1933, p. 13.

③ Ibid., p. 127.

④ F. R. Leavis, *New Bearings In English Poetry*, London：Chatto & Windus, 1938, p. 195.

⑤ F. R. Leavis, *How to Teach Reading：A Primer For Ezra Pound*, Cambridge：The Minority Press, 1932, p. 1.

育界把作者们的思想传播得更远。1933 年，《文化传承》和《文化与环境》出版，对文化形式做了分析，试图挽救当前的文化危机，"需要积极为文化传承工作"①。利维斯始终把文学和文化联系一起，"文学和艺术受种族、民族、气候、性倾向和身体构成所影响"②。1936 年，《重新评价：英语诗歌的传统与发展》一书出版，重新为 17—19 世纪的英语诗歌确定了方向感。以莎士比亚、多恩、斯宾塞等诗人为典型代表，讨论如何影响这个时期的诗人创作，反复强调"批评家的工作是为自己感知，以进行最美好和最敏锐的相关甄别"③。1943 年，《教育和大学》出版，确定了英语文学研究课程在大学的地位，并提供了文学研究的方法，"使文学研究成为一门课程"④。1948 年，《伟大的传统》出版，开创了小说研究的新方法和文学史研究的新模式，确定了批评标准和新的文学传统，"这是迈向懂得传统是什么的道路"⑤。1952 年，《共同的追求》出版，是利维斯对批评家提出的标准，认为关注文学、关注文化的兴亡是他们的职责所在。1955年，《作为小说家的劳伦斯》出版，在 1930 出版的《劳伦斯》一书的基础上，进一步分析劳伦斯的作品及其艺术思想，"劳伦斯是利维斯唯一称作天才的作家"⑥。1962 年，《两种文化？C. P. 斯诺的意义》出版，就文学文化与科学文化的问题与斯诺的辩论轰动学界，利维斯在剑桥成了一个具有争议的人物。1964 年，利维斯从唐宁学院离职，标志着他早期思想的结束，从这以后，他的思想发生了转变。

利维斯晚年的思想相对前期有了明显的变化，由于本书主要章节是论述利维斯前期的成果，因而，对于他后期的成果在这里仅作一个概括。1964 年以来，利维斯共出版了七部书和散见在其他地方的文章：《〈安娜·卡列尼娜〉及其他文集》（1967）、《美国讲稿》（1969）、《当代英国文学与剑桥大学》（1969）、《作为小说家的狄更斯》（1970）、《我的剑不会停止：论多元文化、怜悯和社会希望》（1972）、《活用原理：作为思维训练的英语文学》（1975）、《思想、文字和创造性：劳伦斯作品的艺术与思想》（1976）、《华兹华斯：创作状况》（收入鲁本·阿·布劳尔编《二十世纪

---

① F. R. Leavis, *How to Teach Reading：A Primer For Ezra Pound*, Cambridge：The Minority Press, 1932, p. 4.

② Ibid., p. 8.

③ F. R. Leavis, *Revaluation：Tradition & Development In English Poetry*, New York：George W. Stewart, Publisher, INC, 1947, p. 8.

④ F. R. Leavis, *Education & The University*, London：Chatto & Windus, 1943, p. 7.

⑤ F. R. Leavis, *The Great Tradition*, New York：Doubleday Anchor Books, 1948, p. 11.

⑥ G. Singh, *F. R. Leavis：A Literary Biograph*, London：Duckworth, 1995, p. 98.

文学回顾》，1971）、《为个人对布莱克的评价辩解》（见《威廉·布莱克：纪念杰弗里·凯恩斯爵士文集》，1973）、《批评书简》（约翰·塔斯克尔编，1974）。这些作品代表了利维斯后期的主要思想，主要体现为利维斯对前期观点的补充、重申和否定，特别是对当时学术界一些观点的反拨，这将是本节重点论述的部分。在后期的这些著作中，Q. D. 夫人也协助利维斯的著作。由于深受丈夫趣味和思想体系的影响，促成她著作的成功，同时她的著作也体现了个人的创见等，这些著作也可以纳入利维斯思想体系下。

在后期著作中，利维斯的思想主要表现有六。

第一，重申少数人文化立场的论点。基于这点，他一再强调文化要为受过教育的群众所掌握，大学要有一个从事文学研究的队伍，以提高大众的感受力和理解力。为此，他极其关心文学教育，希望英语系和哲学系合作，以 17 世纪为重点的英语研究计划将是跨学科性质的，包括政治史、社会史、宗教史。他极力强调第三领域的重要性，[1] 这第三领域即"文化"。利维斯仅仅承认传统文化，拒绝新时代科学主义文化。

第二，捍卫自己的思想，反驳人们对他的冷嘲和指责。利维斯前期提出的有机论思想强调对 17 世纪社会的群体生活的留恋，遭到当时人们的诟病，因为人们认为那个社会的人们备受压迫，生活贫困，不是人们向往的社会。针对这点，他认为不是回到从前，而是希图"对旧秩序的回忆必须是走向新秩序的激励因素"[2]。可见，利维斯的宗旨不是回到过去，而是寻找一个参照对象，以改变当下的状况。利维斯表明自己认识到有机共同体生活的阴暗面，对人们的诟病做出了回应，且指出狄更斯能使他认识到"贫困、苦难、压迫和管理不当，这种状况把维多利亚时代的英国弄得与乌托邦社会面目全非"[3]。并在后期极力推举狄更斯，为狄更斯在前期的遭遇正名。但是，从论证的倾向来看，利维斯还是倾向工业化以前的社会，他认为这样的环境更有利于文学的良性发展，有利于培养健康的自然人性。

第三，否认自己在美学上的判断。利维斯始终否定自己对作品做的美学鉴赏，但笔者认为利维斯的文学批评具有明显的美学价值。例如对语言

---

① F. R. Leavis, *The Living Principle*: *English as a Discipline of Thought*, London: Chatto and Windus, 1977, p. 36.

② F. R. Leavis, Denys Thompson, *Culture and Environment*: *The Training of Critical Awareness*, London: Chatto & Windus, 1933, p. 97.

③ F. R. Leavis, *Nor Shall My Sword*: *Discourses on Pluralism*, *Compassion*, *and Social Hope*, New York: Barnes & Noble, 1972, p. 172.

的审美方面，利维斯一方面承认语言的重要性，另一方面又不知道怎样使用语言这个工具。又如，他论证道，形象不仅仅在于视觉，并非"糕点上的葡萄干"，而且是"复杂生活的焦点，与语境不可分割"①。他能够敏锐地用终究是美学的准则来对照诗篇。比如，他证明了应该偏好华兹华斯的十四行诗《惊喜》甚于《那是美妙的夜晚》②。在理论上，利维斯完全懂得"一味推理的模式与我们对艺术的要求之间的差距"③。但在实践上，他仍然离不开美学的支撑。在文本批评中，他表现出对文本美学价值的兴趣和追求，只是不愿意承认罢了。

第四，否认自己关注文学理论和价值。众所周知，利维斯和韦勒克就文学批评是否需要理论支持发生了激烈的争论。他在《文学批评和哲学》（1937）一文表明自己是怀疑理论的，在这个时候，利维斯仍然重申自己的态度。

第五，否认关注文学价值。利维斯对 T. S. 艾略特的态度发生改变，否定他的同时力捧劳伦斯。在前期，利维斯把艾略特放在重要的位置，他评价诗歌的趣味和方法，是以艾略特为精神导师的。而在后期，利维斯的批评标准却发生了转变，把艾略特的两篇著名文章《传统与个人才能》和《批评的功能》贬作"混淆、虚夸、无益"④。把《传统与才能》指责为"就思想而论缺少一定的价值"⑤"混淆、含糊"⑥。利维斯对艾略特的批评还表现在对艾略特的世界观上，重点体现在他的宗教观和时间观。艾略特对宗教的狂热表现在他的文学作品和文学批评中，没有认识到流变论哲学；而利维斯则接受了柏格森主义的思想，认为"生活在于过程，时间体现过程的实在"⑦，"他（指艾略特——引者注）畏惧生活而蔑视人性"⑧，这是他和艾略特在对待时间观念上的不同。

后期利维斯在对待艾略特的态度上远远不同于前期，原因在于利维斯

① F. R. Leavis, *The Living Principle*: *English as a Discipline of Thought*, London: Chatto and Windus, 1977, p. 106.
② Ibid, pp. 113 – 114.
③ Ibid. , p. 103.
④ F. R. Leavis, *Nor Shall My Sword*: *Discourses on Pluralism*, *Compassion*, *and Social Hope*, New York: Barnes & Noble, 1972, p. 114.
⑤ F. R. Leavis, *Thought*, *Words and Creativity*: *Art and Thought in Lawrence*, London: Chatto & Windus, 1976, p. 16.
⑥ F. R. Leavis, *The Living Principle*: *English as a Discipline of Thought*, London: Chatto and Windus, 1977, p. 186.
⑦ Ibid. , p. 225.
⑧ Ibid. , p. 205.

这个时候已经变成了极端乐观主义者，热切信仰行动、普遍责任、人类基本的善良本性等。这个时候，利维斯已经站在劳伦斯一边：一方面，批评艾略特的诗作"没有一种丰富的人类经验作为基础；反之，它暴露了一种局限性；它确实出自一种显见的贫乏"①，表明了"内心紊乱和胸无成竹"②。另一方面，利维斯对劳伦斯加以吹捧，简直达到了无以复加的地步。因此，利维斯后期的著述主要围绕艾略特和劳伦斯之间的种种争议，试图把劳伦斯抬到一定的高度。

　　第六，认为批评标准是假说，与前期的观点相矛盾。前期，利维斯认为必须确定一定的标准才能甄别文学作品，而在这时，他的观点却相反。在说明评论期刊《现代文学手册》时，利维斯居然说："这些'批评标准'全是臆说：标准不需要谈太多，也没必要。"③ 利维斯的这句话告诉读者不要被既定的标准束缚了文学批评，只有在文学批评实践中确定标准才具有现实意义，认为只有真诚地进行批评才是很好的规范。利维斯在书评中发现了《认识者与被认识者》（1966），在评论中，他很少谈到自己的诗歌理想，对批评术语更是少用，而是着重"真诚"这个规范，如"身心一体的真诚"④，类似艾略特的"统一感受力"。他用比较传统的说法，把诗歌称为"一个历历在目的想象力的产物，是通过一个精微地感觉到的主题内部发挥作用的"⑤。引述一些利维斯摈弃的东西，往往就能充分看出其中隐含的诗歌规范。再如，利维斯将莎士比亚的《安东尼与克里奥佩特拉》和德莱顿的《一切为了爱情》加以对照，表明莎士比亚对克里奥佩特拉的描绘手法"展现意义"，而德莱顿的相同内容的段落则流于"描述上文辞流畅"⑥。

　　利维斯推崇的仍然是生命，他把生命一词当作"必要的焦点"⑦。他的论述中有一种宗教内涵，如使用"超越""尊敬生活""责任"，一种"生命的神秘感和统一感"或者"生命与奇迹、未知者、想象力、信仰宗教、

---

① F. R. Leavis, *English Literature In Our Time and The University*, London：Cambridge University Press, 1979, p. 144.

② Ibid., p. 146.

③ F. R. Leavis, "*Anna Karenina*" and Other Essays. London：Chatto & Windus, 1967, Pantheon, 1968, p. 221.

④ F. R. Leavis, wife, Q. D. Leavis. *Lectures in America*, New York：Pantheon, 1969, p. 15.

⑤ F. R. Leavis, *The Living Principle*：*English as a Discipline of Thought*, London：Chatto and Windus, 1977, p. 155.

⑥ Ibid., p. 148.

⑦ F. R. Leavis, *Nor Shall My Sword*：*Discourses on Pluralism, Compassion and Social Hope*. New York：Barnes & Noble, 1972, p. 11.

负有责任，息息相通"①。利维斯始终避免使用"上帝"一词。注重小我和大我之间的区别，这表现在他对布莱克的评价上。涉及对文学批评和文学史的论述，他认为布莱克需要的是史诗构架②。利维斯把劳伦斯—布莱克—狄更斯联系起来，称他们是精神—生命的维护者，这样就成为一条脉络进入 20 世纪，这时利维斯反对把狄更斯称为"伟大的伶人"③。"不过，布莱克—狄更斯—劳伦斯这条延续的链条似乎莫名其妙，仅仅基于那种含混的、包罗一切的、无法确定的生命观念，最后一点利维斯也承认。"④ 重新论述《伟大的传统》中的作家，利维斯又提出不少新的观点，进一步追踪"伟大的传统"脉络的源头，从乔治·艾略特的《亚当·比德》的作品分析来看，认为可以追溯到司各特、霍桑、华兹华斯、莎士比亚及希腊等的作品。可见，他试图寻找根脉，但这远没有像早期那样产生深远的影响。

这个时候，美国小说进入了利维斯的传统视域中。他认为，霍桑是詹姆斯和马克·吐温的祖师，《哈克贝里·芬历险记》被誉为"世界伟大作品之一"⑤。利维斯同时贬损惠特曼、豪威尔斯、德莱顿、司各特·菲茨杰拉德，还有海明威⑥，语意中流露出反美的倾向并不是出自大英帝国的殖民心态，而是反对英国被美国化，畏惧欧洲和亚洲，反对大不列颠加入西欧共同市场，埋怨非白种人移居英国。这种种态度表明利维斯思想存在保守的倾向。他的地方本位主义或英格兰本位主义表现在对英语地位的捍卫，也表现在他故意忽视未用英语写作的别国文学作品。因而，利维斯贬评福楼拜、马拉美、瓦莱里这些使用法语创作的作家。唯一例外的是对《论〈安娜·卡列尼娜〉》，关注作品中的道德问题，把列文与基提的婚姻视作安娜与沃伦斯基关系的一个衬托。利维斯的著作流露出他的固执和偏见。他把"多元论"称为"要求漫无道理和机会主义"⑦，对历史相对主

---

① F. R. Leavis, *Thought, Words and Creativity: Art and Thought in Lawrence*, London: Chatto & Windus, 1976, p. 28.

② F. R. Leavis, *The Living Principle: English as a Discipline of Thought*, London: Chatto and Windus, 1977, p. 229.

③ F. R. Leavis, *English Literature In Our Time and The University*, London: Cambridge University Press, 1979, p. 175.

④ Ibid., p. 224.

⑤ F. R. Leavis, *Anna Karenina and Other Essays*, London: Chatto & Windus, 1967, Pantheon, 1968, p. 121.

⑥ Ibid., pp. 153 – 154.

⑦ F. R. Leavis, *Nor Shall My Sword: Discourses on Pluralism, Compassion, and Social Hope*, New York: Barnes & Noble, 1972, p. 165.

义不以为然，因为即使年代久远的文学对于今人说来肯定也是充满活力的，也否定绝对主义。1964 年是利维斯思想的一个分水岭，相比较而言，利维斯前期的思想具有较高的学术研究价值，在国际上产生深远的影响，而后期的影响不大，故在本书中不作深入的研究。

第三节　文学和"文化革命"

利维斯关于文学批评问题的分析和变革，在英国乃至世界产生了较大的影响，被学界誉为英国文学批评史上的一座丰碑。英国学者麦基洛普和斯多尔为了纪念利维斯 100 周年诞辰做出这样的评价："看似清晰的是利维斯绝不是可以遗忘的人物，在某种意义上，他是个值得争议的人物，他的名字和影响可能仍然唤起了令人惊讶的强烈反应和激烈的争论。同时，普遍认识到利维斯对于任何想理解这个世纪历史和文学批评理论的人来说都是不可绕开的人物，他成了里程碑———一个必要的参照点，对那些想以新的方向出发的人来说同样是非常必要的。"① 利维斯生长的时代风云变幻：19 世纪末 20 世纪初，英国正走向衰落，它的政治、经济、文化等正遭受前所未有的冲击。第一次世界大战后，英国失去了世界霸主的地位，经济危机又使这个国家处于水深火热之中，很多殖民地开始脱离大英帝国走向独立，加上保守党和工党之间的政治利益冲突越发加剧了英帝国的崩塌。为了争夺原材料和殖民地，英国的绥靖政策间接地促成了第二次世界大战的爆发。第一次世界大战时期，利维斯曾作为担架手奔赴法国战场，目睹了战争的残酷，感受到人性的弱点，这为他探讨文化提供了切实的材料。作为大英帝国的子民，大英帝国的自豪心态严重遭受挫折，利维斯对此产生了焦虑感和失望感。他对现代世界产生了悲观情绪，直接影响他的批评思想，而这种悲观情绪主要体现在对待英国传统文化上的态度上。

> "帝国"的没落，为如何重新界定"民族"文化等提出了新的话题。为此，精英知识界自然需要选择新的应对策略，而利维斯等的出现也就成有由自来之事。②

---

① Ian Mackillop，Richard Storer，*F. R. Leavis – Essays and Documents*，London：continuum，2005，p. 1.

② 童庆炳主编：《文化与诗学》，上海人民出版社 2004 年版，第 109 页。

大英帝国摇摇欲坠的趋势引发了学界对"文化"问题的思考，知识分子纷纷寻找解决文化危机的方法，而利维斯就是这样一个长期寻求解决文化问题的人。在他看来，时局之所以这样混乱乃是传统文化已经走向衰微。对此，江玉琴的《文化批评：当代文化研究的一种视野——兼论诺斯洛普·弗莱与 F. R. 利维斯的文化批评观》一文指出利维斯在文化语境中观照文学、理解经典文学的作用并在大学教育中发挥文学的人文性等观点，推动了文化批评在当代文化研究中的发展。① 作为一名知识分子，利维斯开始思考那个时代英国出现文化危机的深刻原因，深感作为一名文人的职责所在。另一方面，利维斯在大学求学时期，从历史专业转向文学专业，如同鲁迅先生弃医从文一样，怀着用文学拯救国民品格的使命感。利维斯下决心从文学批评入手，希望能够通过文学的道德教化功能，培养英国人的道德素养，因认为只要国人读了文学作品就能塑造良好的道德品质，英国文化就有了希望。陆扬的文章《利维斯主义与文化批判》讨论了利维斯夫妇的文化批判思想——以确立文学批评的核心地位来抵制大众文化的全面冲击，但重建古典公共领域的企图时过境迁。② 诚然，利维斯试图引导英国文化向良性轨道发展带有理想主义的色彩，但他的道德批评方法在一定程度上发挥了正能量的作用，得到了许多学者的认可。带着拯救英国文化的使命感，借助英国剑桥大学这个平台，利维斯从英语文学这门学科入手，对英语文学研究出现的问题、文学思想和方法进行了深入的分析，并且提出了种种假设。这种变革历程和中国 20 世纪初新文学传统形成历程有些相似。如果说中国文学革命是在文学作品体裁、思想、创作技巧上的变革，而艾略特、理查兹、利维斯等却致力于在文学批评方面的变革，在以古典文学为中心的传统学院派打压下突围。最终，英国现代文学得以在牛津、剑桥等大学站稳脚跟。其中，利维斯的思想种子在大学课堂得到迅速传播，形成了新的文学批评传统。

利维斯的思想主要体现在《文学思想》（*The Literary Mind*）、《批评出现了什么问题》（*What's Wrong With Criticism*）、《为批评家重评》（*Restatements For Critics*）、《诗歌复兴》（*This Poetical Renascence*）这些论文中。利维斯对文学批评的感受力、文学批评出现的问题、批评家的要求以及诗歌的发展等进行了详细而深入的论证。在他看来，文学传统已经死了，只有重新确立新的文学传统才能挽救传统文化，"维持在一种活的传统中的标

---

① 江玉琴：《文化批评：当代文化研究的一种视野——兼论诺斯洛普·弗莱与 F. R. 利维斯的文化批评观》，《深圳大学学报》（人文社会科学版）2007 年第 2 期。

② 陆扬：《利维斯主义与文化批判》，《外国文学研究》2002 年第 1 期。

准相比任何个人来说，构成了更确切的趣味，这已经随着传统发展，没有中心也没有权威机构"①。这句话表明了利维斯要求一个发展中的活的传统，流露出自己变革文学传统的意识。为此，利维斯认为要确立标准就得有好的感受力，这种观点和艾略特关于感受力的分析是一脉相承的。在利维斯看来，这种感受力是一种综合思想、感情、哲学以及智力的能力，并认为，"智力的不足就是部分感受力的欠缺"②。在谈到如何提高感受力方面，利维斯非常重视智力在感受力所起的作用，认为，"文学批评相应发挥了高功能……文学研究应该是最可能训练智力的学科——训练自由的、非特殊的、在任何时候都不够的和为我们今天特别需要的普遍智力"③。为了提高文学研究中的智力，利维斯试图在教育领域展开改革：研究课程的教学来培养一批读书人，重振人文传统。

为此，他吸收了阿诺德的文化思想，追求道德和智慧。因为阿诺德反复强调"文化就是完美"，而完美包含道德和智慧两个方面。"文化人道德品行方面往往做得不好，而道德是不可或缺的。"④ "文化就是或应该是对完美的探究和追寻，而美与智，或曰美好与光明，就是文化所追寻的完美之主要品格。"⑤ 因此，这对利维斯启发很大，并把这种理念灌输在大学课堂的人文教育中，他在《教育与大学》中具体阐述了怎样提高学生的智力（intelligence）和情感（sensibility）。诗歌作为文学的主要样式为英国文人所推崇，把它的作用和宗教进行参照。在 19 世纪末，英国宗教也失去其往日神圣的地位，利维斯赞赏阿诺德对诗歌作用的评价："当阿诺德预言到诗歌会——倡导它应该——越来越能取代宗教，他的意图表明一些东西非常不同于沉迷于宗教的情绪，这种宗教情绪是以一种对美安静的崇拜，一种对宗教的虔诚，一种从世俗的世界退出来进入高雅的孤独艺术。"⑥ 英国人民的精神信仰遭遇前所未有的危机，人们普遍对英国的前途丧失了信心。因此，诗歌以其审美和教化功能得到人们的喜爱和推崇，它由最初的不雅之作最终登入大雅之堂。

另一方面，利维斯结合英国现实情况，分析归纳出文学批评存在的以下三个根本问题。

---

① F. R. Leavis, *For Continuity*, Cambridge：The Minority Press, 1938, p. 49.

② Ibid. , p. 56.

③ Ibid. , p. 54.

④ ［英］马修·阿诺德：《文化与无政府状态》，韩敏中译，生活·读书·新知三联书店 2008 年版，第 21 页。

⑤ 同上书，第 36 页。

⑥ F. R. Leavis, *New Bearings in English Poetry*, London：Chatto & Windus, 1938, p. 19.

一、对文学产生兴趣的公众只是少数人而已，而且掌握批评标准的少数人也许不存在了。

二、不存在代表这些标准的受教育公众核心的地方，批评功能已经终止，即使恢复它的工具和技巧也不会得到较大的改善。

三、批评家对文学严肃的趣味与当代世界并没多大联系。因为对文学严肃的趣味开始于当前，至少应该首先把文学出现的问题假想为是时代意识。①

这三个问题成了利维斯改变文学批评现状的根本原因，相应地，培训批评家、确立新的批评标准以及怎样训练当代文学批评的严肃趣味成为利维斯思想的关键词。在利维斯看来，批评家、批评标准和当代趣味是现代文学批评的主要部分，成为利维斯改革文学批评的三个支撑点。纵观英国文学批评历史，英国文学批评的发展可谓步履艰难，经历了缓慢而漫长的发展。18—19世纪，文学批评一向被人所忽视，英国作家笛福、菲尔丁等很多作家都涉及对文学现象的关注，颇有建树。但由于文学批评家并未成为一门职业，他们往往以作家身份出现，似乎很少提及自己的文学批评观点，甚至认为这是一个不体面的职业。就连当时的唯美主义代表王尔德也以此为耻，只承认自己作家这一身份，这足以说明当时社会主流阶层并未认可文学批评家这一职业。而在19世纪末20世纪初，一方面，英国各大学开始走向现代化，自由而开放的办学理念促成了英国文学研究的兴起。于是，一批著名的学者开始聚集大学，领导英语学科，提升了英语研究的地位。另一方面，代表英国"国学"的英语学科传承了英国的传统文化，增强、激起了民族自信心。中国学者李维屏这样评价英国文学：

英国的文学批评也出现了较为明显的变化。这些明显的变化主要表现在四个方面：（1）从注重历史背景、作家生平转而注重文本的性质、特点和价值；（2）强调对诗歌、小说、戏剧的结构形式和美学意义的研究；（3）将现代科学研究成果（如心理学）应用于文学批评；（4）从宏观层面阐述文艺创作和文学批评，文学批评逐渐取得和文学创作同等的地位。②

这些变化集中体现为以理查兹、利维斯为代表的英国学者的变革活

---

① F. R. Leavis, *For Continuity*, Cambridge: The Minority Press, 1938, pp. 71 - 72.

② 周珏良：《20世纪上半叶的英国文学批评》，《外国文学》1989年第2期。

动。正因为文学批评的兴起，英国一批记者和文人开始向大学学术群体转变，标志文学批评的理论化和职业化。20 世纪之前，文人们往往从事经验主义式的批评实践，很多作家既是报纸杂志撰稿人又是批评家。20 世纪以后，艾略特、理查兹、燕卜逊、利维斯、威廉斯等成了专职批评家或理论家，在这些学者的共同努力下，英国文学得以建立和迅速发展。其中，理查兹开始撰写《文学批评原理》《实用批评》，着手创建了英国文学研究的理论和方法。例如，他在《文学批评原理》分析当时英国文学批评理论的混乱现象。"我们发现了几乎空洞的东西。一些猜测、一些告诫、许多尖锐而孤立的言论、一些看似聪明的猜测、许多华丽的言辞和实用的诗歌、无尽的混淆、丰富的教条、并不小的一堆偏见、异想天开和怪想、丰富的神秘主义、有些纯粹的推断、各种零散的灵感、蕴含的暗示和随心所欲的概要。可以毫不夸张地说，所有这些就是现今建构的批评理论。"① 这成为理查兹下决心改变文学批评的主要原因。

这个时期，英国政府为了改变经济发展缓慢的局面，倡导大学带动工业的发展，出现了很多推动工业发展的大学，片面强调工业的做法引起了英国文人的反感。利维斯就曾对工业化文明做出了强烈的批判，"大众生产、标准化和水平下降这三个要素简洁地传达了发生的事情，机器—技术已经以一种有点像延续中的断裂一样的速度带给生活方式变化……不管怎样大众生产（因为现在是大众生产的条件控制了文学的供需）的标准不是传统的标准"②。利维斯认为工业化的生产方式渗透于文学领域，文学的生产和消费如同生产产品一样，需要进商品流通领域——市场中转化为商品，这样，原来的文学标准和文学传统已经死去了，必然发生相应的改变才富有生命力。而且，利维斯对工业文明带来的消费市场前景充满了悲观的设想，认为在商品市场里重建标准是徒劳的。利维斯看到了大众生产带给文学发展的不利因素，因为伴随市场而生的享乐主义思想很容易把文学导向一种低俗化状态，导致一种低俗文化的滋生，不利于文化的良性化发展。因此，怎样确立新的标准来改革文学就成为重要的命题。"我们面临的一切就是，因为过去的文化孕育了一种与生产方式亲密的关系，这是真实的。文化在文学和艺术传统中表现自身——这样的传统再现了较好的民族意识，提供了较好的生存事情——只有传统与真正的文化处在一种活的关系中，并在很大程度上为民众所共享，这种文化才能维持在一种健康的

---

① I. A. Richards, *Principles of Literary criticism.*, Lond and NewYork：Routledge, 2001, p. 8.

② F. R. Leavis, *For Continuity*, The Minority Press, Cambridge, 1938, p. 76.

状态中。"① 因此，利维斯希望确立一种建立在生产方式基础上的文化，也就是文学要与当前市场经济联结起来。为此，利维斯在他的论文《在哪个君王的统治下，暴民吗?》讨论了文化、生产方式、经济等问题。他认为只有在少数"有闲阶层"的引导下，拯救文化才有希望。因为这个阶层与生产力有着密切而重要的联系，这决定了诗歌发展的现状，他由此设想建立一个由这个阶层组成的有闲共同体。为此，利维斯在大学教学中着重培养了一批具有文学甄别力的知识分子，相信这批人能够引导英国文学和文化向良性轨道发展。

利维斯进行文学批评的变革，最终还是源于对英国文化现状的强烈关注。在利维斯的文学批评思想中，文学批评和文化研究是相辅相成的，文学批评的复兴代表了文化复苏，反之，文学批评的衰败也导致了文化的衰落，只有振兴文学批评才能挽救文化。这种观点虽然片面夸大了文学的社会功能，但在一定程度上肯定了文学对文化的积极作用，也是在英国当时内忧外患的处境中广大知识分子对文学寄予厚望的集中反映。19 世纪中晚期以来，英国一批文人敏锐感知到日益到来的文化危机，他们由此滋生了文化悲观情绪，如卡莱尔、阿诺德和斯宾格勒等这批学者，其中以马修·阿诺德的影响较大。在阿诺德看来，"'文化'应是包括文学、艺术在内的人类一切最优秀的思想、文化之积淀，这种宽阔的、深厚的思想文化根基应成为变革时代凝聚人心的力量"②。他的《文化与无政府状态：政治与社会批评》毫不留情地对社会进行文化批判，在当时没有一个学者能像他那样对社会文化分析得如此细致入微。"在相当长的时期内，阿诺德一直被视为英美知识思想传统，或曰'主流文化'中的一位重要人物。"③ 他的思想表现出对民族文化生存的忧虑，"阿诺德严肃检讨英国的国民性、习惯、心理定式、找出英国最缺乏的东西"④。他对国民性格的分析理解深深影响了利维斯在文化上的立场，利维斯以"文学文化"为中心，试图通过道德教育来启迪英国人的智慧，提升人们的批判能力，以抵制大众文化的不良影响。利维斯认为，道德批评有利于培养完美的人性，用道德标准确立新的文学传统，能够形成新的传统文化，能够孕育出一批好的作家作品；另一方面同时逐渐为面向社会现实的文学批评建立了一套新型的话

---

① F. R. Leavis, *For Continuity*, The Minority Press, Cambridge, 1938, p. 164.
② ［英］马修·阿诺德：《文化和无政府状态：政治与社会批评·序》，韩敏中译，生活·读书·新知三联书店 2008 年版，第3 页。
③ 同上书，第15 页。
④ 同上书，第3 页。

语，为振兴英国文化、增强民族凝聚力而发挥道德的力量。在这样的考量下，利维斯倡导的道德和文化变革运动融合了浓厚的民族精神。"利维斯的批评是以关注民族的精神健康为基础的，这便把利维斯置放在伟大的维多利亚社会批评家的后裔中。"① 在《伟大的传统》中，利维斯对维多利亚时代的社会文化进行了细致的分析，把自己的道德批评运用到文学作品的分析中，以开展道德运动的文学批评实践。

为此，利维斯在批评实践中流露出强烈的民族主义情绪。为了守护英国的传统文化，他将莎士比亚、多恩、蒲柏、狄更斯、劳伦斯等作为民族传统文化的典范，因为这样才能引导传统文化走向正确的道路。在利维斯看来，语言是体现民族文化和精神的重要特征，他之所以否定弥尔顿，是因为弥尔顿的语言具有拉丁语化的倾向，丢掉了英语语言的特征，而利维斯始终认为英语是优越于拉丁语的。他认为莎士比亚的文学作品之所以获得成功，是因为其语言具有浓厚的英国特色，这充分反映了莎士比亚强烈的民族自豪感。"研究莎士比亚的戏剧必须从语言开始"②，"他（莎士比亚）体现了语言的天才"③。因此，一些学者都认为，莎士比亚的作品中流露出一种强烈的民族主义情绪。而作为推崇莎翁的利维斯来说，这种民族主义情结直接影响了他的民族立场。因此，利维斯的地方主义或英格兰本位主义显然也表现在他故意忽视未用英语写作的别国文学作品，因而贬评美国、法国的如福楼拜、马拉美、瓦莱里等作家。"具有特色的是，他们（美国作家）表明的是令人沮丧的、经常令人讨厌的，在经验范围里贫穷的……至于知名而自以为是的美国批评家们，都在探讨'英国英语'的经典作品，根据他们论述的文章来看，他们似乎很难读懂这些作品。"④ 从这里来看，利维斯排斥欧美国家的文学作品，流露出以英国文化为中心的狭隘性和保守性："我们被美国化了，这是有目共睹的事实。"⑤ 利维斯对美国文化展开批评，也是对新事物的极度不信任。20 世纪 30 年代，以广播、电影、广告、电视等为媒体形式传播的大众文化已经发展很快，几乎成了

① Anne Samson, " *F. R. Leavis: Overview* " in Ed. *D. L. Kirkpatrick*, 2nd eds. , *Reference Guide to English Literature*, Michigan: Literature Resource Centre, 1991.

② G. Sing, ed. , *The Crtitic as Anti – Philosopher*, Chicago: Elephant Paperbacks, 1998, p. 121.

③ Ibid. , p. 126.

④ F. R. Leavis, *The Living Principle*: " *English* " *as Discipline of Thought*, London: Chatto and Windus, 1977, p. 52.

⑤ F. R. Leavis, *Mass Civilisation and Minority Culture*, London: The Folcroft Press, INC, 1930, p. 7.

美国文化的重要部分，迅速对世界各地产生了深刻的影响，尤其是对英国的影响。利维斯担心英国"变成美国世界的一个省份"①，认为英国大众文化的出现应归罪于美国，"美国化经常被提到，仿佛是美国应为此内疚的事情"②。不仅如此，利维斯还畏惧欧洲和亚洲，反对英国加入西欧共同市场，埋怨非白种人移居英国，倾向于评价英语国家的作家作品。这种种表现反映了利维斯过于偏激，从而滋长了民族主义和文化沙文主义情绪。利维斯对英语的偏爱、对英国文化的推崇、对美国文化的反感，体现了大英帝国子民的爱国精神，但也折射出欧洲文化中心意识在他身上的反映。英语世界的一些学者对利维斯思想中流露的殖民文化和霸权文化心态给予了相应的评论。

小　结

　　根据利维斯的生平和思想，笔者认为他既具有英国绅士的贵族文化情结，对17世纪的乡村社会文化依依不舍，又具有改革家大刀阔斧的气魄，敢于挑战学术权威。通过分析利维斯早年成长经历，他如何见证世界大战的残酷和非人道，笔者认为这是利维斯思想形成的主要影响因素。同时，分析英国剑桥学术传统对利维斯的影响，特别是唐宁学院铸就了利维斯严谨的治学态度和追求学术自由的精神，多学科汇合的学院成就了利维斯开阔而多元的学术批评视域，文学批评实践奠定了他在英国文学批评史上的地位。笔者以1964年为界分别阐释利维斯前期和后期的思想，发现利维斯前期的成果具有重要的学术价值，而后期的思想有的是对前期的补充和概括，有的走向了反面，总的来说后期成就不大。本章第三节重点概述了利维斯在文学批评领域的变革因素和现状，对于后面各个章节系统论述利维斯的思想体系奠定了一定的基础。最后，利维斯将文学批评与民族主义精神相联系，透露出其浓厚的民族主义情绪。总之，这些前提为利维斯的诗学特征分析作了充分的铺设，表明一个大时代思潮背景下一个学者的文学和文化思想特色。

---

① F. R. Leavis, *Nor Shall My Sword*: *Discourses on Pluralism*, *Compassion*, *and Social Hope*, New York: Barnes & Noble, 1972, p. 159.

② F. R. Leavis, *Mass Civilisation and Minority Culture*, London: The Folcroft Press, INC, 1930, p. 7.

第二章　利维斯的诗学特征

利维斯对文学理论、美学、哲学等保持着高度的警惕，反复强调自己的立场。他的态度遭到来自美国学者韦勒克的质疑。韦勒克来信要求利维斯"从抽象的角度捍卫自己的立场，意识到伟大的伦理、哲学，当然最终也包括美学在内"①。而利维斯做出回应，强烈反对文学批评中的"理论化"倾向，认为文学的价值不是通过哲学来显示自身，"我们说，哲学是抽象的（因此韦勒克要求我更抽象地捍卫我的立场），而诗歌是具体的，诗歌语言要求我们的不是思考或判断，而是感知或变成——去领悟一种语言中既定的复杂经验"②。可见，利维斯认为文学批评是对具体文本的情感体验活动，文本是由语言媒介来传递人类的生活经验，只要从文字语言上去感受就可以了：依凭作品带给读者的强烈情感，展开想象的翅膀，对文本进行重新阐释。他反对借助理论和抽象思考来对待文学批评。从利维斯与韦勒克的论争看出，利维斯反对一味地依赖理论来研究文本，将理论凌驾于具体文本之上而空洞无物，远离社会生活。因此，他针对20世纪风起云涌的批评理论思潮表明了自己反理论的立场，他的主张得到了英美和中国学界一些学者的认同。例如，夏志清认为："其实理论未必是好东西，看多了反而没有好处。"③ "确如斯坦纳所说，利维斯对理论的危险性保持高度的警惕。任何理论都有其缺陷和危险区域；即便是完美的理论，也随时存在着被生搬硬套的危险。利氏对这一点非常清楚，所以他情愿带上'反理论'的假面具，也不愿带上任何冠冕堂皇的理论桂冠。不无辩证的是，利氏之所以对理论的危险区域看得一清二楚，是因为他有着不浅的理论素养。"④ 以上两段话都反而说明利维斯有着深厚的理论修养，从他的

---

① F. R. Leavis, "Literary Criticism and Philosophy: A Reply", *Scrutiny A Quarterly Review*, Vol. Ⅵ, No. 1. June 1937, p. 59.

② Ibid., pp. 60 – 61.

③ 季进：《对优美作品的发现与批评——永远是我首要的工作》，《外国文学》2005年第4期。

④ 殷企平、高奋、童燕平：《英国小说批评史》，上海外语教育出版社2001年版，第213页。

《活用原理》可以看出其辩证地继承传统和现代的理论思想并形成了自己的学术观点。纵观利维斯的学术思想，本书论证发现他的学术思想实际上是相对完整的体系，几乎涵盖了文学关注的社会生活的方方面面。本章将利维斯置于20世纪以来的西方文论史中去考察，分析其在维特根斯坦、索绪尔的语言学、理查兹的语义学批评、艾略特的非个人化理论等影响下，创造性地形成以"文本细读"为中心的文学批评模式。将以利维斯创办的文学批评期刊《细察》为研究对象，集中在对英语诗歌和小说的分析，考察文学作品本身的形式、语言、语义等文本内部，涉及社会生活、道德伦理、政治意识形态等文本外部。全面剖析西方文论发展的环境，阐明利维斯式的文学批评对英国文学审美特性的变革意义，肯定其对后起的文化研究理论里程碑的意义。本章主要分为利维斯诗学形成的背景、传统与现代、人文主义和科学主义、外部研究与内部研究、中心与边缘等五个部分展开。

第一节 利维斯诗学形成的背景

中国著名学者殷企平的《用理论支撑阅读——也谈利维斯的启示》一文认为利维斯是细读的倡导者，阅读是需要理论支撑的，利维斯反理论只是他的策略罢了。[①] 可见，利维斯的诗学体系是由一个大的理论思潮背景来支撑的。20世纪初，现代主义文学思潮席卷欧美，成为不可抵挡的历史潮流。当时，促使思潮出现的直接因素是1880—1970年西方社会秩序的激荡变化，两次世界大战、社会主义革命和工人运动，20世纪30年代逐渐蔓延全球的经济危机等，这些把人类推到痛苦的边缘。这种思潮的主要特征是对现代西方文化的危机感，表现出焦虑、绝望、荒诞和虚无，深刻体现了人与自我、他人、自然和社会无法调和的矛盾，并由此产生了人的精神创伤和畸形心理。在现代文学批评到来之前，整个英国文学发展走向是由外部的客观生活慢慢转向内部的内心世界，到现代文学时已经完全转向人的心理领域。20世纪20年代左右，现代主义文学思潮已经占据文坛，而批判现实主义、自然主义已经衰落，浪漫主义更趋于没落。其艺术特征首先体现为20世纪初的文学创作者普遍向人类的心理领域挖掘素材，描写人物的无意识活动，刻画人类精神上的畸形和变态，揭示人类这些矛盾的

---

① 殷企平：《用理论支撑阅读——也谈利维斯的启示》，《外国文学》1999年第5期。

根源。例如，英国乔伊斯在《尤利西斯》描写布鲁姆极端无聊地漫游都柏林街头的内心活动。其次表现为注重艺术形式创新，探求"新"和"奇"的形式和技巧。在表现手法上运用象征、意识流、混乱的逻辑、随意的变形和夸张等手法，语言晦涩、玄奥。例如，象征主义、印象主义、唯美主义、"意识流"小说、荒诞派戏剧等文学流派相继出现。这让一些使用旧有的批评方法来分析作品的学者们感到无所适从，英国文学批评面临着一个批评模式转向的问题。

在这样的情况下，英国一些学者从自发到自觉地探索新的方法来适应现代创作潮流。其实，这种探索从 18 世纪就开始了。"如果说古典主义与新古典主义时期的文学批评着重于文学的自然性，浪漫主义文学批评着重于想象性，那么在 20 世纪一个明显的特点是文学的心理性质。文学批评向意识渗透，进入了心理禁区。"① 想象赋予文学一种人文思想，"允许诗歌领域转向道德和政治领域的能力是想象"②。因此，以想象为基础，18 世纪末 19 世纪初，浪漫主义文学理论为文学批评转向现代打下了基础。最早为英国现代批评奠定基础的重要人物是柯勒律治（Samuel Taylor Coleridge，1772—1834)，被 T. S. 艾略特誉为英国现代文学批评史上的创始人之一。柯勒律治吸收了来自德国的哲学思想并长期致力于哲学方面的研究，发表了关于文学和批评方面的演讲，把文学批评推向注重主观哲学层面的分析，且具有理性。因此，柯勒律治和后来的文化批评家阿诺德、美学家约翰·拉斯金（John Ruskin，1819—1900）一道对剑桥英国文学批评的未来走向起着重要的影响。因此，20 世纪初现代文学批评开始酝酿成熟。

这样的境况带动了英国文学从幕后走向前台，获得了前所未有的重视，"如果有谁被要求对 19 世纪后期英国文学研究的增长只给出一个解释，他的回答也许勉强可以是：'宗教的衰落。'在维多利亚时代的中期，这时一个一向可靠的、无限强大的意识形态陷于深刻的困境。它不再能赢得群众的感情和思想，而在科学发现和社会变化的双重冲击下，它原先那无可怀疑的统治正处于消亡的危险之中"③。伊格尔顿的这句话说明宗教失去了原来的道德教化地位。因此，英国文学作为凝聚情感和思想的一种方式日益受到一批知识分子的青睐，他们从 19 世纪末开始尝试将英语文学教

---

① 罗志野：《西方文学批评史》，广西师范大学出版社 1991 年版，第 220 页。

② Julian Wolfreys, *Modern British and Irish Criticism and Theory*, Edinburgh：Edinburgh University Press，2006，p. 4.

③ ［英］特雷·伊格尔顿：《二十世纪西方文学理论》，伍晓明译，北京大学出版社 2007 年版，第 21 页。

学和研究作为大学的一门学科。而在当时的英国大学，占据主体的仍然是古希腊罗马文学方面的研究，文学批评学科的形成促使大学批评家的出现，休·布莱尔于 1762 年成为爱丁堡大学的首席修辞学和纯文学教授；牛津大学三一学院的研究员托马斯·沃顿创作了一部《英国诗史》（1774—1781）；19 世纪初期出现了柯勒律治、哈兹里特、麦考莱、卡莱尔、德·昆西、亨利·哈勒姆这些非学院派批评家；19 世纪中后期，马修·阿诺德成为牛津大学英语诗歌讲座的教授，沃尔特·佩特成为牛津大学布拉西诺斯学院研究员。当然，还存在一些如斯温伯恩、约翰·阿丁顿·西蒙兹、沃尔特·白哲特、莱斯利·斯蒂芬这些非学院派学者，这些批评家在文学批评上的努力共同推进了现代文学批评兴起的到来。

　　然而，文学知识在课堂上的讲授在 19 世纪已经成为风气，而文学批评则是一门边缘学科。这个时期的文学教学专注于古籍考证性质的文学史，如沃德撰写了一部《戏剧文学史》，这部著作散漫、无系统，流于说教或信口开河。到了 1895 年，乔治·圣茨伯里是第一位正式的文学批评史家，都柏林大学三一学院的爱德华·道登（1843—1913）提高了文学批评的兴趣，而在牛津大学和剑桥大学，文学批评向来就遭受排挤，英语文学专业分别于 1894 年和 1885 年才设立。科林斯主张遵守精确性的标准，这个时候的研究方法是模仿古典文学的方法和标准，校勘、注疏、编辑和建立档案及古籍研究都在于把英语文学确立为一门学科，等等。

　　"第一次世界大战"之后，英语文学研究在反对古典文学、哲学和神学等方面获得了新的声誉。英国学者们开始注重文学鉴赏趣味，打破了原来古籍研究方法的单一格局，但这时候的学者蔑视、怀疑理论，且批评的感情和表达相当粗俗或武断。韦勒克评价这个时期的批评现状时说道："沃尔特·雷利的《书信集》暴露了感情和表达上的粗鄙，人们料想不到那是出自当年的审美家……这些书信充斥着粗鄙或轻率的断语。"[1] 由此足以看出，这种批评没有从文学理论、美学、社会学方面展开，只是粗浅的涉猎、简单的判断，缺乏科学化的研究方法。到了 19 世纪末，出现了一些论述深刻和有一定文献资料支持的批评著作：《英国小说》（1894）、《弥尔顿》（1900）、《华兹华斯》（1903）和《莎士比亚》（1907）。奎勒－库奇的《论写作艺术》《文学研究》《论读书艺术》《公民诗人》和他选编的《牛津英国诗选》提高了诗歌鉴赏趣味，他运

---

① ［美］雷纳·韦勒克：《近代文学批评史》（第五卷），杨自伍译，上海译文出版社 2002 年版，第 41 页。

用的经验主义批评方法吸引了一大批追随者。随着文学批评的发展，有一批学者开始注重讲授文学批评理论，如1919年理查兹在剑桥大学讲授他的批评理论。1924年，道德批评也开始得到重视，作为理查兹的学生利维斯当时在剑桥大学学习历史和文学，先辈们采用的经验主义思维方式和实证主义批评深深吸引了他。几年后，在他们的基础上利维斯创办了《细察》杂志，探索英国文学研究的未来之路。

18—19世纪，英国的文学批评往往和文学创作联系一起，很多作家在文学批评方面也颇有见解，如柯勒律治、华兹华斯、济慈、菲尔丁、詹姆斯、王尔德、伍尔夫等。20世纪之交的英国学界一直盛行着唯美主义批评、直觉主义批评和象征主义批评，而利维斯比较反感的是维多利亚时代以来的说教风气："维多利时代批评风气在当下的盛行。"[1] 当时的唯美主义批评风气和边沁主义批评风气比较随意、散漫，并没有走向专业化和学术化的规范道路。1917年，剑桥大学开始对英语文学学科的学生实行专业化的学位考试制度，从而确立英语文学研究在大学的地位，促使其走上了专业化的道路。受柯勒律治、阿诺德和拉斯金的影响，1924年取得博士学位的利维斯和一批执教于剑桥的学者致力于改变英国现代文学批评现状。他在《细察》里的一篇文章《批评出现了什么问题?》谈道："这里，我们接近了批评出现的问题，对文学表示兴趣的公众仅仅是少量的，尽管在麦卡锡先生之后，一个圈子的人（资产阶级）积极而感兴趣于智思，但他们是少数中的少数。……没有受教育公众的核心来确定这样的标准，批评的作用中止了，在方法和技巧上没有大量的改善来促使批评复兴。"[2] 这段话中，利维斯谈到了那个时代批评出现两个问题：一是对文学感兴趣的人逐渐减少，而且这些人是资产阶级中的精英；二是文学批评的方法和技巧没有得到改善。"如果一个文学传统不能在当下把自己保持为鲜活的，不仅仅以新的创造方式，而且对情感、思想和生活标准产生普遍的影响，那么这个传统是垂死或已死的……对世界不感兴趣，对那些关注文化的人来说缺乏兴趣比敌视看似更恐怖。"[3] 这段话里，利维斯强调了对文学产生兴趣的重要性，而文学便是维持鲜活的思想文化传统的重要载体。"我没有断言传统文化和文学传统是相同的，但二者的关系是如此紧密，以致那些

---

① F. R. Leavis, *The Great Tradition*, New York: Doubleday Anchor Books, 1948, p. 9.

② F. R. Leavis, *What's Wrong With Criticism Scrutiny A Quarterly Review*, Vol. I, No. 2, September 1932, p. 134.

③ Ibid., p. 135.

人都知道假如没有一个，另一个也将无望生存。"① 点明传统文化和文学传统唇齿相依的关系，并认为树立文学传统的评判标准能够甄别文本的优劣，改变英国当时的文学批评乱象。"因为传统已消散了，中心——阿诺德的智力和温文尔雅的精神的中心——消失了，尽管阿诺德悲叹，我们通过比较可能把这看作存在于他的时代已经消逝，取而代之的是，有个书社用现代公众性的精神分析学资源来评论有价值的书，一个最有价值的术语是文化人（high‑brow）。"② 利维斯带着悲观主义的情绪假设传统和中心消失了，而文化修养水平高的人成了中心，他把希望给予这些文化人身上。"以市场讨价还价的方式希望设法重建一些标准这是徒劳的，文明的机械化发挥的作用不停地擦去对标准的记忆……这些敌人在很大程度上是阿诺德几乎不可能已预测到的，投入力量和品德意识。然而，有些朋友——对标准的需要是人性——和事情的最终结果是使这些人重新付出努力。"③ 利维斯指出的与阿诺德时代不同的当时英国社会的商业化和机械化这些问题，成为利维斯思想理论形成的现实情况。这些诸多原因促使利维斯试图用自己的文学批评方式改变当时人们文学鉴赏的趣味。这样的背景使得利维斯思想呈现一种传统与现代、人文主义和科学主义、内部和外部、中心与边缘等矛盾的特性。正如安妮所言："在利维斯的一生中，他确实是英国最具争议的文学批评家。或许被看作这个世纪最伟大的批评家。"④ 他引起许多评论家的赞誉，同时招致其他学者的敌视和毁谤，一些人反对他的文学判断甚至挑战他的文学批评思想，他的著作在体系上被歪曲和嘲笑等，如弗兰克·韦伯斯特的叙述："F. R. 利维斯……故去后就被人遗忘了，即使偶尔被人们回忆起来，也会被说成是天真、教条并且专制。"⑤ 这均是对他的不全面评价，从而引起了利维斯思想的神秘性。尽管如此，他们对利维斯的赞誉多于指责，如"（利维斯）的声望和权威在那时已经遍布英语世界"⑥。

---

① F. R. Leavis, *What's Wrong With Criticism Scrutiny A Quarterly Review*, Vol. I, No. 2, September 1932, 135.

② F. R. Leavis, "What's Wrong With Criticism", *Scrutiny A Quarterly Review*, Vol. I, No. 2, September 1932, p. 138.

③ Ibid., p. 138.

④ Anne Samson, "*F. R. Leavis*: *Overview*" in Ed. D. L. Kirkpatrick, *2nd ed. Reference Guide to English Literature*, London: St. James Press, 1991.

⑤ ［英］弗兰克·韦伯斯特：《社会学、文化研究和学科疆界》，转自陶东风、金元浦、高丙中主编《文化研究》（第五期），广西师范大学出版社 2005 年版，第 313 页。

⑥ Morris Freedman, "The Oracular F. R. Leavis", *American Scholar*, Literature Resource Center, 2001.

第二节　传统与现代

利维斯曾被一些西方学者评为"极具争议的人"，大概在于其批评思想的保守性和激进性。实际上，利维斯既传承了传统批评——伦理道德批评、社会历史批评以及美学批评等领域的理论，又吸收和提出了现代语义批评、文化批评、生态批评等领域的观点。这首先表现在利维斯继承了古典美学的一些主张。整个来看，亚里士多德的《诗学》《修辞学》《伦理学》等奠定了西方文论的基础和体系，当代西方文论家的观点几乎都能从他那里找到源头。利维斯的思想可以追溯到亚里士多德的真实模仿说、有机整体论、悲剧论和风格论（文体论）、净化说等，反映了他有着深厚的古典文论修养。利维斯反复强调的文学与"生命/生活（life）"，源于亚氏的"真实模仿论"，按照今天的说法则是一种现实主义方法。例如，利维斯认为艾略特、庞德及霍金斯等现代诗人代表诗歌新的发展方向，适应了20世纪初拯救西方文化危机的现实需要；他对狄更斯先抑后扬，是因为他发现了狄更斯小说对工业社会功利主义的批判；他对劳伦斯的推崇，在于劳伦斯揭示了资本主义社会人性异化的实质，等等。更重要的是，利维斯打破了文学的"小视野"，把眼界投向政治、文化、经济等现实生活领域，特别是大众文化的兴起对文学的冲击问题，这使得他的文学批评有了更为广阔的视野。在《伟大的传统》中，利维斯列举了菲尔丁、奥斯汀、康拉德、詹姆斯、劳伦斯等小说家，遵循了现实主义原则，反映了英国维多利亚时代的真实生活，这种原则可以上溯到亚里士多德的模仿说这里。其次，利维斯反复提到的"有机体"观点，有机体这个概念实际上源于亚里士多德提出的"情节的整一性"原则。在《诗学》的第八章，他说：

> 情节既然是行动的摹仿，它所摹仿的就只限于一个完整的行动，里面的事件要有严密的组织，任何部分一经挪动或删削，就会使整体松动脱节，要有某一部分可有可无，并未引起显著的差异，那就不是整体中的有机部分。①

亚里士多德的有机体概念是在悲剧理论中提出来的，以追求悲剧结构

---

① ［古希腊］亚里士多德：《诗学·诗艺》，罗念生译，人民文学出版社1962年版，第28页。

的完美。文学的有机整体论强调了和谐的整体，从而奠定了古典主义的基调。这个概念被利维斯广泛运用到诗歌和小说批评理论中去，无论是文学文本的结构，还是文学批评的广度，都体现了整体观。利维斯关于"小说是戏剧诗"的观点，源于亚氏的悲剧论和风格论（文体论）。20 世纪初，一些学者试图给小说一个确切的界定。在利维斯的小说批评中，他将小说称作"戏剧诗"，综合了亚里士多德和菲尔丁的理论思想。本书将在第三章"利维斯的文学观"重点阐述利维斯"小说是戏剧诗"的缘由。利维斯的道德批评也与净化说分不开。亚里士多德在给悲剧下定义的时候强调悲剧的效果是产生"怜悯和同情"，有利于培养完好的人性和道德品格，因注重戏剧的道德教化功能，这也便形成了后世的道德批评传统。

从英国文学批评史来看，文学批评从文艺复兴批评、新古典主义批评到浪漫主义批评、现实主义批评再到现代主义批评。文艺复兴借助了古希腊罗马的人文科学，英语作为民族语言的标志激发了强烈的民族意识，促使英国文学的兴起和发展。在这样的背景下，英国文学批评也就应运而生了，由于职业批评家还没出现，一些批评理论主要体现在一些诗人作家的创作主张中。"文艺复兴前半期，英国文学批评基本是关注英语本身的修辞学和诗韵学，这些对语言艺术的探讨，有助于作家初步获得文学创作形式和风格的自觉意识，也孕育了文学批评的最初萌芽。"① 当时，意大利的古典修辞热和法国的七星诗社的创作批评在欧洲大陆产生了较大的影响，从而蔓延到英伦三岛。这些热衷古典修辞学的学者们推崇古希腊罗马文学，于是，大学逐渐形成了重视古典主义文学研究的传统。1524 年，柯克斯（Leonard Coxe，1495—1549）编写了适合学生的教材《修辞艺术》，被认为是英国修辞学研究领域的第一部学术专著。随后在剑桥大学任教的威尔逊（Sir Thomas Wilson，1528—1581）、切克（Sir John Cheke，1514—1557）、阿斯克姆（Roger Ascham，1515—1568）以其出色的成就被尊称为学界的"三驾马车"，这三位学者对英语语言修辞本身进行了独特的研究，同时从道德的角度进行文学批评。其中，阿斯克姆探讨道德和文学的关系，同时对文学的教化作用高度重视。1575 年，英国诗人盖斯科克（George Gascoigne，1525—1577）撰写的《作诗论稿》，是英国人首次对母语格律进行研究。1589 年，普腾汉姆（George Puttenham，1529—1590）出版了《英语诗歌艺术》，开始系统分析诗歌的形式、技巧、主题和修辞学。1595 年，锡德尼的《诗辩》标志着英国文学批评向诗学研究转向。这

---

① 李维屏主编：《英国文学批评史》，上海外语教育出版社 2012 年版，第 14 页。

些确定了文学研究的范畴、审美基础和评判标准，也开启了英国文学批评讲究节制和典雅的古典传统。这也造就了后继者如德莱顿（John Drydon，1631—1700）的伟大，他的《论戏剧诗》以其"直接、清晰和均衡的批评标准"①，给了利维斯一定的影响。18 世纪，启蒙主义时代促成了英国经验主义思潮和欧洲大陆理性主义思潮的兴起。"英国文学批评呈现出 5 个方面的特征：（1）强调理性在文学创作中的作用和意义；（2）提倡文学创作应具有社会作用；（3）模仿说是主流的创作原则；（4）诗歌批评延续的是新古典主义的原则；（5）小说批评逐渐兴起，涉及小说样式、小说真实性、小说的主题和表现手法等不同层面的内容。"② 这足以说明理性思维对文学批评的影响。18 世纪早期，诗歌批评家蒲柏（Alexander Pope，1688—1744）继承了古罗马文论家贺拉斯和法国新古典主义布瓦洛的思想，其专著《论批评》论述了自然与诗歌、古典主义诗学原则的关系，涉及自然、巧智、判断力和美等诗学及美学概念，这为利维斯所借鉴。他在《重新评价：英语诗歌的传统与发展》出版，以巧智（wit）为标准，为 17—19 世纪的诗歌重新确定了方向感，肯定了蒲柏的理性主义原则，指出了浪漫主义诗歌重感情轻理性的倾向。约翰逊（Samuel Johnson，1709—1784）是新古典主义后期的代表人物，他强调文学作品的道德功能，这也是 18 世纪英国文学批评的一个普遍倾向。除此以外，笛福、菲尔丁、理查逊以及维多利亚时代的文学批评实践共同促成了英国现实主义文学批评传统。笛福强调创作的真实性，思考生活和小说之间的关系；根据亚里士多德的《诗学》理论，菲尔丁独创了"散文体喜剧史诗"这一著名概念，构建了小说批评理论体系，直接影响了利维斯对"小说"的界定；理查逊（Samuel Richardson，1689—1761）的《克拉丽莎》强调了反映真实生活的创作目的，把小说视为"一个统一的整体"，体现他对美学深度的思考。斯特恩（Laurence Sterne，1713—1768）推崇巧智对创作的重要意义。从文艺复兴到 19 世纪早期，英国文学批评注重古典主义美学原则，重视文学与生活的关系、文学的道德教化功能等，这些都成为英国文学批评的优秀传统，对利维斯的文学批评产生了潜移默化的作用，使得其批评思想打上了传统批评的特色。

　　欧洲工业革命从 18 世纪就已经开始了，这股浪潮不断地改变了整个世界的政治、经济和文化等格局，同时影响了人们的心理、思维方式和行为

---

① Edward Albert, *History of English Literature*. 5th edition, London：George G. Harrap & Co. Ltd. , 1979, p. 165.

② 李维屏主编：《英国文学批评史》，上海外语教育出版社 2012 年版，第 14 页。

方式，促使整个人类社会从传统向现代转变。与此同时，1789 年的法国大革命掀起了欧洲浪漫主义运动，而这个时候的文学传统在现代化进程中也迅速发生了裂变。例如，英国小说家哈代的《还乡》《德伯家的苔丝》等作品向维多利亚时代旧有习俗观念和制度提出了严正挑战；劳伦斯的《查泰莱夫人的情人》主张人的个性解放和自由，批判传统婚姻道德观念。英国浪漫主义文学批评家克勒律治对利维斯影响较大。柯勒律治重视作品的文学形式因素，把诗看作一个有机体，分析诗歌的结构和语言。利维斯在《批评界的柯勒律治》中表明：柯勒律治在文学史上的地位不是他关注的，他关注的是其批评著作方面的内在趣味。

> 我假定，根据普遍接受来看，适当的评论会影响由柯勒律治提出的根据有机主义美学理解文学的方法，这是通过内部批评法进行的理解，用它代替 18 世纪新古典主义的机械的外部批评法。柯勒律治在文学史上的地位用这些术语来表达无疑是真实的。然而，我们几乎不应当勉强同意任何一种建议，即以后的世纪在批评界表现为一个广泛的改善。事实上，这个观点——我认为是学术上可以接受的观点——总的来说，在源自浪漫主义运动的趣味和文学传统上柯勒律治起着决定性的改变作用，柯勒律治将被看作卓越的批评家代表。①

从利维斯对柯勒律治有机主义批评方法的赞赏来看，他后来的文学批评著作《英语诗歌的新方向》《重新评价：英语诗歌的传统和发展》《伟大的传统》无疑受到了有机主义美学的影响：将作品视为一个有机整体，是文学批评由外部研究转入内部研究的标志之一。利维斯经常提到维多利亚时代的小说理论家亨利·詹姆斯，因为詹姆斯始终把小说看作一个有机体：他强调小说必须遵循一个原则，即有机统一原则，具体从作品整体的行动、意识、场景和时间四个角度把握作品的统一性。詹姆斯的观点显然是从小说的角度，扩大了把握阐述有机统一性的范围。这个有机体原则贯穿了利维斯的所有思想，成为一个中心术语，他用这个原则来判断戏剧、诗歌和小说。例如，在对待劳伦斯和乔伊斯的态度上，他推崇劳伦斯而贬低乔伊斯，原因在于劳伦斯的作品结构是一个有机统一体。在维多利亚时代，刘易斯（George Henry Lewes，1817—1878）、卡莱尔（Thomas Carlyle，1795—1881）等批评家关注文学对现实生活的批判力，特别是对功利主义

---

① F. R. Leavis, "Coleridge in Criticism", *Scrutiny：A Quarterly Review*, Vol. IX, No. 1, June 1940, p. 62.

的批判，其中卡莱尔的历史批评和阿诺德的文化批评给英国文学批评带来了新气象，成为英国文学批评的组成部分。

20世纪初是个思想激变的时代，尼采在《悲剧的诞生》中，对苏格拉底及其代表的科学精神进行了猛烈抨击，试图重估一切价值。弗洛伊德开创了以无意识为中心的精神分析学说，在此基础上，荣格的集体无意识和拉康的无意识话语理论也先后构建起来。这些促成了西方现代主义文学潮流的到来，如波特莱尔、叶芝、艾略特等的象征主义，卡夫卡的表现主义，乔伊斯、普鲁斯特的意识流小说，萨特的存在主义文学等，进一步冲击了欧洲文艺复兴时期建立起来的文学传统。在这样的背景下，传统的文学批评模式也随之发生了相应的变革。整体来讲，17世纪，古典主义批评着眼于文学的自然思维；19世纪初的浪漫主义偏重于想象思维；20世纪初的批评偏重于心理意识，如弗吉尼亚·伍尔夫（Virginia Woolf, 1882—1941）、柏格森主义信奉者约翰·米德尔顿·默里（John Middlelon Murry, 1889—1957）、赫伯特·里德（Herbert Read, 1893—1968）、劳伦斯等。19世纪，英国文学批评出现了从传统向现代过渡的倾向。最早除了前面提到的浪漫主义批评者柯勒律治以外，拉斯金（John Ruskin, 1819—1900）的美学批评开始流露出这样的特征，他借鉴科学的处理方法来精确观察事物，综合了现象学和科学分析方法。阿诺德（Matthew Arnold, 1822—1888）的文化批评开启了文学研究的新方向，这种方法不仅仅局限在文学领域，还涉及社会学、历史学、宗教、科学、政治等。1882年，《英国唯美主义运动》出版，佩特、王尔德先后提出了自己的唯美主义批评理论，强调审美的主观性和印象性，提出了"为艺术而艺术"的审美功能，否定文学的道德价值，标志着英国文学批评内倾的特性。在唯美主义的影响下，以叶芝、西蒙斯和穆尔为代表的象征主义批评，以默里、劳伦斯为代表的新浪漫主义批评，以庞德为代表的意象主义批评等，打破了浪漫主义批评和现实主义批评格局，带来了现代主义文学批评的潮流。20世纪后，英国文学批评走向理论化和职业化，进一步沿着现代化的道路发展。这个时期的批评家理论意识增强，理查兹（I. A. Richards）的实证主义批评标志着英国文学批评理论化的形成。大学学术群体使得文学批评走向职业化。理查兹、韦勒克、燕卜逊、艾略特、叶芝、洛奇、福斯特、利维斯等都是当时重要的批评家，他们大多是大学教授，推动了英国文学批评的发展。

作为英国现代文学批评的奠基人之一，利维斯更多地受到现代文论家的影响，如从19世纪的柯勒律治到20世纪初的理查兹、艾略特、庞德、詹姆斯、劳伦斯等。张瑞卿的专著《利维斯文化诗学研究》对利维斯的思想做文化层面上的总体考察，同时将之下接于 50 年代伊始的文化研究经历，对利维斯代表的前文化研究与霍加特、威廉斯的文化研究之间在转承过程中经历的复杂性、矛盾性、斗争性方面做一探索性考证①，充分论证了利维斯的思想根源。费迪南·德·索绪尔（Ferdinand de Saussure，1857—1913）是 20 世纪最著名也最具有影响力的语言学家之一，1916 年，他的学生根据其在日内瓦大学讲授语言学时的讲义整理编辑出版了《普通语言学教程》。随后，其理论为布拉格学派吸收，雅克布森研究语言的"诗性功能"，注重语言的表现而非传达功能；穆卡洛夫斯基致力于从符号学的角度展开对语言表现功能的研究，将文学文本看作一个由语言形式排列组成的系统观念。后来，列维－斯特劳斯就以语言学方法，借助语言学概念和术语分析非语言学的材料，将研究由语言学延伸到其他人文学科。这些学者对语言学的研究标志着 20 世纪初西方学界出现的"语言学转向（the Linguistic Turn）"。虽然这些人没有直接影响利维斯，但他们在英国学界掀起了重视语言研究的潮流。当时，这种语言转向主要体现在剑桥学者维特根斯坦的哲学研究中，他实现了哲学从认识论向语言学转向，阐述了语言哲学的基本问题、观点。"维特根斯坦（在 1922 年的《逻辑哲学论》中）则是一直推进这个决定性转变的第一人。"② 这足以说明维特根斯坦在语言学转向中的重要地位，他的《逻辑哲学论》主要从语言层面探讨哲学问题。他从世界的逻辑构造出发进行阐述，认为世界是一切发生的事情，世界是事实的总和而不是事物的总和，世界分解成事实。语言不是由词汇组成的类聚物，而是"这些命题都是比较简单的命题的逻辑和、逻辑积和其他真值函项（truth function）"③ 即语言具有逻辑形式。维特根斯坦的这种分析从根本上改变了传统哲学的研究模式。当时，利维斯和维特根斯坦交往甚密，经常一起探讨问题。维特根斯坦从语言角度分析世界本质的方法影响了利维斯，利维斯也重视从文学语言入手，探讨语言中的生活经验，围绕语言与文学、文化的关系展开研究。这充分说明当时哲学上的语言学转向潮流已经渗透到文学学科领域，从理查兹的《意义的意义》到利维斯这里，通过语言研究文学文本成为文学研究的一种重要方式。

---

① 张瑞卿：《F. R. 利维斯与文化研究——从利维斯到霍加特，再到威廉斯》，《文艺理论研究》2015 年第 1 期。
② ［奥］石里克：《哲学的转变》，转自洪谦主编《逻辑经验主义》，商务印书馆 1989 年版，第 7 页。
③ ［英］路德维希·维特根斯坦：《关于逻辑形式的几点看法》，转自洪谦主编《逻辑经验主义》，商务印书馆 1989 年版，第 131 页。

　　埃兹拉·庞德（Ezra Pound, 1885—1972），美国著名诗人，在美国攻读历史、古典文学和罗曼斯语言文学，1908 年定居伦敦，和叶芝、艾略特交情甚好。他倡导的意象主义运动对欧美各国现代主义思潮的形成和发展起了重要的作用。同时，庞德的小册子《怎样阅读》教导英语读者怎样进行文学阅读，他提出：什么是文学文化的功能，为什么阅读，通过什么标准、批评和原则进行阅读等问题。利维斯很看重这本小册子的作用，他在《怎样教阅读：庞德的启蒙书》一书中客观地认同庞德的观点，并提出了积极的建议，"严肃对待当前的文化价值"①"今天鉴赏的获得比过去困难多了"②，指出当时批评的困境和日趋下降的鉴赏能力，并且提出挽救文学文化的建议，"研究诗学技巧必定是同时培养批判情感；培养分析不仅是培养反应的力量，精妙和对精微、精确使用语言甄别的准确性是没有用处的"③"文学研究不可能停留在诗歌和散文结构的分析上"④。利维斯强调文学批评必须结合当下的形势，必须与文化传统结合起来，他像当时 A. C. 布雷德利（A. C. Bradley, 1851—1935）、T. S. 艾略特、赫伯特·里德等一样把莎士比亚的作品分析作为例子来阐释自己的见解，认为莎士比亚的无韵诗成了一种惯例，能够集中体现传统，他虽然没有对莎翁展开过多研究，但可以看出他对莎翁经典的推崇。"通过重新开放与莎士比亚、多恩、米德尔顿、图尔纳等的交流来重建英语诗歌的传统。"⑤ 利维斯按照此传统对很多诗人给予了细致的分析，却没有给莎士比亚留篇幅，大概因为莎翁研究太热的缘故。《重新评价》与《英语诗歌的新方向》问世之后虽然遭到来自各方的褒贬不一的评价。但在这句话中，利维斯表明，从伟大的诗人身上寻找文化传统之根，才能建立起诗歌的传统。这就是他对英国文学经典的重视，也成为他研究经典的内因。利维斯还阐发了对文学史的看法，认为"追求精神的文学史不同于通常已死和将死的关于作者和时间的知识"⑥。从这里可以看出，利维斯认为融注文化传统的文学史必定会具有永恒的生命力，是一种动态的文学史，这便是他批判以往死气沉沉的文学史的重要原因。由于利维斯关于文学史的观念较为重要，笔者将在后面分章节论述。

---

① F. R. Leavis, *How to Teach Reading A Primer For Ezra Pound*, Gordon Fraser: The Minority Press, Cambridge, 1932, p. 3.

② Ibid. .

③ Ibid. , p. 16.

④ Ibid. , p. 27.

⑤ Ibid. , p. 38.

⑥ Ibid. , p. 40.

与理查兹一样，艾略特（Thomas Sterns Eliot，1888—1965）的文学理论力主回归传统，他的理论著作《传统与个人才能》（*Tradition and Individual Talent*）是他文学理论的宣言书，"传统"和"非个人化理论"对新批评和利维斯产生了较大的影响，"这个人的紧迫完全是非个性化的，已经成为最深刻类型的非个性化的生活和有教益的精神"[1]。他表示要反对无节制地释放情感，诗人最终揭示的是艺术真理，个性情感只不过是传递生活本体的介质。利维斯借鉴了他的思想，认为在反传统、张扬个性的现代主义思潮下，有必要捍卫人文主义的文学传统，因为传统承载了人类的历史文化精神，是人类得以延续的源泉，而且它已经深入人类的集体无意识领域，成为巨大的心理能量，能形成较大的民族凝聚力。例如，古希腊文化和源自希伯来的基督教文化在文艺复兴时期走向融合，最终成为西方人的文化传统。这些成了欧美文学作家创作的重要源泉，是人类赖以生存的文化根基，是历史的沉淀。即使在风起云涌的现代主义文学思潮中，也要依赖这个人文传统。在西方人文传统日趋衰落的时候，利维斯扬起人文主义精神的旗帜，力求回归传统中的人性意识和道德意识。"利维斯起初的观点看法发挥了艾略特的洞见和趣味……他的第一部主要著作《英语诗歌新方向》（1932）可谓是艾略特观点的阐说、发挥和运用……第二部批评论著《重新评价：英语诗歌的传统与发展》（1936）不妨说是把艾略特的方法和洞见运用于英国诗史。"[2] 韦勒克认为，利维斯传承了艾略特的诗歌理论见解，并在艾氏理论的基础上有了新的创见。利维斯尽管晚年表示"我现在逐渐对艾略特的影响产生矛盾的心理"[3]，但他早期积极吸收和借鉴艾氏理论，反对浪漫主义文学观念和印象主义的批评观念，接受"有机整体观"，"我认为，文学、世界文学、欧洲文学、一个国家的文学，并不是许多个人的作品的集合，而是许多'有机的整体'、许多系统，而且，与系统发生关系，只有与系统发生关系时，个别的文学艺术作品、个别艺术家的作品才有其意义"[4]。利维斯以此来评价乔伊斯、劳伦斯、狄更斯等大家的作品，认为乔伊斯的《尤利西斯》缺乏有机的统一性，故重新对英国文学作家作品进行了筛选。

---

[1]　F. R. Leavis, *Revalauation：Tradition and Development in English Poetry*, New York：George W. Stewart, Publisher, INC. 1947, p. 270.

[2]　[英]雷纳·韦勒克：《近代文学批评史》（第五卷），杨自伍译，上海译文出版社2002年版，第373—374页。

[3]　G. Singh, ed., *Valuation in Criticism and Other Essays*, New York. New Rochelle. Melbourne. Sydney：Cambridge University Press, 1986, p. 120.

[4]　周煦良等：《托·斯·艾略特论文选》，上海文艺出版社1962年版，第14页。

马修·阿诺德（Matthaw Anord，1822—1888）是英国著名诗人兼文化批评家，他的社会文艺批评提升了文学经典。他的批评涉及更为广阔的社会生活层面，如神学、历史、艺术史、科学、社会学以及政治经济，因而他被尊称为"文化的先知"，成为维多利亚晚期重要的文化批评家。他的《文化与无政府状态》（*Culture and Anarchy*，1869）批评英国的地方主义和夜郎自大的风气，将英国社会分为贵族阶级（Barbarian）、中产阶级（Philistine）、劳工阶级（Populace）。他赞赏贵族却批评其保守思想，欣赏中产阶级的上进求新却反感其粗野和缺乏教养，认为他们能够通过受教育成为文化人，他视劳工阶级为乌合之众而不加赏识。他还极为推崇古希腊罗马的古典主义文化，认为其能塑造完美的人格，倡导文化精英主义。他的文化批评思想直接影响了利维斯。利维斯在对待贵族阶级、中产阶级和劳工阶级的态度上与阿诺德非常相似，对中产阶级的功利主义、道德沦丧等现象进行了严厉的批判，主张通过文学教育来培养有教养的人；同时，他对伴随劳工阶级兴起的大众文化极为抵制，坚持自己的精英文化立场。与阿诺德不同的是，利维斯并没有寄希望于古希腊罗马文化，而是极力推崇文学。他认为，文学的道德教化功能能够塑造健全的人格，培养有文化的知识分子，他的《大众文明和少数人文化》表明了这种立场。

最后，作为利维斯的老师，新批评之父理查兹直接影响了利维斯的文学观和批评方法。"英国批评理论与实践方面的巨大变化，是由托·斯·艾略特、艾·阿·理查兹及其门人弗·雷·利维斯和威廉·燕卜逊在本世纪二三十年代完成的。"① 韦勒克的这段话反映了理查兹、燕卜逊和利维斯之间的密切关系，也肯定了他们三人对英国现代文学批评做出的重要贡献。理查兹更多地在文学批评理论上影响了利维斯，前面提到利维斯与韦勒克文学批评就要不要抽象的哲学理论支持的争论，与理查兹的理论有直接联系。也就是说，利维斯灵活地运用了理查兹的实用批评理论。因此，利维斯更擅长批评实践，而理查兹一生则醉心于理论的构建，其著述颇丰，代表作有《实用批评》《柯勒律治论想象》《思辨工具》《科学与诗歌》《意义的意义》等，其中《实用批评》影响较大。在理查兹的著述中，诗歌被抬到很高的地位，可以和宗教、哲学、思想体系、美学等相提并论，把诗歌和其他艺术门类区别开来。理查兹以科学为参照物来论述诗歌的特性：认为诗歌能陶冶性情和培养感受力，具有道德教化功能；认为

---

① ［英］雷纳·韦勒克：《近代文学批评史》（第五卷），杨自伍译，上海译文出版社2002年版，第227页。

诗歌就是感情的交流；认为诗歌是通过文字来传递感情的，强调语义批评在文学中的应用。利维斯主要借鉴了理查兹分析诗歌以感情为基础的心理反应程式，认为阅读文本要从具体的情感体验出发，借鉴燕卜逊从语义角度分析诗歌的实用批评。"利维斯把理查兹放到文学批评史上一个特殊的地位。"[1] 燕卜逊的《含混的七种类型》也给利维斯倡导文学的感受力一定的启发，由于这三个学者代表着激进的文学批评者而备受守旧派的批判和嘲弄。因此，理查兹、利维斯与燕卜逊被当时剑桥一批老学究所排斥，理查兹、燕卜逊被迫离开剑桥，而利维斯则直至退休仍然是个讲师。尽管遭到守旧派的阻挠，但他们的学术思想根植于英国文学研究的土壤里。不仅如此，利维斯在理查兹、燕卜逊的基础上进一步融入了自己的思想，突破了他们专注语义批评的理论局限，由单一视角走向多重视角，由语义批评走向多元批评，形成了自己独特的利维斯主义，影响了英国文学趣味，形成了新的英国学术传统。

在整个英国文学批评史中，利维斯处在传统向现代批评过渡的时期，一方面，他不仅深受传统古典主义美学的熏陶，具有深厚的古典文学批评功底，同时重塑伦理道德传统，并且关注文学与社会、历史的关系；另一方面，利维斯借鉴了当时理查兹开辟的现代语义批评，就是用细读的方式从语言文字层面分析文本，分析文学与文化的关系，关注文学与其他学科以及非学科的关系，开启了现代文学的文化批评路径。不仅如此，受19世纪中后期生物学思潮的影响（本书将在后面第六章详细论述），利维斯在文学批评中强调了生态环保意识，推崇17世纪英国乡村田园生活，初步具有生态价值理念，对威廉斯的生态批评研究有着启发作用。整体来看，利维斯思想兼有传统和现代的特性。

第三节　人文主义与科学主义

西方文论在发展过程中因先后受到人文主义和科学主义两股思潮的影响，分化成人文主义和科学主义两种文论，是20世纪文论发展的重要现象。钱中文先生最先在《文学原理·发展论》一书中用科学主义和人文主义来概括20世纪文学观念的对峙与走向。[2] 朱立元又总结性地谈道："本

① Anne Samson，*F. R. Leavis*，New York London Toronto Sydney Tokyo Singapore：Harvester Wheateheaf，1992，p. 18.

② 钱中文：《文学原理·发展论》，社会科学文献出版社1989年版，第80—91页。

世纪欧美美学的全部发展，同哲学相似，可以概括为人本主义美学与科学主义美学两大思潮的流变更迭。"① 这样的结论是西方文论史发展的必然，两大文论思潮相辅相成，共同推动了西方文论的发展。因此，本书根据利维斯的思想体系分析，认为其具有人文主义和科学主义两种美学思潮融合的特征。二者分别源于古希腊柏拉图和亚里士多德两位哲人。柏拉图的灵感说和迷狂说确立了非理性的神秘主义精神，深刻影响了后来勃兴的人文主义思潮；他的学生亚里士多德反驳其思想，强调理性逻辑和归纳演绎的方法，极大地影响了后来的科学主义思潮。

一部分学者在研究过程中，发现柏拉图和后来的文论思潮在非理性思维上有着一致性。朱光潜先生曾这样分析说："（柏拉图的）这种反理性的文艺思想到了资本主义末期就与消极的浪漫主义和颓废主义结合在一起。康德的美不带概念的形式主义的学说对这种发展也起到了推波助澜的作用。此后德国狂飙突进时代的天才说，尼采的'酒神精神说'，柏格森的直觉说和艺术的催眠状态说，弗洛伊德的艺术家起源于下意识说，克罗齐的直觉表现说以及萨特的存在主义，虽然出发点不同，推理的方式也不同，但是在反理性这一点上，都和柏拉图是一鼻孔出气的。"② 可以看出，柏拉图对以后西方非理性主义思潮的影响。而非理性主义思潮和人文主义又是一脉相承的，经由古希腊的柏拉图思想学说，到普罗提诺的新柏拉图主义，这种非理性主义哲学体系得以形成，并渗透在各种唯心主义派别之中，又分化为神学非理性主义和人学非理性主义。"（它）主要把人的情感欲望和内心体验神秘化，作为解决整个世界和人生问题的依据，它是现代各种人本主义流派的基本思想和方法，因而也可以称之为人学非理性主义。"③ 人本主义（人文主义、人道主义）最初依靠人的正常感性经验和理性思维去认识世界与理性主义是一致的，而在现代哲学体系中，它与理性主义发生分裂，而逐渐与非理性主义合为一体，在现代哲学思潮和文论思潮中体现为西方人本主义文学理论。这种理论开始通过象征主义、意象主义诗论表现出来，特征是关注人的内心世界，特别是无意识心理世界，认为非理性的意志决定了世界的本源，重视人的"存在"问题，等等。它具体体现在叶芝、瓦莱里重个性的象征主义批评理论；庞德强调诗歌意象融合感情和理性的"复合理论"；弗洛伊德以"无意识"为中心的精神分

---

① 朱立元：《现代西方美学史》，上海人民出版社1996年版，第3页。
② 朱光潜：《西方美学史》（上卷），人民文学出版社1997年版，第57页。
③ 张儒义、李建国：《论西方非理性主义思潮的历史演变》，《四川大学学报》（哲学社会科学版）1987年第1期。

析学文论；柏格森以"绵延"生命冲动为基础的直觉主义理论；更有胡塞尔的现象学和萨特的存在主义，把人文主义文论推向高潮；20 世纪西方马克思主义文论、受现象学和存在主义启发发展的阐释学和接受理论，无不关注人的问题。这些都归属为人文主义文论体系，与科学主义文论体系构成 20 世纪西方文论的两大阵营。文学的本质在于关注人本身，人是文学反映的永恒主题。英国文学早在文艺复兴时期就发现了书写人的重要性，并开启了人文主义文学的传统，书写人性，倡导真、善、美就成了体现文学艺术价值之所在。人文主义思想在文艺复兴时代开始确立，与工业时代兴起的科学主义的矛盾日益尖锐，也成为现代西方重要的文化现象。美国学者迈·霍·艾布拉姆斯（Meyer Howard Abrams）将西方文学批评大致分为四个方向，其中之一：以锡德尼为代表的文艺复兴时期的文学批评，侧重点在作品与读者的关系，因为强调文学对读者的"教化"作用，故被称为实用说的批评方向。① 这说明，从文艺复兴开始，人文主义文论最早关注文学对人的道德教化功能，而道德问题是英国人文主义传统的重要部分。因此，伦理道德批评成为最早兴起且影响深远的一种批评方式，"所谓伦理道德批评，往往以一定的道德意识及其由之而形成的伦理关系作为规范来评价作品，以善、恶为基本范畴来决定对批评对象的取舍。这种批评注重于对文学作品的道德意识性质和品位的评价，实现作品的伦理价值及道德教化作用"②。因此，文学中体现的道德观包括了善恶观、公正观、人格观和为人们谋福利的道德观，有利于调节人与人、人与社会之间的关系。

　　文艺复兴时期，宗教走向世俗化，人们摆脱宗教的束缚，掀起强大的人文主义思潮，主张自由、平等、独立、自主的资产阶级思想，强调人的个性解放。马基雅维里提出资产阶级道德观，将社会成员的道德分为公民道德和君主道德。君主应具备仁慈、忠实、合乎人情。除此以外，还有的人文主义者重视道德教育，大力提倡适应新时代要求的德性——勤勉、坚忍、自制等，主张人们要遵循法律和契约。17—18 世纪，孟德斯鸠强调公民的政治品德，表现个人与国家、个人与他人的关系，爱国主义是核心。亚当·斯密提出博爱、尊重人性、关注人的生活状况的人道主义思想。纵观这些道德观，在西方社会，人本主义、人文主义和人道主义是不同时期的表现，是一脉相承的，人道主义起源于文艺复兴时期，它以个人为着眼点，主张个人是一个独立的个体，承认人的价值和尊严，尊重个人的平等和自由权利，把人当作

① ［美］迈·霍·艾布拉姆斯：《批评理论的方向》，转引自《二十世纪文学评论》（上册），上海译文出版社 1987 年版，第 1—42 页。
② 童庆炳：《文学理论教程》，高等教育出版社 2013 年版，第 356 页。

人看待，而不把人视为工具。最初形式是人文主义，后来发展为人道主义。因此，笔者认为欧洲思想界更强调个人与道德的紧密关系，而利维斯对小说文本进行道德意识评判也是基于个人的道德观而言的。

另外，进入 20 世纪伦理学研究取得了较大发展，很多理论和方法被运用到文学研究领域，对道德的推崇和对文学的重视显得尤为重要。实际上，西方的伦理学随着时代发展不断演变，与中国儒家伦理观不同，而有着自己鲜明的特色。20 世纪初，英国学界把伦理学的研究推向更深层次，伦理学也如同文学一样颇受重视。例如，维特根斯坦（Ludwig Wittgenstein）把伦理学视为哲学中最重要的部分，而穆尔（G. E. Moore）使伦理理论更规范，并和文学密切联系起来。伦理学的理论也被应用于文学研究领域，对当时的利维斯产生了一定的影响。从早期的利维斯到当今的伊格尔顿，文学伦理批评便成为学术界重要的一部分，对世界乃至中国都产生了较大的影响，如中国近些年的文学伦理批评热在很大程度上源于英国学术界的影响。目前，学界有关利维斯的伦理批评多运用"道德批评"这一术语来加以论述，实际上伦理和道德在概念上大同小异，"当表示规范、理论的时候，我们倾向于'伦理'一词，而当指称现象、问题的时候，我们较倾向于使用'道德'一词"①。虽然利维斯个人极力反对套用某种理论来进行文学批评，但是本书在论证他的思想体系时倾向于使用伦理批评。一般而言，伦理包括了人伦秩序、人际关系和道德意识等。利维斯在文学批评实践中坚持树立道德标准，这集中反映在他的诗歌和小说批评中。当然，在文学传统中贯彻一种道德标准并不是利维斯的首创，从历史上来看，道德意识一直是文学推崇的。这正如一位英国学者所言："英国学者锡德在《诗辩》中所提出的诗歌的教育与怡情功用，奠定了英国文学批评的道德传统。道德传统在新古典主义批评、18 世纪小说批评、浪漫主义批评、文化批评中得以延续，即便是在'为艺术而艺术'的唯美主义批评中，在英国的语境中也难以摆脱道德的规约。"② 可见，道德批评在英国早已经成为一个传统，利维斯在推进文学批评建设的过程中，试图将道德意识贯彻在文学批评中，希望培养有道德有教养的文化精英，以恢复奥古斯都时代和维多利亚时代的道德风气。

在文学领域里，有一批文学批评家关注人性和道德问题，却少有人像利维斯这样，将文学与道德、文化联系紧密。在利维斯的著作中，他对社

---

① 何怀宏：《伦理学是什么》，北京大学出版社 2018 年版，第 14 页。
② 李维屏主编：《英国文学批评史》，上海外语教育出版社 2012 年版，第 5 页。

会文化危机的极度关注："今天面临的共同问题是文化处于危机之中。"①
他确定了人性标准和道德标准，力图恢复文化批评中的人本主义传统。自
19 世纪下半叶以来，英国工业文明的发展走在世界的前列，尤其发展到帝
国主义时代，许多矛盾越来越尖锐，终于在 20 世纪遭遇了两次世界大战。
于是，人性问题、人的异化和自由问题、人的尊严和价值问题以及人的命
运和前途问题，成了人本主义哲学思潮主要关注的问题。生活在这个时代
的阿诺德、艾略特、维特根斯坦以及利维斯亲历了世界大战、经济危机和
大英帝国的日渐衰落，他们对英国文化衰落表示担忧。因此，重塑道德教
化功能成为英国文学创建之初的首先任务：

> "英国文学研究"的兴起几乎是与"道德"一词本身的意义的历
> 史转变同步的，而阿诺德、亨利·詹姆斯和利维斯则是这一意义变化
> 了的"道德"的重要批评阐释者。②

这段话表明阿诺德、詹姆斯和利维斯的批评对英国文学这门学科的发
展起了关键的推动作用。因此，伊格尔顿也认为，"旧的宗教意识形态已
经丧失力量，因此一种更精微的传达道德价值标准的方式，一种不靠讨厌
的抽象而借'戏剧化性的体现'来发挥作用的方式，就适逢其时了"③。
这里认为传达道德价值标准的最好媒介便是文学，文学并不像宗教难以理
解，只要依靠情感的感受就可以了。利维斯的许多著作带有强烈地反工业
文明的倾向，主要是对边沁主义的否定和批判。例如，他说道："首先，
机器以一定的我们无法比的速度为生活的习惯和环境带来变化……这里我
们详细地看到机械化在几年之内彻底地影响了宗教、破坏家庭和改革社会
习惯，变化是如此悲惨，以致一代代人发现彼此难于调整自己，父母对待
孩子是无助的。"④ 伊格尔顿对此评价道："在劳伦斯的令人可以接受的那
一表面上，利维斯正确地发现了对于工业资本主义英国的非人性的有力批
判。"⑤ 并且注意到利维斯领导下的细察派所持的人本主义立场。"至少是

---

① F. R. Leavis, *Mass Civilisation and Minority Culture*. London：The Folcroft Press, INC, 1930,
   p. 5.
② ［英］特雷·伊格尔顿：《二十世纪西方文学理论》，伍晓明译，北京大学出版社 2007 年
   版，第 26 页。
③ 同上。
④ F. R. Leavis, *Mass Civilisation and Minority Culture*. London：The Folcroft Press, INC, 1930,
   p. 6.
⑤ ［英］特雷·伊格尔顿：《二十世纪西方文学理论》，伍晓明译，北京大学出版社 2007 年
   版，第 42 页。

在其刚开始之时，《细察》并没有走上极右的反动道路。相反，它所代表的恰恰是自由人本主义所做出的最后抵抗，一个关切着艾略特和庞德并不关心的个人独特价值与创造性的人际关系领域的抵抗。"① 工业文明导致道德沦丧，文化传统走向衰落，作为一名有良知的文人，利维斯在《细察》上说："复兴或取代衰落的传统是一个迫切的事业。"② 他认为，"一切事情必须开始与情感训练相关……关注情感和传统理念两者都是必要的，后者和前者不可分离。除此以外，我们有学术上的贫乏、对贫瘠理念的人文主义巧妙运用，不能把传统构想为有机生活的事实"③。这段话表明利维斯希图通过情感训练来恢复人文主义传统，希望传统成为一个有机生活统一体。利维斯认为，英语文学教育是进行情感思维训练的好途径，"讨论中的一种重要尝试将是把英语文学的教育与文学背景、文化、社会条件、方向、目前和过去的研究相联系，与文化历史的研究相联系，等等"④。他的本意就是在于恢复人文主义文化传统。

亚里士多德强调理性逻辑和归纳演绎，与后来的科学主义思潮融合一起，构成了西方科学主义文论体系。18 世纪，启蒙主义时代催生了现代科学主义思潮，西方工业化浪潮席卷欧洲，科学技术成为主要的推手，影响到社会生活的各个方面，触及人们的思维方式。自然科学的观察和研究事物的方法也日渐渗透在人文领域，英国经验主义和欧洲大陆理性主义悄然兴起，对抗长期统治西方的形而上学体系。英国出现了一批如培根、霍布斯、洛克、休谟、约·斯·穆勒、斯宾塞等经验主义大师，他们传承了英国的经验主义学说，并对西方哲学的发展产生了一定的影响。这种思维形成了实验科学的方法。培根创造的《新工具》、归纳法强调"知识就是力量"，提出知识、观念起源感觉和经验，承认有步骤和有系统的观察与试验在认识中的重要性，并将经验和理论结合起来制定科学的试验法——归纳法。在培根的基础上，霍布斯又丰富了经验论理论，他的贡献在于分析感觉的发生过程。到了洛克那里，他把经验论哲学的发展推向一个高峰。他反对"天赋"观念，反对先验论，认为人的一切知识起源于经验，提出"白板说"；把经验区分为感觉（外部经验）和反省（内部经验），内部经验晚于外部经验，试图把感性认识和理性认识加以区分，同时认为"实

---

① ［英］特雷·伊格尔顿：《二十世纪西方文学理论》，伍晓明译，北京大学出版社 2007 年版，第 41 页。
② F. R. Leavis, "The Literary Mind", *Scrutiny A Quarterly Review*, Vol. 1, No. 1, May 1932, p. 31.
③ Ibid., p. 32.
④ Ibid..

体"观念最为重要。而贝克莱则是英国经验论由唯物主义向唯心主义转化的第一人，"存在就是被感知"，否认了洛克的物质实体，承认精神实体——上帝。休谟坚持经验论原则，强调感觉经验在认识中的作用；洛克把经验的对象叫观念。休谟称其为知觉，知觉分为观念和印象，印象又分为感觉印象和反省印象。休谟主张人的一切观念源于感觉印象，把经验论原则引入了不可知论的境地，否定因果关系的必然性。对于斯宾塞来说，生命、心理和社会被看作在同类现象中复杂性逐渐增加的诸阶段，他的另一个贡献就是强烈的个人主义倾向。这种科学的认识论注重观察和感觉的方法，日后被运用到文学批评领域，成为影响较大的实证主义批评，成为利维斯理论的主要研究方法。

在20世纪初，科学主义重视分析的客观性和精确性，主要的方法表现为实证主义，而俄国形式主义、布拉格学派、英美新批评以及结构主义文论都可以归属于科学主义文论。形式主义文论直接受法国语言学家索绪尔的语言学的影响，提出运用科学方法研究文学的"内在问题"，揭示文学之为文学的"文学性"概念，首次强调关注文学文本本身。英美语义学和新批评文论是当代科学主义文论中另一支影响很大的流派，理查兹的语义学批评主要采用逻辑实证主义的科学方法，成为利维斯主要借鉴的方法；而新批评把研究的重点从作家及其心理、社会、历史等方面转移到文学作品本身的形式、语言、语义等"内部研究"来，以突出研究的客观性和科学性；结构主义文论、符号学、叙事学等，在索绪尔语言学理论的基础上，进一步挖掘文学文本的结构或意义，放弃与作者相关的文学研究；而解构主义在文本结构和语言方面的研究，研究角度和结构主义如出一辙。经过对西方文论两大体系的梳理，西方文论经过多次的演变，你中有我，我中有你，逐渐有了一种融合的趋势。所以，利维斯的理论在20世纪上半期逐渐形成，不能简单地将其理论归属在哪个体系。在这样一个多元化体系中，利维斯的理论兼有人文主义和科学主义文论特征，呈现其丰富性和多元性。

对科学主义文论影响较大的是实证主义方法在文学批评的运用。法国社会学家孔德（Auguste Comte）最早倡导实证主义，随后，英国哲学家穆勒（John Stuart Mill）和法国社会学家杜尔凯姆（Emile Durkheim）进一步发展了实证主义理论，这种理论在英美逐渐盛行起来。孔德认为人类已经跨过了神学阶段和形而上学阶段，迈入科学阶段。1895年，杜尔凯姆的《社会学研究方法的规则》出版，提出实证主义理论，成了实证主义社会科学研究的经典。实证主义者认为，科学研究应当找到事物发展的客观规律和因果关系，注重事实和证据的逻辑分析，只有经过科学的实证而形成的理论才是有效的理论，遵循从事实到理论而又从理论到事实的研究方法。著名文学理论家 I. A. 理查兹是把实证主义运用到文学批评领域的重要人物。作为一个文学批评家，他认为文学也如同自然学科一样注重实验，可以把心理学和语言学的方法和理论应用到文学批评实践中。因此，理查兹把文学课当作科学实验课，和学生共同分析文本。在此基础上，他撰写了一些重要的理论：《意义之意义》《科学和诗》《文学批评原理》《实用批评》(*Practical Criticism*, 1929)、《修辞哲学》等，这些成果标志着现代文学批评走向科学化，奠定了他在现代文学批评史上的地位，斯坦利·海曼也称赞理查兹创造了最严格意义上的现代批评，约翰·克劳·兰塞姆也在《新批评》中认为新批评起源于他。理查兹的主要贡献在于：创立以现代心理学为基础的"冲动平衡论"，这种观点可以追溯到他创作的《柯勒律治论想象》(*Coleridge on Imagination*, 1934)，谈论浪漫主义兴起时想象对哲学应用于现代文学批评的作用，"他的哲学偏好不可能脱离这点"①。《实证主义批评》则体现了理查兹在剑桥大学课堂上对学生进行的实证主义批评实验，文学课被视作一种实验课，要求学生摒弃历史背景和作家传记，仅仅凭借个人经验和阅读取向对诗歌本身发表看法。

作为理查兹的学生，利维斯把这种批评运用到文学阅读中，使得文学阅读发展为细读（close reading），成为细察成员的批评模式。"理查兹的《实证主义批评》不是'为取样而取样'的数据堆砌，而是有理有据、有目的、有章法的实证研究。"② 强调语言是理解诗歌意义的关键，应当逐步挖掘诗歌语言的四层意思，这种方式近似于自然学科的实验，但又不同于科学研究。利维斯将细读法运用到诗歌、小说研究中，注重观察和感觉的方法，通过对文本语言的阅读分析来激发潜存大脑中的经验知识。"我们被告知，鉴赏诗歌是一个感觉或洞察力的问题，而不是'某种意志的才智努力'。"③ 读者在阅读作品的时候，作品的心理经验激发了读者长期积淀的生活经验，有利于读者更好地去把握文本的内在思想。这说明了情感对把握文本意义的重要性，情感也是拓展文本意义的突破口。利维斯曾多次强调从语言获得生活经验，最终把握思想的批评目标，如他撰写的《活用原理：作为思想训练的英语文学》(*The Living Principle*: "*English*" *as a Discipline of Thought*) 证明了自己的主要见解。"一切事情必须起源于情感

---

① I. A. Richards, *Coleridge on Imagination*, London and New York: Routledge, 2001, p. 11.

② 李维屏主编：《英国文学批评史》，上海外语教育出版社 2012 年版，第 224 页。

③ F. R. Leavis, "The Literary Mind", *Scrutiny A Quarterly Review*, Vol. I, No. 1, May 1932, p. 23.

训练和与情感训练有关，在运用这种情感训练方面，理查兹是一个先锋。"① 利维斯承认理查兹在情感训练方面所起的代表性作用，要获得文本中的经验必须首先感受情感。作为理查兹的弟子，他借鉴了理查兹的细读方法，并把这种方法运用到《细察》的批评实践中。"利维斯的名字与'实证主义批评'（practical criticism）和'细读'紧密相连，而他自己所发表的一些著作则堪入本世纪最明敏的、最具有开创性的英国文学批评之列。"②

因此，由于利维斯极力推崇情感感受力的重要性，遭到了理论家韦勒克的质疑，也就有了文学批评史上利维斯和韦勒克两位著名学者的争论。韦勒克认为利维斯的批评缺乏理论基础，实际上是在指出其不够科学化。韦勒克的看法显然有失公允，细究利维斯对理查兹文学理论的借鉴，发现这与英国文学以及作家们有深厚的渊源关系。在英国文学发展史中，诗人、作家在社会上的地位和声望要远远高于文学批评家，而且很多诗人和作家根据自己常年的创作经验形成了自己的文学见解，也就自然兼有文学评论家的身份，如约翰·德莱登、格里·格森、华兹华斯、柯勒律治、雪莱、济慈、拜伦、阿诺德、理查兹、艾略特等。这些诗人和作家的双重身份决定了英国文学批评传统的形成，由于诗人在创作的过程中需要借助情感和想象，这种思维模式渐渐影响他们对作品的鉴赏，形成了英国的诗歌评论传统，也影响着现代文学批评传统的形成。在这样的文学传统中，利维斯借鉴理查兹的实用批评和细读法，缘由在于理查兹的诗人和文学评论家身份，自然也就构建了利维斯自身的文学批评感受力，确定了自己诗歌评论的思维模式和方法，也就具备了应有的科学研究方法。

实际上，实证主义方法的广泛运用标志着文学批评走向科学化、专业化。理查兹认为批评应该效仿科学的精确，他的诗歌冲动平衡说启发英美新批评建立了种种有关内在因素相互平衡的理论。新批评还发展了张力、反讽、悖论等理论。他将语言划分为科学语言和文学语言，强调文本的内在因素分析，等等。这种实证精神是一种科学精神，而科学精神在当时是一种时代精神，适应了当时文学发展的需要。因此，理查兹构建新的美学思想符合了 20 世纪初的英国文学普遍向内转的趋势。当时学界对新的现代

① F. R. Leavis, "The Literary Mind", *Scrutiny A Quarterly Review*, Vol. I, No. 1, May 1932, pp. 31－32.

② ［英］特雷·伊格尔顿：《二十世纪西方文学理论》，伍晓明译，北京大学出版社 2007 年版，第 42 页。

文学思潮质疑不断，而那个时代的科学主义无法回答一系列人类新问题，那么理查兹在文学领域的科学研究方式似乎为英国现代文学批评找到了突破口。的确，在英国学者看来，没有什么是科学解决不了的，科学主义思潮影响了理查兹的研究思维。虽然他的文学批评有过这种科学主义的倾向，但理查兹对科学的态度是理性的，他的科学精神主要表现他把现代语言学以及现代心理学应用在文学研究领域，形成了交叉学科之间的融合。这种科学方法的运用使得文学批评更加规范化和专业化，而不是使文学批评成为科学研究的附属品。"他试图把科学的成功经验以及正面技巧应用于文学艺术领域，借此来克服或者抵消文学批评中的主观臆断。"① 他的批评模式为现代文学批评的正式转型奠定了有力的基础，从而为利维斯领导的细察派和英美新批评派所借鉴，最终形成了对未来学术影响深远的两大文学批评阵营：注重社会、历史、文化等层面的阵营和注重以语言形式为中心的阵营。因此，韦勒克对利维斯的武断看法并不全面，缺乏对当时西方学术走向的整体把握。

　　当然，利维斯并没有像理查兹那样，完全不考虑社会、作者和读者等文本以外的因素。他在文学批评实践中发现这种批评方法过于狭隘，尤其不适合对小说作品的批评，于是提出生命/生活作为一个形而上学原则来弥补实证主义批评的不足，从而将文学批评进一步拓展到对社会道德的关注和社会层面的文化批评。这也是利维斯对理查兹片面追求科学批评的反驳。"(《细察》) 这份杂志之坚韧不拔地专注于英国文学研究的道德重要性以及英国文学研究与整个社会生活的质量的相关性，至今还无人企及。"② 伊格尔顿认为利维斯领导的细察派涉及社会生活的各个方面，并不像当时倚重形式的俄国形式主义、英美新批评等。著名学者赵毅衡也认为："但他们 (《细察》派) 除了'细读法'和语意分析批评方法与新批评相近，其他方面很不相同，他们更着眼于道德批评，而认为瑞恰慈与燕卜荪等人的批评方法'忘记了诗歌是一个整体'。"③ 这说明利维斯在理查兹理论的基础上进行了补充和拓展，从而发展了细察派，这样与新批评形成两个既有联系又有区别的文论派别，这充分说明利维斯批评思想的人文主义和科学主义的两面性。这两大阵营的理查兹、艾略特和利维斯的理论思想，源于 17 世纪以来的英国经验主义传统。学者帕梅拉·麦克卡莱姆

---

① 李维屏主编：《英国文学批评史》，上海外语教育出版社 2012 年版，第 227 页。
② ［英］特雷·伊格尔顿：《二十世纪西方文学理论》，伍晓明译，北京大学出版社 2007 年版，第 30 页。
③ 赵毅衡：《新批评：一种独特的形式文论》，中国社会科学出版社 1986 年版，第 14 页。

（Pamela McCallum）谈道："为这三个理论家（理查兹、艾略特和利维斯）的批判作品所共有的主题，以结合一起的二元论方法，显示自身是一种敏锐地适应工业社会破坏性特征的经验主义，也是确信假定概念、理想和思想随意有效性的一种理想主义。"① 他从当时的哲学思潮来分析利维斯的思想，较为准确地把握了利维斯的文学批评方法，但是他没有深入地论述经验主义，而过多地强调理想主义。例如，文中的这段话："这必要的论点是把经验主义现实内容看作人类发展中的障碍，这可能在他们自相矛盾的思想中找出来：因为人类能力被构想为实体化的超自然本质，这表明他们自发的体验性仅仅被孤立而不会容纳的社会背景所妨碍。"② 实际上，利维斯思想中的经验主义和理想主义（也称"人本主义"）都是非常重要的哲学传统，二者缺一不可。

第四节　外部研究和内部研究

俄国形式主义、布拉格学派以及索绪尔语言学的出现，改变了西方传统的文论模式，促使西方文论由外部研究转向内部研究。"所谓的'外部研究'侧重的是文学与时代、社会、历史的关系，其理论预设是从柏拉图、亚里士多德以来延续了数千年的'模仿说'与'再现说'，即文学是对现实生活的模仿和再现。"③ 西方文论从古希腊到浪漫主义、现实主义，始终围绕模仿—再现—表现发展的，批评家的视角总是围绕文学文本的外部展开研究，如传统批评中的伦理道德批评、社会历史批评。19 世纪，实证主义成为外部研究的一种重要方法，达尔文的《物种起源》发表后，进化论成为热门话题，崇尚科学的风气使得西方实证主义批评和自然主义批评流行起来。"孔德在《实证哲学教程》中指出，人类的思维已经进入了科学阶段，即实证阶段。"④ 他这种方法把推理和观察紧密结合一起，通过实证把握确实的事实，发现规律，这实际上是主观知觉和体验的产物，是对经验主义的继承和发展。在他的基础上，法国实证主义批评家圣伯夫将其运用到文学批评上，主张批评的任务在于：发掘和研究有关文学家、文

① Pamela McCallum, *Literature And Method*: *Towards A Critique of I. A. Richards*, *T. S. Eliot And F. R. Leavis.* London: Gill and Macmillan Humanities Press, 1983, p. 208.

② Ibid. , p. 212.

③ ［美］勒内·韦勒克、奥斯汀·沃伦:《文学理论·代译序》，刘象愚等译，江苏教育出版社 2006 年版，第 8 页。

④ 马新国主编:《西方文论史》，高等教育出版社 2006 年版，第 259 页。

学史的种种确定的事实。具体而言，研究作家的种族、国家、所处时代、家庭出身、幼年环境和受教育程度等，用自然科学的方法，广泛搜罗事实加以阐明。这种方式强调批评的重点是作家、影响作家气质的环境以及天才论，西方文论因而形成了以作家研究为中心的研究模式。因此，实证主义方法运用于外部研究提供了较为科学的理论，使得论证的事实客观翔实，具有一定的说服力，而不是东拉西扯、主观臆测、武断地推出结论，等等。

不仅如此，就迄今为止的文学批评理论而言，外部研究还涉及更多的学科领域，如生物学、地理学、人类学、音乐、绘画甚至非学科领域。文化批评把文学批评从单一的文学视角脱离出来，关注文学与社会生活的各个层面的问题。因此，利维斯从一开始就专注于文学与社会生活的关系，他说："（正如我在一些细节地方解释的那样）我的确认为文学研究应该与文学外部联系一起。"① 最为典型的成就主要是《伟大的传统》和《细察》。《伟大的传统》对维多利亚时代的部分小说家展开评论，利维斯首先强调了维多利亚时代对英国文学产生了较大的影响，从 1837 年开始直到第一次世界大战的结束，英国文学一直处在维多利亚时代形成的传统影响中。维多利亚女王在位期间，英国形成了崇尚道德和谦逊礼貌的社会风尚，英国民众较为正统，以道德为尊，利维斯揭示了一个时代的文学道德传统。然后以作家为研究个案，为读者展示了英国社会整体状况，并流露出对 19 世纪以来的边沁功利主义危害的否定和批判意识。《细察》作为期刊不仅仅对文学问题发表见解，同时对广告、电影、教育、政治等展开评说。该期刊研究的范围之广，从广告、电影到艺术和建筑学，从经济、文化、教育、文学和历史到音乐、哲学和政治学，从心理学、宗教和科学到社会学。例如，对马克思主义哲学展开论述，书评论文《马克思主义者和历史》《后马克思主义的批评》以及论文《帕克斯先生关于马克思主义的论述》反映了当时利维斯对西方马克思主义思潮的积极思考和极大关注；《旋律和结构：中世纪和现代》论述音乐起源于人类说话的声音；《新英语和美国音乐》（《细察》第六卷第三期）探讨英语和音乐之间的关系；《作曲家和文明》（第六卷第四期）论述作曲家体现了文明交流中的优雅和高雅艺术。刊登在该杂志的《教育和大学：在批评时代下的思考》《民主教育》《现代大学》也反映了利维斯对人文教育的重视。除此以外，细察还

---

① 　G. Singh, ed., *Valuation in Criticism and Other Essays*, New York. New Rochelle. Melbourne. Sydney：Cambridge University Press, 1986, p. 197.

关注美国文化、其他期刊的发展状况。从这些方面看出，利维斯的批评转向更开阔的文化层面，反映他对文学外部研究的多元视角。

利维斯在诗歌、小说及通俗文化方面等的研究，涉及伦理道德、现实生活、社会历史、政治文化等方方面面，是外部研究的一种模式。利维斯比较反感的是维多利亚时代的说教风气——"维多利时代批评风气在当下的盛行"①。因为 19 世纪后期，唯美主义批评、边沁功利主义批评风气盛行。英国出现了佩特、王尔德等唯美主义大师，他们倡导"为艺术而艺术"的理论，主张丢掉道德、功利等评判尺度。利维斯在《细察》里的一篇文章《批评出现了什么问题？》谈道："这里，我们接近了批评出现的问题，对文学表示兴趣的公众仅仅是少量的，尽管在麦卡锡先生之后，由于一个圈子的人是积极和智力上感兴趣的，这是少数中的少数，因为所有的效果，再现了一般的操作标准。这也许不存在，没有受教育公众的核心来确定这样的标准，批评的作用中止了，在方法和技巧上没有大量的改善来促使批评复兴，使这个境况被认识甚至变得不可能了。例如，我的观点便是期望那些人发现，对大部分来说它是明显像一个傲慢教条主义的任意组织。"② 这段话中，利维斯谈到了那个时代批评出现问题的两个主要因素：一是对文学感兴趣的人逐渐减少；二是文学批评的方法和技巧没有得到改善。"对那些对文学产生浓厚兴趣的人来说，这必定经常像他们的兴趣令人惊奇地与现代世界不相关。令人好奇地是，因为对文学的浓厚兴趣开始于当前和在一开始把文学问题假定为那个时代的意识。如果一个文学传统不能在当下把自己保持鲜活的，不仅仅以新的创造方式，而且对情感、思想和生活标准产生普遍的影响，那么这个传统是垂死或已死的……对世界不感兴趣，对那些关注文化的人来说缺乏兴趣比敌视更恐怖。"③ 这段话里，利维斯强调了对文学产生兴趣的重要性。"我没有断言传统文化和文学传统是相同的，但二者的关系是如此紧密，以致那些人都知道假如没有一个，另一个也将无望生存。"④ 这里看出，利维斯把文学与时代生活、文化传统的命运联系在一起，"的确，保持这样的批判标准作为迫切和发散的少量或许现在抗战的不称作传统，因为传统已消散了，中心——阿诺德的智力和温文尔雅的精神的中心——尽管阿诺德悲叹，我们通过比较可能把这看作存在于他的时代——这已经消失了，替代的是我们有个书社，用

---

①　F. R. Leavis, *The Great Tradition*. New York：Doubleday Anchor Books，1948，p. 9.

②　F. R. Leavis, *What's Wrong With Criticism Scrutiny A Quarterly Review*，September 1932，p. 134.

③　Ibid. ，p. 135.

④　Ibid. .

现代公众性的精神分析学资源来评价值得的书，一个最有价值的术语是精英分子（high – brow）"①。指出传统和中心的消失这一问题，认为文化修养水平高的知识精英才能主导传统和中心。"以市场讨价还价的方式希望设法重建一些标准是徒劳的，文明的机械化发挥的作用不停地擦去对标准的记忆……这些敌人在很大程度上是阿诺德几乎不可能已预测到的，投入力量和品德意识。然而，有些朋友——对标准的需要是人性——和事情的最终结果是使这些人重新付出努力。"② 利维斯分析了确定什么样的标准的可能性，并且指出目前缺少重要的标准和体现较高文化与完美判断的中心机构，认为英国新的广播机构 BBC 有望以令人羡慕的严肃性来发挥自己的作用。可以看出，利维斯的文学批评领域进一步拓展，远远超越了纯文学研究的范畴。

当然，外部研究的视角过分强调与作家相关的现实生活、历史、时代环境等，忽略了文学作品本身，使得文学研究丧失"文学性"。作为新批评成员的韦勒克，就针对比较文学法国学派的理论提出了批评。1925 年，韦勒克在《比较文学与一般文学年鉴》的创刊号上发表了《比较文学的概念》，指责法国学派搞"国际贸易"，对单纯影响的考察是一种"实证主义的杂碎"。实际上，韦勒克就对法国学者片面重视外部研究产生怀疑。将文学作为整体进行研究，文学研究的根本任务不是别的，就是要揭示文学的审美特质。韦勒克认为要重视内部研究，不能脱离文学本身，虽然他和沃伦合著的《文学理论》把文学研究分为内部研究和外部研究，试图纠正偏重外部研究的缺憾，但因为过度重视文本内部而遭到后来学者的批判。这说明，当时的新批评专注于文本内部研究曾经对世界产生较大的影响。19 世纪后期的象征主义和唯美主义文论，促使西方的文论进入现代主义文论的时代。内部研究是指"进入 20 世纪之后相继出现的俄国形式主义与英美新批评以及结构主义等不同流派的文论成为现代主义文论的主流，它们一反传统文论强调文学外部研究的思路，把研究的重心置于文学本身，它们要求高度重视作品的语言、形式、结构、技巧、方法等属于文学自身的因素，这就是雅柯布逊所谓文学之所以为文学的'文学性（literariness）'"③。韦勒克对外部研究和内部研究的界定得到了学界广泛的认可，也带来了审美意义和价值的转变，即从文学中的实证研究转向美学研究。

---

① F. R. Leavis, *What's Wrong With Criticism Scrutiny A Quarterly Review*, September 1932, p. 138.
② Ibid. .
③ ［美］勒内·韦勒克、奥斯汀·沃伦：《文学理论·代译序》，刘象愚等译，江苏教育出版社 2006 年版，第 9 页。

20世纪20年代，从历史转向文学专业的利维斯无疑受到了当时形式主义文论的影响。他在英语教学中借鉴了庞德的意象主义批评理论，重视对诗歌意象和隐喻的深入分析，还借鉴了理查兹、燕卜逊的语义学批评等。这主要体现在利维斯对英国诗歌的系统研究中，《重新评价》《英语诗歌发展的新方向》等诗歌研究专著从诗歌语言、语义等形式技巧进行研究；《伟大的传统》对人物形象、情节叙事等方面的细致分析。这些明显可看出利维斯对文本内部研究的重视。从韦勒克有关外部研究和内部研究的理论来看，文学研究应该走向多维空间或多元批评，但作为新批评代表的韦勒克还是更为专注以文本为中心的美学批评，而利维斯的批评则兼顾了外部和内部的研究。因此，他的理论体系具有外部研究和内部研究的双重特征，呈现了复杂性和多元性，展示了一个多元批评的思想体系。这在当时偏重内部批评的潮流下实在是难能可贵。

第五节　中心与边缘

利维斯的学术思想流露出强烈文化—文明的边界意识，他认为文学、文化、社会阶层等都有中心和边缘两个地带，而且界限分明，强调中心对边缘的领导和辐射作用。这主要体现为他在文学批评中形成的精英—大众思维，或者文化—文明思维。他将文学分成精英文学、流行文学；将社会阶层分成精英阶层、工人阶级；将文化分成以精英分子享有的少数文化、工人阶级享有的大众文明。在利维斯的思想体系中，大众文明根源于资本主义工业文明，"文明"一词是贬义的；坚持认为精英文学、精英阶层、少数人文化的引导作用。从这里可以看出，利维斯受到西方传统思维模式的影响，强调精英文化对稳定整个英国社会秩序的重要性。因为，长期以来，西方学者带着二元对立的思维模式，如人与自然、主观与客观、感性与理性等二元对立的模式。

20世纪初的西方世界，传统思想遭到前所未有的冲击，其直接因素来自新事物的出现：尼采"上帝死了"的言论直接摧毁了西方人的信仰大厦和价值体系，人与神的世界消失了，作为意识形态的宗教地位江河日下。利维斯在他的思想中分析过宗教衰败的主要原因，这说明他已经对宗教的引导和道德教化的社会职能失去了信心。为了挽救文化危机，他决心从文学入手，认为只有文学才能代替宗教，发挥道德教化的作用；对待读者、文学的分类方面，利维斯仍然用精英—大众思维来处理。在英国出现了广告、流行小说、电影等，利维斯认为这些新事物过于低俗，影响了传统文学和文化的地位，不利于提高人的感受力，也不利于人的智力发展。他将文学分为精英文学和大众流行文学，将文化也分为传统文化和通俗文化。他在英国文学中挑选了一批作家作品来作为维护传统的方式，试图抵制新事物的发展。在今天看来，利维斯的做法虽有些偏激，但对流行文学和通俗文化的消极性因素起着批判的作用。30 年代在欧洲复苏的西方马克思主义文论思想，对资本主义文学和文化进行了深刻的批判，在欧美产生了较大的影响。中产阶级出生的利维斯对马克思主义文论不以为然，认为其不能提高人的感受力，不适合用于文学批评领域，更对工人阶级大众文化予以排斥，认为工人阶级文化应该处于边缘地位。利维斯的看法源于自身的阶级局限性，他对工人阶级文化的批评思想引发了他的学生威廉斯的思考。工人阶级家庭出身的威廉斯把工人阶级文化思想发展为一种积极的思想，并将其带至中心地带，从而把以西方马克思主义文论为代表的文化研究带到一个新方向。这些新事物使得利维斯更加坚守传统文化中的中心——边缘对立的立场，他做出的努力反映其对新事物保持高度的警惕之心。他的这种立场对后来伯明翰学派创始人霍加特产生了直接的影响，霍加特也用利维斯的精英——大众文化的思维来分析工人阶级文化。最后，利维斯"文学是一个有机整体"的观点实际上是当时欧洲结构主义思维的一种反映。结构主义文论的一个明显特征就是强调文学的整体性，与当时英美新批评强调的唯"文本论"有所不同，它强调文学系统和文化系统对文学作品分析的相关性。因此，利维斯的文化批评突破了俄国形式主义分析、英美新批评的单一性，获得了更为宽泛的批评空间。因此，结合利维斯的诸多观点可以看出，利维斯思想更多地代表了 20 世纪上半叶西方现代主义文论观，标志着一个时代的发展过程。随着后现代主义思潮的到来，这些观点开始分崩离析，融入新的潮流之中。

20 世纪 60 年代后，欧美后现代主义思潮，兴起各种界限开始变得模糊，原来处于中心的事物退向边缘，而处于边缘的事物则移向中心，中心和边缘的位置处于一个动态化的过程。"文学边缘化""文学研究者流失"成为文学界的国际性现象①。具体体现为以下五个方面。

第一，后现代主义思潮营造了一个多元化的语境，后殖民主义、女权主义、文化研究等把世界变成了一个多元共存的场所，中心和边缘在冲突

---

① Cf. Andrew Delbanco, *The Decline and Fall of Literature*, The New York Review of Books, Nov. 4, 1999.

中走向融合，多元主义使得中心主义、霸权主义遭受挑战，不同地区的文化展开对话，在本土化和全球化之间达到协调。多元主义既要重视少数族裔的文化差异性又要超出这个层面，以寻找人类共同的普适性和共通性，重建新的文化秩序。最直接的表现便是西方马克思主义文化思潮对利维斯的文化—文明思维的冲击。生于工人阶级家庭的霍加特开始推崇20世纪兴起的工人阶级文化，不再是利维斯式抵制的态度。同样是来自工人家庭的威廉斯否定利维斯假定的精英文化—大众文明的界限，承认无论少数人文化还是大众文明都是文化，把工人阶级文化置于重要的位置。可以看出，利维斯的观点代表了传统文学和传统文化捍卫者的思想，具有一定的保守性。

第二，广播、广告、电影、流行刊物等传媒方式在60年代后发展迅猛，在当时对社会产生了较为广泛的影响。这些传媒带来的大众文化成为人们生活的一部分，开始进入文化中心地带，发挥着重要的作用。尽管如此，利维斯看到了其消极面，他倡导文学经典对解决传媒文化的消极面具有积极的意义。在网络传媒时代，文化进入了非经典和反经典的时代，口语化的写作新模式超过了书面语写作，文字语言不再是精微而需要细读的。滥用语言似乎成了一种时尚，语言成为傀儡，不需要凭借感受力去领悟，根本不值得深思。传媒时代的大众文化也存在消极面，利维斯的文化批判思想也值得当代人深思和警惕。

第三，文字语言的无深度反映了当代西方文化艺术走向世俗化，不再是利维斯期待的高雅化。精英文学和大众文学的界限模糊，利维斯担心的问题如今成为许多知识分子迫切需要解决的现实任务。文学被迫从高层、垄断的地位掉下来，失去了权威性和启蒙性，进入肉身化、消费化。如何让文学回归原本的状态，这是众多文人学者的使命。

第四，大众传媒改变了文学作品传播的方式，图像、文字与图像的结合形式带给人们视觉冲击，图像取代了文字。利维斯也许未料到当今图像文本占据了读者大量的时光，他在文学批评中津津乐道的语言文字在这个时代已经失去魅力。莎士比亚、华兹华斯、济慈、劳伦斯等的优美文字给人感性和智性的思考，利维斯在大学课堂里教授学生们怎么理解诗歌语言，并且把庞德有关诗歌细读的方法详细讲解，足以看出他对文学传统的坚持，可谓用心良苦。在图像取代文字中心地位的今天，利维斯对文字和细读方法的重视应该能够对当代有所启示。可以在新旧事物之间找到一个平衡点，推陈出新，达到双赢，使得居于中心和边缘地带的文化样式处于一个良性的动态形式。

第五，解构主义思潮消解了中心和边缘的界限，将文学中的思想、道德、情感等价值内涵抽离出来，文学的命运令人担忧：一方面是文学研究的思想深度、道德情感价值被种族、阶级、性别等文化研究命题所取代，成了无关痛痒的东西；另一方面，文学遭受冷落，读者的兴趣转向了林林总总的文化，也导致了文学批评家转向文化研究领域。今天的局面足可以证明研究利维斯思想的重要性，他对文学中思想、道德、情感的重视恰恰是学界忽视掉的东西。因此，利维斯对中心、权威等的捍卫仍然有其积极意义。

小 结

20 世纪初迎来了英国文学研究的春天，利维斯从没有放弃英国古典主义和新古典主义传统，他的思想很多沿袭了亚里士多德文论以来的传统，并积极地吸纳现代文化文学思想，因此，利维斯的思想反映了他批评思想的传统和现代的两面性。这也充分说明了迄今为止其思想还具有生命力的重要原因。英国文学批评逐步走向现代科学，科学思维和方法促使文学批评走向科学化。在这样的趋势下，利维斯没有固守原来的批评模式，而是积极地接受来自新批评的语义批评、文本"细读法"，等等。另外，利维斯没有像新批评抛弃文本之外的一切，他还对人性和道德意识表示强烈的关注，强调人生活的重要性，拓展了批评的空间，从社会、历史、宗教、文化等层面展开论述，弥补了语义批评、细读批评的不足，具有人文主义文论的特征。人文主义和科学主义两种文论方法相互交织，融入其思想体系中。从西方文论研究转向看，20 世纪初，西方文论由重视作者背景的研究转向重视文本的研究；60 年代前后，从文本研究又转向读者研究，历经了俄国形式主义、新批评、结构主义、后结构主义、解释学、接受学等文论思潮。按照韦勒克的理论，就是从外部研究转向内部研究，然后又从内部研究转向外部研究，利维斯的批评思想并没有受到学界这种转向的影响，而是兼具内部研究和外部研究。中心和边缘问题是结构主义和后结构主义关注的主要问题，利维斯的文化—文明思维无疑将中产阶级和工人阶级隔离开来，为英国文化假想了一条界线。虽然利维斯感到了大众文化的兴起，但他对其极力排斥，以维持少数人主导的文化秩序。从这四个特征来看，前三个特征彼此对立而又融合，但中心和边缘泾渭分明，在利维斯看来，二者是不能相互渗透，反映了其思想的保守性。虽然利维斯并没有强调用何种理论和方法展开研究，但遭到了韦勒克等学者的质疑。而这四组自相矛盾的特征总体上反映了利维斯对理论的广泛吸收和创新，一个没有受过理论熏陶的人不可能展示如此丰富的学术思想。对于一个处于建设中的文学学科，利维斯用自己的批评实践构建了英国文学批评的大厦。与同时代的马克思主义文化批评、新批评、形式主义批评等相比，利维斯及其细察派都不是单纯孤立于某一个领域，而是关注于文学社会生活的整体，具有宏观的视角，这就必然使得利维斯的思想涉及方方面面，呈现一种内在的张力。一些学者持"利维斯是个极具争议的人"这个判断，大概没有真正去探究其学术思想全貌。因此，多种学科的理论和方法融入他的文学批评实践中，内化在他的批评方法、文学观、生态理念、批评标准和原则之中，他的思想必然多元化、复杂化。这正如他自己推崇"活用原理"一样，他将前人的理论和方法灵活运用于文本批评实践之中，而这些实践具体体现在他持有的文学观中。

第三章　利维斯的文学观

利维斯文论思想的形成离不开 20 世纪西方文学的学术传统，这样的学术传统促使他推陈出新，构建了自己的思想体系。从利维斯的诸多文学批评成果来看，笔者要探究的一个重要问题就是利维斯的文学观。文学观是什么呢？文学观就是对文学的看法，不同时期的文学理论家文学观都不同，文学观是不断发展演变的。本章主要在英国文学发展的历史中辨析利维斯的文学观，并与同时代的文论家进行对比，试图挖掘其文学观的特性。英国文学在不断创新中得到发展，从早先诗人的观点到 20 世纪职业批评家的观点，相对而言，利维斯和艾略特、庞德、理查兹、燕卜逊等都是一批训练有素的文学批评家，他们的文学观关注了如诗歌、戏剧和小说等这些重要的文学样式。在利维斯看来，文学主要发挥教化功能，推崇严肃文学，主张"文学性"而反对文学的"娱乐性"，他曾经贬损狄更斯是个"娱乐家"，反对流行小说（通俗小说）用娱乐来谋取利润。文学作品除了语言文字、措辞、意象外，还要关注文学背后的东西。他在进行作品文本分析的同时，总是认为作品与其背后的生活是息息相关的；考察作品的内容和形式关系，并创造性地发展了有机论观点；文学作品的创作和阅读是离不开感性和理性共同作用的，并拔高情感感知对文学批评所起的重要作用。

第一节　作品与生命/生活

关于艺术作品与生活的关系，也可以被称作"为生活而艺术"。剑桥大学英语学科创立者之一库奇就坦言"文学不能脱离生活""文学是人创作的""文学是活的艺术"，强调了文学与人们生活的密切关系，奠定了剑桥大学英语学科创建之初的批评论调。因此，利维斯一贯坚持文学作品是"为人生"的，他的文学研究始终与现实结合紧密，继承了亚里士多德以来的现实主义文论观念。西方文论真正开始于亚里士多德，他主张"真实模仿论"，真正认识到"文艺模仿人生"，艺术反映的是生活中实实在在的人生，是现实世界。他的这一观点开辟了西方文学理论界现实主义文论的路径，后来的许多学者沿着这一路径走下去。14—16 世纪的文艺复兴时代，达·芬奇提出了艺术是"第二自然"的观点，艺术是反映生活的"镜子"，要真实地反映现实。莎士比亚认为艺术的目的是反映自然，"自然是艺术的源泉，艺术必须摹仿自然"[1]，表明自然是重要的。17 世纪的新古典主义，虽然强调模仿古典和理性原则，但它并不排斥认真地观察生活、刻画人物性格。18 世纪的启蒙主义时代，法国学者狄德罗站在唯物论的角度论述艺术和现实的辩证关系，具体阐述了"自然"是客观存在的世界，包括物质世界、精神世界和人类社会的历史和现实。德国学者赫尔德指出，文学与人民、自然和社会的密切关系，进一步拓展了艺术与现实的关系。19 世纪的现实主义时代，艺术必须客观真实地反映现实生活，如法国司汤达认为文学要真实再现现实，巴尔扎克认为小说应成为社会风俗的历史，俄国别林斯基认为艺术应创造典型、真实地反映现实。

　　到了 19 世纪末 20 世纪初，文学创作开始出现脱离生活的现象，专注情感和内心世界的挖掘，整个欧美文学界的创作开始向内转，客观现实生活被忽视。例如，浪漫主义过度地宣泄情感，无病呻吟；唯美主义主张一切"为艺术而艺术"，片面追求辞藻的精美；意识流文学、荒诞派戏剧、存在主义文更是远离现实主义生活。文学创作的现象影响了文学批评领域，在文学批评实践上出现了不关注实际人生的批评：如维多利亚时代的批评、唯美主义批评、印象主义批评、学院式的批评、俄国形式主义批评乃至英美新批评。这些批评甚少关注社会问题，专注于文本形式，无益于社会的发展。在许多著述中，利维斯提倡反复强调的"为人生而艺术"与当时流行的"为艺术而艺术"形成两大对立的观点。因为，当时英国文学批评界出现了片面追求文本艺术美的风气，而忽视了它蕴含的生活价值。伟大的文学作品必定是关注现实生活的，反映时代精神，也有与之相应的文学批评，因此，现实主义文学批评必定是关注现实问题的。

　　从社会思潮而言，19 世纪三四十年代，社会学开始在欧洲兴起，用实证主义和人文主义方法来关注社会结构、社会阶级、社会宗教、法律和道德等，旨在寻求和改善社会福利，研究代表为孔德、斯宾塞等人。社会学理论和方法被广泛运用到人文学科研究领域，因此，利维斯在《文学与社

---

① 张新国主编：《西方文论史》，高等教育出版社 2006 年版，第 97 页。

会》和《社会与文学》两篇论文中探讨文学与社会之间的关系，指出社会暗含于传统中，肯定了个人才能对社会的重要作用："当你密切接触文学时，再多的辩证法或唯物主义阐释也不能掩藏人类生命/生活存在于个体之中这个真理：我可能已说过，真理是社会存在于个体之中。"① "一个真正的文学趣味是对人类、社会和文明的趣味，其边界不能界定。"② 从这里可以看出，利维斯是将文学与生活、社会联系一起的，这就使得利维斯的批评上升到哲理层面而具有一定的深度，关注社会现实生活，与印象主义批评、新批评和俄国形式主义批评形成了较大的差异。

另外，作为《细察》的创办人，利维斯在长期的文学批评实践中发现了实证主义批评的弊端，认为文学研究应该关注生命/生活，也就是关注人的生存状态等这些形而上学的东西。"利维斯认为当一些东西从语言中呈现的时候伟大的作家显示了对生活的敏感和尊敬。"③ 他把艺术和生活的关系放置在哲学的高度，认为文学作品反映的是现实生活，他的《伟大的传统》《重新评价：英国诗歌的传统和发展》《英国诗歌的新方向》等深入探讨了文学与生活之间的关系，认为生活是混乱的，艺术作品能把生活变得有秩序。利维斯秉承阿诺德的观点——"文学是对生活的批评""如果有人持有文学与生活之间关系的严肃判断，那么，一种确定的正义在于表明的是最彻底和重要的判断"④。他把文学研究拓展到生活层面，从而弥补了实证主义批评的缺陷。正如伊格尔顿的评价，"由于实用批评本身大有成为一种过分实用专业的危险，从而与一个其所关心者恰是文明之命运的运动不甚相称，所以利维斯主义者们需要用一个'形而上学'（metaphysic）来对它进行基础加固，并且就在劳伦斯的作品中找到了很现成的一个"⑤。伊格尔顿指出了利维斯领导的《细察》派对现实生活的关注，同时，他认为是借助劳伦斯找到的，这种看法有失公允。虽然，利维斯过高地推崇劳伦斯，但从来都是关注作品与现实生活的关系，通过作品来讨论生活，从诗歌到小说的研究，他始终讨论文学作品与社会生活的相关性。比如，他评论弥尔顿的作品："他的诗歌中丧失了精微或优雅生活的

---

① F. R. Leavis, *The Common Pursuit*, London：Chatto and Windus, 1952, p. 185.

② Ibid. , p. 200.

③ ［美］沃弗雷：《当代英国和爱尔兰批评和理论导读》，中国海洋大学出版社 2006 年版，第 57 页。

④ F. R. Leavis, "*Approaches to T. S. Eloit*" in *L. C. Knights*, eds. *Scrutiny A Quarterly Review*. Cambrige at The University Press, 1947, Vol. XV, No. 1.

⑤ ［英］特雷·伊格尔顿：《二十世纪西方文学理论》，伍晓明译，北京大学出版社 2007 年版，第 43 页。

所有可能性。"① "通过狄更斯惊人的艺术,人类生命意识被充分唤起"②,认为狄更斯在关注现实生活方面做得很好,更是花了较大篇幅批判狄更斯中揭示的功利主义思想。"如劳伦斯所指,表明的乃是在生活中——或面对生活的一种态度,他论证道,福楼拜'疏离生活就像避开麻风病人一样。'③""伟大的文学是一种向生命/生活虔诚地开放的文学,而生命/生活是什么可以被伟大的文学所阐明。这一情况是循环的、凭借直觉的、可以抵抗任何推论的,因此它反映的乃是利维斯主义者他们自己的封闭小圈子。"④ 社会人生反映了人们的道德价值观和文化状况,这也是利维斯不同于当时欧洲盛行的形式主义批评的地方。他把文学批评放到更广阔的空间,在关注文本内部因子的同时关注外部因子,二者互为补充,共同拓展了文学批评的空间。

在《重新评价:英国诗歌的传统和发展》中,利维斯借助诗歌语言和意象理论来分析济慈的艺术美,并且认为艺术美是和生活紧密相连的。他首先把西蒙先生对济慈的评价亮出来:济慈"以艺术精神的方式接受生活"⑤,对他来说,"艺术不仅仅是生活"⑥。针对当时很少人能接受西蒙的观点,利维斯充分肯定他的评价。"事实上,一种方式使用'艺术'这个术语在西蒙看来似乎正确和自然的。"⑦ 可见,济慈的诗歌艺术在当时被抬得如此之高。在济慈的《希腊古瓮颂》中,"美即是真理,真理即是美"具有一定的哲学意蕴和审美情趣。利维斯把真理、现实生活和美结合起来分析,认为真理严格来说相当于现实生活,"生活不是如同我们拥有它的样子,而是它应该是什么的样子"⑧,"这儿保持着对理想生活、一种纯美现实生活的温和想象的永久刺激"⑨。前拉菲尔派面对资本主义机器对人的压制而无力去反抗,只好消极地转向对古希腊艺术的歌颂,对仪式和宗教事务的描写,这实际上是对现实生活的一种逃遁方式。该流派以英国画家

① F. R. Leavis, *Revalauation: Tradition and Development in English Poetry*, New York: George W. Stewart, Publisher, INC. 1947, p. 53.

② F. R. Leavis and Q. D. Leavis, *Dickens: The Novelist*, New York: Pengun Books, 1970, p. 24.

③ [英] F. R. 利维斯:《伟大的传统》,袁伟译,生活·读书·新知三联书店 2009 年版,第 11 页。

④ [英] 特雷·伊格尔顿:《二十世纪西方文学理论》,伍晓明译,北京大学出版社 2007 年版,第 41 页。

⑤ F. R. Leavis, *Revalauation: Tradition and Development in English Poetry*, New York: George W. Stewart, Publisher, INC, 1947, p. 243.

⑥ Ibid. .

⑦ Ibid. , p. 245.

⑧ Ibid. , p. 254.

⑨ Ibid. , p. 254.

罗塞蒂、米雷为代表，认为文艺复兴全盛时期以前的艺术极其完美，拉斐尔的画中人物具有色彩调和，构图完美，是美的典范。这个画派对美如此崇拜，以致发展到宗教艺术的程度。

前拉斐尔派在后期发展为一种唯美主义，追求"为艺术而艺术"，将艺术道德标准分离出来，强调美的形式而忽视现实内容。这种做法是利维斯极力反对的。"这些艺术以最有效的方式被转变成更高的现实：'生活是仪式。'"①这些观点也影响到维多利亚时代的浪漫主义诗歌创作领域，利维斯认为，济慈对美的忠诚更甚于罗塞蒂，是一种美学—宗教的忠诚。济慈将真、美和生活与宗教艺术有机地结合起来，克服了唯美主义的不足，而罗塞蒂的美与现实生活无关。莱昂内尔·约翰逊认为"美的事物永远是一种喜悦"，这与济慈的"美即是真"的观点明显存在差别。"简单来说，济慈的唯美主义不是意味着从直接、粗俗的生活中切断特殊的经验价值秩序（'生活！——我们的佣人会为了我们如此做'），而是暗含在艺术和生活美学对立中。"② 这也是利维斯始终坚持对文本背后的生活做出评判的重要原因，他推崇文学作品背后的生活，是以艺术反映的真情实感来对抗唯美主义中的矫揉造作，以文学艺术中的真来对抗唯美主义中的伪。从本质上来讲，利维斯要为当时注重语言形式批评的潮流注入富有哲理性的人文内涵，也就是上文探讨的将人文主义和科学主义理论结合，以弥补片面注重形式分析显示的空洞和苍白。

第二节　内容与形式的有机论

在反映文学基本特性的另一个方面便是文学作品的内容与形式关系，内容决定了形式，形式取决于内容，二者具有统一性，利维斯在文学批评中非常重视二者之间的和谐关系。18—19 世纪在欧洲兴起的浪漫主义运动加强了对文学形式的探索，尤其重要的是在此基础上赋予了有机体新的内涵，即把艺术作品的生命原则类比为生物有机体的生命原则，也注重整体性。在我们今天看来，有机体与内容、形式密切相关。从学术发展史来看，有机论在西方文艺理论史上是个古老的命题，不同的时代，不同文论派别对它们之间的关系看法也不同，在西方文论发展史中出现了三种有代

① F. R. Leavis, *Revalauation*：*Tradition and Development in English Poetry*, New York：George W. Stewart, Publisher, INC, 1947, p. 256.

② Ibid., p. 257.

表性的看法。早在古希腊，亚里士多德在《诗学》中就提出"情节的整一性"原则，"悲剧是对于一个完整而具有一定长度的行动的模仿（一件事情可能完整而缺乏长度）"①。他强调了整体性，但只重视形式，这如同赵毅衡先生分析的那样："主要着眼于作品形式的各部分之间的关系，而不是内容与形式的关系。这种理论认为，作品各部分，从整体看非但是不可少的因素，而且所站的位置也是不可移动的。"② 到了黑格尔那里，内容获得了与形式对等的地位，黑格尔非常肯定地提出："即内容并不是没有形式的，反之，内容既具有形式于自身内，同时形式又是一种外在于内容的东西……形式与内容的相互转化。"③ 他着重强调内容与形式统一的关系。然而，有机论发展到唯美主义那里，则形成了三种看法：其一，内容相比形式可以忽略；其二，内容来源于形式；其三，纯形式主义。这三种观点都有偏重形式主义的倾向，从而对新批评产生了一定的影响，但他们也反对这种偏见。例如，兰塞姆的"构架—肌质论"至少把构架放在次要的位置上，而他的三个弟子也认为有机论是要承认自然世界的，新批评没有放弃内容。而利维斯领导的细察派也受了形式主义有机论的影响，强调文学作品要有机统一，作品应该是一个有机体。这主要表现在他对诗歌和小说的分析当中。在《伟大的传统》中，利维斯主张文学作品内容和形式，在赞赏小说作家对道德的无比关怀和人性意识的挖掘外，还极为欣赏他们的艺术技巧，"这个传统里的小说大家们都非常关注'形式'；他们把自己的天才用在开发适宜于自己的方法和手段上，因此从技巧上来说，他们都有很强的独创性"④。

T. S. 艾略特在此基础上创造了"有机形式主义文学观"，他认为诗人能够把自己的个人感情转化为人类的普遍情感，既有创新又遵循传统，描绘出客观关联物有机体，认为文学作品就是一个有机体。"而是把它（文学）当作'有机的整体'，当作个别文学作品、个别作家的作品与之紧密联系而且必须发生联系才有意义的那种体系来看。"⑤ 他的观点对利维斯的影响较大，利维斯把有机论思想运用到文学批评和文化理论研究（这将在文化研究一章论述）上，正如美国学者克·马·牛顿（K. M. Newton）的评价："利维斯坚持有机主义美学，声称在伟大著作里内容和形式是统一

① ［希腊］亚里士多德：《诗学·诗艺》，罗念生译，人民文学出版社 1962 年版，第 25 页。
② 赵毅衡：《重访新批评》，四川文艺出版社 2013 年版，第 28 页。
③ ［德］黑格尔：《小逻辑》，贺麟译，商务印书馆 1980 年版，第 278 页。
④ F. R. Leavis, *The Great Tradition*, New York: Doubleday Anchor Books, 1948, p. 17.
⑤ ［英］T. S. 艾略特：《传统与个人才能：艾略特文集·论文》，卞之琳、李赋宁等译，上海译文出版社 2012 年版，第 14 页。

起来的……无比怀念地追忆过去存在的精神上较统一的社会。"① 伊格尔顿提道:"感觉自己（细察派）是文明的前锋,却怀旧地赞美 17 世纪受剥削的农业劳动者的有机整体性……文学在某种意义上来说就是一个有机社会。"② 牛顿和伊格尔顿都谈到了利维斯的有机论,以及他怎样把有机论运用到文学作品和社会生活方面。

　　利维斯的有机论思想包括这些方面:反复强调文学文本是一个整体,推崇生命/生活原则,批判机械主义和工业主义文明,希图创建有机共同体等。他强调文学作品的整体性和有机性观点贯穿在《伟大的传统》中,"一般来说,简·奥斯汀的情节和小说非常谨慎和周密地放在一起"③,"但在《艰难时世》里,它居然与一些很不相同的手法——狄更斯艺术的弹性就是如此——非常和谐地连在一起,协同一致,共造了一个真正戏剧化的、具有深刻诗意的整体来"④。认为莎士比亚的晚期剧本《辛白林》"不是一个有机的整体"⑤。排斥乔伊斯的《尤利西斯》,原因在于它的结构和语言过于散漫,"更确切地说,我认为《尤利西斯》标志着文学世界的结束,或者至少暗示了不完整性"⑥。这和劳伦斯的评论相似:"天哪,詹姆斯·乔伊斯真是一盘粗制滥造的大杂烩!"⑦ 从文化理论方面来讲,利维斯倡导过去未被工业文明和资本主义生产方式所破坏的"有机共同体"(organic community)的文化,认为这种有机社会的人际关系和生活艺术为人类提供了更好的文化培育的条件,能够有力地抵制日益机械化的社会。从这两个方面看,利维斯既强调事物各个部分的有机关联性,又强调它们的统一性。

　　利维斯的有机论在那个时代获得了更为广泛的意义,贯穿在他的思想中。从文学批评的角度来分析表现在两个方面:一是从狭义的方面讲,认为文本就是一个整体,文学批评要以文本为中心;二是从广义的来讲,文

① K. M. Newton, "The New Criticism and Leavisite Criticism", *Theory into Practice: a Reader in Modern Literary Criticism Edited and Introduced*, New York: St. Matin's Press, 1992, p. 8.
② [英] 特雷·伊格尔顿:《二十世纪西方文学理论》,伍晓明译,北京大学出版社 2007 年版,第 35—36 页。
③ F. R. Leavis, *The Great Tradition*. New York: Doubleday Anchor Books, 1948, p. 16.
④ [英] 利维斯:《伟大的传统》,生活·读书·新知三联书店 2009 年版,第 300 页。
⑤ F. R. Leavis, "The Criticism of Shakespeare's Late Play: A Caveat", Scrutiny A quarterly Review, Vol. X, No. 4, April 1942, p. 339.
⑥ F. R. Leavis, *The Great Tradition*, New York: Doubleday Anchor Books, 1948, p. 39.
⑦ [英] 劳伦斯:《书信选》,第 1075 页,转引自韦勒克《近代文学批评史》（第五卷）,杨自伍译,上海译文出版社 2002 年版,第 187 页。

学"就是一个有机社会"①，强调以文学为中心的文化观念。从文本来讲，主要考察文字、结构、故事情节等部分的有机性。1932 年，利维斯、耐兹、利维斯夫人以及利维斯的其他门人创立了《细察》，该期刊主要以分析文学作品为主。这些撰稿人借助理查兹的"实用批评"方法对英国诗歌、戏剧和小说展开了详细的分析，这种方法在当时称为"细读法"。具体来讲，就是仔细分析文学作品的语言和结构。据此，利维斯分析了弥尔顿、蒲柏、斯威夫特、华兹华斯、雪莱、济慈、詹姆斯、乔治·艾略特、狄更斯、康拉德、劳伦斯等伟人的作品。受俄国形式主义批评的影响，利维斯着重分析文本的形式要素。例如，在对弥尔顿的作品进行分析中，他着重研究韵文诗的特点如重音、节奏、韵律和语言的夸张手法。在分析弥尔顿的《庄严的风格》一文中，指出"他（弥尔顿）展示的是对语言的情感而不是通过语言来获得情感的能力"②。利维斯认为，弥尔顿只注重情感的彰显而不重视语言的表现力，其语言具有拉丁语化的倾向，这样弥尔顿便不能捕捉英语语言的内在特征，因此丧失了精微或优雅生活的可能性。利维斯仔细分析蒲柏的玄学诗歌，评价他是 17 世纪的最后一位诗人和18 世纪的第一位诗人，"他（蒲柏）的机智既具有玄学又具有奥古斯都风格"③，又指出"他（蒲柏）的奥古斯都主义显然有一种乡下习气"④，并把蒲柏看作讽刺文学家。利维斯也欣赏斯威夫特的讽刺艺术，肯定其在诗歌中自然流露的玄学力量，认为《英国的教堂》具有这样的形式特点，"他（斯威夫特）疯狂的自我主义加强了野性，凭借这种野性，他反抗着坚持掩饰空虚和得体的表面"⑤。并据此来判断斯威夫特在诗歌中呈现出来的不安全感和无法掩饰的脆弱。这些分析大多从语言和结构的角度做出价值判断和情感判断，说明利维斯重视作品的各个部分的有机组合。而后结构主义批评者的观点与此相反，他们对文本中心表示质疑，认为"中心"并不是中心，不存在控制各个部分的中心，认为这种中心是缺失的。"语言符号系统本身就不是一个规定明确、界限清楚的稳固结构，而是更像一

---

① ［英］特雷·伊格尔顿：《二十世纪西方文学理论》，伍晓明译，北京大学出版社 2007 年版，第 36 页。

② F. R. Leavis, "Milton's Verse", *Scrutiny: A quarterly Review*, Vol. Ⅱ, No. 2, September 1933, p. 129.

③ F. R. Leavis, "The Poetry of Pope", *Scrutiny: A quarterly Review*, Vol. Ⅱ, No. 4, September 1933, p. 270.

④ Ibid., p. 272.

⑤ F. R. Leavis, "The Irony of Swift", *Scrutiny Aquarterly Review*, Vol. Ⅱ, No. 4, March 1934, p. 377.

个无限展开的'蛛网',这张'蛛网'上的各个网结都相互联结,相互牵制,相互影响且不断变动游移,做着不断的循环和交换。因此,一个符号需要保持自身的某种连续性,以使自己能够被理解。"① 正因为这样不稳定的结构,文学的意义也超出文本的范围而出现多重意义。在利维斯生活的时代,后结构主义思潮并未盛行,但他敏锐地感知到令人困惑多样形式的符号群,但无法给它们划定分界线。为了对抗这股潮流,他试图确定文学的批评标准,通过《英语诗歌的新方向》《重新评价:英语诗歌的传统与发展》和《伟大的传统》来确立了自己的非个人性标准、人性标准和道德标准,以阻止边界的消失,谨慎对待语言与内容的关系。

而且,利维斯的有机论思想还力求语言的精确性,认为文本结构要严整,情节要有机地结合起来,追求一种客观而准确的批评方式。而后结构主义批评家杰弗里·哈特曼强调语言是一种符号,由于符号之间可以相互代替,语言因此具有自我解构性质,一个符号表示不同意义,一个意义可由不同符号传达。但语言的字面意义和实际意义相分离,导致能指失去确定的所指,导致文学文本意义不确定。此外,语言具有隐喻和象征的功能,而这种功能也只是一种符号和另一种符号的互相代替,实质上是一种虚构。"说到底,语言的修辞性最终成为一种解构语言指称性的分裂力量,使符号随时随地产生一种歪曲语义的效果。"② 因此,后结构主义批评无法把文本看作一个具有稳定结构、明确意义的对象,只是一种模糊性的批评。这就与利维斯的批评方法相背离。任何观点都是对知识的假说,后结构主义和利维斯的观点各有千秋,同样存在不完善的地方。前者是站在语言学和修辞学的角度分析的,注重读者阅读的过程,文本意义会因为阅读者解释的不同而不同,批评的任务是追求文本意义的不确定性。但一味地强调意义不确定性的绝对真理,而忽视了相对性,太强调读者的主观能动性而忽视了作者对文本的客观效果,将二者对立起来,这无疑会使得后结构主义批评走向狭隘。而利维斯推行"细读"的批评方法,对作品做细致的语义分析,以防止误读的产生,它力求批评的科学性,语义的精确性和客观性,避免文学批评的主观随意性:批评的任务是追求文本的确定意义。这虽然深化了读者对文学作品的审美体认,但忽视了作者对文本意义的影响,同样是将二者对立起来,它片面追求意义的确定性必然导致批评的单一和局限。所以,综合起来,利维斯的批

---

① 张新国主编:《西方文论史》,高等教育出版社 2006 年版,第 497 页。
② 同上书,第 505 页。

评和后结构主义批评是在不同时期的不同学术环境下的选择。前者由于"二战"前英国的政治生活和民族发展基本上一元化的,这样单一的文化环境产生了以文本批评为主导的方式。后者是由于"二战"后,文化走向多元,各种思潮下的文学形式多样化,这样的环境也就孕育了后结构主义批评的诞生。但是二者互为补充,可以借鉴利维斯的有机论观点来弥补后结构主义批评的不足。目前,部分中国学者正试图研究有机论思想,以探索一条更好的文学批评之路。

利维斯的有机论思想,不仅以文学文本为一个整体,体现出对结构的全面分析,而且体现在批评视角上,力求从整体视角全方面关注文本。目前的文论主要关注作家、文本、读者、出版机构四个方面,利维斯的文学批评主要以文本为中心,涉及作家、读者和出版机构,主要体现在《细察》和部分著述中。期刊《细察》主要对诗人、戏剧家、小说家、评论家、出版的专著进行阐释,如评论华兹华斯的诗歌,认为其不仅是个诗人,更是个思想家;分析莎士比亚的戏剧《奥赛罗》《一报还一报》,评价莎士比亚在英国文学史上的里程碑意义。正如韦勒克在《文学理论》提到的内部研究和外部研究,利维斯对诗歌语言的细读法分析,对小说人物、情节的分析属于内部研究,而对道德、社会、生态、文化、宗教等的关注则属于外部研究。这说明了利维斯以开放的意识对待文学文本,不拘泥于传统的批评模式,也不迷信某类创新方法,而是坚持自己的有机整体观,拓展自己的批评视域:往前与形式主义、浪漫主义、唯美主义批评拉开距离,往后则与新批评、精神分析法、解构主义批评、后殖民主义批评、马克思主义批评、读者反映批评等潮流形成了差异。这主要表现在这些潮流只从某个角度展开批评力,逐渐失去自己的批评市场,走向衰微,而利维斯的文学批评仍然具有强大的生命,主要的原因在于利维斯立足于传统,从整体关注文本。

在《伟大的传统》中,利维斯从各个视角对维多利亚时代的小说进行分析,除了作家背景和小说文本的解读以外,绪论部分从杂志期刊、读者角度论述小说传统的开始。文中交代英国小说史以菲尔丁作为开启者,陈述菲尔丁最初作为杂志《闲谈者》(*The Tatler*)和《旁观者》(*The Spectator*)的撰稿人在这两份报刊上发表自己的作品,以小说连载的形式发表。利维斯依据自己对新闻媒体的研究,对报刊进行分析,发掘从戏剧转向小说的迹象。利维斯据此推究小说这种新兴文体的渊源和流传路径,辨析小说文体的演变过程。他论证道:"这种过程借助了新闻业的出现,而新闻业由某些东西的自然过程变化而来。……他养成了一种创作习惯,其特征按照他自己所说的'散文体的戏剧史诗'而充分体现出来。"① 利维斯抓住菲尔丁关于小说的特征，对小说文体进行细致的分析，从而给小说下了定义，并且推崇小说，将它与史诗相提并论，推动了小说研究。本书就小说文体的研究作了细致的阐释，此不赘述。此外，利维斯对读者进行了大量的分析，他在绪论中进一步谈道："18 世纪没有鲜活的作品可以选择，而有许多空闲时光。这已发现开朗快乐的《汤姆·琼斯》不是惊奇的，也不是司各特、柯勒律治一直给这部作品极高的表扬。传统是在比较中形成的，对此，他们有什么机会呢？"② 利维斯在绪论里将很多普通读者、评论家的观点进行比较。如在针对《汤姆·琼斯》这部小说具有"完美的结构"这个观点，利维斯认为是荒唐的。他将理查逊（Richardson）、约翰逊（Johnson）、约瑟夫·安德鲁斯（Joseph Andrews）、乔纳森·维尔德（Jonathan Wild）等进行比较，认为菲尔丁关注的是人性和道德价值。实际上，从读者阅读批评的角度分析文学现象，他的夫人 Q. D. 利维斯的《小说与阅读大众》（*Fiction and The Reading Public*）、学生伊恩·瓦特（Ian Watt）的《小说的兴起》（*The Rise of The Novel*），这两部著名的著作也借鉴了利维斯的方法。足以看出，利维斯及其门人开始从读者身上探讨文学阅读的状况。

第三节 感性与理性

感性认识和理性认识是两种认识世界的思维方式，也是美学史上的重要概念。二者的关系表现在：感性认识是认识主体通过感觉器官接触认识对象，形成生动的、直接的形象，它通过具体形象来反映对象，具有形象性。理性认识是认识主体通过抽象思维，间接对感性材料进行加工制作而获得的，从现象中揭示出本质，从偶然性中揭示出必然性。它以抽象的方式反映对象，具有抽象性；感性认识反映的是事物的具体性、表面性和外部联系。理性认识反映的是事物的本质、内在联系和规律；理性认识必须先经过感性认识才能获得。利维斯的思想体系把感性和理性的关系摆在一个重要的位置，既重视感性也重视理性，注意在文学批评中处理二者的平衡关系，如机智（wit）、智慧（wisdom）、感受力（sensibility）等词汇是他反复提到的术语。同时，他认为文学不仅仅训练感情也训练理智，这与

① F. R. Leavis, *The Great Tradition*, London：Doubleday Anchor Books, 1948, p. 12.

② Ibid. , p. 12.

他的导师理查兹的理论有较大关系。理查兹从唯心主义角度论述诗歌，相信"全部心态、精神状态即为诗篇"，诗歌只是精神、情感等心理层面的东西，对诗歌中蕴含的哲学、思想、教义等理智学说表示怀疑，认为感情和理智、主体和客体是对立的。他的这种论述是西方二元对立的思维模式导致的，体现了其偏激的唯心论，连他自己也意识到这点。利维斯在理查兹的基础上，试图改变二元对立的格局，将感性和理性有机地融合一起。

感性和理性这两种思维方式最初在文学史发展中时而走向分离，时而走向融合。大致经历了以下六个阶段：其一，古希腊罗马时期是追求知识理性的时代，著名的希腊神话、荷马史诗、希腊戏剧歌颂了上古人对智慧的崇拜。《诗学》针对柏拉图提出的诗歌创作"迷狂说"，诗人使理性失去控制情感的作用，故要求诗人创作要有理智。亚里士多德认为情感是有益的，情感是受理性控制的，"情感须求适度"①。罗马文艺理论家贺拉斯说道："要写作成功，判断力是开端和源泉。"② 表明判断力就是理性对诗歌创作中起到的作用。而美学家朗吉努斯也强调了智慧对情感的把握，"那些巨大的激烈情感，如果没有理智的控制而任其为自己盲目、轻率的冲动所操纵，那就会像没有了压舱石而漂流不定的船那样陷入危险。它们每每需要鞭子，但也需要缰绳"③。其二，在封建制度的中世纪时期，欧洲文学以教会文学为主，丢弃知识理性，而走向非理性，在某种程度上抑制了文学的发展。其三，文艺复兴运动在文学领域打出了人文主义旗号，提倡知识理性和个性解放，提出感性主义的人性论：一切符合人的感官享乐的世俗化生活是道德的。同时，被神权思想禁锢的欧洲人一旦被解除枷锁后，他们又走向另一个极端，片面追求情欲快乐的满足而生活荒淫奢靡。其四，作为对这种现象的反拨，17 世纪的古典主义文学推崇理性。在这个时候，英国资产阶级革命开始，资产阶级和新贵族为反对教会盘剥和王权专制，提倡清教主义运动。清教运动宗旨是清洗英国圣公会内部的天主教残余影响，清教徒应遵守十诫和其他戒律，过一种简朴节俭的生活。因此，当时英国资产阶级的思想体系是清教主义。由于它的影响，17 世纪的英国文学以古希腊、罗马文学为典范，热衷于表现古典题材，排斥感情和想象。其五，18 世纪的启蒙主义文学试图通过科学的理性启蒙来清除残余的封建思想，宣扬理性主义。由此看出，18 世纪之前的西方学界，理性和感

---

① ［古希腊］亚里士多德：《诗学》（修订本），罗念生译，中国戏剧出版社 1986 年版，第 79 页。

② ［古罗马］贺拉斯：《诗学·诗艺》，罗念生译，人民文学出版社 1962 年版，第 154 页。

③ 伍蠡甫：《西方文论选》，上海译文出版社 1979 年版，第 123 页。

性是彼此对立的。18 世纪，意大利美学家缪越陀开始纠正这样的倾向，认为理性与感性应当获得统一，其表现就是"知解力和想象力合作得很和谐，因而构成并且表达出的形象"①。德国古典美学家康德的《判断力批判》是一部试图调和理性主义和感性主义矛盾的力作，"对于美观念的丰富和独创性不是那样必要的。……而判断力与此相反，它是那机能，把它们适应于悟性"②。康德的观点虽然以不可知论为基础，但他将二者结合的努力推动了美学的发展。作为德国古典美学的集大成者，黑格尔对理性和感性统一的观点有了进一步论述，"从主体概念和客体概念两方面看，理念都是一个整体"③。认为理念代表的是感性和理性的统一体，据此，他还给美一个重要的界定："美是理念的感性显现。"④ 也就是说："在艺术里，这些感性的形状和声音之所以呈现出来，并不只是为着它们本身或是它们直接现于感官的那种形状，而是为着要用那种模样去满足更高的心灵的旨趣，因为它们有力量从人的心灵深处唤起反应和回响。这样，在艺术里，感性的东西是经过心灵化了，而心灵的东西也借感性化而显现出来了。"⑤理性主义和感性主义的前后演变也集中反映在文学批评领域里来。

从文学创作实践来看，18 世纪新古典主义和 19 世纪的浪漫主义严重对立。18 世纪，英国诗人兼批评家亚历山大·蒲柏（Alexander Pope，1688—1744），他的《论批评》代表了主要的诗学思想，涉及自然、巧智（wit）、判断力（judgment）、美等诗学及美学概念，体现为古典主义诗学原则。其六，从 18 世纪末到 19 世纪 30 年代，出现了反理性主义思潮，浪漫主义文学成为主流，推行自由主义，运用想象和情感。例如，华兹华斯在《抒情歌谣集》中的名言"所有的好诗都是强烈感情的自然流露"，但这种感情又是"经过在宁静中追忆的"⑥。柯勒律治结合诗歌的性质来谈想象力的观点："诗的天才的特点正在它能充实、润色诗人自己心里的形象、思想和感情。"⑦ 想象是感性思维的表现，又使得理性脱离感性。因此，浪漫主义过分看重情感的表现力，为一些评论家所诟病，艾略特就曾经撰文攻击浪漫主义诗歌注重感性而轻视理性的做法。为此，作为对策，艾略特把被当时文学批评史忽略的 17 世纪玄学诗派从故纸堆挖了出来，极力推崇

① 朱光潜：《西方美学史》，人民文学出版社 1979 年版，第 317 页。
② ［德］康德：《判断力批判》，宗白华译，商务印书馆 1964 年版，第 166 页。
③ ［德］黑格尔：《美学》，朱光潜译，商务印书馆 1997 年版，第 141 页。
④ 同上书，第 142 页。
⑤ 同上书，第 49 页。
⑥ 钱青主编：《英国 19 世纪文学史》，外语教学与研究出版社 2006 年版，第 20 页。
⑦ 王佐良：《英国浪漫主义诗歌史》，外语教学与研究出版社 1997 年版，第 34 页。

玄学诗歌创作表现出来的诗性智慧，并以玄学诗派的创作风格为典范。他认为，玄学派诗歌是智性和情感交融的产物，比单纯抒情诗优越，它的奇喻、跳跃、反讽、把抽象转为具体、以客观对应主观的艺术手法能有效地表现人复杂的心理。艾略特的做法完全打破了19世纪的诗歌创作传统，标志着新的开始。但他在处理理智和情感的平衡关系中，反复强调诗歌是诗人反复思考后创作的作品，"诗不是放纵感情，而是逃避感情；不是表现个性，而是逃避个性"①。虽然艾略特认为诗人创作离不开情感，但这段话本身就强调了艾略特把感情放在次要地位而偏重智思的倾向。不管怎样，无论是蒲柏的"巧智""判断力"，还是华兹华斯的"情感"，还是艾略特对玄学派的推崇，均带给利维斯较为深远的影响。

利维斯撰写的《英语诗歌的新方向》和《重新评价：英语诗歌的传统和发展》主要分析了英国诗歌的发展史，对蒲柏、华兹华斯、艾略特的诗歌进行剖析、总结。爱德华·格林伍德（Edward Greenwood）指明，利维斯主张一种文学历史是批评史，可借助情感的反应来分析作家和作品，而英语语言起了重要作用。因此，利维斯把自己对情感和语言的重视运用在英国诗歌史的梳理论证上。在利维斯看来，感性和理性是两种对立统一的思维方式，二者缺一不可，感性认识和理性认识都是把握文学作品的方法，他在《细察》中谈到，"诗歌里的情感离开智力是不能发挥作用的，感觉是不能离开思考的"②。利维斯在他的著作中反复强调了感性和理性不可分割的观点，这使得他在理查兹和艾略特的基础上又前进了一大步。"诗人的重要智力是努力去尽可能接近感觉、情绪和感知的内容。"③ 并指出汤尼森、叶芝的诗歌创作是把情感和智力结合一起的，认为"雪莱的诗歌带来一种感情游离思想的感觉"④，而把他排除在英国诗歌史外。在文学批评中，利维斯认为"文学批评作为一个特殊的智力和情感的学科"⑤，是感性和理性两种思维活动共同努力的结果。他纠正了老师理查兹的二元对立的偏激观点，也改变了艾略特矫枉过正的做法，对其过度推崇玄学派表

---

① ［英］T. S. 艾略特：《传统与个人才能：艾略特文集·论文》，卞之琳、李赋宁等译，上海译文出版社2012年版，第11页。

② F. R. Leavis, "'Thought' and Emotional Quality: Notes in the Analysis of Poetry", *Scrutiny A Quarterly Review*, Vol. XIII, No. 1, Spring 1945, p. 57.

③ F. R. Leavis, "Eliot's Later Poetry", *Scrutiny A Quarterly Review*, Vol. XI, No. 1, Summer 1942, p. 60.

④ F. R. Leavis, "'Thought' and Emotional Quality: Notes in the Analysis of Poetry", *Scrutiny A Quarterly Review*, Vol. XIII, No. 1, Spring 1945, p. 60.

⑤ F. R. Leavis, "An American Critic", *Scrutiny A Quarterly Review*, Vol. XI, No. 1, Summer 1942, p. 72.

示了质疑。在诗歌阅读中，情感聚集的结果将会产生重要的思想，在语境中生成足够清晰的意义。对文本的分析必定先通过感性认识来获得文本的具体特性、表面性和外部联系，然后通过理性认识来找出文本的本质、内在联系和规律，最终获得文本的思想和意义。

利维斯认为，首先借助感觉来理解作品是非常必要的，根据诗歌语言感受到情感的力量。这是受了理查兹唯心论思想的影响，重视精神世界或心灵的体悟，强调读者的主观认知作用。可高声阅读诗歌，因为语言的音调和活动是捕捉情感的主要元素，刺激一种对情感的直接反应，文学批评主要根据语言的这种特点关注情感健康、道德价值和精神健康等问题。"这里，或许我们说，不管诗歌具有的情感作用多么强烈，这都是必然以思想为条件的，这种确定的、相关的和批判的思想在情感作用中充当了必要的角色。"① 在这段话中，利维斯也强调了理性智慧在诗歌创作中的重要作用。他在分析华兹华斯的文学思想时，认为华兹华斯的著名观点"诗歌是情感的自然流淌，这是诗人通过追忆完成的"具有很大的价值，认为诗歌不仅需要情感的发挥，更需要深思的过程。情感要经过理智的冷静处理过程才能完成诗歌的创作，则是对理查兹观点的反驳，"但是，我们应当不要只因为他是一个诗人而忘记作为一个思想家的问题"②。这充分证明了利维斯对待感情和理智态度与理查兹的迥然差异。

为了进一步证明自己的观点，他把雪莱和玄学诗派作为例子加以分析。在利维斯眼中，雪莱的诗歌是激情有余而思虑不够，因此，他不能把握一些如情境、被观察和想象的事实及经验的东西。作为对比，玄学派诗歌中存在更多的思想，存在逻辑、哲学和神学等智慧资源。利维斯将雪莱和玄学诗派代表多恩进行比较，认为玄学诗派实现了感性和理性的统一。早在英国复辟时期，作家就遭受情感分离的痛苦，而这个学派却是把情感统一起来的。利维斯欣赏艾略特对玄学诗派的发掘和推崇。艾略特是在反对 19 世纪浪漫主义偏重个人情感的基础上确立了自己的观点，他把邓恩、克利夫兰和考利等人作为代表，认为邓恩的诗歌能够有效地将思想变为情感，强调诗人的心智能够聚合不同的经验形成新的整体。感性和理性应该统一，这是艾略特一直要求的。但在分析 17 世纪的诗歌时，艾略特发现感性和理性开始分离："17 世纪时，感受力的分裂开始了，从此以后我们一直未能从中完全恢复，很自然，这个世纪的两个影响最大的诗人——弥尔

---

① F. R. Leavis, "'Thought' and Emotional Quality: Notes in the Analysia of Poetry", *Scrutiny A Quarterly Review*, Vol. XIII, No. 1, Spring 1945, p. 58.

② F. R. Leavis, *For Continuity*, The Minority Press, Cambridge, 1938, p. 57.

顿和德莱登——加剧了这种分裂。"①

这种状况从 17 世纪到 19 世纪，历经两个世纪，在艾略特那里终于有所改观。"这样就不仅重建了文学史家失去的作为立足点的历史发展方向，而且还拓展了文学经验的时间深度，使人们能够看清一部文学作品的现实意义与实质意义之间的一个可变的距离。"② 在他的努力下，玄学派的发现和复兴对 20 世纪英美现代诗歌的影响较大，他力图把分裂的两部分形成"情感的统一"（unification of sensibility）③。他认为，当时诗歌创作存在着思想和感觉的分离、理智与情感的分离、抽象和具体的分离等三种现象，要通过玄学诗的复兴来改变现状。于是，艾略特把现代主义和新古典主义结合起来，使得英国现代诗歌在很大程度上打上了玄学诗歌的烙印，形成了独有的特色。利维斯秉承了他的观点，在他的文学批评和教学中，反复强调情感和智力缺一不可："思想伴随重要感觉聚积的富有意义的力量和程度出现。"④ 这和雪莱单纯抒发感情是不同的，与雪莱相比，威廉·布莱克的诗歌又过于偏好思想："这足以说明它们作为诗歌的弱点是它们作为思想的弱点。"⑤ 感觉经验应与思想本质有机地联系在一起，利维斯主张感性和理性统一的前提下，更强调个人情感的作用，"没有个人才能就没有创造力"⑥。这是他和艾略特不同的地方，因为艾略特在《传统与个人才能》中流露出对情感的轻视："诗不是放纵感情，而是逃避感情；不是表现个性，而是逃避个性。"这句话道出艾略特既承认诗歌创作是离不开感情基础的，又强调感情不重要而普世的思想才更重要。而利维斯发现："在大量的成功的玄学诗歌里，情感看似处于次要或辅助的地位。"⑦ 正如学者文森特·巴克利（Vincent Buckley）所说："如同利维斯声明的，他不想使玄学诗歌成为一个标准，他发现这种诗歌的危机是以培养思想为目

① ［英］托·斯·艾略特：《艾略特诗学文集》，王恩衷编译，国际文化出版公司 1989 年版，第 31 页。

② ［德］汉斯·罗伯特·姚斯：《接受美学与接受理论》，周宁、金元浦译，辽宁人民出版社 1987 年版，第 43 页。

③ Harold Wendell, "The Dissociation of Sensibility", Scrutiny: A Quarterly Review, Vol. XVIII, No. 3, Winter 1951–1952, p. 178.

④ F. R. Leavis, "'Thought' and Emotional Quality: Notes in the Analysis of Poetry", Scrutiny A Quarterly Review, Vol. XIII, No. 1, Spring 1945, p. 70.

⑤ Ibid., 70.

⑥ F. R. Leavis, The Common Pursuit, London: Chatto and Windus, 1952, p. 185.

⑦ F. R. Leavis, "'Thought' and Emotional Quality: Notes in the Analysis of Poetry", Scrutiny A Quarterly Review, Vol. XIII, No. 1, Spring 1945, p. 61.

的。"① 利维斯经过研究发现了玄学诗歌偏重理性思想的倾向，因此，他建议要把情感提到重要的位置上来，正如格雷·戴（Gary Day）认为的，"在文学批评方面，利维斯重新发现了曾经在现代作品中已失去的感觉思维活动的意义"②。对利维斯来说，感觉经验是诗歌创作中不可缺少的，他的贡献在于发现玄学诗歌有偏重理性的倾向，强调情感的力量就是纠正这个倾向，达到感性和理性统一的目的。

一般来讲，人们认为思想是理性认识的范畴和结果，而利维斯不这样认为："思想的精确和效果可能仅仅是对伟大诗人而言的，诗歌主要带给我们的是，有效地思考经验就是用经验思考和在经验范围内思考（这就是为什么本身没有大量的智力训练，不管受训者多么敏感和多么具有竞技能力，不仅仅熟悉——不管多么彻底——技巧、方法和工具，就能产生重要的思想，或可能有益于思想）。"③ 这说明思想并不是单纯依靠理性方法，同时需要感性经验主义来支撑的。在 18 世纪理性主义还未问世前，英国的（感性）经验主义哲学思想一直左右西方学者看问题的方式，成为一种哲学传统。这种传统尤其对利维斯的影响较大，他反复强调感觉经验对文本阅读理解的重要性，情感的体验是获得思想的必要前提。相对于玄学诗派把情感摆在次于理智的位置的做法，利维斯拔高了情感的地位。"对比通常在玄学才智的领导下，情感力量中的思想部分值得进一步考虑，对它来说不仅仅是精微的推论——令人惊奇的类推游戏。"④ 要在情感的前提下挖掘思想的价值，据此，利维斯认为塞缪尔·约翰逊的诗歌缺少情感中的理智。通过这些观点和例子，利维斯捍卫了艾略特的感性和理性相统一的观点，认为思想的获得需要通过感性和理性两种思维方式，同时加强了情感在文学研究中的重要作用，发现了玄学诗歌偏重理性思想的倾向。这也是对艾略特观点的进一步发展，对现代诗歌研究做出了重要的贡献。

利维斯对待感情和理智的态度不仅体现在诗歌分析，而且在小说评论中彰显出来，集中体现在《伟大的传统》中，除此以外，他把自己的看法推广到对狄更斯和劳伦斯的评论中。例如，"乔治·艾略特用的是博大精深的智性，它在这里发挥着成熟领悟力的作用……表现这个主题的情感强

① Vincent Buckley, *Poetry and Morality: Studies on The Criticism of Mathew Arnold T. S. Eliot and F. R. Leavis*, London: Chatto & Widus, 1959, p. 177.

② Gary Day, *Re - Reading Leavis: culture and literary Criticism*, London: Macmilian Press, 1996, p. 56.

③ F. R. Leavis, "'Thought' and Emotional Quality: Notes in the Analysis of Poetry", *Scrutiny A Quarterly Review*, Vol. XIII, No. 1, Spring 1945, p. 71.

④ Ibid., p. 61.

度，肯定不亚于乔治·艾略特作品里自传意味最强之处的激情"①。利维斯依据情感和理智的平衡原则分析乔治·艾略特作品人物中的人格是否健全，如对麦琪、亚当·贝德、马南、丹尼尔·狄隆达等的精细评论。依此把詹姆斯、康拉德等归在一起，认为他们都对生活表示了严肃的关怀，提出了怎样生活的命题。在这部书结尾，利维斯还专门对狄更斯的《艰难时世》进行详细的解读，对葛擂硬一家和小学教育进行了细致的分析，"他（狄更斯）也就维多利亚时代教育里的功利主义精神提出了正当的批评"②。利维斯着重将西丝和路易莎进行对比，认为西丝是个诗意化的人物形象，她身上具有情感和人性的美质，而路易莎是父亲物质至上和个人主义的牺牲品，从而强调人性情感的重要性。其次，他肯定劳伦斯具有感知能力，"他的天才不在于思考，而在于经历，用语言固定和唤起感情与感知，这对他来说看是重要的，劳伦斯对经验、教义的评论必须通过具体内容和成功的艺术来实现，对教义的批评不可能与关于文学成功或失败的判断相脱离，关于智力的讨论必定被批评的感受力所控制"③。"因为，在作品《情人与儿子》（Son of Woman）中，劳伦斯对教义如此感兴趣，如此确信他理解这点，他毫无困难地运用这些我坚持的教条。"④ 利维斯在这里赞赏劳伦斯创作中体现的宗教意义，注重宗教的抽象性，是一种理智的体现，是感性和理智融合的表现。这与理查兹强调的诗歌与宗教对立的看法相左，是在理查兹理论基础上的一次突破和创新。感性和理性的对立统一关系在利维斯的努力下从诗歌运用到小说的批评，在这种批评思维中，利维斯挖掘了劳伦斯作品的宗教价值和美学意义。这是利维斯区别于其他研究劳伦斯的评论家的独特地方，具有一定的学术价值，也奠定了劳伦斯在英国文学史上的地位。

总之，利维斯关于感性和理性关系的处理，突破了文学批评史上理性和感性二元对立、非此即彼的批评思维模式，强调感情和理智、主观和客观融合一起，是西方学术史上的一大突破。这与西方现象学的思维模式较为契合，因为现象学是由 20 世纪德国犹太裔哲学家 E. 胡塞尔（E. Edmund Husserl，1859—1938）创立的哲学流派或重要学派，发展时期从20 世纪初到 30 年代中期，改变了哲学二元对立的思维模式，寻求主客观的统一，在世界上产生了较大的影响。同时，利维斯注重主客观统一的分

① ［英］利维斯：《伟大的传统》，袁伟译，生活·读书·新知三联书店 2009 年版，第 73 页。
② 同上书，第 298 页。
③ F. R. Leavis, *For Continuity*, The Minority Press, Cambridge, 1938, pp. 57 – 58.
④ Ibid. , p. 58.

析方法也和英伽登、海德格尔产生了某种呼应，充分显示了他不拘泥于常理而灵活的文学批评方式。

第四节　关于莎士比亚戏剧的美学研究

利维斯关于莎士比亚戏剧的研究并不多，但视角新颖，方法独特，传承了英国戏剧研究的传统，对于 T. S. 艾略特和威廉斯的戏剧研究来说起到了承上启下的作用。与英国研究莎士比亚的权威专家柯勒律治、安·塞·布雷德利（A. C. Bradley）、约翰·米德尔顿·默里（John Middleton Murry）、乔治·威尔逊·奈特（G. Wilson Knight）等相比，利维斯更着眼于莎士比亚晚期戏剧的研究。在当时的英国文学研究领域，莎士比亚无疑成为被众多评论家推崇的典范，很多批评家视莎士比亚为文学经典的中心。虽然，利维斯的戏剧研究承袭了 T. S. 艾略特的模式，艾略特关于戏剧研究的诸多论文如今收集在他的论文集中，影响较大的有《"修辞"与诗剧》《关于戏剧诗的七人谈》《欧里庇得斯和默里教授》《莎士比亚和塞内加的斯多葛主义》《哈姆雷特》《本·琼森》《但丁》等，其戏剧研究思想也散见在这些论文中。虽然艾略特行文如同散文，且缺乏严谨的逻辑推理和辨析，但对利维斯的戏剧研究产生了一定的影响。因此，首先从研究艾略特的戏剧思想出发有助于把握利维斯的研究。艾略特论证了英国历史中的经典剧作家的成功在于构建一种文学传统，从而发挥对英国当代文学的指导作用，集中体现了他的传统与个人才能理念。因此，在他看来，英国文学传统是由这些历史上经典大家形成的，其中莎士比亚是他最推崇的对象：无论是谈修辞，"在莎士比亚的剧中中，形式是由整体的统一和单个场景的统一来决定的"①；还是论戏剧诗，"因为最伟大的戏剧是诗剧，并且，戏剧的缺点能够被诗的优点所补偿。让我们把图尔纳放在一边，我们可以以莎士比亚为例来进行说明"②。从这些可以看出，艾略特都是把莎士比亚作为典范。不仅如此，艾略特还以莎士比亚为例谈到戏剧不仅有娱乐功能，还要道德教化功能，"但是，他们需要持有某种与观众相同的道德态度"③。这些戏剧经验、戏剧结构和非个人性理论均在一定程度上启

---

① ［英］T. S. 艾略特：《传统与个人才能：艾略特文集·论文》，卞之琳、李赋宁等译，上海译文出版社 2012 年版，第 35 页。

② 同上书，第 46 页。

③ 同上书，第 40 页。

发了利维斯。

因此，利维斯和他的追随者对莎士比亚的研究一直没停止过，并将相关论文发表在《细察》上。从利维斯的这些批评实践来看，他已经把莎士比亚作为文学传统的经典并试图把莎翁作为英国 20 世纪文学发展的一个标杆。虽然，利维斯在诗歌和小说评论中对莎士比亚提得很少，但不代表他对莎士比亚经典作品的忽视，相反，在利维斯的思想中，莎士比亚是他最为敬重的诗人和戏剧家。他曾经坦言："通过重新开放与莎士比亚、多恩、米德尔顿、图尔纳等的交流来重建英语诗歌的传统。"① 虽然他的诗歌评论没有涉及莎士比亚的文本，乃是在于莎士比亚在诗歌方面的成就已经众所周知。从他对莎翁的戏剧研究来看也是在刻意回避其经典文本，故从莎翁的晚期剧本入手。在分析这些剧本时，利维斯则从美学的角度分析莎士比亚的悲剧，展示了自己的美学理论修养、对悲剧哲学把握的深度以及非常深厚的古典文学修养。利维斯在《共同的追求》中撰写了四篇论文，它们分别是《悲剧和手段》（Tragedy and The "Medium"）、《残忍的智者和高贵的英雄》（Diabolic Intellect and The Noble Hero）、《"一报还一报"》（"Measure for Measure"）、《莎士比亚晚期戏剧的研究》（The Criticism of Shakespeare's Late Plays），分别从悲剧创作的语言技巧、人物形象、有机结构等来阐述其戏剧观点。他凭借悲剧哲学理论为基础阐释戏剧文本，并高度评价乔治·桑塔亚那（George Santayana，1863—1952）的论文《悲剧哲学》（Tragic Philosophy）的价值，正如他谈到的，"事实上，我要感谢这篇论文，因为它在探讨悲剧方面作为一种备用的方法，以便本科生应对英语文学三脚凳考试的阅读"②。因此，利维斯非常欣赏《悲剧哲学》中的美学价值。桑塔亚那是英国著名的哲学家和文学家，他创建了著名的美学思想理论，主张美学仅仅是关于审美经验的心理学探讨，是一门价值学说。他认为美不是客观存在的，只是对象内在的积极价值，这种价值只存在于人的快乐的感知中，由此他将美定义为"客观化了的快感"（objectified pleasure）。他把美分成三种：第一种，材料美——直接作用于感官的各种客观事物的内外部材料。第二种，形式美——这些材料在文本形式中的组合和彼此联系，它对应于人类心灵的各种思考能力，以激发内心情感向外在表现出来。第三种，表现美——经过这种表现，把文本形式和人已有的经验联系起来时产生要表述出来的表现力。因此，桑塔亚那认为，审

---

① F. R. Leavis, *How to Teach Reading A Primer For Ezra Pound*, Gordon Fraser：The Minority Press, Cambridge, 1932, p. 38.

② F. R. Leavis, *The Common Pursuit*, The Minority Press, Cambridge, 1938, p. 121.

美活动的特征不在于非功利性，也不在于康德说的"必然"的普遍性，而在于它能产生一种价值判断，这种价值判断实质上是情感判断。① "他将美定义为'客观化的愉悦'，借鉴了经验主义的认识对象和方法，重视人的本能体验，是受到反理性思潮影响的一种回归实在论、恢复对世界物质性的基本认识的学说。"② 1936 年 3 月，桑塔亚那的《悲剧哲学》在《细察》第 4 卷第 4 期发表，该文基本反映了他的悲剧美学思想。针对艾略特认为莎士比亚的《麦克白》和但丁的《天堂》在诗意上相当，但在美学上前者略次的观点，桑塔亚那认为艾略特的美学标准对两个文本不公允。然后，他开始探讨什么是美学标准，这对利维斯启发很大。

利维斯认为，桑塔亚那的美学思想，情感体验是一种决定性要素。例如，桑塔亚那分析道，"就麦克白斯的心情而言，宗教和哲学好比是疯狂的水气；就但丁的心情而言，麦克白斯被魔鬼附身了。没有可能的共同基础，没有共同的真理标准，以及没有共同的趣味或美的标准"③。因此，利维斯和桑塔亚那都重视创作者的心理情感，这与默里、艾略特的立场相近，他们都强调诗歌的意义离不开作家在生活中的情感经验。当然，利维斯也不是一味强调自觉情感的重要性，而是同时力求在情感和理智之间寻求平衡。在这点上与默里的见解相近，"默里乞助于'自觉'和'理智'之间的综合"④。由此可见，利维斯关于情感和理智平衡的原则贯彻在他的批评实践中。

就创作技巧来说，利维斯把它看作次要的，不能成为研究的中心。在当时的英国学界，桑塔亚那也认为创作技巧和思想不可同等对待："但事实上，我认为这几乎不是真实的，因为对莎士比亚，创作手段是丰厚且比思想还重要，而对但丁手段尽可能不变的简单，这是显而易见的。"⑤ 由此，桑塔亚那认为艾略特的评论文章凭借学术推理（scholastic）手段而来，不是诗意化的感知（sensuous）和浪漫式（romantic）的理解。⑥ 因

---

① http://baike.baidu.com/link? url = PuqNYgtjGg2T_ y2CUr9XDHgc2LvPL6oBsgwq_ RVx_ B9UK-F3RDArtGMO KmTjOFzpiHHCP4jaf8_ WIzHrvshXCAQ_ 5us - 04vM9z32M7CYbzCzyLHs9aT5aku9Vu 4LWC5JuE3wwnvTz7KXEL_ EFqVYu4hG2lilASioWT9fO0e2b3ui，2017 年 9 月 20 日。

② 张珺华：《桑塔耶纳美学思想研究》，博士学位论文，山东师范大学，2008 年。

③ George Santayana, "Tragic Philosophy", *Scrutiny: A Quarterly Review*, Vol. IV, No. 4, March 1936, p. 369.

④ ［美］韦勒克：《近代文学批评史》（第五卷），杨自伍译，上海译文出版社 2002 年版，第154 页。

⑤ George Santayana, "Tragic Philosophy", D. W. Harding, eds., *Scrutiny: A Quarterly Review*, Cambridge: Cambridge at The University Press, Vol. IV, No. 4, March 1936, p. 369.

⑥ Ibid.

此，从这些观点分析，桑塔亚那从心理学的角度注重情感和感受力，情感判断的批评思维和理查兹、利维斯的实用批评模式大体相似，并得到利维斯的赞赏。利维斯在《悲剧和创作手段》一文开篇就表现出对桑塔亚那关于创作手段观点的肯定。"批评家完全沦落为'手段（Medium）'的受骗者，正如桑塔亚那先生自我表述那样，显然，他不懂得诗意地——本质上戏剧化——使用莎士比亚的诗行首要标示的语言。"① 因此，正如桑塔亚那阐述的那样，利维斯也认为创作手段是不可靠的研究对象，不能成为文本价值评判的标准。

对于戏剧美学价值来源方面，利维斯认为戏剧的哲学和道德意义戏剧化地来自戏剧内容，这不是被表述的而是表演出来的，而桑塔亚那则认为是被表述的。这是二人的分歧所在，利维斯虽然对他的批评智力赞赏有加，但并不欣赏他对戏剧语言的哲理分析。例如，利维斯针对怜悯（cathartsis）的悲剧效果进行了比较，"我们不得不质疑他的理解，尝试我们自己阐释诗意用法，我们发现自己探究了对悲剧——具有悲剧性的——比他在论文中暗示的更庄重更为满意的阐释"②。因此，从以上的观点分析来看，利维斯仍然坚持反哲学理论思维的原则，认为，"然而对文学最庄重的因素进行批判式的沉思的确会导向这样一种经验思想，我们可能保证在解释方面的尝试不会是我们联系宏伟或崇高和美的那种无益行为"③。利维斯认为，怜悯这种悲剧理论思想根本没有帮助，进而论证："亚里士多德的药方用来留给不幸的学生，在考场，该学生也许被要求把《诗学》运用到对莎士比亚、韦伯斯特、拉辛、易卜生或尤金·奥尼尔的研究。"④ 这句话反映了利维斯对套用理论来分析文本的反感，他强调批评家要专注文本和自身经验，尤其强调理查兹的实用批评，主要是用心理学来把握文本的精微性。"如果用戏剧理论来分析文本，这种鉴赏将会抑制理查兹对冲动和神经系统的依赖。"⑤ 他的观点与当时的布雷德利倚重悲剧美学理论相左，这正如韦勒克评价的那样："同样在美学理论中布雷德利的先声也是显见的。黑格尔的悲剧哲学是首要的模式。"⑥ 因此，从这里看出，利维斯在戏剧评论中也是坚持反对在文学研究中过度偏重理论。

---

①　F. R. Leavis, *The Common Pursuit*. The Minority Press, Cambridge, 1938, p. 123.

②　Ibid., p. 126.

③　Ibid..

④　Ibid., pp. 126 – 127.

⑤　F. R. Leavis, *The Common Pursuit*, London: Chatto and Windus, 1972, p. 135.

⑥　［美］韦勒克：《近代文学批评史》（第五卷），杨自伍译，上海译文出版社2002年版，第46页。

此外，利维斯还强调戏剧文本的整体性，认为莎士比亚的《辛白林》不是一个有机整体，这和当时奈特的"每个剧本是一个幻想的整体"观点相契合。然而，利维斯的《细察》和贝特森（Frederich Noel Wilse Bateson，1901—1978）的《批评文丛》均强调语言形式的重要性，奈特则认为形式中的语言文字无足轻重，应该把兴趣放在对作品的结构、格局等方面的讨论。其次，奈特在《火之轮：解释莎士比亚忧郁悲剧文集》（1930）中，将解释和批评分开，推崇解释这种方法；还强调剧本离不开想象，认为莎士比亚的剧本运用了诗意的象征手法，并反对道德说教。"奈特会乐意舍弃普遍的道德标准。"① 因此，奈特在戏剧研究方面与利维斯形成明显的不同。这也证明，在英国文学作为一门学科的创建过程中，利维斯为把文学研究推崇到一种学术批评的模式而做出的诸多努力。

第五节　作为"戏剧诗"的小说

在推进英国文学学科的发展过程中，牛津大学、剑桥大学的学者大多以诗歌、戏剧为研究对象，并且在文学学科创建时期，诗歌受到了阿诺德、理查兹、艾略特等人的极力推崇，但对小说的研究还未全面而深入地展开。具体表现有三：其一，还没有对小说概念的共同界定，18—19 世纪是小说兴起和发展时期，小说批评也相对滞后。其二，当时从事小说研究的一般是那些从事创作的小说家，如菲尔丁、劳伦斯、爱·摩·福斯特（E. M. Foster，1879—1970）、詹姆斯等，他们的见解在不同程度上影响到利维斯转向小说的研究。其三，当时小说的研究仅仅停留在定义、性格等方面，研究论述更是较为分散，缺乏严谨的逻辑分析。而利维斯虽然在追随艾略特梳理英国诗歌发展的历程和新方向，但他并不满足现状，而是着手在小说研究方面开辟新的天地。他的贡献主要为：定义小说，把小说的地位推到戏剧和诗歌的高度，而且运用现代批评视角和方法推进了小说的研究，特别是在小说史和小说经典方面的研究。在小说批评论文和专著中，利维斯首先把小说界定为"戏剧诗"，可以根据这个来综合评价他在小说研究方面的贡献，以及英国小说研究的大体脉络。利维斯关于小说是"戏剧诗"的概念最先出现在对莎士比亚戏剧的研究。在《残忍的智者和

---

① ［美］韦勒克：《近代文学批评史》（第五卷），杨自伍译，上海译文出版社 2002 年版，第205 页。

高贵的英雄》提到了"戏剧诗"一词，"即使《奥赛罗》（它必将坚持）是诗化的戏剧，一部戏剧诗，不是一部用戏剧形式和诗歌装饰的心理小说，但对悲剧意义的相关讨论仍然主要是性格分析的问题"①。在利维斯看来，莎士比亚是英国文学发展史上的一座丰碑，奠定了英国文学的基础，具有高不可及的典范作用。这段话的意义在于利维斯将小说看作用戏剧形式和诗歌装饰的小说，通过传统的戏剧和诗歌文学样式来界定小说并使得小说的界定具有一定的权威性。

利维斯对小说的研究在英国学术界产生了较大的反响，在于他打破了传统的研究套路，具体表现在小说的界定、批评方法以及小说史编写，因为本书有专门分章节论述批评方法和小说史，这里仅就小说定义的演变过程来评论利维斯的两大贡献。

第一，利维斯把小说定义为"戏剧诗"，而不像其他的学者分析小说的结构和人物性格。20世纪初，学者们对小说这一文体仍然没有一个确切的界定，说法不一。例如，阿比尔·谢括利认为："小说是用散文写成的具有某种长度的虚构故事。"② 1927年，普利斯特利在初版的《英国小说概论》的前言中认为，"我所提出的小说底唯一定义是它是散文写的故事，主要的谈到想象的人物和想象的事件"③。这表明当时小说被当作散文，人物和故事是其最主要的组成部分。同年，评论家爱·摩·福斯特文学批评理论专著《小说面面观》出版，他总结前人对小说研究的成果，在此基础上用字数来加以界定，"任何超过五万字的虚构的散文作品，在我所作的演讲中均可称为小说"④。到了30年代，利维斯在《细察》中将小说冠以"戏剧诗"之名，并以小说批评实践加以辅证，把乔治·艾略特、劳伦斯、詹姆斯、狄更斯等的小说纳入他的研究视野，大大推动了学术界对小说文体的关注和研究。利维斯在《细察》中提出了"小说是戏剧诗"的观念，他在《细察》中把狄更斯的《艰难时世》、艾米丽·勃朗特的《呼啸山庄》、亨利·詹姆斯的《欧洲人》、劳伦斯的《圣·莫尔》《恋爱中的女人》和《虹》这六部小说视为"戏剧诗"，除了《呼啸山庄》外，其他五部他都给予了详细的批评论述。维多利亚时代的英国小说形式上具有浓厚的写实主义色彩，促使利维斯把小说与诗歌、戏剧联系在一起，第一次通过戏剧诗来给小说下定义。因为，如上文他在论述莎士比亚《残忍的智者

---

① F. R. Leavis, *The Common Pursuit*, London: Chatto and Windus, 1972, p. 136.

② ［英］爱·摩·福斯特：《小说面面观》，苏炳文译，花城出版社1984年版，第3页。

③ ［英］J. B. 普利斯特利：《英国小说概论·前言》，李儒勉译，商务印书馆1947年版。

④ ［英］爱·摩·福斯特：《小说面面观》，苏炳文译，花城出版社1984年版，第3页。

和高贵的英雄》一文中谈到了小说和诗歌、戏剧的关联，由于莎士比亚的
戏剧具有的现实生活价值，这自然使得他的小说观念密切地把小说和现实
主义联系起来，以致深深影响了他的学生伊恩·瓦特。瓦特在《小说的兴
起》一书中认为小说的定义应该建立在现实主义基础上，"简言之，他们
把'现实主义'作为区别以前文学和18世纪早期小说家的著作的本质特
征"①。现实主义确定了小说这一新的文体样式，从而把小说和过去的文体
区别开来，从文学传统中挖掘小说的定义显然与普利斯特利从小说结构的
角度以及福斯特从字数的角度界定小说形成了本质区别。

由此可见，利维斯将小说称作"戏剧诗"，植根于古典诗学理论。西
方把诗歌一般分为抒情诗、叙事诗（史诗）和戏剧诗，其中戏剧诗代表了
所有艺术的最高成就。早在古希腊，亚里士多德在《诗学》中对戏剧诗进
行了详细的论述，他给它下了这样一个定义：

> 悲剧是对于一个严肃、完整、有一定长度的行动的摹仿；它的媒
> 介是语言，具有各种悦耳之音，分别在剧的各部分使用；摹仿方式是
> 借人物的动作来表达，不是采用叙述法；借引起怜悯与恐惧，来使这
> 种情感起卡塔西斯作用。②

亚氏的悲剧概念基本上代表了戏剧的全部特征，戏剧的情节是一个有
机统一体，它的诗意和结构演变成小说的诸多部分。利维斯从小就受过西
方古典主义文学的熏陶，他认为：戏剧诗将抒情诗和叙事诗（史诗）的优
点结合在一起，代表了艺术的最高成就，而刚刚兴起的小说新文体颇具戏
剧诗的一些特征，逐渐占据主要地位，而作为传统的戏剧和诗歌则处于次
要的地位，并随着历史发展逐渐不符合市民大众的欣赏趣味，不可避免地
走向衰落。"在19世纪及其以后的岁月里，英语语言富有诗意和创造性的
活力主要来自散文体的小说。相比之下，传统的诗歌成了边缘化的文学样
式。"③ 因此，直到利维斯这里，小说研究才有新的起色，这正如一位学者
所言："当利维斯的《伟大的传统》把小说拔高到她现在拥有的学术上的
最高地位，小说研究于1948年开始兴起。"④这句话表明利维斯的小说研究

---

① Ian Watt, *The Rise of The Novel Studies in Defoe*, *Richardson and Fielding*, Berkeley and Los Anggeles：University of California Press, 1965, p. 10.

② ［古希腊］亚里士多德：《诗学》，罗念生译，人民文学出版社1984年版，第12页。

③ F. R. Leavis, D. H. Lawrence：*Novelist*, Middlesex：Harmondsworth, 1964, p. 19.

④ Claudia L. Johnson, "F. R. Leavis：The 'Great Tradition' of the English Novel and the Jewish Part", *Nineteenth - Century Literature*, Vol. 56, No. 2, 2001.

以其学术性特征开始了一个新的时代，当时在英国学界颇有名气的小说评论家劳伦斯、福斯特、詹姆斯相比之下缺乏严谨的学术批评眼光。其中，福斯特的演讲集《小说面面观》欠缺小说艺术演变的历史感，忽视理论和批评；劳伦斯的批评具有太多个人主观色彩，不赞赏过度注重小说结构形式。因此，他们的批评更具有小说家擅长讲述故事的特点，而利维斯更显出作为一个批评家的学术严谨性。由此进一步推知，利维斯对小说观念的认识与小说研究在当时走在学术前沿，在很多学者还在传统和现代之前犹豫不决的时候，他的小说研究却在传统和现代之间搭建了一座桥梁。可以说，利维斯促进了英国小说研究的发展，把小说和社会、生活、人生、人性的道德结合起来进行研究，开拓了新的研究视域。目前，中国国内学界对利维斯的小说批评研究几乎没有注意其"戏剧诗"这一提法的历史渊源和理论依据。

20世纪初，小说研究没有像诗歌和戏剧那样受到重视，它的概念一直是学界探讨的话题。利维斯把小说当作戏剧诗，原因有二：一方面在于小说具有戏剧情节的有机统一性，他在分析小说时多次强调完整情节的重要性，这说明利维斯严格秉承了亚里士多德的有机主义美学观。"一般来说，简·奥斯汀的情节和小说非常谨慎和周密地放在一起"①，认为莎士比亚的晚期剧本《辛白林》"不是一个有机的整体"②，排斥乔伊斯的《尤利西斯》，在于它的结构和语言过于散漫，"更确切地说，我认为《尤利西斯》标志着文学世界的结束，或者至少暗示了不完整性"③。利维斯在分析小说时，把情节的整一性视为判断小说优劣的重要标准，这正如亚氏在《诗学》强调那样，"情节既然是行动的摹仿，它所摹仿的就只限于一个有单一性的，而且是完整的行动，里面的事件要有严密的组织，任何一部分一经挪动或删削，整体就会松动脱节"④。由此，戏剧情节的整一性也被发展为小说故事情节的主要特性，贯穿了利维斯小说批评的始终。这充分说明了利维斯始终坚持亚里士多德奠定的古典诗学理论，从而捍卫了小说文体的权威性。

另一方面在于小说反映了严肃的现实生活。根据亚里士多德给戏剧的定义，我们从"悲剧是对于一个严肃、完整、有一定长度的行动的摹仿"

---

① F. R. Leavis, *The Great Tradition*. London：Doubleday Anchor Books. 1948. p. 16.

② F. R. Leavis, "The Criticism of Shakespeare's Late Play", *Scrutiny Aquarterly Review*, Vol. X, No. 4，April 1942，p. 339.

③ F. R. Leavis, *The Great Tradition*. London：Doubleday Anchor Books. 1948. p. 39.

④ ［古希腊］亚里士多德：《诗学》，罗念生译，人民文学出版社1984年版，第19页。

中发现了"严肃""摹仿"等词。根据模仿学说，利维斯认为小说必须与现实主义联系一起。这也是利维斯界定小说的主要依据。他认为小说这一文学样式必须是描写"严肃的生活"，并不是用来充当娱乐大众读者的工具。而"模仿"就是对现实生活的再现，这也与小说的现实主义原则相一致，因此，小说的写实主义手法和戏剧的写实性相一致，故他把小说当作戏剧。据此，他因为英国伟大作家狄更斯在小说创作中具有嬉戏顽皮的成分，认为其不关注现实生活，遂把他称作"娱乐作家"，曾一度把他拒斥在英国文学史之外。后来，利维斯渐渐发现狄更斯在小说中对功利主义强烈的批判具有现实主义色彩，于是，他和夫人合著《小说家狄更斯》(1970 年出版)，把狄更斯补充到文学史中去。

第二，利维斯认为小说具有道德教化的功能。这与亚氏认为"借引起怜悯与恐惧，来使这种情感起卡塔西斯（katharsis）作用"的相接近。利维斯通过戏剧的效果来强调小说同样该具有道德教化的作用。这也是利氏在《伟大的传统》中反复强调的道德批评标准，并据此遴选简·奥斯汀、乔治·艾略特、詹姆斯、康拉德、劳伦斯等这批伟大的小说家，以奠定英国文学传统。利维斯在论述中认为，这些小说家在创作风格上宣扬道德意识方面是一脉相承的，为英国小说树立了道德标杆，具有戏剧那样的"卡塔西斯"效果。这也是利维斯要反复强调小说是"戏剧诗"的主要原因。的确，利维斯小说观念的提出是个标志性的事件。在利维斯之前，还没有一个学者把小说当作戏剧诗来理解。因为他把小说当作道德寓言和对生活的书写，这是利维斯在小说研究方面取得的较大成果，从而奠定了小说作为新文体的艺术地位。进一步来讲，戏剧诗糅合了抒情诗和叙事诗歌的主要特征，这时戏剧诗的文体形式也不再是传统意义上诗歌那样的文体形式，这里"诗"的意义进一步被拓展，而获得了更为广阔的意义。它可以以诗歌、散文、戏剧等多种文体样式呈现，所以文坛上也就有诗歌体小说、散文体小说、戏剧体小说等出现。也可以说是小说像诗歌那样具有美学的意蕴，从而强调了小说的美学价值。因此，利维斯称小说是"戏剧诗"的观念较为全面地概括了小说这一文体。

以上是小说被利维斯当作戏剧诗的原因，但任何概念都是随历史变化而演变的，小说亦然，它是在各种文体影响下经历了漫长的衍变而形成的。一般来说，英国小说是沿着神话—史诗—戏剧—传奇—小说这一轨迹发展而成，随着文学的发展，逐渐获得其应有的地位，利维斯也是在吸收各种文体的特征以及前人的成果而提出的。1657 年，英国书商威廉·伦敦出版了一本参考指南《英国最畅销图书目录》，并附上副标题："依次分类为神学、历史学、医学与外科、法学、算术、几何、占星学、日晷、土地与木材丈量、赌博、航海、建筑、马术、猎鹰、商业、肖像绘画、军纪、纹章学、防御工事与焰火、农业、园艺、传奇文学、戏剧；各类书目按字母顺序排列。"这段话并没有提到"小说"这一体裁，表明 17 世纪中期小说没有得到认同。但小说孕育在其他体裁样式中，如英国女作家埃芙拉·贝恩（1640—1689）的《阿鲁奴克——王子出身的黑奴：一部真实的历史》具备了情节、人物、环境等小说元素，但被归在历史学体裁下。

16 世纪末 17 世纪初，随着印刷品在市面的流行，期刊文学开始兴起，特别是 18 世纪散文家斯梯尔和艾迪生分别创办的《闲谈者》和《旁观者》。这些期刊上的文学作品具有叙事性、虚构性、散文性等特点，同时具有道德教化的作用，其人物形象和情节结构接近小说。这些随笔散文为英国小说文体样式的形成奠定了良好基础，许多英国期刊成了小说家发表小说的用武之地，促使很多人走上小说创作之途。例如，丹尼尔·笛福、亨利·菲尔丁等都是当时的报刊撰稿人。其中，笛福因创作《鲁滨逊漂流记》而被尊称为"英国和欧洲小说之父"，确立了小说现实主义的创作原则。而菲尔丁不仅创作了小说名篇《汤姆·琼斯》，而且创立了小说理论，奠定了小说与史诗、戏剧同等的正统地位。但是，尽管小说在创作和理论方面取得了成功，但小说的概念界定仍然是个问题。

在《伟大的传统》中，利维斯专门谈到了菲尔丁对小说的界定：

> 菲尔丁完成了由《闲谈者》和《旁观者》开创的事业，在这两份杂志的版面间，我们看到了戏剧向小说演变的过程——这种发展竟是取道新闻业而来也是顺理成章的事。菲尔丁在那所学校里学会了描写人物和风俗的技巧——成为小说家之前；他既是剧作家，又是报刊文章家，然后又糅之以一种叙述风格，其特征还是他自己的说法最为到位，即"散文体的喜剧史诗"。①

关于史诗有两种解释。一种认为史诗是人类童年时代用诗歌体裁记录下来的古代神话传说和英雄事迹的长篇叙事作品，结构宏大，充满神话色彩；另一种认为史诗是指反映了一个历史时期人民参加的历史事件和多方

---

① F R. Leavis, *The Great Tradition*, *Garden* City, N. Y: Doubleday & Company, INC, 1948, p. 12.

面生活的叙事作品。① 在这里，史诗的长篇叙事体、宏大的结构、广阔的社会生活与小说存在相似之处。菲尔丁根据史诗的特点，嫁接文体，别出心裁地抬高了小说的地位。但是，他对史诗的界定也存在模糊的地方。这种观念不足以充分概括当时小说的面貌特征。对此，利维斯又借鉴了亨利·詹姆斯的有机论思想，认为小说的内容和形式是有机统一的，在分析作品时候反复强调小说必须遵循有机统一体的原则，把这个原则当作构建小说传统的一个重要标准。

他认为菲尔丁开启了英国小说的传统，根据他提出的"散文体的喜剧史诗"理论来界定小说是"戏剧性的诗歌"。菲尔丁是 18 世纪英国现实主义小说的开创者，他的"散文体的喜剧史诗"理论奠定了小说在英国文学史上的地位，把小说放在与史诗和戏剧同等的位置。下文是菲尔丁针对当时流行的传奇表达自己的见解：

> 一部滑稽的传奇是一部散文的喜剧史诗；它跟喜剧有所区别，正如严肃的史诗跟悲剧不同。②

可见，一方面，他认可滑稽的传奇，指出其在结构、情节、人物和措辞方面有可取的一面，如它反映了下层社会的习气，是可笑的、消遣的游戏文章。另一方面，他认为这并不能真实地反映生活现实，是作者运用丰富的想象胡诌出来的东西。根据亚里士多德在《诗学》中强调"严格模仿自然"，坚持自己的现实主义原则，菲尔丁在《约瑟夫·安德鲁斯的经历》的序言中写道：他在创作中尝试了新的文学形式，被称为"散文滑稽史诗"，具有史诗的特点，他说："这种文体至今我不记得曾出现在我们的语言中""情节更广泛，包含更多的事件及形形色色的人物"。在内容上，有轻松滑稽的情节，人物形象上描写了下层人物，反映了平民的日常生活。菲尔丁试图完善和发展现代小说体裁的形式，确立小说在文学中的地位，奠定小说的基本框架结构，对后来的学者产生较大的影响。但是，菲尔丁对这一新文体的界定具有存疑的地方，正如中国学者所评价的"原来的'散文体喜剧史诗'中的喜剧性谐谑滑稽手法，已与生活本身真实的严酷

---

① 张世君：《外国文学史》，华中科技大学出版社 2009 年版，第 29 页。
② ［英］亨利·菲尔丁：《约瑟夫·安德鲁斯的经历》，转引自周文妮《菲尔丁的散文体喜剧史诗理论及在弃儿汤姆·琼斯的历史中的实践》，硕士学位论文，华中师范大学，2008年。

性以及作者趋于深沉的道德感不相适应"①。利维斯在吸收他的观点时，对其"滑稽手法"进行了批判，认为没重视伦理道德问题，并强调文学作品的道德标准。

亚里士多德在《诗学》中提出悲剧具有六个要素——情节、性格、思想、言辞、形象、歌曲。利维斯的"戏剧诗"包括了这六个方面。他认为这一新的文学样式不像菲尔丁那样强调"滑稽"，也不能强调"史诗性"。于是，利维斯认为："菲尔丁的见解，还有他对人性的关怀，可谓简简单单；而简单得以一种'散文史诗'的篇幅铺展开了，这对不满足外在情节的人来说，只能产生单调的感觉……等到写《阿米丽亚》的时候，菲尔丁已经无法超越了。"②指出菲尔丁的创作和理论实践仍然束缚了这一新的文体发展，他把"散文的喜剧史诗"界定为"戏剧诗"，使得这一文体包罗万象，拓展了小说的外延和内涵，同时捍卫了小说与史诗、戏剧同等的地位，进一步发展了菲尔丁的小说概念。对小说文体展开研究的还有 Q. D. 利维斯和伊恩·瓦特（Ian Watt），他们分别撰写了《小说和阅读大众》和《小说的兴起》，探讨小说文体和读者的关系。其中，利维斯夫人主要探讨阅读大众阶层、新闻报刊与小说兴起的联系；瓦特对笛福、理查逊和菲尔丁如何推动小说兴起进行了重要的阐释，并认为其与现代个人主义、现实主义、阅读大众、资本主义的生产方式连在一起息息相关。这两位学者基本上沿用了利维斯小说文体研究的思路，是对利维斯小说研究的拓展和延伸。

在《细察》期刊中，利维斯始终秉承亚里士多德关于"严肃"的批评原则，一方面，他认为狄更斯在《艰难时世》开头两章马戏团演员的表演中设置了闹剧和幽默的成分，使读者愉悦；另一方面，性格、情节也是戏剧具备的要素。"借助定义道德寓言的方式，对比道德寓言里的事情，我不再需要说文本意图具有特别的持续性。因此，在寓言里的代表因素——性格，情节等等——在我们阅读时立即变得明显。"③小说人物性格的刻画是个非常复杂的过程，牵涉到故事情节、社会生活、言语、动作和情感等。利维斯认为，《艰难时世》展示了众多形态各异的人物形象：乡绅葛擂硬、银行家兼商人庞得贝、温顺的路易莎、被塑造成道德形象的西丝、

①　龚翰熊等编：《欧洲小说史》，四川大学出版社 1997 年版，第 152—153 页。

②　F. R. Leavis, *The Great Tradition*, Garden City, N. Y. : Doubleday & Company, INC, 1948, p. 6.

③　F. R. Leavis, "The Novel as Dramatic Poem（Ⅰ）: 'Hard Times'", *Scrutiny A Quarterly Review*, Vol. XIV, No. 3, Spring 1947, p. 185.

反功利主义者形象史里锐、工人斯蒂芬等。同时指出，狄更斯创作形式多样而独特，能够有机地把复杂的情节形成一个整体。狄更斯的反讽手法和他的其他艺术手法有机地连在一起，"共同创造出一个真正戏剧化的、具有深刻诗意的整体来"①。他据此判断狄更斯的小说是一部具有戏剧化特征的著作。"我们可以公道地把作者的天才称为一个诗人剧作家的天才；它表明，在虚构散文的领域里，也有我们通常与莎士比亚戏剧联系在一起的那种凝练而灵活地解读生活的潜力，而我们囿于对'小说'的成见，可能就忽略了它们的存在。"② 这段话说明狄更斯小说中的戏剧化风格是受了莎士比亚影响的，并列举葛擂硬临死前的一幕，来证实狄更斯艺术特色在于戏剧化形式和直接的言语。所以，利维斯把莎士比亚的戏剧视作检验小说的标杆。因为莎士比亚戏剧建构了人文主义思想，塑造了性格鲜明的人物形象，形成了独特的戏剧风格。

　　同样，利维斯发现《欧洲人》采用了喜剧模式，又因喜剧包含了礼貌、社会习俗和基本民族精神的差别而把它称作"社会喜剧"。例如，《圣·莫尔》这一小说中，利维斯阐明小说开篇采用了讽刺喜剧的形式。尤其是在《恋爱中的情人》中，他也认为劳伦斯采用了戏剧化的手法。例如，小说采用了人物的独白形式——"'这儿是我的女婿们'，她以一种独白的方式继续说道：'现在劳拉结婚了，又有一个女婿了。'"③ 利维斯视小说为诗歌，理由在于：18 世纪之前，新兴的小说文体在未得到大众认可的情况下，戏剧和诗歌这两种文体仍然是英国文学史上惯有的样式。而诗歌相对戏剧来说，最大的区别在于它发挥丰富的想象力，创造富有节奏感和韵律美的语言艺术形式，注重抒发人的情感。其次，利维斯认为小说除了具备戏剧性的特点外，还应该具备诗性，即诗意化的语言和美好的人类情感。谢括利、福斯特没有关注这个方面，菲尔丁认为小说是史诗，仅从叙事角度来考虑，并未抓住诗歌的实质。利维斯在他们的基础上把握了小说概念的基本特征。他抓住小说作品的语言和情感来谈小说如何也具有诗意。例如，他极为欣赏狄更斯小说语言的诗性特征，认为狄更斯对字词、节奏和意象的把握说明他是个大诗人，"他那源源不断、巧妙而丰富多彩的表达法，意味着对于生活他有一种非凡特别的敏感。他的感官都充满了

---

① F. R. Leavis, *The Great Tradition*, Garden City, N. Y: Doubleday & Company, INC, 1948, p. 277.

② Ibid. , p. 291.

③ F. R. Leavis, "Women In Love （Ⅰ）", *Scrutiny A Quarterly Review*, Vol. XVII, No. 3, Autumn 1950, p. 210.

情感的力量，而他的才智则在最机灵敏锐的感知中闪烁跳动"①。狄更斯小说中透露的情感力量深为利维斯欣赏。不仅如此，利维斯还大加赞赏劳伦斯作品中的诗意化倾向。在利维斯给劳伦斯小说作品《恋爱中的女人》和《虹》撰写的评论文章中，笔者发现他充满激情的言语中流露出赞赏的口吻。

综合来看，利维斯把小说当作"戏剧性的诗歌"，是以亚里士多德的诗学理论、以莎士比亚的创作实践为基础的，他将戏剧和诗歌两种文体的要素加在一起，强调小说文体的诞生离不开戏剧和诗歌对它的影响，打上了小说研究初期特征的烙印。他根据当时的时代背景将小说定义为戏剧诗，丰富了小说概念的内涵，阐释小说如何从戏剧和诗歌中获得启示，描述人们生活的世界，从而获得了生命，充分证明小说和诗歌、戏剧是一脉相承的。尽管利维斯抓住了小说的戏剧性和诗性特征来阐释小说的定义，但是，这种提法并不具有科学性。利维斯对小说下的定义并不是一种抽象和概括的方式，而是一种观念。真正的定义应是对所有小说文体的一种抽象和概括，是一种客观冷静的界定。正如伊格尔顿认为的，"新批评家和I. A. 理查兹几乎只关心诗；T. S. 艾略特虽然涉足于戏剧（drama）但是却没有触及小说（novel），F. R. 利维斯倒是讨论了小说，但他是在'戏剧诗'的标题之下考察它们的——这就是说，小说在这里可能被当成了任何东西，但是就是没有当成小说"②。伊格尔顿指出，利维斯对小说的定义也只是根据形式来定义，但形式并不是真正的小说本质。实际上，利维斯的小说观念尚存不足之处，如戏剧诗强调戏剧性和抒情性，它包含了作者的主观情感，或是愤慨，或是同情，或是幽默，甚至是讽刺，等等。在很大程度上，戏剧化的创作要受到作者主观情感的限制，其结构和诗意表现均不能完全概括小说创作。所以，"戏剧诗"这一观念并不能完全概括小说的定义。目前，小说概念逐渐获得了自己的完整意义，如昆德拉在《小说的艺术》（纽约哈泼与罗出版社）给小说下定义："一种伟大的散文形式，借助实验型的自我（人物），去发掘存在本身的某些主题。"《牛津朗文英文词典》也给出了权威的定义，"小说是指具有想象的人物和情节的长篇虚构故事（a long written story in which the characters and events are usually imaginary）"③，树立了小说概念的权威性。因此，利维斯从某种程度上发

① F. R. Leavis, *The Great Tradition*, Garden City, N. Y.: Doubleday & Company, INC, 1948, p. 297.
② ［英］特雷·伊格尔顿：《二十世纪西方文学理论》，伍晓明译，北京大学出版社2007年版，第49页。
③ 杨镇明编：《朗文当代英语辞典》，外语教学与研究出版社2002年版，第968页。

展了小说的概念内涵，把古代文体和现代文体衔接起来，反映了小说和戏剧、诗歌一脉相承的关系，他的小说观念在小说批评史上起着至关重要的作用。从另一方面来讲，从对小说的界定也看出，这时的利维斯已经开始从文类的角度来展开研究，这正如一位学者谈到的，"作为我们时代的批评家，利维斯已经转向研究更多的小说家而不是诗人，以此探讨作为人文教育的文学研究，以及试图发现关于非个人性怎样才能培养对今天社会生活行为的同情心"①。正因为利维斯看到了小说与莎士比亚戏剧关于人文传统方面的密切关联，才独具匠心，给小说冠名"戏剧诗"，实则暗含了小说在道德教化方面的价值和社会功能。可以看出，利维斯的"戏剧诗"观念开启了英国小说文类研究的大门，从而奠定了英国现代小说研究的基础，与当时的美国芝加哥学派文类研究形成了呼应。另外，利维斯关于小说文类的研究与新批评的文本中心批评形成了明显的差距。

小　结

从利维斯对作品的生活本质、形式结构、创作构思和文体样式等方面的文学观来看，他有自己独创的思考。表现为：针对 19 世纪以来盛行的文艺形式批评，他强调文学不应该无病呻吟，而应该密切关注社会生活，主张对生活的批评。针对现代文学创作结构越来越松散的现象，他认为文学家不能一味追求技巧的创新，而应该将内容和形式有机地联系一起。针对现代诗歌重理性轻视感性的现象，他倡导文学应当提升人的情感感受力。针对莎剧热点研究现象，利维斯似有意回避其早期经典文本，而是关注晚期剧作的情感美学体验，这也是利维斯在诗歌史中标榜莎士比亚的一个侧面展现。针对小说批评在英国发展缓慢的事实，利维斯从界定小说概念入手，视小说为"戏剧诗"，推崇小说在文学史上的地位，推动了现代小说批评的发展。这五个方面是利维斯在文学批评实践中总结出来，结合了英国文学批评的现实情况，比较了文学批评史中重要的学者观点，对文学发展规律作了独特的思考。这些文学观也促使他对英国文学史和经典文本表示了极大的关注，他试图用一种新的文学史书写方式和传统观来引导文学走向良性发展。

---

① P. J. M. Robertson, *The Leavises on Fiction: A Historic Partnership*, London: The Macmillan Press LTD, 1981, p. 4.

第四章 利维斯的文学史和经典研究

在利维斯的《重新评价：英语诗歌的传统和发展》和《伟大的传统》诞生之前，文学史大多陈述经济和社会背景，要么是一部经济史、要么是一部社会史，而不是真正意义的文学史。任何文学史的写作都是一个建构的过程，它的不确定性使它永远都是一个"未竟的方案"。利维斯的创新手法和甄别标准改变了英国传统的新格局，他重写的英国文学史确定了新的文学经典，影响了20世纪二三十年代的生活。利维斯的成功证明了文学史观被激活，一个文学史的"重写"产生广泛影响的时代到来了。在他的影响下，他的学生威廉斯编写了《英国小说：从狄更斯到劳伦斯》(*The English Novel from Dickens to Lawrence*)，美国的布鲁姆编撰了《西方正典》、华裔学者夏志清编写了《中国现代文学史》等。其文学史观、文本批评以及叙述模式都有一个很大的改观。在了解利维斯的文学史观之前，首先要了解文学史是什么。文学史大致分成两个类型，"一是依赖于历史框架建构的文学历史系统；二是以文学的本质的实现和发展为依据的文学内在发展历史"①。在利维斯之前，文学史的编写往往依赖于历史框架形成的文学历史系统，只按照历史的发展过程罗列文学事实，并不探究文学自身发展的规律，事实的罗列在某种程度上遮蔽了文学史规律的发现。因此，要研究文学史发展的规律，就不能仅仅局限于文学现象出现的背景研究，而应该着眼于文学内在本质的研究。这就需要重视文学的内部研究，需要以探究文学本质为目的。利维斯在文学史方面取得的成功在于他从文本批评出发寻找文学史的内在规律。作品是由语言这个媒介叙述的，自从"语言学转向"后，文学研究开始转向研究语言文字，催生了形式主义批评、新批评、结构主义批评等流派。它们取得的成就足以说明只有从研究语言文字的角度出发，才能挖掘文学史自身发展的规律。这正如法国形式主义学者

---

① 蔡彦峰：《"文学的哲学"：文学史观与文学史的建构》，《福建师范大学学报》(哲学社会科学版) 2009 年第 1 期。

茨维坦·托多罗夫所说:"要写文学史,就必须遵循文学性言语作品的特性的演变,而非作品的演变。发生演变的不是作品而是整个文学。因此,我们必须着眼于诗学,脱离文学现象,遵循这样或那样文学性言语作品的面目改观。"① 因此,研究和建构文学史必须挖掘文学自身的规律。利维斯的成就在于他从文本的语言、结构、修辞技巧等出发,确立了自己的批评标准,探究文学本质,将诗人和小说家重新进行筛选,改变了时代的阅读趣味,在文学史发展的道路上树立了一个路标。

历数利维斯之前的英国文学史,笔者发现,这些文学史编写的一个共同特点就是注重从外部研究来书写文学史,罗列一些文学事实,并未从文学作品文本分析出发,也就无从发掘其内部的规律。例如,英国文学史的编写从 18 世纪就开始了,牛津大学三一学院的研究员托马斯·沃顿编写了英国第一部《英国诗史》(1774—1778),只是简略地提到文本,而更多地关注作家、社会等;19 世纪晚期,沃德撰写了一部《戏剧文学史》,是注重古籍考证性质的文学史,还有的是无系统、流于说教或信口开河的书人品题。1895 年,乔治·圣茨伯里成为第一位批评史家,爱德华·道登扩展了批评兴趣,科林斯坚持英国文学研究要紧密联系渊源于古人的背景,呼吁遵守精确性的标准。沃尔特·雷利于 1894 年编纂的《英国小说》描绘有史以来至《威弗利》问世这段历史时期的小说史。这些文学史的书写虽然有所改观,但均未走出从历史框架的角度罗列文学事实的套路。只有到了利维斯这里,文学史的面貌才真正有所改观,也引起了学界对经典作品的重视,从而掀起了经典研究的热潮。利维斯之所以取得这么大的成就,在于他确立了鲜活的文学史观:传统观、文本整体观和经典观。本章主要论述利维斯的文学史成就和文学经典方面的贡献。

第一节　批评标准

文学作为一个内在统一的有机系统,不是保守封闭式的,而是不断吸收新的资源并呈现开放的状态,一直处于横向联系和纵向发展之中。因此,本书将利维斯撰写的诗歌史和小说史作为一个开放的系统来研究。从横向(共时)的联系分析,利维斯将文学这个子系统和当时的社会大系统

---

① ［法］茨维坦·托多罗夫:《诗学》,转引自赵毅衡《符号学文学论文集》,百花文艺出版社 2001 年版,第 246 页。

密切联系一起，研究文学现象产生的深刻原因。按照历史唯物主义社会存在决定社会意识的基本观点，什么样的时代产生了什么样的文学。利维斯从社会学和文化的角度分析奥古斯都传统的诗歌和维多利亚时代的小说，揭示出社会时代和文学之间的联结点，发掘这个时代的社会心理，这种心理又通过作家的创作体现出来。利维斯勾画了英国诗歌史和小说史，影响之广，主要在于他采用了怎样的批评标准创作了独特的文学史。此后，很多学者开始梳理英国文学批评的脉络，发现利维斯在创办《细察》的过程中就力求确定批评标准。在讨论利维斯批评标准的影响因子时，很多学者提到了 T. S. 艾略特的诗歌标准，"他（利维斯）的第一部主要著作《英语诗歌新方向》（1932）可谓是艾略特观点的阐说、发挥和运用"①。之后又提到了他的第二部批评论著《重新评价：英语诗歌的传统与发展》（1936），认为他把艾略特的方法和洞见运用于英国诗史。学者伊恩·麦基隆（Ian Mackillop）和理查德·斯托（Richard Store）在《F. R. 利维斯：论文和文献资料》中认为，利维斯吸收知识分子的意识形态是受了 T. S. 艾略特的影响。这三位学者都谈到了利维斯的文学批评标准受惠于艾略特。学者比兰（R. P. Bilan）和穆罕默德·伊左拉都认为，利维斯对文学的判断是精微的。"同时，批判标准被利维斯看得如此重要，它们成了社会生活本身的中心。"② 这说明，与批评标准相关的观点正向批评方法的理论化方向发展。因此，从利维斯的整个文学史观来看，他吸收艾略特的"非个人化理论"，形成了独特的文学传统观。而文学史观的科学性和独创性决定了文学史的价值，否则，文学史将是一堆材料的杂乱无章的堆砌。

艾略特的《传统与个人才能》倡导"非个人化理论"，前文对这个理论做了一定的阐释，主要是考察作家的创作心理具有个性和共性两个方面：作家的个性与共性相接近，作家的经历是个性化的过程，而创作则是共性化的过程。越能准确反映社会心理，具有准确性和普遍性，凸显整个社会的普世价值，形成文学传统，这个作家的文学作品就越有价值。在利维斯的思想中传统观主要表现为鲜活的文学传统的形成、文学传统的连续性、作家作品有序的进程过程、阐释方法（历时和共时的角度）、道德和人性标准等，为原有的文学史观注入了新的元素，改变了

---

① ［美］雷纳·韦勒克：《近代文学批评史》（第五卷），杨自伍译，上海译文出版社 2002年版，第 373 页。

② Mohamed Ezroura, *Criticism Between Scentificity and Ideology：Theoretical Impasses in F. R. Leavis and P. Macherey*, London：Faculty of Letters of Rabat, 1996, p. 76.

文学史的书写模式。

T. S. 艾略特认为，传统是推动文学发展的根本动力。传统是什么呢？艾略特认为：

> 传统是具有广泛得多的意义的东西。它不是继承得到的，你如要得到它，你必须用很大的劳力。首先，它含有历史的东西……历史的意识又含有一种领悟，不但要理解过去的过去性，而且也还要理解过去的现在性，历史的意识不但使人写作时有他自己那一代的背景，而且还要感到从荷马以来欧洲整个的文学及其本国整个的文学，有一个同时的局面。这个历史的意识是对于永久的意识，也是对于暂时的意识，也是对于永久和暂时结合起来的意识。就是这个意识使他一个作家成为传统性的。同时也就是这个意识使一个作家最敏锐地意识到他自己在时间中的地位，自己和当代的关系。①

艾略特第一次赋予"传统"特殊意义，传统包含了过去和现在，是一个延续的过程，又包含了永久和暂时的特性，具有历史意识。他将传统标准用于甄别文学作品的优劣，对树立文学批评标准具有一定的意义。传统是推动文学发展的动力，必须具有历史意识，必须以发展的眼光理解传统的意义。艾略特的历史意识从某种程度上是传统的延续性，它把过去和现在联系在一起。因此，从这个角度来看，任何作家都不可能从传统中脱离出来，而要依靠传统，从以前的作家那里汲取灵感才能发展自己。艾略特认为，作家要摆脱个性化的感情，拥有共性才能使创作的文本变成传统的。20 世纪初，西方兴起一股现代主义文艺思潮，提出了"反传统"的口号，后来渗透在文学领域。历来重视传统的艾略特对此思潮进行了审慎的思考，他认为既要传承传统的又要创造适合时代需要的新因子，试图纠正一味抛弃传统的看法。"很明显，这不是传统意义上的西方式思辨，这是一种试图打破西方二元对立模式的思维观。"② 这表明传统和创新均较为重要，这在当时大思潮背景中，能够具有这种开阔的视野，凸显了艾略特作为学者眼光的前瞻性。为了实践自己的传统观，在《英语诗歌新方向》中艾略特对英国诗歌的发展史进行了细致的梳理和评论。艾略特的传统观对利维斯影响较大，"如果一个文学传统不能在当下把自己保持鲜活的，不

---

① ［英］陆建德主编：《传统与个人才能：艾略特文集·论文》，卞之琳、李赋宁等译，上海译文出版社 2012 年版，第 2—3 页。
② 章晓宇：《人文学视野下的 T. S. 艾略特诗学研究》，中山大学出版社 2015 年版，第 27 页。

仅仅具有新的创造方式，而且对情感、思想和生活标准产生普遍的影响，那么这个传统是垂死或已死的"①。这句话认为利维斯重新建构的文学传统应该是适应现代环境和保持活力的，对20世纪英国文学传统的形成具有重要的意义，确立了新的"道德传统"，决定了英国文学史的发展方向。利维斯针对艾略特关于诗歌史的论著，重新撰写了关于英国诗歌发展史的《重新评价：英语诗歌的传统与发展》。在这部书中，他开篇谈道，"假如相当负责任地说，这样的观点必须被决定和确定与过去相关联就如同和现在一样……这部评论当代诗歌的书事实上在过去就确定了明晰的方向"②。利维斯表明诗歌传统的历史感和当代感，与艾略特的观点一脉相承。他在《重新评价：英语诗歌的传统和发展》和《英语诗歌新方向》中对17—19世纪英国诗歌发展的过程进行系统评论，认为这是两部承上启下的诗歌史，每一位被列出的诗人既与过去紧密联系，又反映了当代的意识，形成了一个有机的整体。例如，他谈道："关于19世纪的诗歌我没有共用一个章节，而将华兹华斯、雪莱和济慈分别用一个章节（加上相关的注释）是考虑到了维多利亚时代，在我看来，这些对于完成在《英语诗歌的新方向》作的阐释是必需的。"③利维斯非常巧妙地将这两部著述联系起来，形成了奥古斯都文学传统和维多利亚文学传统。这就导致了他为把弥尔顿从经典中驱逐出来，全盘否定了雪莱，先把狄更斯抛弃掉，又把他放进文学史去，将乔治·艾略特、劳伦斯从被人忽视的角落里挖掘出来等这些现象，这些都依据了文学传统的批评标准。因此，美国学者韦勒克专门谈到利维斯受艾略特的影响之深："第二部批评论著《重新评价：英语诗歌的传统与发展》（1936）不妨说是把艾略特的方法和洞见运用于英国诗史。全书提纲挈领，据我所知，是根据20世纪观点重写英国诗史的第一次贯穿始终的尝试。"④ 他肯定了利维斯在继承艾略特的批评标准和鉴赏趣味基础上确定作家作品之间的连续性，如从本·琼生、卡鲁和马韦尔到蒲柏的机智诗路，发觉蒲柏的诗歌源于玄学派，华兹华斯对18世纪田园派传统的继承。

　　同时，在诗歌批评原则和方法上，利维斯认为文学批评标准和方式亟

---

① F. R. Leavis, "What's Wrong With Criticism", *Scrutiny*: *Aquarterly Review*, Vol. I, No. 2, September 1932, pp. 134 – 135.

② F. R. Leavis, *Revalauation*: *Tradition and Development in English Poetry*, New York: George W. Stewart, Publisher, INC, 1947, p. 1.

③ Ibid. , p. 5.

④ ［美］雷纳·韦勒克：《近代文学批评史》（第五卷），杨自伍译，上海译文出版社2002年版，第374页。

待改善，他在《细察》第一卷里评论马克斯·伊士曼（Max Eastman）的《文学思想》这部书时肯定了当时文学文化的衰落，科学使得文学与思想分离的现实，缺少经过严格文学研究训练的读书人，人们缺少甄别文学的智力和情感，并且提出需要通过文学阅读来提高文学研究者的判断力。① 利维斯也秉承了艾略特的观点。艾略特在他的论文《批评的功能》中，着重强调了批评原则和方法，他认为，"我们能否找出一些原则来确定哪些书值得保留，哪些是批评所应该遵循的目的和方法"②。艾略特强调的原则和方法也是利维斯在书写文学史时重视的。利维斯在评论 19 世纪浪漫主义诗人华兹华斯、雪莱和济慈时认为，"华兹华斯（这是他的力量）代表了 18 世纪以来一种延续的发展，他证实了思想（thinking）和情感（feeling）之间存在着联系，这使得批评家修正了源自机智（wit）传统的可能性的有限观点"③。利维斯认为，华兹华斯与 18 世纪古典主义注重理性思想的传统联系一起，同时具有 19 世纪浪漫主义注重情感的因素，并建议要修改传统，树立思想与情感、智力与感知相结合的传统。按照这个原则，利维斯批判雪莱偏重情感、忽视思想的做法，欣赏济慈较为成熟地把两者结合一起，指出艾略特对 17 世纪玄学派诗人的评论过于偏重思想。这可以看出，利维斯在艾略特的基础上指出其过度重视"非个性化"导致重视理性而忽视感性的弊端。

艾略特不仅强调批评原则和方法，同时强调了文学传统形成的理想秩序。他在《传统与个人才能》中谈道：

> 现存的艺术经典本身就构成一个理想的秩序，这个秩序由于新的（真正新的）作品被介绍进来而发生变化。这个已成的秩序在新作品出现以前本是完整的，加入新花样以后要继续保持完整，整个的秩序就必须改变一下，即使改变得很小；因此每件艺术品对于整体的关系、比例和价值就重新调整了；这就是新与旧的适应；谁要是同意这个秩序的看法，同意欧洲文学和英国文学自有其格局，谁听说过去因现在而改变正如现在为过去所指引，就不至于荒谬。诗人若知道这一

---

① F. R. Leavis, "The Literary Mind", *Scrutiny*: *A Quarterly Review*, Vol. 1, No. 1, May 1932, p. 20.

② 陆建德主编：《传统与个人才能：艾略特文集·论文》，卞之琳、李赋宁等译，上海译文出版社 2012 年版，第 16 页。

③ F. R. Leavis, *Revalauation*: *Tradition and Development in English Poetry*, New York: George W. Stewart, Publisher, INC, 1947, p. 8.

点，他就会知道重大的艰难和责任了。①

艾略特的这段话提出了影响学界的"有机整体观"，文学史应当是一个动态发展的彼此联系的有机整体。在艾略特的影响下，利维斯坚持文学传统应该是一个活的动态的有机整体。他多次提到"活的传统"（living tradition），遵循这个传统，利维斯对 19 世纪晚期到 20 世纪初的英国现代诗歌进行相关评价。在《英语诗歌新方向》中，他按照批评标准艾略特（T. S. Eliot），庞德（Eara Pound），霍普金斯（Gerad Manley Hopkins）三位现代诗人进行了细致的阐释。这三位诗人直接与英国当时的社会环境联系一起，利维斯试图把当代诗人作品介绍到诗歌传统中去。在该书的第一部分《诗歌和现代世界》中，他强调了诗歌的当代感，"诗与现代世界无关，那是因为当代智力很少关注自身与诗歌的关系"②。接下来，利维斯论证现代诗歌为何是新的开始，梳理 19 世纪英国诗人在作品中表达的感受力（sensibility）和智力（intelligence），坚持《重新评价：英语诗歌的传统与发展》的批评原则。他认为"关于诗歌，每个时代有自己事先形成的思想和假设：这些是必要的诗意化的对象；是诗意化的材料以及诗意化的模式"③。利维斯批评当时存在的错误的观点，认为每个时代都有活的传统，对前人的传承。例如，他提到阿诺德的诗歌具有弥尔顿准则的感觉。同时，他主张诗人应当面对现实世界，而不是如阿尔弗雷德·丁尼生（Alfred Tennyson，1809—1892）为代表的前拉斐尔艺术那样逃避现实，阿尔加侬·查尔斯·斯温伯恩（Algernon Charles Swinburne，1837—1909）虽然歌唱自由和革命，但远没有雪莱那么富有力量。他谈道，"对 19 世纪的一位敏感的成人来说，他不可能没有专注于不断变化的智力背景，不可能没有发现自己无法脱离现代世界的主要兴趣"④。利维斯随之列举真正把历史和当代联系起来的柯勒律治、华兹华斯和阿诺德，指出阿诺德与浪漫主义诗歌的必然联系。为了确定诗歌发展的新方向，利维斯根据真实反映现实生活来选择代表诗人，他比较阿诺德、布朗宁（Browning）和艾略特。他认为阿诺德的诗歌逃离现实，布朗宁生活在一个和谐的时代，不具有复杂的感受力，而艾略特则真实反映了现代生活，具有少有的独特思想。

---

① 陆建德主编：《传统与个人才能：艾略特文集·论文》，卞之琳、李赋宁等译，上海译文出版社 2012 年版，第 3 页。

② F. R. Leavis, *New Bearings in English Poetry: A Study of the Contemporary Situation*, London: Chatto & Windus, 1938, p. 1.

③ Ibid., p. 7.

④ Ibid., p. 14.

利维斯运用感受力和智力不可分离的批评原则，强调历史和当代意识对活的传统的重要性，经过大量的引证，将艾略特作为 20 世纪初英语诗歌的新开端的标志，成功地将英国诗歌发展的蓝图绘制出来。相对于艾略特来说，利维斯主要介绍了 17—20 世纪初英国诗歌发展的情况，用文学传统将遴选出来的每个诗人有机地联系起来，完善了艾略特对英国诗歌史的评论。在对待以前的诗人方面，他和艾略特一样，对弥尔顿的拉丁文创作和风格进行了否定，对跨越新旧两个世纪的蒲柏表示欣赏。不同的是，利维斯抨击雪莱的情感至上创作，认为艾略特对德莱顿的诗歌成就过度拔高，而对蒲柏不公正。"我的目标可能用更多的事例强行提议一种随着重新定位而来的再次评价，如果是这样的话，表明蒲柏创作了涉及面广和种类多样的作品。"① 另外，利维斯对华兹华斯和济慈表现浓厚的兴趣和赞赏，与艾略特对这两位诗人缺乏关注也形成了差异。因此，学界部分学者认为利维斯重复了艾略特对英国诗歌史评论，没有多少建树，这对利维斯来说有失公允。实际上，利维斯敢于质疑权威，他细读诗人作品，旁征博引，言辞犀利，直接指出了艾略特对理性思想的偏爱和对感情的忽视。这正如韦勒克评论的，"利维斯是个咄咄逼人的人，是个信念顽强的人……他还是成功地确立了本世纪继艾略特之后最有影响的英国批评家的地位"②。除此之外，利维斯还强调了奥古斯都时代和维多利亚时代的道德风尚和文化社会，在艾略特的基础上倡导道德和文化的理念。这充分说明利维斯不是跟在艾略特后面亦步亦趋，相反，在批评的道路上渐渐与艾略特拉开了距离。20 世纪三四十年代，利维斯开始转入对小说的评论，延续了艾略特的"非个性化"传统观和"有机整体观"，把它们适时地贯彻到英国小说史的研究中，形成了一个动态发展的有机整体观。这种对新文学样式的文学史书写奠定了利维斯在英国学界的地位。

利维斯列举乔治·艾略特、詹姆斯和康拉德几位作家，这些作家均是从前人那里吸取营养后获得成功的。他认为：

> 之前的文学史家漠视传统，因此，强调为数不多的几个小说大家，并不是要漠视传统；相反，理解传统之意义正该由此入手。当然，"传统"一词含义多多，却也常常很空洞。如今人们就有个习惯，

① F. R. Leavis, *Revalauation：Tradition and Development in English Poetry*, New York：George W. Stewart, Publisher, INC, 1947, p. 69.

② ［英］雷纳·韦勒克：《近代文学批评史》（第五卷），杨自伍译，上海译文出版社 2002 年版，第 373 页。

爱说"英国小说"有个传统；说这传统的全部特征就在于你要"英国小说"是什么，它就是什么。而本着我在这里提倡的精神去找出小说大家，则意味着树立一个更加有用的传统观（并且承认关于英国小说历史的那个约定俗成的观点须作重大修改）。传统之所以能有一点真正的意义，正是就主要的小说家们——那些如我们前面所说那样意义重大的小说家们——而言的。①

在上面的话语中，利维斯认为没有固定的传统，主张通过选择一些诗人、小说家来确立更有用的传统观念，彻底修改过去的观念，并强调构建传统的重要性。利维斯希图亘古不变的、超越时代的传统观固定下来，这样的想法不符合时代要求。实际上，传统是不断变化的、具有时代性的。文学史的书写要追求文本解读的开放性，力求达到广大读者和史学家的充分交流。因此，利维斯的诗歌史和小说史，否定了以前一元的编写视角，采用了多元整合的视角，涉及心理学、社会学、新闻学、传播学等多个学科角度，实现了对文学时代精神的整体把握，最终达到对文学现象的立体把握。《重新评价：英语诗歌的传统与发展》《英语诗歌新方向》《伟大的传统》为英国现代文学的发展提供了全新的视角，为后世的文学史书写提供了可借鉴的范式。利维斯将诗人、小说家进行有序的排列，依据道德批评确立了人性和道德的标准，将具有丰富人生意蕴和不朽美学价值的作品视为文学经典，传承英国整个民族的审美风尚和文化底蕴，形成了新的文学传统。

文学史价值主要通过两个方面体现出来：一是文学对象与外部的社会生活产生横向的联系；二是与文学对象的内部发展进程产生纵向的联系，而文学对象之间发生有序的连续性，充分揭示了文学发展的内在规律则是主要的。英国文学史的编写只考察作家背景，从社会学的一元角度分析文学作为意识形态的诸种特性，忽视了文学文本内部体现的美学特性。而且，文学史的编写存在孤立静止的形而上学现象，文学对象之间严重脱节，思想内容与艺术风格、艺术思潮和文本、读者鉴赏与文本割裂开来。针对这些问题，利维斯借鉴艾略特关于文学传统的延续性这个观念，重新建构了英国的诗歌传统和小说传统，他的文学史均是从作家彼此之间的联系和影响来勾勒的。1932 年，利维斯的《英语诗歌新方向》认为 19 世纪以来的浪漫主义诗歌已经过时，分析了现代主义思潮下诗歌出现的文学和

---

① F. R. Leavis, *The Great Tradition*, New York: Doubleday Anchor Books, 1948, p. 11.

文化因素，以庞德、艾略特、叶芝和霍普金斯等在诗歌上的创新理念为标志。

在《重新评价：英语诗歌的传统和发展》（1947）中，利维斯仔细分析 17 世纪初到 20 世纪初之间的英语诗歌发展情况，重点论述了奥古斯都时代的诗人作品，在于确定一种理性、有序和正统的传统。奥古斯都传统具体而言，1700—1750 年，这一时期的英国文学被称作"奥古斯都时代"。这一术语得名于古罗马奥古斯都的年号，在他统治期间，即公元前 27 年一直到公元 14 年，拉丁文学拥有像维吉尔、贺拉斯和奥维德这样的文学家，达到了古罗马文学的顶峰。18 世纪英国的作家们试图模仿，并且重新获得古罗马历史上这个时期许多哲学的和文学上的理想。像古罗马人一样，他们认为生活和文学应当受到理智与常识的指导。他们在自己的作品中努力追求平衡与和谐。因此，英国文学史上的奥古斯都时代也被称作"新古典主义时期"。而利维斯提到的奥古斯都传统即新古典主义传统。在利维斯看来，蒲柏、约翰逊对奥古斯都传统和 19 世纪的作家存在传承关系。利维斯具有强烈的历史感，参照莎士比亚、多恩等诗歌的风格来评点现代诗人和作家，站在历史的高度来审视现代文学发展状态。同时按照机智诗路来排列本·琼生（或多恩）、卡鲁、马韦尔、蒲柏，认为这些诗人是一脉相承的，探讨蒲柏与玄学派诗人的渊源关系，论述华兹华斯怎样继承 18 世纪田园诗歌传统，分析奥古斯都时代弥尔顿对斯宾塞的影响。这些强调了诗人之间传统的连续性，他较之艾略特来说更为注重诗人彼此之间的内在联系。利维斯的这部书分成七章论证，认为诗歌发展既有主流也有支流，如果上述按照诗路发展的是经线，那么同时代的诗人柯勒律治、拜伦、雪莱和济慈等浪漫主义诗人形成纬线。这样，《重新评价：英语诗歌的传统与发展》便形成了主次分明、经纬交错的格局。而艾略特极力推崇玄学派诗人，探讨玄学派诗人之间的连续性，认为多恩①与马韦尔②、金主教③的诗歌风格相近，并没有利维斯这样精心布置的格局。在对待弥尔顿的风格来看，二者观点一致；对于浪漫主义诗歌的问题上，艾略特表示反感；而利维斯则对华兹华斯和济慈表现浓厚的兴趣。

与利维斯同时代的学院派批评家之一赫伯特·格里尔森爵士在英国学术界颇有名气，美中不足的是他和约·塞·史密斯合著的《英国诗歌批评

---

① 多恩（John Donne，约 1571—1631）是英国诗人和传教士，玄学派诗人中杰出的代表。

② 马韦尔（Andrew Marvell，1621—1678）是一位英国玄学派诗人，他大胆的比喻手法颇像多恩。

③ 金主教（Ilenry King，1591—1669）是多恩的好友，也属于玄学派。

史》（1946）却让人失望：缺少文学史意识，没有考虑连续性、诗歌发展
走向；没有从社会、生活和政治角度来剖析作品。采用的方法是语段摘
录、主题和诗体的提示；关注的是作者生平；对作品的解读也是一知半
解，不知所云等。与之比较，利维斯编写的诗歌史显然高出一筹，为他赢
得极大的声誉。在《伟大的传统》中，利维斯对英国维多利亚时代的小说
发展概貌进行了一番勾勒，选择简·奥斯汀、乔治·艾略特、詹姆斯和康
拉德这些重要小说家只为了建立更有用的传统，改变历来文学史中鱼目混
珠、良莠不齐的局面。穆罕默德·伊左拉（Mohamed Ezroura）就谈到这
点，"想当然，不是所有的文本都是文学，因为它们不是所有都符合由奥
斯汀、乔·艾略特、詹姆斯、狄更斯、康拉德和劳伦斯代表的伟大传统标
准。与之对比，如同乔伊斯、奥登、沃尔夫和福斯特都被排除在伟大作家
经典之外，确证这个观点的是利维斯，他在《伟大的传统》《我们时代的
英语文学和大学》和《思想、语言和创造力：劳伦斯的艺术和思想》提到
的"①。可见，文学传统标准与经典的创造是密切联系的。维多利亚时代对
英国文学产生了较大的影响，从 1837 年开始直到第一次世界大战的结束，
英国文学一直处在维多利亚时代形成的传统影响中。维多利亚女王在位期
间，英国形成了崇尚道德和谦逊礼貌的社会风尚，英国民众较为正统，以
道德为尊。利维斯认为，维多利亚时代的风气对 20 世纪初的负面影响就是
缺乏甄别的标准，很多小说家无一不被冠上"经典小说家"的称号，"我
们不妨从中挑出为数不多的几位真正大家着手，以唤醒一种正确得当的差
别意识"②。他挑选出来的这些小说大家不仅改变了艺术的潜能，而且促发
了人性意识，从而规定了小说文学史的传统，改变了英国文学史原来的格
局。18 世纪随着资产阶级登上政治舞台，出现了一批有闲阶层，小说也开
始崛起，小说作品和小说家如雨后春笋般出现，急切需要进行甄别和整
理。不少学者试图编写小说史，如沃尔特·雷利于 1894 年编写的《英国
小说》勾勒了有史以来至《威弗利》问世这段时间的小说史，推崇菲尔丁
和简·奥斯汀，批评理查逊和斯特恩的保守主义创作风格。爱·摩·福斯
特的《小说面面观》主要从故事、人物、情节、幻想、伏笔、格调、节奏
来解读小说，第一次为分析小说提供了诸多方法，为自己赢得了世界性的
声誉。利维斯在福斯特的基础上进行了一次飞跃。他不仅运用这些要素解
读作品，反复强调作品是个有机整体，是作为结构而存在的，并且指出小

① Mohamed Ezroura, *Criticism Between Scentificity and Ideology: Theoretical Impasses in F. R. Leavis and P. Macherey*, London: Faculty of Letters of Rabat, 1996, p. 81.

② F. R. Leavis, *The Great Tradition*, New York: Doubleday Anchor Books, 1948, p. 10.

说家彼此具有连续性：菲尔丁开启了英国小说的传统，没有菲尔丁便没有奥斯汀，没有奥斯汀也就没有乔治·艾略特、亨利·詹姆斯、约瑟夫·康拉德、D. H. 劳伦斯这样彼此联系的小说大家。利维斯的传统观既是对以前的一次创新，又从本质上揭示了文学史发展的内在规律。

从思想上来讲，这种传统也是道德传统，很少有学者能像利维斯这样一如既往地执着于道德批评，他选择的小说家无一不具有道德洞察力。例如，"（乔治·艾略特）的现实感太过强烈，她看得太明，悟得太透，一副品评判别的目光把一切都同她最为深刻的道德经验挂上了钩，其结果——她那生机勃勃的价值观全部牵动了，而且发出了灵敏的回应"①。她描述狄隆达对宗族的责任感，利维斯认为这是因为艾略特受了犹太复国主义的影响。同时把艾略特的《葛温德琳·哈雷斯》和亨利·詹姆斯的《一个女士的画像》进行对比，认为后者借鉴了前者。伊莎贝尔·阿切尔就是葛温德琳，奥斯蒙德则是格朗古，而艾略特在描述女性方面则占了较大优势，挖掘了人性的道德意识，这是两位作者都极为强调的方面。艾略特在这部小说里反复强调葛温德琳的爱情责任和妇女应具有的品德。利维斯试图用这部小说史改变当时维多利亚时代的文学批评趣味，培养一种严肃意义的道德传统，对后来的小说家产生一种严肃的道德影响，在20世纪初重新树立起维多利亚时代良好的社会风尚。利维斯的道德观几乎贯穿在对每个作家作品的论述中，也成了利维斯思想的主要特征，这点前文已经详细论述过。

第二节　具有开放意识的文学史模式

文学史的生命力在于文学史家撰写了具有开放意识的文学史模式，能够将研究对象与社会生活作横向的联系。学者安妮·参孙（Anne Samson）通过分析利维斯对英国诗歌作品的分析强调了文学经典对文学发展的决定作用，"在《英语诗歌新方向》（*New Bearings in English Poetry*，1932）和《重新评价：英语诗歌的传统与发展》（*Revaluation*，1936）中，利维斯采用和扩大了理查兹对诗人下的定义和诗人与社会的关系，重写了英国文学史……《英语诗歌新方向》和《重新评价》因为重新描绘英语文学地图而

---

① F. R. Leavis, *The Great Tradition*, New York: Doubleday Anchor Books, 1948, p. 111.

著名"①。利维斯的文学史书写改变了传统文学史的模式，其大胆应用自己的文学观和文学批评方法，使得英国文学史呈现新的面貌。利维斯重写文学史在于他持有的标准不同于维多利亚时代和乔治时代，在他所处的时代，英国文学批评经历了一个从兴起到发展的过程。当时，文学批评的标准不明确，而以传统的印象主义批评、唯美主义批评和维多利亚时代的说教批评为主导的批评方式越来越不适合当时英国文学日益发展的需要，文学传统正步入衰落，复兴文化传统是个迫切的任务。他主张文学与现实生活密切关联、内容和形式的有机统一、理性和感性的和谐、小说是"戏剧诗"等，这些观念集中体现在他的诗歌史和小说史中。另外，其文本批评、伦理批评、文化批评和生态批评等方法也运用在他的文学史中，体现了批评方法的多样化。这些形成了利维斯特有的文学史书写模式。

在《重评》一书中，利维斯将 18 世纪和 17 世纪进行对比，发现"即使当我们在 18 世纪蒲柏、约翰逊、戈德史密斯（Goldsmith）和克拉布（Crabbe）身上看到的力量要胜过格雷（Gray）、柯林斯（Collins）、考伯（Cowper）、代尔（Dyer）和温奇尔西夫人（Lady Winchilsea）这些浪漫主义先驱，然而，这个时期出现了问题。……尤其是如果我们按顺序去查阅牛津书，诗歌传统发展得明显不顺利了。不幸的是，从某种意义上，18 世纪占主导的模式和风俗整体上没有像 17 世纪那样有意把诗歌带进这个时代气息中"②。诗人们生活的那个时代和他们笔下描绘的英国社会生活是利维斯极为重视的主题，因此，利维斯对奥古斯都传统下的 18 世纪诗歌转向提出了尖锐的问题。因为当时出现了浪漫主义思潮，与新古典主义发生激烈的冲突，而倡导理性、节制、均衡、和谐的奥古斯都风气成为英国 18 世纪的时尚。他认为，在浪漫主义先驱中，格雷的《挽歌》（*Elegy*）打上了新古典主义烙印，而柯林斯的诗歌创作受其影响较小。斯威夫特尽管创作具有个性化，但缺少奥古斯都式的礼貌。③ 利维斯认为复兴古典主义传统的努力是肤浅的。"在道德的普遍意义方面，文学不能脱离厚重的道德感。"④ 在这部著作中，利维斯始终按照"巧智思路"（wit – line），罗列了一批彼此相关的诗人：考伯在诗歌表达精确性和理性与约翰逊密切相关，又发现其诗歌表达的情感与理性批判均衡方面存在落差，而戈德史密斯又能把各

①　Anne Samson，*F. R. Leavis*. London：Harvester Wheatsheaf，1992，p. 108.

②　F. R. Leavis，*Revalauation：Tradition and Development in English Poetry*，New York：George W. Stewart，Publisher，INC，1947，p. 101.

③　Ibid. ，p. 110.

④　Ibid. ，p. 117.

方面融合一起，认为他的诗歌"与他对奥古斯都文学传统强烈的积极情感相一致"。① 利维斯在评价18世纪后期英国浪漫主义诗人的时候，仍然以奥古斯都传统为标准来评判，"对人们来说，华兹华斯和柯勒律治的作品提供了一种推动力和显出趣味相投的风格与形式。在摄政时期（1810—1830），拜伦曾有意识地支持奥古斯都传统，但是，尽管他成功创作的讽刺诗歌再也不是采用奥古斯都的模式了。……在他的《批评视野》（*The Vision of Judgment*）中他能保持一段时间的贵族式尊敬的态度，但他的讽刺用语带有鲁莽、冒失和不敬的特点"②。这足以看出，利维斯秉持古典主义的文学批评标准，确立了他的诗歌史发展脉络。

奥古斯都传统过后，英国浪漫主义思潮取代新古典主义占据主体地位。利维斯选择华兹华斯、雪莱和济慈作为代表诗人，他持有的批评标准是人性、道德。他认为，华兹华斯"特别关注的是人文自然、明智和精神健康，他对山川的兴趣倒是次要的。这是真实的，他关注的模式是对最终批判约束力的思想意图，对人类和人类宇宙之外的有生联系，如同劳伦斯同样的感觉一样，那就是宗教"③。同时，利维斯将华兹华斯和劳伦斯、雪莱做对比：劳伦斯对性的态度过于粗俗，而雪莱的情感过浓。高度评价华兹华斯，认为他"加强了诗歌引导生活的方向和诗歌对实际生存的意义"④。根据17世纪以来英国诗人忽视感性思维表达的做法，利维斯较为欣赏华兹华斯对情感的诗性表达，如"所有的好诗都是强烈感情的自然流露"，认为其情感被节制到一个恰当的范围内，情感的获得是"经过在宁静中追忆的"。他评价华兹华斯诗歌创作的个性化与社会道德密切联系在一起。利维斯力求在理智和情感之间寻求平衡，爱德华·格林伍德（Edward Greenwood）认为："仅有的这种文学历史现在对利维斯来说是批评的历史，一种历史的目标不是声明中立，而是根据情感的反应公正诚恳地讨论特殊的例子，这种反应是由艾略特成功获得英语语言内在的诗意表达可能性以新方法提醒的。"⑤ 而指出雪莱的天才体现在其抒情诗，因为雪莱的诗歌具有强烈的情感，是一定时代的反应。正如利维斯所说："天才和灵感的浪漫主义观念（当然，法国大革命和意识形态背景必须考虑进

---

① F. R. Leavis, *Revalauation: Tradition and Development in English Poetry*, New York: George W. Stewart, Publisher, INC, 1947, p. 121.

② Ibid., pp. 128 – 129.

③ Ibid., 1947, p. 165.

④ Ibid., p. 170.

⑤ Edward Greenwood, *F. R. Leavis*, London: Longman Group LTD, 1978, p. 31.

来）作为对奥古斯都传统坚持的社会和理性的反拨。"① 在评价济慈时，他说道："济慈的诗歌不仅对 19 世纪具有重要影响，而且在数量和本质方面依据对其潜能高度评价的基础上。"② 并谈到济慈身上打上了维多利亚传统的烙印，同时对济慈的"美即是真理"做出评论，并对"美与生活无关"的观点进行批判。由此，利维斯罗列出的这些诗人均是按照文学观和批评标准一以贯之，从而梳理出英国 17—19 世纪的诗歌发展线索，形成了他编写的独特的诗歌史。

利维斯在《伟大的传统》一书中，系统地评价了维多利亚时代以来的小说家，如关注简·奥斯汀、乔治·艾略特、詹姆斯、康拉德和劳伦斯之间的连续性，按照一定的机智思路以及人性和道德标准把这些作家作品串联起来，形成了简·奥斯汀—乔治·艾略特—詹姆斯—康拉德—劳伦斯这样一个链条。这如同诗歌史那样，显出了他的特色，即运用现实主义批评原则细致论证维多利亚时代的小说。19 世纪 30 年代后，英国浪漫主义思潮式微，现实主义思潮登上历史舞台。而在英国，小说的兴起和发展与现实主义思潮密切联系一起，现实主义的主要特征是塑造典型环境和典型人物；客观真实地反映现实生活，特别是展示资本主义发展的进程和各种矛盾；表现人道主义的同情。"维多利亚时代"是指英国维多利亚女王在位的时期，1837—1901 年的这段时期是英国现实主义小说发展和取得巨大成功的时期。维多利亚女王统治时期，英国飞速发展，政治、经济、文化、国际地位等走在世界前列，达到全盛，英国民众自满、乐观和正统。英国以崇尚道德修养和谦虚礼貌为社会风尚，形成了维多利亚时代的道德传统，对后世产生了深远的影响。利维斯以维多利亚的道德传统为批评标准，将这个时期的小说家作了甄别，确立了菲尔丁、奥斯汀、乔治·艾略特、詹姆斯、康拉德、劳伦斯和狄更斯在英国文学史中的位置。

另一方面，利维斯在批评的过程中展示了维多利亚时代广阔的现实生活。在英国，文学史除了客观陈述文学发展的脉络外，如 1884 年亨利·詹姆斯在《小说的艺术》中就提出"小说是历史"③ 的论断，表明要注重历史的真实性，小说的主题就是文献资料和档案材料，而利维斯抛弃了这一传统书写模式。除了上文揭示的文学史进程，挖掘文学思潮和作品之间的

---

① Edward Greenwood, *F. R. Leavis*, London: Longman Group LTD, 1978, p. 208.

② Ibid. , p. 241.

③ Vincent B, Leich. ed. , *The Norton Anthology of Theory and Criticism*, London and New York: W. W. Norton &Company, 2001, p. 856.

联系以外，利维斯还认为需要对文学文本进行一番价值判断，考察文学文本的美学价值。在那个时代，很少人在文学史中展开文学文本的分析，因此，文学史编写是否需要文本价值的批评，这是利维斯与贝特森反复争论的一个焦点。贝特森认为文学史家和批评家是有区别的，文学史家只需对文学作品的客观事实作记载，而无须进行文学文本的批评分析；而在利维斯看来，二者没有区别，文学史家也是批评家，文学史不是考试指南，不是书名、标题和日期的堆积以及一些泛泛的谈资，应当解释什么作品能经过时代的选择而经久不衰，成为经典。"这样的文学史可能仅仅为对当下感兴趣和具有智性的作家获得。首先，文学史试图确立一个未来前景，试图决定过去的英语诗歌是什么，或者诗歌应当为我们留存什么。文学史的目的不能脱离现代诗人问题中的兴趣，即诗人与传统和现代世界相联系的问题。"① 利维斯指出了贝特森书写的文学史存在的问题——以读者的多少来衡量作品的地位，认为这些作品出现在贝特森的文学史著作里，是一件令人遗憾的事情。文学史必须反映时代趣味的变化，选择的作品应当对当代读者来说仍然具有生命力，书写文学史也就是对作品批评的过程。利维斯之所以在诗歌史和小说史上获得成功，其原因在于他把文学作品分析当作文学史的重要组成部分。

　　这里，有必要先弄清楚内部研究和外部研究。"作者把作家研究、文学社会学、文学心理学以及文学与其他学科的关系之类不属于文学本身的研究统统归于'外部研究'，而把对文学自身的种种因素诸如作品的存在方式、叙述性作品的性质与存在方式、类型、文体学以及韵律、节奏、意象、隐喻、象征、神话等形式因素的研究划入文学的'内部研究'。"② 在《伟大的传统》中，利维斯把詹姆斯的《一个女士的画像》和艾略特的《丹尼尔·狄隆达》作比，"乔治·艾略特的主题所具有的道德要义，经詹姆斯的提炼，变成了与他赋予'高等文明'之上的价值相协一致的东西"③。指出了艾略特作品中的道德意识对詹姆斯的影响。《伟大的传统》还分章节论述艾略特、詹姆斯、康拉德等主要小说家的作品，如艾略特的《织工马南》《罗摩拉》《米德尔马契》，詹姆斯的《一个女士的画像》《波士顿人》，康拉德的《黑暗深处》《阴影线》和狄更斯的《艰难时世》等。

---

① F. R. Leavis, "Criticism and Literary History", *Scrutiny: A Quarterly Review*, Vol. IV, No. 1, June 1935, p. 98.

② ［美］勒内·韦勒克、奥斯汀·沃伦：《文学理论》，刘象愚等译，江苏教育出版社 2005年版，第 9 页。

③ F. R. Leavis, *The Great Tradition*, New York: Doubleday Anchor Books, 1948, p. 26.

这些作品代表了作家的创作风格，体现了利维斯分析作品的精微性和道德标准。从利维斯的诗歌史和小说史来看，笔者认为，利维斯对诗歌分析更注重文本语义的分析，而他对小说的分析除了以文本为中心外，还关注与文本有关的社会生活、道德伦理秩序，如《伟大的传统》的绪论部分对读者、报刊媒体的研究。这些关注了文本的外部，具有外部研究的明显特征，使得利维斯的文学史模式更加全面，因此，《伟大的传统》在文学史发展中达到了一个新的高度。

在利维斯之前，很少文学史家如同利维斯一样把文本分析摆在一个重要的位置，并强调批评传统和道德准则，寻找作家彼此之间的联系。例如，沃尔特·雷利（Walter Raleigh）的《英国小说》（1894）论述了有史以来到浪漫主义运动之间的小说发展史，它注重文学体裁、思潮和作家的分析。又如，对17世纪传奇故事的一番分析，指出小说的衰落、戏剧的竞争、英雄传奇故事的结构及其影响，到了理查逊和菲尔丁时代戏剧地位下降，而小说的地位上升，18世纪出现了大量的小说作品。雷利在分析作家方面显得尤为仔细。例如，他研究丹尼尔·笛福（Daniel Defoe）的出身、个人经历、职业生涯转折点，笛福的现实主义方法，评论笛福的讽刺艺术"如果可能完全主张标题，但真正的事实是笛福的讽刺不是机智的"①。雷利论述了《鲁滨逊漂流记》的实际偏见，探索了作品的材料来源、笛福对超自然的处理方法、想象中的航行，认为鲁宾逊代表着盎格鲁－撒克逊的民族精神。由此而见，雷利的《英国小说》并没有把文本分析作为重点，而主要以外部研究为主，他把重心放在对菲尔丁、简·奥斯汀的评论上而指出理查逊和斯特恩的守旧思想。奥利弗·埃顿（Oliver Elton）撰写的《文学盛世》（1899）和《英国文学概观》②，初步呈现了文学纵向发展的脉络，也颇有见解。乔治·圣茨伯里（George Saintsbury，1845—1933）编写的《英国文学简史》在批评中偏重个人情感而排斥理智分析。库特候普的《英国诗史》把诗人创作的成就归结于历史上的非个人力量。

F. B. 米利特于1943年出版的《英语文学的历史》是根据主要文学思潮发展的脉络来编写的。它开始于盎格鲁－撒克逊时期的英雄时代，经诺曼法语时期的骑士时代、中世纪晚期的乔叟时代、文艺复兴时期的莎士比

---

① Walter Raleigh, *The English Novel*（*second edition*）. London：John Murray, Albemarle Street, 1895, p. 128.

② 整部书涉及前后150年的文学现象，从1730—1880年，分三个阶段出版：《概观：1780—1830》（1912），《概观：1830—1880》（1920），《概观：1730—1780》（1932）。

亚戏剧、英国复辟时期的非戏剧文学，到18世纪的新古典主义和小说的兴起、19世纪的浪漫主义和维多利亚时代及其小说的发展，介绍了各个时期思潮发展的特点和影响，概括了作家的创作特点和作品，并未从文本的人物、意象、韵律等自身因素去分析。例如，介绍莎士比亚一节中，叙述他的生平，介绍他的无韵诗、十四行诗和戏剧作品，简要陈述了作品的情节、价值以及作品与作者的联系，"不管它们（诗歌）与莎士比亚外部生活的事实是什么，它们体现了情感和对他内心世界的反思，以呼吁或抗争的热情诗行来表达，和再次通过庄重、哲理化的雄辩来表达"①。法国文学评论家泰纳（Hippolyte Adolphe Taine，1828—1893）于1879年编写的《英语文学史》阐释了英国有史以来到17世纪复辟时期的文学发展史，介绍从撒克逊、罗马和英国民族语言时期到文艺复兴时期再到复辟时期的文学。第一卷介绍了文学的起源，从地理、民族、文化、政治的角度进行阐释；文艺复兴时期的文学特点，诗歌和散文发展的情况，作家本·琼森的生平、戏剧理论、创作才能，莎士比亚的生平、创作风格、人物形象，弥尔顿的生平、在散文方面和诗歌方面的贡献。第二卷概述古典时代，介绍了德莱顿的出身、教育、戏剧风格和价值，17世纪的道德革命，介绍了像狄更斯、萨克雷、斯图亚特·米勒、汤尼森这些作家。这些评论也未从文本出发进行深入研究。

A. C. 鲍夫编写的《英国文学历史》于1948年出版，该书注重文学思潮和作品外部研究，而缺少对作品的精微分析和艺术价值的判断。美国学者 W. B. 奥提斯和 M. H. 尼德尔曼共同纂写的《英语文学简史》于1938年出版，按照时间顺序阐释各个时代的文学思潮出现的政治、社会背景，并结合政治、科学、个人主义和工业主义来分析文学史，还介绍了作者的出生、经历。此书概述了作品的内容，忽视对文本语言、情节、人物的细致分析，未对文本的艺术价值作深入的探讨。例如，分析乔叟的诗歌《好女人传奇》，主要讲述它是怎样把意大利的十音节环绕的对句介绍到英国的。"序言（现在的两种形式）比传奇自身来说更生动，更充满春天新鲜的爱，表达诗歌感情的措辞更恰当。"② 这部书更多的是在简单归纳作品的情节内容。总之，从以上的材料来看，在利维斯之前，还没有出现真正意

---

① William Vaughn Moody &Robert Morss Lovett, *A History of English Literature*, New and Enlarged Edition by Fred B. Millett. New York · Chicago · Boston · Atlanta · San Francisco · Dallas: Charles Scribner's Sons, 1943, p. 114.

② William Bradley Otis, Morriss H. Needleman, *A Survey – History of English Literature*, New York: Barnes & Noble, INC, 1938, p. 68.

义上的文学史著作。利维斯的《重新评价：英语诗歌的传统与发展》和《伟大的传统》注重从文学文本的内部研究出发，也关注与作品相关的道德、社会生活等外部因素，这两部书标志着利维斯突破了以往英国文学史的书写模式。

和利维斯同时代关注文学史的还有远在美国的韦勒克，虽然韦勒克强调自己不属于任何学术流派，但学界仍然把他当作新批评派中的一员干将。早在1942年，韦勒克和沃伦合作撰写了《文学理论》。这本书有很多独创性的观点，如把文学研究分为外部研究和内部研究；阐释总体文学、比较文学和民族文学的关系；论述比较文学理论、文学批评和文学史的关系，等等。由于这部书具有较高的学术价值，长期以来受到学界的极大关注，并被多次出版重印。韦勒克在书中阐述了文学史观，承续了艾略特的有机整体观和非个性化理论。"他包括文学价值观在内的一整套文学史观，就是在综合了艾略特与兰瑟姆的本体论诗学和艾略特的'有机整体观'以及'非个性化'理论的基础上提出来并发扬光大的。"[1] 这点和利维斯的做法较为相似。但是，韦勒克和利维斯最重要的差别在于，韦勒克将文学理论、文学批评和文学史联系起来，文学理论是他们之间根本的区别，两位学者还围绕要不要文学批评理论进行了一次激烈的争论（参见期刊《细察》，本书在其他章节详细论述二者的观点）。他认为，"'文学理论'一语足以包括——本书即如此——必要的'文学批评理论'和'文学史的理论'"[2]。同时，韦勒克还借鉴了历史主义观点，"这些文学的重建论（reconstructionists）主张我们必须设身处地地体察古人的内心世界并接受他们的标准，竭力排除我们自己的先入之见"[3]。可见，韦勒克的见解在一定程度上补充了文学史的思想观点，为后来文学史家所借鉴。

总之，利维斯的文学史书写是一个开放的方式，既揭示了文学之间的发展内在规律，又考察了文学与社会生活的多方面联系；既按照历史的角度，反映了文学现象的真实性，又考察了作家与文本、思想与风格、作家创作与读者鉴赏的关系。他的文学史书写具有创新意识，具有很高的学术价值。

---

① 乔国强：《论韦勒克的文学史观》，《上海大学学报》（社会科学版）2009年第3期。
② ［英］勒内·韦勒克、奥斯汀·沃伦：《文学理论》，刘象愚等译，江苏教育出版社2005年版，第32页。
③ 同上书，第34页。

第三节　《伟大的传统》

利维斯的文学史编写借鉴了艾略特的文学理论，在艾略特的基础上进一步阐释和发挥。他的突出贡献不是在诗歌史方面，而是在小说史的书写上。"因此，小说理论必须植根于批评之中，然而，真伪难辨。需要对小说绘制地图，这显示了比目前文学鉴定人标示的更清晰的外廓。"① 在《伟大的传统》中，利维斯既发掘了戏剧诗转向小说创作的迹象，对小说文体进行界定，又探讨小说的兴起原因和发展轨迹，推动了小说研究的兴起。本书把《伟大的传统》作为个案分析。基于其重要的学术价值和参考意义，主要从这部专著的整体观、文学史观、史学价值、叙述策略等四个方面展开。

这部小说史将文学形象作为有机的整体来分析，而不将其中的各个因素割裂开来，因为他认为文学对象是感性与理性、个性与共性、形式与内容对立统一的有机整体。利维斯从有机整体角度对维多利亚时代的部分小说家展开评论，使得有机整体中的矛盾两方处在一个互相渗透、相互融合的状态，主要表现为将理性渗透于感性、共性渗透个性、思想渗透于艺术之中，由此强调感性感受力、作家个体性和艺术美感。反之，将矛盾双方对立起来或者割裂开来都会破坏文学整体性的分析。利维斯在自己的思想体系中反复提到感性与理性、个性与共性、形式与内容的融合，主要针对部分文学史家使文学研究离开了有机统一的美学轨道。例如艾略特对理性的强调，对玄学派的倚重；18 世纪到 19 世纪末文学史家用考据、文献的研究方法编写文学史，或考察作家背景。这样就形成了以时代背景、思想内容、艺术成就与历史地位的固定的框架，使文学研究教条化与模式化，是一种封闭式的文学研究，这就势必窒息广大读者的审美天性。这部书将乔治·艾略特、亨利·詹姆斯、约瑟夫·康拉德作为重点研究对象，其实这部书还提到了奥斯汀、菲尔丁、狄更斯和劳伦斯。而韦勒克指出：利维斯对萨克雷的轻视，对梅瑞狄斯的讨厌，不承认哈代是个小说大家；把艾米莉·勃朗特《呼啸山庄》斥为"一种儿戏"。韦勒克称，利维斯不应该把狄更斯排除出去，把《艰难时世》挑出来解读是失败的做法；对劳伦斯

---

① P. J. M. Robertson, *The Leavises on Fiction：A Historic Partnership*, London：The Macmillan Press LTD, 1981, p. x.

的赞赏夸大其词，对他的作品取舍标准模棱两可，极少认真处理他的政治思想或者独特的"爱情伦理"，等等。① 韦勒克站在当代文学史的角度来评判利维斯对作家作品的态度。由于经典价值和意义已经发生变化，因而韦勒克看法显得偏颇。因为利维斯对待小说家的态度前后有变化，特别是对狄更斯和劳伦斯的态度发生了重要变化。利维斯在其他的著述《劳伦斯》《小说家劳伦斯》（*D. H. Lawrence：Novelist*）、《思想、语言和创造力：劳伦斯的艺术和思想》（*Thought，Words and Creativity：Art and Thought in Lawrence*）中对狄更斯和劳伦斯进行了专门的评论，弥补了《伟大的传统》产生的缺憾。这也是利维斯用有机整体观研究维多利亚时代小说发展的体现，使得小说史成为一个有机的体系，试图纠正维多利亚时代不良的批评风气。

有机整体观体现了利维斯编写《伟大的传统》这部小说史的价值所在，它使得小说史的各个组成部分有机地联系一起，而文学史观则是利维斯书写时这部书表达的看法。这体现在以下四个方面。

第一，这部书表达了利维斯强调的传统道德观。维多利亚时代对英国文学产生了较大的影响，从 1837 年开始直到第一次世界大战的结束，英国文学一直处在维多利亚时代形成的传统影响中。维多利亚女王在位期间，英国形成了崇尚道德和谦逊礼貌的社会风尚，英国民众较为正统，以道德为尊。在《伟大的传统》中，利维斯极力推崇乔治·艾略特，对她的《米德尔马契》《菲利克斯·霍尔特》《丹尼尔·狄隆达》详细分析，并对奥斯汀对艾略特的道德影响因子进行探源，极力把名不见经传的乔治·艾略特挖掘出来，用心良苦。而在绪论部分，利维斯对菲尔丁的创作较为不满，原因在于他认为菲尔丁的作品《汤姆·琼斯》没有"一种深刻严肃的总体意义"，不值得提倡。在对詹姆斯的评价中，乃是因为詹姆斯在小说中展示了欧洲化的美国的优雅文明，将欧洲文化和美国文化进行比较，并高度礼赞人性，展现复杂的人性意识。评价狄更斯和劳伦斯的过程中，利维斯运用社会学的方法分析了工业文明时代下人们的生活，评判功利主义思想的危害，体现了人道主义的同情感。但是，这种道德批评意识并不能诊断工业文明的种种弊病，无疑是隔靴搔痒，而且对劳伦斯的政治思想避而不谈，缺乏政治批评和阶级分析意识，说明了其道德传统的不足之处。

第二，这部书的文学史观激活了新的小说传统，树立了人性和道德的

① ［美］雷纳·韦勒克：《近代文学批评史》（第五卷），杨自伍译，上海译文出版社 2002 年版，第 375—376 页。

标准，同时，小说史的重新编写具有史学价值。通常来说，史学价值是指文学史价值、文学价值、美学价值。文学史著作目的是传播和传授"文学知识"，向读者表达自己对某一历史阶段发展状况的理解，因此，文学史的书写必须以社会共识为基础。《伟大的传统》谈到了维多利亚时代的很多作家，但唯独挑选奥斯汀、艾略特、詹姆斯、康拉德、狄更斯和劳伦斯六个作家，而显得不可思议的是奥斯汀竟然只是在绪论中提到，而当时如勃朗特姐妹、哈代、萨克雷这些著名作家被排斥在外。美国学者韦勒克对利维斯的行为表示不满："尽管我们或许十分反对利维斯在喜好的作家中所采取的苛刻的取舍标准；第一章中全盘否定的文学我们也不要过于恼火。"① 韦勒克的看法有些偏激，在于其对文学史价值和文学价值概念的混淆。针对学界对利维斯诸多偏颇的看法，这里有必要对文学史书写中遇到的这两个概念作详细的区分。所谓"文学价值"，就是通常所谓的纯文学价值，这是一种可独立于时代、独立于同时代的文学潮流、不依赖于与其他作品的关系而具有的价值，即世世代代的人都可以在不知道作品产生的时代甚至不知道作品的创作者是谁的情况下，感受其价值。所有的文学杰作都具有这种价值。而"文学史价值"则不一定具有纯文学价值，但因为手法新颖，观念大胆，预示着将会产生重大的反响，激发了人们的思考、争论，可能引起了他人的仿效，甚至开辟了一个文学时代。"文学史名作"本身在艺术上未必很成功，未必是很成熟的精品，因而未必具有很高的文学价值，但具有较高的文学史价值。它们只对后代的文学史家或其他以"文化"为职业的人有意义，对一般读者其实并无多大意义。因此，利维斯的这部著作既挑选了文学名著又提到了文学史名著，前者具有较高的文学价值，后者具有明显的文学史价值。而且，一般来讲，文学名著同时是"文学史名著"，然而文学史名著未必有被冠以文学名著的资格。在《伟大的传统》中，从奥斯汀到康拉德四位作家的作品既是文学名著又是文学史名著，而奥斯汀的作品在这部书中仅仅出现在绪论部分。作为一个维多利亚时代重要的作家，奥斯汀未被详细考察和阐述，是利维斯忽视的地方。另一方面，菲尔丁对小说文体的理论探索，他的创作实践《汤姆·琼斯》和笛福的《鲁滨逊漂流记》都是小说文体的代表作，开启了英国现实主义小说创作的传统，引起了较大的反响，虽然本身未必都是文学名著，但具有重要的文学史价值。

---

① ［美］雷纳·韦勒克:《近代文学批评史》,（第五卷），杨自伍译，上海译文出版社 2002年版，第 377 页。

因此，利维斯挑选的作家的作品未必都是名家和名作，因为挑选和评说名著并不是文学史编写的主要目的。韦勒克的评价显然对文学史编写的史学价值缺乏必要的了解和思考：文学史的重写可以根据文学史家的喜好做出选择，其文学史观可以随时代发展而变化。利维斯试图用这部小说史改变了当时维多利亚时代的文学批评趣味，培养了一种严肃的道德传统，对后来的小说家产生了一种严肃的道德影响，在20世纪初重新树立起维多利亚时代良好的社会风尚。所以，利维斯编写这部小说史注意时文学史价值和文学价值兼顾，将艾略特、詹姆斯、康拉德、狄更斯和劳伦斯作为重点来研究。虽然和现行文学史教材中的作家有明显差异，但编写的模式和标准迥然不同。现行大学采用的文学史教科书编写得更复杂，兼顾了各个时代思潮，将文学名作研究和思潮联系一起，围绕文本从现实生活、艺术风格、读者鉴赏等各个角度评说。文学史编写是一种开放式的方式，不同的文学史家由于文学史观、研究方法和叙述方式不同都会产生不同的文学史，100个文学史家便会有100部文学史。韦勒克用当时得到学界认可的文学经典来评说利维斯的选择标准有失公允。当然，不仅仅只有韦勒克持反对意见，当时，英国许多著名大学的评论家对利维斯的挑战不以为然。但这部文学史的问世则证明了它的学术价值：利维斯不仅仅树立了文学标准，构建了传统，还把新的文学研究方法带进了文学史。值得一提的是，利维斯对具有文学史价值的菲尔丁持贬损态度，将具有文学价值的奥斯汀泛泛而谈，则是这部书的不足之处。此外，这部史书重点对经典名著进行了多层面、多角度论述，阐释了美学价值，由于在本书部分章节阐释已过，此不赘述。

第三，《伟大的传统》还体现在独特的叙述方式上。这部书由绪论、正文、附文三部分组成。正文部分论述了三个作家，这些作家在现今看来并没有像勃朗特姐妹、狄更斯和劳伦斯那样产生较大的影响，但在利维斯看来确实是树立道德传统的典范。因此，利维斯叙述策略之一便是把默默无闻的作家挖掘出来。例如，他把乔治·艾略特摆在第一位，而把奥斯汀放在绪论部分，足可以看出他对艾略特的推崇。如果从他排列作家的顺序来看，奥斯汀应该被放在第一位，之所以推崇艾略特，在于他对艾略特的喜好。艾略特是维多利亚时代伟大的女作家，她的小说《弗洛斯河上的磨坊》《米德尔马契》等描述了兄弟姊妹之间和谐的人际关系，人人具有向善的品格，展示了英国社会的道德观。她也因此被贴上"道德教条"的标签，不被读者所关注，淹没在文学史中。利维斯通过寻找艾略特和奥斯汀之间的联系，试图借助奥斯汀在学界的声誉把艾略特挖掘出来。他谈道：

"这种讽刺艺术明显与奥斯汀较相似……对奥斯汀来说，这种艺术有一个严肃的背景，不仅仅体现为文明……这与奥斯汀的艺术提供的道德趣味密切联系在一起。"① 于是，利维斯在正文中对奥斯汀避而不谈，而花了很多篇幅详细论述艾略特，给了她浓墨重彩的一笔，足可以看出利维斯用心良苦。

第四，这部小说史的叙述策略之一便是平衡作家的地位和把著名作家排斥在文学史外。书中利维斯把本应有一席之地的劳伦斯的作品整体排斥掉，狄更斯的作品《艰难时世》在第四章中做了一个分析，看似狄更斯只有这本书才具有研究的价值。之后，利维斯觉得这样做不妥当，才又撰写了专著论证劳伦斯和狄更斯，以平衡各个作家在小说史上的地位。特别是对劳伦斯，他的喜爱到了无可复加的地步，称其是"伟大得多的作家""艾略特不能与之相比的伟大批评家"，欣赏劳伦斯文本中体现的宗教神秘感，看重劳伦斯对生命的崇拜，甚至在他对劳伦斯及其作品的评论中大谈文学与生命之间的关系。这部小说史注重各个作家之间的彼此联系、相互比较，既抓住作品的道德思想这个共性，又抓住作家的艺术个性。例如，对这六个小说家都注重彰显人的道德品质、社会责任感、和谐的人机关系，注重奥斯汀对乔治·艾略特的影响，詹姆斯又受到了艾略特的启示，康拉德对詹姆斯的借鉴，从而形成一个承上启下的道德传统序列。在文本解读的时候，利维斯又抓住了各个作家的创作个性和艺术风格。例如，阐述艾略特的讽刺艺术，从反面来强调道德的重要性；区分詹姆斯的欧洲文化和美国文化差异，推崇谦逊礼貌的道德风尚；批判狄更斯笔下的功利主义思想，从反面揭示人性的自私和丑恶；欣赏劳伦斯的宗教思想，从正面推崇宗教层面的道德价值。

第四节　文学经典问题

利维斯的文学史著作不光体现在编写模式上的创新，而且唤起了后来学界对经典的争论，这有必要深入研究利维斯在文学经典方面的理论。何为经典？"经典就是第一流的，最优秀、最崇尚的，西文'classical'这个词的来源，大概从拉丁语而来，因为在古代罗马，属于最高社会等级的公民称为'classici'；后来逐渐把它用于负有盛望的著作家了，最优秀的作

---

① F. R. Leavis, *The Great Tradition*, New York: Doubleday Anchor Books, 1948, p. 20.

家就称' classic'，当然随之也连带指称其作品；而按西方文化传统，希腊罗马是文化的根源，因此尤指古希腊罗马的作家和典籍；不过随着时代发展，任何词的含义都会泛化，所以它实际上包含所有那些不朽的但一般是传统的人类文明成果。称得上'经典的'的事物，必然是经过岁月沧桑而仍然闪烁着夺目光彩的东西。"① 还有学者认为，文学经典是指具有典范性、权威性的著作，指具有极高的美学价值，并在漫长的历史中经受考验而获得公认地位的伟大文本。

提及英国经典研究要提及对利维斯影响较大的 T. S. 艾略特和庞德（Ezra Pound，1885—1972），他们一道推动了经典研究热。20 世纪初，庞德和艾略特率先发动"文学经典运动"。"重排《英语诗歌新方向》和《重新评价：英语诗歌的传统与发展》中经典的启蒙人是托·斯·艾略特。"② 艾略特处理经典的方式对利维斯产生了直接的影响，利维斯认为这对批评家和诗人都有益处。"艾略特对经典的定义不是经常扩大迥然不同的著作集，而是按照彼此相关的顺序排列文本，每个作品发现了与其他相关作品的意义。加上新的作品，这种模式发生了转变，由于这种转变，每部富有个性的作品的价值和意义也就受到影响。"③ 艾略特为此撰写了《什么是经典》（*What is Classics*，1944）和《传统和个人才能》（*Tradition and the Individual Talent*：*Selected Essays*，1919）两篇较有影响的论文，详细讨论经典的定义和边界问题，认为文学经典具有普遍性、成熟性。同时，他认为传统对经典形成很重要，经典根植于传统之中，如"我们所应坚持的，是诗人必须获得或发展对于过去的意识，也必须在他的毕生事业中继续发展这个意识"④。这个意识便被后人视为"经典意识"。在经典批评实践方面，他注重从诗歌发展的历史中发现优秀的诗人，如系统地评价英国诗歌和诗人，他根据英国历史上的菲尔丁、莎士比亚等形成的文学传统来发掘英国优秀的诗人，同时重新评价已经成为典范的诗人。"艾略特重评经典的一个根本出发点，就是纠正维多利亚时代以降的审美标准和情趣。"⑤ 经过重新评价诗人及其作品，他推崇 17 世纪玄学派诗人的机智思路，贬斥浪漫派诗人过分依赖情感，并把约翰·德莱顿从历史中挖掘出

① 王化学：《西方文学经典导论》，山东人民出版社 2004 年版，第 2 页。
② Anne Samson，*F. R. Leavis*，New York London Tornto Sydney Tokyo Singapore：Harvester Wheasheaf，1992，p. 110.
③ Ibid，p. 108.
④ ［英］T. S. 艾略特：《传统与个人才能：艾略特文集·论文》，卞之琳、李赋宁等译，上海译文出版社 2012 年版，第 5 页。
⑤ 董洪川：《托·斯·艾略特与"经典"》，《外国文学评论》2008 年第 3 期。

来。与此同时，庞德撰写了《怎样阅读》（*How to Read*，1931）和《读书入门》（*ABC of Reading*，1934）两本小册子，对大学文学的教学产生了一定的作用，并认为："一切批评都是界定经典的一种尝试。"① 而庞德的经典论对利维斯也产生了直接影响。在利维斯关于诗歌和小说的历史编写过程中，他极为推崇文学经典，在他的努力下蒲柏、雪莱、乔治·艾略特、劳伦斯等被重新评价或发掘。利维斯在《怎样教阅读》（*How to Teach Reading*）和《我们时代的英语文学和大学》（*English Literature in Our Time and the University*）中极力推崇介绍庞德小册子中的批评思想和阅读建议。其中，他在《怎样教阅读》中倡导学生学习庞德的一本小册子《怎样阅读》（*How to Read*）。他通过"经典"（*Classics*）这节谈到了庞德对经典问题的看法，并认为对经典的阅读训练中语言不能和经验分离，只注重语言分析则会出现一定的后果："这样产生的趣味、判断和健康感觉（通常在经典中是非常重要的）几乎不可避免阻碍了批判感受力的发展。"②因此，利维斯在教学中用文学经典培养学生的感受力，也重视英语语言的重要性，但力求把语言和经验相结合，注重在文学语言分析中把握个人的情感体验。

以上艾略特和庞德重视经典的观点很多散见在他们的论文中，并未形成一定的气候，但他们激发了后来学者对经典研究的热情，如利维斯、威廉斯、布鲁姆乃至中国当代学界持续发酵的经典研究，已成为文学研究中重要的一部分。而利维斯的功劳在于在这些经典作品中重新树立道德传统，将经典植于这样的传统秩序中。当时，英国文学批评家中萨缪尔·约翰逊博士在评点经典方面颇具成就，他的批评大部分选择充满活力的经典。在他看来，经典本身就具有生命力，能促使他带着自然的乐趣和新的人生经验重新阅读这些经典。利维斯进一步肯定他的道德立场："他的批评著作非常显著地显示了特殊的智慧、力量和伟大道德家的人文中心，但它们也具有文学批评特有的合目的的价值观念。"③ 因此，利维斯认为，伟大的文学经典必定是充满生命力的，能够经得起历史的考验而不断被重新阅读的，批评家的趣味往往决定了文学经典的去留。从这里可以看出，利维斯在经典研究方面强调了经典的特征是富有生命力，经过漫长的历史过

---

① ［美］埃兹拉·庞德：《埃兹拉·庞德文学随笔》，转引自《近代文学批评史》，杨自伍译，译文出版社 2003 年版，第 251 页。

② F. R. Leavis, *How to Teach Reading*: *a Primer for Ezra Pound. Gordon Fraser*, The Minority Press, Cambrige, 1932, pp. 44 – 45.

③ F. R. Leavis, "Johnson as Critic", In D. W. Harding, eds. *Scrutiny*: *A Quarterly Review*, London: Cambridge at The University Press, 1943, p. 187.

程后沉淀下来，具有历史感，同时应该传递了道德秩序感。

利维斯为什么要如此强调文学经典呢？这在于他对艾略特经典理论的继承。艾略特在《传统与个人才能》中谈道，"现存的艺术经典本身就构成一个理想的秩序，这个秩序由于新的（真正新的）作品被介绍进来而发生变化。"① 利维斯认为新的文学作品要进入文学史中，必须调整新的趣味和价值标准才能使这个秩序完整。因此，利维斯更注重评价标准的树立，在他看来，道德标准便是促使秩序完整的内因。这正如一位英国学者所说的，"但对利维斯来讲，问题是某种作品趣味和价值怎么根据眼下当务之急发生变化"②。这证明利维斯甄别文学经典的价值标准因时代而改变，当时的英国在利维斯看来正是因为道德水准下滑而急需重新建立社会的道德传统。而纵观利维斯关于诗歌和小说的作品，他关注 17—19 世纪这段历史。利维斯根据时代的特征确定了不同的经典甄别标准，已经在前文论证，此不赘述。这里重点阐述利维斯推崇奥古斯都和维多利亚两个时代的文学经典，而这两个时代的共同特征是崇尚道德风尚，社会秩序良好。利维斯从这两个时代挑选了很多经典作品，原因在于以下四个方面。

第一，试图纠正维多利亚时代以来的批评风气，重树道德标准。在文学史编写中，一部文学史的价值是由重要作家的作品来决定的。然而，维多利亚时代批评风气在当时产生不良的影响，存在武断和误断的情况，"我这里说的是隶属于文学范畴的小说领域，尤其是维多利亚时代在当下的风行"③。一些文学史著作列举历史上的一些经典小说家，文学史里的这些作家的作品并非真正是经典的，需要以标准来甄别。例如在《伟大的传统》中，利维斯开篇就借助塞缪尔·约翰逊（Samuel Johnson，1709—1784）在《莎士比亚戏剧集·前言》的观点"审慎而非武断的"，并以此强调甄别小说大家的一种批评态度，表明 20 世纪初英国作家们良莠不齐，"我们不妨从中挑选出为数不多的几位真正大家着手，以唤醒一种正确得当的差别意识"④。因此，利维斯挑选经典大家的目的则在于形成一种道德传统。

第二，认为道德水平下降，文化面临危机。20 世纪以来，西方世界经

---

① ［英］T. S. 艾略特：《传统与个人才能：艾略特文集·论文》，卞之琳、李赋宁等译，上海译文出版社 2012 年版，第 3 页。

② David Ellis, *Memoirs of a Leavisite：The decline and fall of Cambrige English*, Liverpool：Liverpool University Press，2013，p. 20.

③ ［英］F. R. 利维斯：《伟大的传统》，袁伟译，生活·读书·新知三联书店 2009 年版，第 2 页。

④ 同上书，第 3 页。

历了第一次世界大战、经济危机和政治腐败等严重社会问题，一些西方知识分子认为这一切归因于道德水平的下滑，并对前景开始忧心忡忡，而英国以艾略特、利维斯等为代表的知识分子开始寻找化解道德和文化危机的出路。"……（利维斯）即把英国领回到伟大的文学传统里来，从而确保英国社会兴旺不衰，这其中有着明确的意识形态和道德诉求。"① 他们力求让文化和文学承载道德意识，引导英国从社会危机中走出来。在这样的政治理想的驱使下，利维斯决心创办《细察》来扩大文学批评的影响，其目标就是要在英国开展道德和文化的运动，试图让文学批评来重树道德标准。为此，他选择一批颇具道德意识的文学经典，通过大学的人文教育培养有教养的文化人。

第三，认为大众文化冲击文学传统，文学濒临危机。当时，大众传媒推动下的文化在欧美社会日益盛行，大众传媒如报志、时尚杂志、流行小说、电视、广告、广播等吸引了人们的眼球，相当一部分人由原来对文学经典的兴趣转到大众文化上来，英国人的生活方式发生了改变。正如利维斯夫人在《小说和大众读者》中分析的，"不到11%的公众使用公众图书馆的书，而相当一部分人喜欢阅读报刊"②。20世纪的英国人明显表现出对文学经典的轻视，在利维斯看来，这些大众文化对文学经典的生存构成了威胁。这不仅是利维斯夫妇感觉到了这种威胁的存在，当时庞德、艾略特及利维斯的追随者等学者也都注意到这个现象。他们对新兴的大众文化现象非常警惕，认为大众文化泛滥成灾，对文学产生一定的威胁，而文学经典日益濒临消亡。实际上，这充分表明他们站在传统文学经典的立场上，从而流露出对新兴事物的焦虑感和不信任感。

第四，强调文学经典的价值和规范作用。艾略特在《传统和个人才能》中谈到"现存的艺术经典本身就构成一个理想的秩序"③，认为经典能促使形成一个有秩序的文化传统。因此，艾略特在英国诗歌领域中挑选了菲尔丁、玄学派诗人、德莱顿，形成了诗歌传统，特别是他在诗歌中强调的非个性化标准形成了一定的影响。当时的利维斯自认为要在诗歌领域超越艾略特是不可能的，于是，他另辟蹊径。当时的他已经在关注英国小说的发展，在为捍卫作家的经典地位而努力。利维斯注意到：20世纪初，

---

① 邹赞、欧光安：《重估英国文学中的道德哲学——刘意青访谈录》，《山东外语教学》2014年第4期。

② Q. D. Leavis, *Fiction and The Reading Public*, London: Penguin Books, 1932, p. 1.

③ ［英］T. S. 艾略特：《传统与个人才能：艾略特文集·论文》，卞之琳译、李赋宁等译，上海译文出版社2012年版，第3页。

英国小说鱼龙混杂，良莠不齐，呈现失序的状态。为了充分发挥小说经典的示范作用，利维斯的《伟大的传统》为英国当时的小说界勾勒了一条明晰的发展脉络，也为之后的英国文学树立了典范。

因此，根据以上四个原因，利维斯关注经典的目的则是依靠英国文学来实现文学文化的理想。在《怎样教阅读》中，利维斯反复谈到了文学文化，"显然，如果文学文化被拯救，这必须通过明显的努力和教育来仔细来满足时代的迫切需要"①。与艾略特不同的是，他在小说领域里开辟了自己的天地，并确定了评判小说的传统意识标准，根据他的评论视角和经典重评，很多默默无闻的小说家名气大振。例如，在《伟大的传统》中，利维斯花了很多篇幅评价乔治·艾略特，称赞她在作品中流露出的宗教道德观，把这个在英国没有多大名气的作家推到经典的地位；为劳伦斯撰写专著将当时在英国颇具争议的劳伦斯推向文学史的行列。利维斯在文学史中甄选的经典作家及其作品不仅改变了同行和读者具有的艺术潜能，而且就他们提高的人性意识、生活潜能意识而言也具有伟大的意义，是"高不可及的范本"，具有"永恒的魅力"。例如，利维斯虽然对莎士比亚研究不多，但很多地方都以莎翁为典范，以推崇其他的经典。他对诗坛新秀霍普金斯的评价：

> 这不是从莎士比亚那里获得的（我们经常被告知，莎士比亚是个危险的作家）。我们不会质疑霍普金斯更好地了解莎士比亚，但假如他能如此做而获益，因为他自己对作为有生命的事物的英语语言的直接兴趣。即使没有出现莎士比亚，他天才的癖好是如此强烈，以致我们被迫相信他尝试采用了许多同样的诗行。相似点出自对语言的资源和可能性的相似的探索。②

这说明，即使英国诗歌发展到 20 世纪初，利维斯也能根据文学批评标准把 T. S. 艾略特、叶芝、霍普金斯视为英国诗歌未来发展的标杆。以此可以看出，利维斯根据作品的价值判断、批评标准、阐释的空间和文化权力来建构文学经典，发掘如乔治·艾略特、戴·赫·劳伦斯这样一些伟大的诗人和作家。文学经典的形成要经过时间的考验和价值的甄别，利维斯

---

① F. R. Leavis, *How to Teach Reading*: *a Primer for Ezra Pound*, Gordon Fraser: The Minority Press, Cambrige, 1932, p. 4.

② F. R. Leavis, *New Bearings in English Poetry*, London: Chatto &Windus, 1938, pp. 170 – 172.

的价值判断，一般来说便是他在作品分析中强调的艺术价值和道德价值。在利维斯看来，狄更斯的《艰难时世》在于它流露出对维多利亚时代功利主义的批判意识，和《董贝父子》中体现的民族精神，这些文学价值则是作品焕发永久生命力的真谛所在。

利维斯的文学经典研究具有三个方面的特点。其一，在他的《重新评价：英语诗歌的传统与发展》和《伟大的传统》中，他将原创性文本（text）与批评阐释相结合。这些经典是作家独特的世界观和生活经验的艺术再现，具有不可重复的文化积淀和人性意识。作家通过文本提出了人类生活中的根本问题，因为这些文本与历史鲜活的时代感和当下意识交融一起，而具有了鲜活的生命力，所以，利维斯认为经典是活的文本，文学传统也是活的。从利维斯的文学经典分析来看，经典便具有原创性和持久性，从而形成了英国重要的思想文化传统。其二，利维斯在文学史中提到的经典具有开放性和多元性。这些经典不仅能反映当时的生活背景，还能和当下意识融合起来与当代展开对话。此外，经典文本不仅关注人性问题，还涉及政治、哲学等命题。其三，在利维斯看来，经典成为英国民族语言和文化传统的象征符号。利维斯多次强调语言对经典的影响，经典对形成英国文化传统的重要性，并试图实现自己作为文人的政治理想。在利维斯看来，文学经典积淀了思想文化传统，凝聚了民族精神，能反映深刻的人性内涵，具有娴熟的形象语言、原创性、认知能力、知识以及丰富的词汇，在某种程度上它引领和推动了文学的发展。

然而，随着工业文明的发展，大众文化也跟着迅速壮大起来，成为一种影响 20 世纪人们生活方式的主要文化形态。在利维斯看来，而大众文化只是浅表性的肤浅文化，并不能有效地陶冶性情，且严重地威胁文学经典的中心地位。在这样的情况下，文学经典的确定变得尤为重要。"简言之，他（利维斯）创造了现代小说经典的观念和习惯。"① 文学经典是重要的虚构艺术，具有多层次性、多情节性、多义性。俄国学者巴赫金依据他的著名"对话理论"，这样评论经典："一部好的作品既可以与过去时代和当今时代的人们对话，也能够与未来时代的人们对话。"不光在本国内产生影响，还能在世界内产生作用，因此，经典能够把过去与当代联系起来，具有超越时空的意义，能为不同时代不同国度的广大读者所接受。它们传递了传统观念和历史意识，体现了民族精神和时代精神。总之，经典具有

---

① Claudia L. Johnson, "F. R. Leavis: The 'Great Tradition' of the English Novel and the Jewish Part" in *Nineteenth - Century Literature*, Vol. 56, No. 2, 2001.

持久的生命力，影响着后来的文学创作。基于这些原因，利维斯建议世人阅读好作品，他列出了文学经典目录，希望人们通过阅读文学经典来训练感受力和甄别力，培养完美人性和道德完人。在利维斯的著作中，他举出几部重要的经典文学作品，如乔治·艾略特的《丹尼尔·德龙达》、狄更斯的《艰难时世》、劳伦斯的《恋爱中的女人》和《虹》、T. S. 艾略特的《荒原》等。以分析经典作品为主，他确定了衡量文学经典的标准，突破了前辈的文学史书写模式。布鲁姆认为，"经典化过程就是过去和现在之间所进行的一种永恒竞争，而要认识这个过程就必须引入历史的观念，批评家必须从历史的、文本传承的角度去重新建构文学经典的历史"[①]。利维斯正是从传统和历史的角度去挑选经典作品的，因为一方面维多利亚时代的作家作品大多推崇道德，把道德作为评判作品优劣的标准；另一方面，20 世纪 30 年代，维多利亚时代结束后人性和道德沦丧，英国学者普遍对文化危机的现状流露悲观的情绪。为了树立人性和道德的传统观念，利维斯严格遵循历史的事实，以客观的态度来分析维多利亚时代的文学作品。他认为，只有借助这些作品，才能把传统精粹传承下来，才能对抗商业化的文化大潮。

20 世纪 30 年代，英国市场经济大潮下的精英文学遭受通俗文学的冲击，利维斯将此视为洪水猛兽。他认为，商业运作刺激了人们对通俗文学的消费，在利润的刺激下，通俗文学的生产成为一门产业。而通俗文学只能导致低俗文化、享乐文化，使人被动地接受，不利于人的主动思考，不能训练人的情感和智力，无益于整个社会文化的发展。对此，利维斯在《大众文明与少数人文化》一书中详细分析了通俗文化的弊端。为了抵制通俗文学的发展，利维斯在文学研究领域推崇这些文学大家及其经典，试图通过这些文学经典来重建文学传统，从而推动英国文学的发展。

但是，利维斯感觉到大众文化严重威胁了文学经典的地位。他推崇文学经典的目的是捍卫经典的地位。这种做法虽然具有一定的积极意义，然而，他把以文学经典为主的精英文化和大众文化二元对立的做法是偏激的。两种文化各有千秋，各自拥有不同的读者和职能，大众文化的兴起是平民大众崛起后的产物，大众文化已经成为他们生活中不可缺的一部分。而以文学经典为主的精英文化能够表现丰富的人性内涵，塑造民族精神气质，二者可以相互借鉴，相互融合，共同促进文化的发展。

---

① ［美］哈罗德·布罗姆：《西方正典：伟大作家和不朽作品·译者前言》，江宁康译，译林出版社 2005 年版，第 3 页。

　　历史发展到今天，大众文化由于拥有数量众多的读者以及适应了商业时代的需求，它逐渐取代了精英文化的中心位置，而精英文化退居边缘。从这个历程来看，大众文化是历史发展的必然。笔者通过分析认为，实质上利维斯秉承了阿诺德的文化观点。阿诺德把社会阶层分成贵族、腓利士人和暴民三个阶层，认为暴民掌握了大众文化，其后果必然导致社会呈现无政府状态。要改变这个状态须用古希腊、罗马的古典主义文化来教化他们。据此，利维斯也把大众文化看作工人阶级、下层平民拥有的，他希望通过文学经典来教化这些人。阿诺德和利维斯都把大众文化看作次等文化，实际上，他们都以文化精英自居，认为精英文化优越于大众文化，忽略了大众文化也是重要的一部分，应该把二者摆在同等的地位。利维斯仅仅看到了大众文化的负面影响，并言之凿凿地对此表示批判，这对大众文化向良性发展有着积极作用。但是他否定大众文化的积极意义，并试图凭借文学经典的力量对抗大众文化的进攻。这种观点违背了历史潮流，因此遭到后来伯明翰学派的批判和否定。

　　然而，利维斯反对大众文化对文学经典的侵蚀，坚持精英道路的文本批评倾向，这种观点与美国学者布鲁姆很相似。布鲁姆借用近代意大利学者维柯的历史循环观念来建构自己的西方文学经典史。利维斯和布鲁姆都贬低大众文学和文化研究，都将文学批评作为一门艺术，这是精英们的艺术行为，并没有把文化批评看作一门艺术。二者不同的是：布鲁姆以"审美价值"为核心重建经典的历史，并把"崇高"的审美特征当作经典作家和经典作品的根本标志，同时致力于重建经典的事业，始终把对文学经典的批评视作一门艺术，认为文化批评是一门沉闷的社会科学。而利维斯认为人性和道德价值是衡量经典的标准，这几乎贯穿了他所有的批评论著。但布鲁姆认为读文学经典不是为了道德价值，阅读它们也不会使人成为好人，阅读只是可以促进自我的成长。在这点上，他和伊格尔顿的观点是一致的。

　　最后，利维斯选择维多利亚时代的文学经典作为道德传统的典范，还在于这些经典体现了英国民族性格和文化特色。因为，真正的经典之作，还在于其鲜明的民族性和地方特色。维多利亚时代的文学展现了英国国民乐观、自满、正统的性格。维多利亚女王正身率下，富有责任感，成为道德的典范，她统治的英国国泰民安、一片祥和。这个时期的英国国民富有道德责任感，崇尚谦逊礼貌的风范，这段历史成为后世引以为豪和借鉴的一面镜子。因此，利维斯列出的这些文学经典有利于培养向上向善、谦逊有礼的民族性格。这并不是阻碍它们成为人类共同精神财富的族群壁垒和疆域界限，相反，"越是民族的就越是世界的"。维多利亚时代是指从 19

世纪 30 年代到 20 世纪 30 年代，这 100 年也是英国文学走向世界的时期，其戏剧、诗歌和小说对整个世界产生了较大的影响，而中国对英国文学的译介和研究成果更是数不胜数。乔治·艾略特、奥斯汀、詹姆斯、康拉德、狄更斯和劳伦斯的作品已经成为经典名著，利维斯选择的文学经典不仅构建了鲜活的文学传统，而且向世界展示了英国的民族性格和时代精神。

　　但是，利维斯对经典的选择尚存在一些不足。例如，他对劳伦斯大加赞赏，却并没有把他列在《伟大的传统》中像其他作家一样加以评论，好在后来写了两部专著《小说家劳伦斯》《思想、话语和创造性：劳伦斯的艺术和思想》和一些发表在《细察》上的评价劳伦斯作品的文章，这些可以弥补《伟大的传统》带来的缺憾；说简·奥斯汀是伟大传统的奠基人，但只是对她泛泛而谈，令人遗憾；在这部书中，利维斯花了很多篇幅来评价乔治·艾略特，有夸大之嫌。他反驳戴维·塞西尔对艾略特的贬损，为其正名，认为奥斯汀才是第一位现代小说家，而不是乔治·艾略特；认为斯蒂芬·盖司特对艾略特不擅长描写男性的说法是个疏忽。利维斯反复称赞艾略特对道德的关怀和对生活的观察能力，甚至认为他比欠缺道德意识和丰富人性的福楼拜还要卓越，其地位可以和托尔斯泰相比。利维斯还贬称狄更斯只不过是个娱乐作家，对他的艺术技巧不以为然，并把他排除这些伟大作家之列，认为他仅有一部作品《艰难时世》才能符合伟大传统的标准。

　　但是，利维斯又认为狄更斯的影响是广泛的，可以在很多作品中找到他的身影，如在詹姆斯的《罗德里克·赫德森》，康拉德的《特务》，劳伦斯的《迷途的姑娘》。如果利维斯进一步探讨狄更斯与那些作家作品的联系，就会发现狄更斯有足够理由列入这些伟大作家之中。后来，利维斯意识到自己所犯的错误，肯定狄更斯在批判英国功利主义方面做出的贡献，于是又把他放在伟大作家之中，并和他的夫人 Q. D. 利维斯共同撰写了狄更斯评论的专著《作为小说家的狄更斯》，算是纠正自己的判断。在利维斯看来，康拉德能够被安放在仅有的作家之列，在于康拉德生为波兰人，先学了法语，后来才学的英语，然后只用英语来创作，显示这是康拉德的伟大之处，"康拉德的主题和兴味关怀需要的是英语的具体性和动感——生动惊人的力量。"① 利维斯把他归在伟大作家之中，在于他生为波兰人的文化身份和英语能更好地表达道德意识。他并未向读者展示康拉德与这些传统作家之间的联系，奥斯汀、艾略特、詹姆斯是否对康拉德产生影响难以得知，利维斯只关注他的思想主题。

---

① F. R. Leavis, *The Great Tradition*, New York: Doubleday Anchor Books, 1948, p. 29.

第五节　文学史模式与威廉斯、夏志清

利维斯的文学史著作中引起较大关注的便是《伟大的传统》，这部文学史专注于英国维多利亚时代小说的动态发展情况，对国内外的学者产生了深远的影响。直接受到影响的便是雷蒙德·威廉斯和美国华裔学者夏志清。如果说韦勒克在文学史的成就着重于理论建树，那么利维斯则在文学史书写的实践上取得了较大的成功。他的成功主要是对 19 世纪英国小说发展进行了梳理、评述，确定了甄别小说的人性标准，试图在 20 世纪的英国重塑维多利亚时代的道德风尚。利维斯将文学批评和文学史结合在一起的模式获得了学界的肯定。在剑桥大学任教的威廉斯积极追随利维斯，1970年，他撰写并出版了《英国小说：从狄更斯到劳伦斯》（*The English Novel：From Dickens to Lawrence*）一书。在这本书中，威廉斯回顾了英国小说在 18世纪的兴起和 19 世纪的发展情况。19 世纪 40 年代出现了新的社会意识。"社会变化一直是漫长的：工业革命、民主的争取、城镇的增长。但这些在 40 年代达到了具有转折意义的意识点。"[1] 威廉斯认为，正是狄更斯、勃朗特姐妹、哈代、劳伦斯等的小说体现了英国这一段历史的社会发展面貌和大众文化心理。像利维斯一样，威廉斯确定了标准、脉络，运用了文学批评和文学史结合的方法，但不同的是，威廉斯更多地借助马克思主义文化批评的视角，而不是道德标准的构建。在这部书中，他把自己的文化观念灌输到小说分析中，认为当前英国社会中存在大众文化和少数精英文化两种形式的小说，并认同了大众文化在英国迅速变化的社会中的地位："经过许多历史变迁时期，我们接触不同的文化，问题不是'平民的'和礼貌的（贵族的）之类的术语而是从意义上来讲'大众的'和'受教育的'等术语的地方，在现代阶级社会中，这些术语尤其表示了一种联系而不是差别和隔离。"[2] 威廉斯用马克思主义文化批评思想来分析少数人文化实际上暗示了教育上的阶级限制问题，因此他认为将文化划分为大众文化和少数人文化实际上强调了文化的阶级划分，受教育的少数人和大众的生活与思想彼此的联系决定了小说的历史。从这里看出，威廉斯试图确定大众文化在小说历史中的地位，纠正利维斯排

---

[1]　Raymond Williams，*The English Novel：From Dickens to Lawrence*，New York：Oxford University Press，1970，p. 9.

[2]　Ibid. ，p. 29.

斥大众文化的观点。

一个最为突出的例子，利维斯在《伟大的传统》中用了一小段话论述勃朗特姐妹和司各特三个作家：

> 人们禁不住要反驳说勃朗特只有一个。其实，夏洛蒂虽然在英国小说的主线脉络里无名无分（耐人寻味的是，她不明白简·奥斯丁能有什么价值），但却恒有一种小小的影响力。她才能出众，因而在表现个人经验，尤其是在《维莱特》里，写出了第一手的新东西。
>
> 当然，艾米莉才是个天才。关于《呼啸山庄》，我什么也没说，因为这一惊人之作，在我看来，像是一出游戏。尽管如此，它完全仍有可能发挥了根本难以察觉的影响；司各特的传统要求小说家以浪漫手法解决其主题；而自 18 世纪以降的那个传统要求的则是对"真实"生活之表面给予平面镜般的反映，这两个传统都被艾米莉发人深思地彻底打破了。她开创了一个小传统，其中最引人注目的就是《挂绿色百叶窗的房子》。①

从上文引文来看，利维斯认为自己选择的简·奥斯汀、乔治·艾略特、詹姆斯、康拉德、狄更斯和劳伦斯六位作家构成了英国文学的伟大传统，而仅仅在这里提到勃朗特姐妹，认为她们反映的个人经验和丰富的现实生活具有创新性，构成了一个小传统。但在威廉斯的笔下，勃朗特姐妹则被写进他的小说史中，因为威廉斯确定了情感标准，认为"如果只有疏离感、挫败感、隔离和孤立、最终的灾难，那么哈代总的情感结构会没有如此令人可信"②。"有一种其他更特别地维系着它们（《简·爱》和《呼啸山庄》）的东西：这就是对强烈情感的强调，一种我们必须把这叫做激情的精神，这在英国小说来看本身就具有创新意义。"③ 正因为对情感的偏重，他也把劳伦斯编写进去，"语言和情感（新的语言和新的情感）一起恢复了活力"④。另一方面，威廉斯反复强调了的"社会共同体"（community），成了贯穿小说史的关键术语，认为这些小说家都描述了一个英国共同体文化，他在前言就谈到了，"从某种意义来说，多数小说都是可认知

① ［英］F. R. 利维斯：《伟大的传统》，袁伟译，生活·读书·新知三联书店 2009 年版，第 37 页。

② Raymond Williams, *The English Novel*: *From Dickens to Lawrence*, New York：Oxford University Press, 1970, p. 117.

③ Ibid. , p. 60.

④ Ibid. , p. 172.

的共同体"①。凭借这个标准,他详细地评述了小说中的共同体,以评论 19 世纪 40 年代英国小说的演变过程。他将小说家进行比较,发现哈代和威廉斯存在相似点:"虽然成长在不同时期,但他们开始于相近似的情景。情感和观念——开始于田园风光、乡村、社会、人、一个工作共同体——在我看来也是清楚明了的。"② 而又肯定,"真正恢复活动的是共同体"③。他从劳伦斯的小说中发现了独特的语言,使得劳伦斯的小说成为有机共同体。这和利维斯在《伟大的传统》中反复强调的道德标准形成了较大差别。最后,还有一点和利维斯不同的是,威廉斯在小说史中将城市和乡村比较,其观点主要类似他的另一部文化专著《城市和乡村》,用马克思主义文化批判视角来评判乡村和城市,特别是狄更斯小说中的城市工业文明,哈代、乔治·艾略特、勃朗特姐妹、劳伦斯等小说的乡村共同体文化,并认为,随着时代的发展,到劳伦斯的小说中,这种共同体正走向消失,"在小说创作中,他自己发现了某种东西的消失——共同体经验……《恋爱中的女人》便是这种经验消失的代表"④。从这点来看,威廉斯和利维斯均假定一种共同体文化的存在,而且这种共同体文化在 19 世纪逐渐消失,论调相似。不同之处在于利维斯认为这种共同体出现在 17 世纪,而威廉斯却假定为 19 世纪,并列举了从狄更斯、乔治·艾略特、勃朗特姐妹、康拉德、劳伦斯等的小说作品,以论证小说中的共同体是如何逐渐消失的。因此,威廉斯的这部小说史涵盖了他独到的文化观,形成了与利维斯不同的鲜明特色。

利维斯在小说史研究方面可谓具有开创意义,除了威廉斯,还有安妮特·特·鲁宾斯坦的《英国文学的伟大传统:从莎士比亚到萧伯纳》详细评述了从伊丽莎白时代到维多利亚时代和工业革命时代的文学发展概貌,编写风格参照了利维斯的《伟大的传统》。美国布鲁姆的《西方正典》从更为宏观的角度来梳理西方世界文学经典的发展动态和文学规律。不仅如此,他的文学史观还影响到美国华裔学者夏志清先生。"看了利维斯的《伟大的传统》,我就跟着学。"⑤ "像利维斯这样的我自己佩服的批评家,一方面要学习,另一方面要看看他走的路,怎么会这么评论。我的高度当

---

① Raymond Williams, *The English Novel*: *From Dickens to Lawrence*, New York: Oxford University Press, 1970, p. 14.

② Ibid. , p. 170.

③ Ibid. , p. 172.

④ Ibid. , p. 182.

⑤ 季进:《对优美作品的发现与批评,永远是我的首要工作——夏志清先生访谈录》,《当代作家评论》2005 年第 4 期。

然不够，利维斯比我伟大多了。现在一些教条主义的批评家只讲思想，不讲艺术，不讲形式，这怎么行?"① 从这些可看出，夏志清先生继承了利维斯批评中的美学特性，不拘泥于理论，而是注重文学文本批评中的美学感受力和智思，树立文学批评的标准，挖掘作家书写人性的价值和意义。1961 年，耶鲁大学出版了他的英文版《中国现代小说史》，奠定了他的学术地位，发掘了以前被忽略和遮蔽的作家如钱锺书、沈从文、张爱玲、张天翼等现代作家。正因为这本书，中国现代文学研究得以进入美国大学课堂，这本书也成为中国现代文学史书写的典范。

小　结

本章详细论述了利维斯的批评标准、文学史观、文学书写模式和经典文本等问题。整个来看，利维斯试图在文学中构建人文传统。为此，他确定了人性和道德意识的标准，并在诗歌史和小说史中遴选推崇道德观念的作家作品，试图改变英国文学偏离人文道德传统的事实。不仅如此，利维斯一改传统以作家背景分析为主的文学史模式，注重作品的细读和语义分析，同时关注作品的社会生活，形成围绕作家作品的多元文学史批评模式。因此，无论从文学史观还是从批评模式，利维斯都突破了传统的文学史格局，形成了一个开放的文学史书写模式，直接影响了后来的威廉斯、鲁宾斯坦、布鲁姆、夏志清等文学史批评家。从文学批评实践来看，利维斯关注文学中的语言、道德、文化等现实问题，开创了多种批评方法交织的研究模式，形成了多元批评的特色。

---

① 季进:《对优美作品的发现与批评，永远是我的首要工作——夏志清先生访谈录》,《当代作家评论》2005 年第 4 期。

第五章 利维斯的文学批评方法论

前文提到利维斯的文学批评方法包括了传统和现代的很多方法，展示了多元批评的空间。从传统来看，利维斯传承了社会历史批评、美学批评和伦理道德批评。由于在一个呼唤道德意识回归的文化环境中，在一个现代伦理学兴起的思潮下，他强调伦理道德批评的重要性，因此本章将把伦理道德批评作为重点来讲。其次，利维斯创造性地吸收了语义批评，并开启了文学批评的大门，因此，本章将主要阐述利维斯在语义批评和文化批评方面的创新和推进。20 世纪初，虽然在理查兹的理论中英国的语义批评颇有成就，但真正把理查兹的语义学批评理论运用到文学批评的人，利维斯当之无愧。因为他主编的《细察》，历经 20 年坚定推行文本批评的实践，引起欧美各大高校师生争相睹之，成为高水平的文学评论期刊。他用道德批评标准，选择了一批重要的诗人和小说家，梳理出明显的文学史发展线索，改变了英国文学作品一盘散沙、良莠不齐的局面，确立了英国文学发展的道德（人文主义）传统；文化批评是利维斯在文化语境下分析文学作品的方法，是从文本内部向外部突破的一次重要的转型。这使得文学批评家能够关注与文学作品相关的广阔生活，也为英国从文学研究转向文化研究提供了契机。生态批评是对利维斯批评方法分析的又一个新维度，由于要重点探讨利维斯文学批评思想中蕴含的生态批评因子（体现为有机论和自然观），将特别探究利维斯对华兹华斯和劳伦斯的作品分析，考虑到篇幅较大，姑且用一章来讨论利维斯思想体系中的生态学价值。

第一节 "细读"中的感受力

20 世纪初，英国文学批评家们大胆实行改革，一改以前作家背景分析的传统方法，而积极推崇以文本细读为主的方式，形成了细察派和新批评派两大流派。后者走向了专注文本形式的单一格局，而前者主要在利维斯的领导下形成了多元批评的研究路径，即关注与文本、作家、读者、出版相关的全面批评，彻底打破了英国文学批评单一的格局，利维斯也因此在英国文学批评史上树立了一座里程碑。当时英国文学界，一些因循守旧的评论家仍然采用老套的考据、文献整理的方法进行文学研究，而另一些评论家用一种模棱两可的批评话语进行文学研究，缺乏有效的科学方法。在这样的情况下，艾略特、理查兹一道改革英国现代文学，建立了一套以文本细读批评、语义批评为中心的方法和理论，推进了现代文学批评的发展。"语义批评"和"细读批评"，为利维斯及其领导的细察派所借鉴。理查兹着手建立的语义批评主要包括：将文本视为一个整体；对语言和语义的分析；预设理论等。这种注重文本研究的分析方法给当时的英国学界带来新气象，成为英国文学批评史上不可缺少的部分。西方文学进入现代时期，开始有了文本（text）的概念。文本最先指任何书写或印刷的文件，后来，当时传统语言观念面临危机，文本获得了全新的意义。"卡尔纳普、罗素和维特根斯坦等人把逻辑作为一种语言，用可靠性代替真理，从所指回到能指，使能指获得了充分的自主性。其次，布拉格学派尤其是雅各布森等人在诗学名义下使文学与语言学结合起来在相当程度上避免了文学史传统的束缚，文本结构凸显为问题的核心。再次，本世纪初索绪尔建立的语言学在 60 年代被更加系统而深入地运用于文论研究，结构主义乃至后结构主义成为一时之主潮。这一切最终导致文本成为作品概念的替代品并被委以重任。"① 这种文本批评以语言、意义、意象等为研究对象，以考察文本的"文学性"为目的。因此，利维斯的诗歌批评和小说批评呈现了新的面貌，集中体现在他主编的《细察》中。这样，《细察》自然成为当时英国现代文学批评的主要阵营。

理查兹主张文学是对经验的记载，文学批评就是作品的心理经验带给读者的整体享受，也是和读者心理经验平衡协调的程度。他推崇"细读法"，从对作品经验的整体出发，以作品经验的价值高低为尺度去评价作品，认为这才是正确的批评方法。利维斯吸收了"细读法"，从经验（感性）主义出发，注重对语言文字层面的分析，从而用心去感知文本的价值所在。他始终将文本视为一个整体，对文学的思考是精微细致的，这点与理查兹相同。然而，理查兹从理论角度对该细读法进行了详细的阐释，而利维斯更多地从批评实践出发强调情感心理下的感受（sensibility）在文学批评中的作用。因为利维斯在文学批评中更重视情感和想象，不太注重哲

---

① 汪民安主编：《文化研究关键词》，江苏人民出版社 2011 年版，第 339—340 页。

学和美学理性。这就是在阅读过程中文学批评家必须具备的感性认知，通过文本带给批评家的一种特殊的情感去寻找作品的价值。所以，利维斯更强调文学感受力培养的重要性，并强调文学批评不能过多地依赖哲学和美学理论，以证明自己不是纯粹的理论家。这充分说明利维斯吸收了理查兹的细读方法，但在对待文学理论方面二者呈现不同。另外，理查兹偏重诗歌激发感情的重要性，不太注重诗歌内部的逻辑秩序，而利维斯除了注重感情外，也反复强调文本的各个部分是有机地协调组合在一起的，反映其从整体观照文本批评，"文本是一个有机体"的观点也成为二者对待细读批评的一个主要差异。

利维斯的细读分析，主要从语言的修辞、意义的模糊性、意象、语境等方面对文本的价值进行综合评判。他认为，语言中蕴含着丰富的人生经验，更能唤起强烈的情感，既然文学作品中的心理经验是以文学语言为载体的，所以要评价作品最终还得落实到对作品语义的解读上。理查兹从语义分析来发掘意义演变、社会文化内涵，认为辨析文学语言的不同意义应当结合语境来进行。"语言之间的不同意义的情感倾向支配着它们的语境"①，利维斯在他的基础上表达了自己的见解：

> 我过去常常告诉听演讲的人与和我一起在大学的研究生们："实用批评是在实践方面的批评。例如，我们从事批评时要我们决定小说是不是好的，给我们判断的基础，要仔细地阐释文本，或者当我们要求正义或艾略特式的结论，《哈姆雷特》处于质疑之中，'这戏剧多半是一个艺术的失败'"。那就是说，我不喜欢这个含义——它已渐渐为这个规则所固有的一部分——"实用批评是专门的一种体育训练技巧，这个技巧分别作为某种东西来培养和练习的"。②

从这里可以看出，利维斯把实用批评理论运用在文本研究和课堂教学中，这反映当时英国实证主义的科学方法已经普遍运用于人文学科。西方学者认为，正待发展的文学学科也如同自然科学一样需要具有实验方法，而实用批评便是一种文学研究走向科学化的反应，置身于这样的泛科学化研究思潮的利维斯也不例外。他在对剑桥大学学生教授文学的过程中，强

---

① Richards, *Practical Criticism*, London: Kegan Paul, Trench, Trubner & CO. LTD, 1930, p. 212.

② F. R. Leavis, *The Living Principle*: "English as A Discipline of Thought", London: Chatto and Windus, 1977, p. 18.

调在文学阅读中进行有效的判断和分析时需要借助情感和智力。前文提到利维斯和韦勒克关于文学批评要不要哲学理论支撑的争论，而利维斯就强调了情感感知的重要性。他认为"一个人对有益的文学论述越热情，就越不容易设想理论和实践批评之间敏锐的差别……不具有对艺术特别的、即时的反应能力，就不大可能是好的理论批评家，正如仅仅实践批评家几乎是不可能的"①。这句话表明，利维斯并没否定理论对批评的作用，而是肯定感知力在文学阅读中所起的作用。因此，他积极推行大学英语文学研究的教学改革，以培养学生的感知力，而这种感受力源自阅读过程中的主客体之间的交流。新批评派在交流过程中紧紧追踪于"感受谬见"，围绕诗歌形式层层剖析，颇具工匠精神。后来的结构主义者虽然寻找文本的结构原则，把视域拓宽了，但也是停留在文本形式上。而利维斯分析主客体之间的感受力，他的视界将主体和客体融合一起，已经越出了新批评、结构主义者批评的范畴。实际上，他加强了批评与实际生活的密切联系，对现实生活表示极大的关注。相对于形式主义批评来说，他又往社会/历史批评、文化批评、生态批评等那边靠了一些，批评的视域相当宽广，足以看出利维斯在当时的批评环境中是个非常特立独行的人物。

尽管理查兹的不足在于隔断了文学与社会、作者、读者的联系，但是他的语义批评理论直接影响了利维斯的文学批评方式。而语义批评需要从文学语言中获得一种感受力。在利维斯的文学批评著作中，他主要从语言学的角度来分析诗歌，强调英语口语在创作中的重要性，以及语言的精微性；运用语音与意义相结合的分析方法；进行意象和隐喻的分析。"诗意的、创造的语言"的观点是利维斯评价诗歌的主要标准，它出现在他的一些重要论文中。利维斯反复强调"最丰富的诗学语言应该与口语密切地联系在一起"②。他重视口头的、习惯用法的英语语言的力量，欣赏霍普金斯、济慈诗歌创作中的口语表达法，反感弥尔顿脱离了英语的口语和习惯用法，认为其诗歌措辞和文学语言是个重要的弱点。霍普金斯的诗歌内容表现自然界万物的灵性，诗人对大自然倾注了无比的感情，且具有较浓厚的宗教色彩。他在意境、辞藻和格律上都有所创新，采用了一种"弹跳韵律"，竭力仿效"日常语言的自然节奏"，好用双声、叠韵、内韵、略语、复喻，并生造新词，风格清新活泼。这对现代诗歌的影响较大，奠定了他在诗歌历史上的地位。"他的目标是使他的语言尽可能不被语法、句法和

---

① G. Singh, ed., F. R. Leavis: *A Literary Biography*, London: Dudkworth, 1995, p. 52.

② R. P. Bilan, *The Literary Criticism of F. R. Leavis*, London New York Melbourne: Ca mbridge U-niversity Press, 1979, p. 94.

共同用法所阻碍。"① 就连他的挚友布里奇斯博士都认为，语法应该揭示和加强意义，而不是由意义来决定，抱怨霍普金斯诗歌语言的字面意义决定了语法。利维斯将他和莎士比亚、弥尔顿等进行对比，认为霍普金斯是维多利亚时代唯一有影响的诗人。

> 霍普金斯的诗歌与莎士比亚、多恩、艾略特和晚期叶芝的影响有关，同样，也与斯宾塞、弥尔顿和丁尼生背道而驰。他大大地背离了当时的习惯用语（正如莎士比亚那样），然而当时的习惯用语正如以前的一样，在他的方言中是主要的精神，他使用的不是文学而是口语化的语言。那就是他再三要求通过高声阅读来测试的意义，"当我总是希望被阅读时候，用耳朵阅读诗歌，我的诗歌就变好了"。这不仅仅是他在心里记得的节奏……他的语言和习语是行为，也是声音、思想、意象，正如我说过的，必须用身体、眼睛阅读：那就是他关注的高声阅读的力量。②

霍普金斯的语言技巧产生了音乐效果——旋律、和声、多声部，能表达情感的复杂性、意识的运动，以及困难和急切的思想状态。他的语言技巧能改变节奏的方向，控制节奏的运动，给语言新的联系，把多种思想和情感融合一起，从语言中得到新的、精确和复杂的意义。于是，语言四个层面的意义便可以获得。在霍普金斯的诗歌中大多采用了头韵和类韵的手法，他的意象是精微和富有力量的，在19世纪其他诗人无法企及。利维斯还提到燕卜逊的《含混的七种类型》对分析霍普金斯的现代诗歌所起的作用。可见，利维斯基本上吸收了语义批评的方法。燕卜逊发现，语言的模糊性是《凤鹰》（*Windhover*）必要的技巧。在模棱两可的语言中表现出内在的张力，体现雄鹰勇猛的力量和粗犷的姿态，体现了霍普金斯诗歌意象的力量和精神的可贵。而他的另一篇诗歌《来自茜比尔叶子的拼写》（*Spelt from Sibyl's Leaves*）是不难理解的，体现了他技巧的特殊性。利维斯对这首诗歌进行了分析判断：他根据霍普金斯诗歌中使用的头韵、类韵和韵律的进程来判断语言的意义，感受了从傍晚到午夜的情感变化：始于傍晚充满甜蜜的庄重、安详、灵性与和谐，终于午夜的不平静、可怕。

燕卜逊的诗歌语言更精微，在语调和态度上更复杂，语义表达不确定。利维斯认为这是因为诗人的技巧和思想无法分开。"燕卜逊的所有诗

---

① F. R. Leavis, *New Bearings in English Poetry*, London: Chatto &Windus, 1938, p. 162.

② Ibid., pp. 170 – 172.

歌值得关注……但他的诗歌总是具有丰富强烈的个性化生活，因为他对诗歌技巧和对他的思想一样如此感兴趣。"① 利维斯的"个性化"一词便是指诗人的情感在诗歌中的体现，诗歌能带给读者不一样的感受力，而燕卜逊的《含混的七种类型》是少有的书、第一流的批评著作，能为未来的批评家改善方法，提高效率。使用这种分析方法，将会发现诗歌语言背后的意义。利维斯认为他带来了一种新的审美趣味：由于语言的模糊性、多义性和不确定性，这就会使文本具有多重意义，这也是文学语言的要义所在。在利维斯看来，唐纳德·博特拉尔（Ronald Bottrall）也是一位重要的诗人，他的成功与庞德、艾略特和霍普金斯的影响是分不开的。他使用的技巧风格和方式大大归功于庞德，他代表了"一战"后的诗人，如同庞德一样，表达了现代世界传递给艺术家敏感的感觉。在他的诗歌中，能感受到情感和智慧体现的更强烈的激情。在十四行诗歌上，他在技巧上借鉴了霍普金斯。但在表现现代世界的精神上，他的诗歌表现的世界更像是艾略特的：在这个世界里，传统坍塌了，文化大树被连根拔起而枯萎了。文明看似进步了，实则意味着卓越精神和优雅生活的死亡。博特拉尔的《未来不是为了我们》一诗通过诗歌的节奏和意象传达了对现代文明的忧虑。通过分析，利维斯认为，与艾略特不同之处在于博特拉尔的诗歌具有积极的能量。

诗歌语言的措辞如此重要：传递给读者情感。所以，利维斯把弥尔顿从英国诗歌史中排除出来，因为弥尔顿在成功他把希腊或拉丁文结构转换成英语诗歌的时候，拒绝了英语习语，他的诗歌因此缺少精微或优雅的生活。弥尔顿对语言的个性化使用有其特殊的地方，艾略特评价他的诗歌："强调的是声音而不是视觉，强调的是语言而不是思想。"② 利维斯认为这种简单的对立说法充满了谬误：语言确实不是纯粹的发音问题，没有一个诗人能使我们把他的措辞当作发音。当文字的意义发生作用的时候，弥尔顿使用的语言表明是某种专门从事使用文字的音乐，这不是一份简单的工作。利维斯开始挑战艾略特的观点：

　　　"在阅读《失乐园》的时候……我们的视觉感必须是模糊的，以便我们的听觉能变得更敏锐。"艾略特的建议证实他不知不觉加剧了"语音"的内在谬误。当这个术语被用来批判的时候，正如艾略特使

① F. R. Leavis, *New Bearings in English Poetry*, London：Chatto &Windus, 1938，p. 201.

② F. R. Leavis, *The Common Pursuit*. London：Chatto and Windus, 1972，p. 13.

用它一样，可以说，对弥尔顿的"音乐"做出的反应，我们的听觉变得特别敏锐。这将表明某种锐利的关注被带给了我们，这在我看来似乎是颠倒了事实。弥尔顿的"音乐"不是音乐家的音乐，我们的听觉听到的是语言，用这去感受弥尔顿使用的语言具有音乐偏见的特征，这可能因他引起我们大体缓和的思想状态……强调语音是因为批评家很少意识到语义的方面……不是因为意义不给语音主体、运动和特征：这不仅仅是视觉感模糊的问题。[1]

利维斯认为，艾略特降低视觉，提高听觉的建议并不能达到预期目的，真正的原因在于没有关注到语言意义。艾略特认为，必须两次阅读弥尔顿的作品：一次是为了语音；二次是为了语义。这和理查兹提出的语义分析四个层面说，韦勒克、沃伦提出的文学层面分析有相似之处，都强调语言文字应从多个角度去把握。只不过理查兹指的是语言意义的四个不同层面，包括字面意义、情感意义、语气和目的，而韦勒克他们的理论包括语音、意义、意象和隐喻、象征等四个层面。利维斯认为，语音和意义是不可分割的部分，而弥尔顿只注重语言的风格而忽视意义，故他的诗文具有拉丁化和音乐化的倾向。

理查兹还提出细读应当是反复的、多次性的。"对于非常好的诗歌，在确定文本意图前，多次阅读是必须的，在这之前，有时诗歌中的其他一切对我们来说必须变得清晰起来。"[2] 借鉴理查兹的理论，利维斯认为，应该反复多次阅读文本，用心去捕捉诗歌里的情感，把诗歌的节奏、音调、押韵、感觉奇妙地组合在一起，把模糊的、不连贯的诗歌语言组合在一起，这样才能够把握诗歌带来的情感和思想。前面提到艾略特两次阅读弥尔顿作品的例子，也表明利维斯是认同反复阅读的做法的。

利维斯肯定了意象分析需要发挥想象力，需要考虑意象形成的语境美。例如，他分析济慈诗歌的意象、语境和诗歌结构，还剖析了艺术美与生活的关系。济慈的诗歌对19世纪的英国诗坛产生了重要的影响，他的成功主要在于充分发挥了自己的想象力，抒写了大自然和神话，创造了诸多意象，构筑了情景交融的意境来思考真、美和人生，具有一定的诗性智慧。根据批评家 A. C. 布拉德利对济慈和雪莱二人的比较，利维斯认为，济慈的《夜莺颂》好过雪莱的《云雀》，不仅在于如语言节奏、夜莺意象，

---

① F. R. Leavis, *The Common Pursuit*, The Minority Press, Cambridge, 1938, p. 14.

② I. A. Richards, *Practical Criticism*, London: Kegan Paul, Trench, Trubner & CO. LTD, 1930, p. 206.

也在于由夏夜、夜莺、花和树构成的幻境等细节上取得的艺术成功，更在于前者具有优雅和复杂的有机主义结构，而后者仅仅是诗歌的倾吐，狂喜的程度代替了诗歌部分结构的实现，整体上并不是好诗。这里，利维斯褒济慈而贬雪莱的态度表明了他强调有机整体的重要性。20 世纪初美国"意象派"诗人和评论家艾米·洛厄尔（Amy Lowell）在她的《济慈传》中称赞济慈的诗，"开始就展现了一幅美妙的图画，生动而富有启发；使人觉得看得见，摸得着，闻得到"①。济慈诗歌中意象众多，不同感觉的意象形成了图画，构成了独特的意象美，体现了诗人强烈的情感。

但是，利维斯对语义的分析也有不足的地方。他在著作中多处围绕感性的感知、语言的精微、有机体结构等问题来谈，绕来绕去未从纵深展开来论述；认为弥尔顿诗歌措辞丢弃了英语语言的特征，具有浓厚的拉丁语化特征，甚至据此抹杀其在英国诗歌史上的地位，其做法太过；有感于雪莱在诗歌中的激情过于泛滥，认为其情感和智力严重脱离，也将他排斥在英国诗歌史之外，抹杀了他对英语诗歌所做的贡献。利维斯对弥尔顿、雪莱的判断稍显武断。这些是他文本批评的缺陷，也因此成为当时一些学者诟病或攻击的对象。但不管怎样，利维斯在当时语义批评盛行的时代强调了阅读感受力，并且倡导在大学文学教育中培养和提高学生的这种感受力，希望在未来出现一批有文化的知识精英。这极大地体现了利维斯作为一个知识分子的政治理想。

第二节　伦理批评

中外学界对利维斯的伦理批评论述较多，但是他到底倾向哪种道德还未具体探晓，正如周珏良所言："从上所谈的可以看到利维斯提倡的主要是一种社会—伦理批评，但他一向不喜抽象的概念，所以他提倡的是哪一类伦理哲学。"② 这段话表明利维斯始终没有确定哪一种伦理哲学作为他道德批评的支撑点，从国内外学者的观点来看，利维斯的伦理道德批评虽然被反复研究，但更多地在阐述其对 20 世纪英国文学批评的价值和作用，以及对中国当代文学批评的启示意义。然而，其伦理道德的具体内容是什么，及其与英国社会内在关联等这些问题一直未得到进一步的阐释。纵观

---

① ［美］艾米·洛厄尔：《济慈传》，转引自王佐良等主编《英国文学名著选注》，商务印书馆 1987 年版，第 849 页。

② 周珏良：《二十世纪上半的英国文学批评》，《外国文学》1989 年第 6 期。

利维斯的思想理论体系，他的伦理道德批评并非羚羊挂角，无迹可寻。

在利维斯的思想中，道德和文化是有机联系在一起的。1914 年，利维斯在剑桥大学伊曼纽尔学院攻读历史，"一战"爆发后，他奔赴法国战场担任医护队的担架员，这段经历使他对世界、英国和人性有了充分的认识。同时，"一战"后，英国失去了世界霸主的地位，经济危机爆发，保守党和工党之间的政治利益冲突加剧了社会混乱。利维斯充分意识到帝国的衰落与道德和文化危机息息相关：

> "帝国"的没落，为如何重新界定"民族"文化等提出了新的话题。为此，精英知识界自然需要选择新的应对策略，而利维斯等的出现也就成有由自来之事。①

在他看来，道德和传统文化已经走向衰微，遂开始寻找解决文化危机的办法。1919 年，重返剑桥的他开始转向英语文学的研究，攻读第二专业英语文学，并于 1921 年毕业。1924 年，他获得哲学博士学位，论文题目是"从英格兰报业的起源与早期发展看新闻业与文学之关系"（*The Relationship of Journalism to Literature：Studies in the Rise and Earlier Development of Press in England*），为以后的道德和文化批评打下坚实的基础。另一方面，利维斯的导师理查兹对他产生了较大影响。理查兹认为英国文化传统的崩溃将导致精神上的混乱状态，"诗可以拯救我们，它完全可能是克服混乱的工具"②。在理查兹的影响下，利维斯提出"文学文化"的设想，相信文学具有稳定社会秩序和救治英国道德堕落的作用：道德为文化发展树立了标准，文化为道德发展确定了航向。

利维斯和他的追随者以《细察》为中心，着力于文学传统的变革，并涉及诗歌、小说、电影、大众文学作品等，在他的努力下，一种新的道德评价标准深深地贯彻其批评实践中。正如威廉斯谈道："从这些记录中我明白我花了大量时间探讨他的实用批评及它试图在剑桥展现的阶段。我试着叙述大致不可重复的语言细致分析和强烈的道德观。"③ 利维斯强调，要获得美好的生活必须首先拥有道德和智力，这已经为当时大多年轻英国学

① 童庆炳主编：《文化与诗学》，上海人民出版社 2004 年版，第 109 页。

② ［英］艾·阿·瑞恰兹：《科学与诗》（伦敦，1926），转引自利维斯《伟大的传统》，生活·读书·新知三联书店 2009 年版，第 5 页。

③ Denys Thompson, *The Leavises Recollections and Impressions*, London：Cambridge University Press, 1984, p. 121.

者所认可和追随，也成为新的道德价值标准。另一方面，利维斯强调人性和感情的关系，这也来自穆勒的思想，"功利主义道德标准的约束力也是出于人类的感情。……与此同时，出于良心的感情的确存在着，经验证明了，那是一个人性的事实，是实实在在的东西，能对受过良好教养的人发生巨大的作用"①。因此，利维斯的道德批评反复强调"人性""生活""生命"等的重要性，其基本内容包括四个方面：拥有良心的人性；过上诗意的生活；优雅的风度和教养；激发原初的生命意识。下面分四部分予以论述。

第一，利维斯认为拥有良心的人性不可或缺。利维斯在《怎样教阅读：埃兹拉·庞德的启蒙书》（*How to Teach Reading: A Primer for Ezra Pound*, 1932）和《教育和大学：英语教学梗概》（*Education and the University: A Sketch for an "English School"*, 1943）中强调用英语文学来训练人的智思，以提高文本鉴赏的感受力，同时，塑造良好品德的人才，力图在英国形成良好的道德风尚。"从而这个世界才能在不缺乏意志和知识的条件下成为本可以容易造就的最好世界。"② 利维斯试图在文学批评中树立这种道德标准，促进英国文学形成新的传统，对当时才刚刚起步的英国批评小说来说，无疑是个值得重视的创举。尽管利维斯关于培养好人的愿望遭到伊格尔顿等学者的质疑，但他认为，如果具有良善品质的人在英国占据较大比例，就能够发挥引导社会风气的正能量作用。不仅如此，利维斯在《伟大的传统》中肯定乔治·艾略特的基督教道德观念，并把她与詹姆斯、康拉德、狄更斯、劳伦斯归为一类，同时，肯定"所促发的人性意识——对于生活潜能的意识而言，也具有重大的意义"③。在这部著述中，利维斯肯定了詹姆斯对优雅的风度和知识教养的推崇，高度评价了康拉德较好地树立的物质和精神矛盾中的道德准则。

第二，利维斯倡导过上诗意的生活。利维斯曾经出版了一本著作《穆勒关于边沁和柯勒律治的评论》（*Mill on Bentham and Coleridge*），他高度肯定了穆勒的伦理观点。"在这样的世界中，每一个具备一定道德修养和智力水平的人，都能够过上一种可称之为令人羡慕的生活。"④ 在利维斯的

① ［英］约翰·斯图亚特·穆勒：《功利主义》，徐大建译，光明日报出版社 2007 年版，第 28—29 页。
② 同上书，第 16 页。
③ ［英］F. R. 利维斯：《伟大的传统》，袁伟译，生活·读书·新知三联书店 2009 年版，第 4 页。
④ ［英］约翰·斯图亚特·穆勒：《功利主义》，徐大建译，光明日报出版社 2007 年版，第 15 页。

评论标准中，怎样生活本身就是一种道德问题，具有良好品德和文化修养的人才能真正过上一种高质量的生活。由此可见，利维斯较为赞赏穆勒的道德学说，并将他的思想实践于自己的大学人文教育中，试图通过文学批评的训练来培养德才兼备的知识分子。文森特·巴克利（Vincent Buckley）探讨了诗歌和道德之间的关系，他认为，"利维斯首先是一个老师的事实可能使我们明白为什么他许多工作已是公开吁求和分析一种批评教育观念"①。有必要探讨利维斯借用英语文学教学来培养有道德素养的大学生的意义。克里斯托弗·希利亚德（Christopher Hilliard）以利维斯主编的《细察》为研究对象，探讨了成人教育和文学批评训练相辅相成的关联性。伊恩·麦基洛普和理查德·斯托撰写《F. R. 利维斯：论文和文献资料》，主要探讨了利维斯的英语教学成就对剑桥大学思想的影响。这些学者开始关注英语教学和大学生教育之间的关系，认为利维斯试图通过文学教学培养有教养的人才。另外，利维斯将19世纪以来在英国盛行的边沁功利主义道德学说作为反面教材来加以批判。他认为，这种学说不足的地方在于精神层面，实质上忽略的是精神上的快乐。"他实际上缺乏的是诗的陶冶，他的幻想提供给他的意象很少是美的，而是奇异的、幽默的，或者清晰的、有力的、强烈的。"② 利维斯要批判的是工业文明影响下边沁的功利主义思想，认为这是不利于人性发展，会抑制人的生命力。为此，利维斯推崇狄更斯的《艰难时世》，因为这本小说批判了在当时工业文明滋生的边沁功利主义道德观，这也是穆勒指出的问题：

> 他（边沁）不仅忽视了人性的道德部分，忽视了人性这一术语在严格意义上是完美的愿望以及满足良心或负罪良心的情感，而且只是隐约认识到，只为了自身对任何其他理想目标的追求，也是人性中的事实。③

基于此，利维斯倒是比较欣赏约翰·斯图亚特·穆勒，他在评论乔治·艾略特时说"她从来就不是边沁学说信奉者"，并把她的创作思想和穆勒的学说联系在一起，"但她位居穆勒之后还算作为一种提示：她所处

---

① Vincent Buckley, *Poetry and Morality*: *Studies on the Criticism of Matthew Arnold T. S. Eliot and F. R. Leavis*, London: Chatto & Windus. 1961, p. 158.

② ［英］约翰·斯图亚特·穆勒：《论边沁和柯勒律治》，徐大建译，上海人民出版社2009年版，第24页。

③ 同上书，第30页。

的以维多利亚时代为中心的知识环境氛围，这从某种意义上讲是功利主义
的"①。他认为，穆勒的《自传》体现的思想和乔治·艾略特的自由见解
产生了很多共鸣，并肯定该书对边沁学说进行了修正和补充。中国学者陆
建德也谈到利维斯的道德观念："道德观念是人类生活的主要部分，'怎样
生活'这问题本身就是一个道德观念，人人都在用这样那样的方式提出这
一问题，关注这一问题。凡是与此相关的，便是道德的。"② 因此，利维斯
选择的作家和作品就是探讨怎样生活的问题。英国学者摩尔（George
Edward Moore，1873—1958）撰写了著名的《伦理学原理》（1903），标志
着"20世纪伦理学革命的开端"。他把伦理学分为快乐主义（幸福主义）
伦理学、自然主义伦理学、形而上学的伦理学、实践的伦理学等，其中快
乐主义伦理学便是利维斯推崇的，它反映了19世纪后期资本主义工业文明
社会的道德价值观。

　　第三，利维斯注重优雅的风度和良好教养。利维斯在他的批评实践中
还多次用了词语"严肃的道德关怀""智性""优雅的文明"等，这些词汇
体现了他对优雅风度和良好教养的推崇。有感于现代工业社会形成了不良
的社会风气，破坏了原来的道德和文化秩序，他评价道："首先，机器以
一定的我们无法赶上的速度为生活的习惯和环境带来了变化……这里我们
清楚地看到机械化在几年之内彻底地影响了宗教，破坏了家庭和改革了社
会习惯，变化是如此悲惨，以致一代代人发现彼此难于调整自己，父母对
待孩子时是无助的。"③ 利维斯和当时一些关心英国前途命运的知识分子一
样，流露出悲观失望之情。另外，他在《伟大的传统》中极力赞赏詹姆斯
的小说，认为詹姆斯在《一个女士的画像》《波士顿人》中展示了欧洲的
文明和教养。

　　第四，利维斯重视人文主义传统中的生命个体。利维斯的道德观还与
英国的人文主义传统密切联系在一起。这种传统强调了人的自由和尊严，
强调人的生命个体。"讨论中的一种重要尝试将是把英语文学的教育与文
学背景、文化、社会条件、方向、目前与过去的研究相联系，与文化历史

---

①　F. R. Leavis, *Mill on Bentham and Coleridge*, London：Cambridge University Press, 1980,
　　p. 12.

②　《阿诺德全集》第9卷，转引自［英］F. R. 利维斯《伟大的传统·序》，袁伟译，生
　　活·读书·新知三联书店2009年版，第15页。

③　F. R. Leavis, *Mass Civilisation and Minority Culture*, London：The Folcroft Press, INC, 1930,
　　p. 6.

的研究相联系，等等。"① 利维斯将道德观和人文传统联系起来，并着力在人文教育中倡导道德理念。在大学课堂上，他曾多次提到劳伦斯，认为其伟大在于小说其中体现的原始生命意识。"劳伦斯的时代背景是 19 世纪社会转型时期，是达尔文、陀思妥耶夫斯基、柏格森、世界大战的时代，也是精神分析学和人类学学科诞生的时代，因此，劳伦斯探索了内在的真实性以及生命的隐秘之泉。"② 利维斯高度赞赏他的独创艺术，特意撰写了专著《思想、语言和创造力：劳伦斯的艺术和思想》（ *Thought*，*Words and Creativity*：*Art and Thought in Lawrence* ），推崇他的《儿子和情人》《虹》《恋爱中的女人》等著作。由此可以看出，利维斯将传统的人文道德意识与现代社会文明有机联系在一起，认为劳伦斯小说描写的男女两性之爱有力地批判了日益机械化和异化的工业社会。

但是，在 20 世纪初，英国经济日益衰落，文化面临危机，而以人性和道德意识来评价分析作品，是利维斯的思想批评武器，也是他试图重振英国人文传统精神的集中体现。然而，当时"以文学批评为核心的英语研究的兴起，是英国人重新反思英国性以及英国文化的结果"③。而重新建构文学批评的伦理批评成为利维斯的奋斗目标，他的主要论著《伟大的传统》便是推行这一批评标准的实践，出版后对学界产生了较大的影响。利维斯对文学作品的道德阐释的目标是：树立道德标准，加强民族自信心和培养具有一定教养水准的公民。为此，有学者还称"利维斯已从批评家堕落为传道的俗人"④。这种评论显然是批评利维斯不务正业，然而，他并不是纯粹的道德意识形态宣传家，他的文学批评具有道德教化的功能，同时发挥了文学审美的作用，主张将道德思想融入文学作品中。正如伊格尔顿所说，"F. R. 利维斯的著作应该最为生动地表明下述一点——文学就是现代的道德意识形态"⑤。这句话使得利维斯的道德批评相对于传统的道德批评来说，已经向前迈进了一步。"有关现代文学和伦理道德的新作品的确描述了分析文学和文化的道德模式，但它体现了作为历史和妥协的模式，而

---

① F. R. Leavis，"The Literary Mind" in L. C. Knights， eds. *Scrutiny A Quarterly Review*. Ibid.， p. 32.

② F. R. Leavis， *For Continuity*， Gordon Fraser：The Minority Press， Cambridge1933， p. 113.

③ 李维屏主编：《英国文学批评史·前引文》，上海外语教育出版社 2012 年版，第 5 页。

④ Peter Conrad，"The Secret Agent" in Sharon R. Gunton. eds. *Contemporary Literary Criticism*， Michigan：Gale Research，1938.

⑤ ［英］特雷·伊格尔顿：《二十世纪西方文学理论》，伍晓明译，北京大学出版社 2007 年版，第 26 页。

不是必要、完全肯定的特征。"① 这说明现代道德意识形态是通过文学创作体现出来的，正如有的学者所说：伦理写作穿了一件文学和修辞的外衣，读者通过阅读作品在审美愉悦的同时得到了一定的教化。利维斯的道德批评包括了文学审美批评的因素，笔者在前面已经对文本批评方法做了详细论述。他的这种批评方式与传统的道德批评，当时的唯美主义批评、学院派批评区别开来；与新批评虽然在文本批评方法上相似，但是新批评的代表理查兹一直排除道德对文本分析的干扰。而在利维斯思想中，除了文本分析外，道德批评也是重要的一部分，原因在于他敏锐地感觉传统文化出现了危机，希望恢复传统文化中的道德意识——这是利维斯在一定的历史阶段做出的选择。葛红兵在《论道德批评》中谈道："道德批评也即伦理思想批评，它是对文学作品渗透出来的伦理立场的研究和批判，看它体现了进步的伦理意识还是落后的伦理意识，这个伦理意识是有利于人类的自由解放还是阻碍了人类的自由解放。"②

因此，道德不仅是一种标准，而且是评价作品价值的一种方式。不同的时代，道德批评也不统一的，故道德批评具有相对性。在西方文艺理论批评史上，传统的道德批评从古希腊就开始了，苏格拉底提出"文艺摹仿心灵"，柏拉图坚持"诗歌可以教育公民"，亚里士多德的"净化说"，古罗马贺拉斯的"寓教于乐"，锡德尼倡导"诗教"，康德强调道德哲学应该建立在"意志自由"的基础上。道德批评统领西方文艺理论近两千年，运用到文学批评实践上始于19世纪末20世纪初，到利维斯那里已经成为一个重要的甄别标准。精神分析批评、形式主义批评、新批评、结构主义等文学批评方法纷纷登场，由最先的重视社会、作家、生活与文学价值关系的外部研究转入重视文本和文学价值关系的内部研究。而此时的道德批评只能作为一个因子渗入文学研究中去或者有时完全被忽略掉。20世纪初，很少人像利维斯那样对文学作品中的道德意识如此推崇。其主要原因有如下三点。

第一，人们的道德水准普遍下滑。这是20世纪初西方知识学界普遍感到的一个严重问题，英国著名诗人T. S.艾略特的《荒原》便是对这种问题的反映。这首诗于1922年发表在期刊《标准》上，将现代人与古代人、现代文化和传统文化进行对比，透过现代西方的繁荣和生活的奢靡，揭示了现代人道德沦丧的事实，现代文化面临危机，并指出现代人精神荒芜的

---

① Rebecca L. Walkowitz, "Ethical Criticism: The Importance of Being Earnest", In *Contemporary Literature*, Vol. 43, No. 1, 2002.

② http://www.confucius2000.com/poetry/lddpp.htm, 2015年8月7日。

实质。将乔伊斯的《尤利西斯》与古希腊诗人荷马的史诗《奥德修斯》进行对照，可证明现代人道德观念的失落。尼采的"上帝死了"这句话深入人心，人们逐渐对上帝失去了信仰也是道德水准下滑的主要原因。20 世纪上半叶的世界大战和经济危机更是把人们卷入灾难的深渊，人们感到空虚无比、百无聊赖，精神世界一片荒芜，亟待雨露的滋养。利维斯见证了两次世界大战和经济危机的危害，为当时出现的文化危机痛心疾首。他在《伟大的传统》中通过对维多利亚时代文学的系统分析，按照道德批评整理了这个时代的小说发展脉络，试图通过这个时代的小说重拾人性意识和道德意识，寻找拯救英国文化危机的良药。

第二，学术界对伦理批评的轻视。20 世纪初，许多西方现代批评方式相继出现，成为解读西方现代文学现象的时髦工具，如俄国形式主义批评、弗洛伊德精神分析、新批评、西方马克思主义批评等在这个时候登上了批评舞台，而道德批评由于批评家的忽视而退在幕后，在 20 世纪初对大部分学者来说无足轻重。在英国学术界，以叶芝、阿瑟·西蒙斯为代表的象征主义批评派，维多利亚时代的批评、浪漫主义批评、印象主义批评、唯美主义批评都没怎么重视道德批评。19 世纪的学院派批评最初认为，专门的文学研究应该是在大学以外进行的，并不是重视文学的研究，要么注重古籍考证性质的文学史，如沃德撰写的《戏剧文学史》；要么进行漫无系统、流于说教或信口开河的评论。直到后来才有所改观。后来的学者科林斯坚持文学研究应该摆脱屈辱的位置，应联系古人的背景，遵守精确性的标准，这才使得英国文学批评有了起色。利维斯厌烦僵化的维多利亚时代的批评，也对唯美主义批评过分矫情的做法嗤之以鼻，对浪漫主义批评偏重感情的方式不以为然，认为印象主义批评缺少精微性和客观性，讨厌英国学院派批评家对待文学作品的生硬做派，同时不喜欢布鲁姆·斯伯里文社的批评方法。这个文社对文学作品只进行审美的批评，而摈弃习俗的道德规范和传统智慧，这均是利维斯所无法容忍的。对此，利维斯在进行文本批评的同时重拾道德批评，弥补了当时文学批评的不足，对文化传统的传承具有一定的促进作用。

第三，文学阅读大众的日益减少和批评标准的缺失。19 世纪是阅读的时代，到了 20 世纪初，人们开始疏于阅读，轻视阅读导致个人真正的道德情感的丧失。其主要原因在于电影、电视、广播和广告等大众媒体兴起，把人们对书面文字的阅读兴趣引到阅读影像上来，刺激了人们的视觉和听觉，人类正在迈向影像化时代，失去了对生活严肃思考的能力，更多地停留在肤浅的理解层面上。利维斯的夫人 Q. D. 利维斯在《小说与阅读大众》一书中对英国 19 世纪前后的阅读现状用民族志的方法进行系统的分析，并将法国人和英国人做了对比，"法国人购买书本，是因为法国人有受过教育的公众，而英国人只购买新闻杂志和期刊"①，据此，利维斯夫人认为英国缺少读书人。因此，在利维斯看来，大众文明是工业文明催生起来的，是不健康的文明，只能导致人的自然人性下降，思维僵化、机械，并且不能建构良好的道德秩序。"（据说）一份为秩序、智力和传统代言的杂志，提到严重持续地缺少对当代文学批评的敏感性——一般对文学和艺术来讲——这种做法或许不需要详细说明了。"② 这种敏感性的缺失乃是缺少文学阅读使然。因此，利维斯认为，在大学课堂上，可以带领学生进行文学作品的阅读训练，培养他们在智慧和情感方面的敏感能力，才能造就一批道德水准较高的人才。另外，文学作品充斥文坛，急需确定相应的标准来遴选作品。阅读什么样的文学作品成了一个重要的问题。在这样的情况下，利维斯在文学批评中扬起了道德主义的大旗，力图以人性和道德为标准挑选一批重要的作家作品，以建构英国文学史的伟大传统，培养有道德修养的良好公民。为了实现这样的理想，利维斯把希望寄托于大学人文教育，在高校推行英语文学研究课程，把他的文学批评范式推行到各个高校的文学教学中去。"开始关心的是怎样使文学研究成为一门学科——不是学者专业和学术方法的学科，而是智力和情感的学科。"③ 利维斯试图把文学研究从语言学中解放出来，希望培养具有感性和智性能力的学生，培养具有良好教养的学生。他的目的是建立人文教育传统，传承文化传统。"在某种意义上，文学批评者是人道主义者。"④ 这句话说明利维斯试图通过文学研究中的道德主义来应对文化危机。

利维斯在文学批评中指出，简·奥斯汀、乔治·艾略特、詹姆斯、康拉德、狄更斯和劳伦斯等表现出了对人的极大关怀，并指出这些小说家在一定程度上批判工业文明对人性的扭曲和摧残，将工业社会与小说家们叙述的乡土社会对立起来，试图强调工业主义造成了人与自我、人与他人、人与自然、人与社会的尖锐矛盾。他推崇从奥斯汀、艾略特、詹姆斯、康拉德到劳伦斯这一脉相承的伟大作家，是因为他们的共性在于挖掘了人性意识和道德意识，他还特别赞赏劳伦斯开出的惩治病态社会的良药。

---

① Q. D. Leavis, *Fiction and The Reading Public*, London: Penguin Books, 1932, p. 24.

② F. R. Leavis, "Restatement for Critics" in *L. C. Knights. eds. Scrutiny: A Quarterly Review*. Cambridge at The University Press, 1933, Vol. I, No. 4.

③ F. R. Leavis, *Education and The University: A Sketch for an "English School"*, London: Chatto & Windus, 1943, p. 7.

④ Ibid., p. 19.

利维斯关注维多利亚时代（1830—1901）文学作品中的道德意识，坚持道德批评的传统方法，力求恢复维多利亚时代的道德风尚。19世纪前后正是英国进行工业革命和走向繁荣的时期，文学家主要通过作品建构资本主义的道德观，他们肩负着历史使命，"既把自己看作公众的代言人，同时又把自己当作公众的教育者"①。因此，18世纪开始，英国文学文本阅读的标准就是道德说教，并不考虑文学审美对人的心灵陶冶的功能。如若文本没有任何道德教益将被认为是文化的灾难。18世纪资产阶级和封建贵族的矛盾进一步尖锐，各种社会力量风起云涌，引发道德危机，封建道德规范遭到破坏，迫切需要一种新的道德价值观来整合社会意识。因此，18世纪的文学家试图建构一种新的适合资本主义的道德认知模式。利维斯认为，菲尔丁在《汤姆·琼斯》中表现了一定的道德关怀，开启了英国小说史的传统，但还做得不够，"菲尔丁的见解，还有他对人性的关怀，可谓简简单单"②。利维斯往往通过作品人物命运的沉浮来对道德价值做出评判。他称赞理查逊擅长道德说教，但在刻画淑女绅士方面显得俗气，而范妮·伯尼使这些形象显得更有教养，这样才影响了简·奥斯汀的创作风格。根据小说中人物的教养程度，他从而发现理查逊、伯尼和奥斯汀是沿着一个脉络发展而来的。从而看出，利维斯从人物发掘道德意识虽然有一定意义，但这种批评稍显狭隘，未关注与个人息息相关的社会环境，尤其是政治制度。

利维斯评价奥斯汀对道德的关怀是和"审美价值"联系在一起的，道德关怀成了作品结构和情节发展的原则。牛津大学教授戴维·塞西尔勋爵评价乔治·艾略特缺少思想分量和道德热诚，更重视形式，作品的情节像是"精心刻意地垒出来的"③。利维斯反对戴维的武断，认为恰恰相反，艾略特的作品蕴含了丰富的道德意识，也反对戴维把艾略特看作"第一位现代小说家"，而认为奥斯汀当之无愧。"简·奥斯汀乃是英国小说伟大传统的奠基人"④，他判断的主要标准就是：在乔治·艾略特之前，奥斯汀就在作品中表现了一定的道德关怀。凭借这点，利维斯把奥斯汀比作创造现代道德意识的第一人，认为她开创了英国小说的伟大传统。

利维斯还谈到了艾略特、詹姆斯、康拉德、狄更斯和劳伦斯等对人性

---

① ［德］哈贝马斯：《公共领域的结构转型》，曹卫东等译，学林出版社1999年版，第45页。
② F. R. Leavis, *The Great Tradition*, London：Doubleday Anchor Books. 1948，p. 12.
③ ［英］戴维·塞西尔：《早期维多利亚时代小说家》，转引自利维斯《伟大的传统》，袁伟译，生活·读书·新知三联书店2009年版，第9页。
④ F. R. Leavis, *The Great Tradition*, London：Doubleday Anchor Books, 1948，p. 17.

问题的共同关怀。他仔细分析了小说中的人物形象。无论是品德高尚、理想化的正面形象，还是人格低下、罪孽深重的负面形象，他均以弃恶扬善的态度加以评价分析。利维斯在分析人物形象时，注意将作家、社会生活和作品结合，综合考察文学作品的价值，显然与新批评存在不同。例如，利维斯认为乔治·艾略特对人性和宗教问题的关注体现在她的心理描写手法上，"在于艾略特在她至为成熟的作品里，以前所未有的细腻精湛之笔，描写了体现出'上等社会'之'文明'的经验老到的人物之间的关系，并在笔下使用了与她对人性心理的洞察和道德上的卓识相协调的一种新颖的心理描写法"，① 在作品中描写了极度痛苦中的良心和宗教诉求。詹姆斯认为，艾略特小说中的人物形象和情境是从道德意识演化而来的，是通过观察而来的。利维斯也认同这个观点，认为艾略特在这点上不令人满意。在分析她的小说《亚当·比德》中，指出博伊瑟夫人、狄娜和亚当都是表现艾略特对道德关怀的理想化人物。分析《弗罗斯河上的磨坊》中的人物形象麦琪·塔利弗，认为她就是乔治·艾略特，展现人物身上具有的宗教热情、隐忍克己精神及对温情的渴望，将率真的孩子与麻木不仁的成人做一个对比，呼唤人的美好心灵。利维斯认为《织工马南》的成功在于"迷人化的成人忆旧之调与重新捕捉到的传统之息交汇融合，构成了《织工马南》的氛围；正是这个氛围决定了道德意图的成功表现"②。对于利维斯来说，他并没有据此把艾略特看作一个道德家，认为她更擅长对人性心理的挖掘，强调人性的尊严。例如，在《费利克斯·霍尔特》小说中描写特兰萨姆夫人的专横和所犯的罪孽，是通过艾略特的心理观察而来的。道德意识还体现在对民族和国家的责任中，利维斯在艾略特的《丹尼尔·狄隆达》中发现了主人公狄隆达的犹太复国主义精神，认为他是美德、慷慨、智慧和公正无私的化身。

在利维斯看来，正是艾略特对人际关系的这种描写透露出道德的严肃性，才直接影响了詹姆斯的创作。他推崇詹姆斯，乃是因为詹姆斯在小说中展示了欧洲化的美国人的优雅文明，并高度礼赞人性，展现复杂的人性意识。"接下来便是他早年对欧洲的体验而终于定居英伦。不奇怪的是，在一个天才的头脑里，最终产生的乃是对比较的偏好，是对文明社会本质不断加深的思考，是不断深刻地思考有无可能设想比他所知的任何文明都要更加优雅的文明。"③ 詹姆斯在他的小说作品中主要刻画了美国人和英国

---

① F. R. Leavis, *The Great Tradition*, London：Doubleday Anchor Books, 1948, p. 27.
② Ibid., p. 63.
③ Ibid., p. 157.

人，试图通过英美两国的风俗礼仪来表现对人性和道德的关怀，以寻找一种优雅的文明。在他看来，根据小说人物的言谈举止来判断这个人的教养程度，也可以评判这个人的道德修养程度。利维斯谈到詹姆斯的《波士顿人》中，塑造奥莉芙·钱斯这个形象时，把女权主义、良知、文化和教养联系一起。在分析《黛茜·米勒》这部作品时，认为詹姆斯把她描写为没有教养的形象，而在《德谟尔夫人》中认为德谟尔夫人具有真正的道德，风姿卓绝。并据此认为詹姆斯找到了他想要的文明，"成熟的社交艺术所要求的举止风度应该显示了美国式的最高的道德教养，显示了要求人类文化达到成熟的那种严肃"①。詹姆斯对风俗的描述投射了自己的道德意识，这是他创作的魅力之处，利维斯认为詹姆斯渴望的文明与英国社会存在一定的差距，贬英而扬美。但是，利维斯认为懂得社交礼仪、教养好的人就是道德高尚的表现，这种观点未免过于片面，有修养的人未必是有道德的人。英国人、德国人、美国人等文明人均受过较高水平的教育，然而，他们在海外推行殖民贸易，掠夺资源，奴役当地土著居民；八国联军攻陷北京城，签订不平等条约；德国人参与发动两次世界大战，荼毒生灵，民不聊生。因此，懂得社交礼仪未必就能使人成为好人。

　　利维斯评价康拉德在小说技术上精湛老到，认为他选择英语来创作小说，是因为英语与道德传统息息相关，他在作品中强调了人的责任、个性，宣扬了传统和精神准则，视遵循这一传统和准则的人为好人。康拉德懂法语和英语，又接受过法国文学的熏陶，特别是法国作家福楼拜的影响，所以他的小说用英语写成，却具有法语的成分，艺术手法也打上了法国小说的烙印，而且，小说往往展示的是异域生活和迷人情调。为此，利维斯把他当作世界主义者。利维斯把他的小说《诺斯特罗莫》当作道德理想主义和物质主义结合得完好的一部代表作，认为作品展现了多个主题，每个主题都具有道德意义；他在《胜利》中把黑斯特描述成有极高道德标准和同情体谅之心的人。利维斯把狄更斯的《艰难时世》看作一部道德寓言，小说的成功之处就在于刻画了葛擂硬和庞得贝——两个功利主义代表，强烈批判了资本主义社会的个人主义，赞美西丝身上具有的人性善的力量。

　　利维斯还对俄国小说家托尔斯泰的《安娜·卡列尼娜》进行了分析，发掘人身上具有的道德力量。然而，利维斯的道德批评是资本主义时期的人道主义批评。他虽然能够发现狄更斯、劳伦斯对英国工业资本主义反人

---

① F. R. Leavis, *The Great Tradition*, London: Doubleday Anchor Books, 1948, p.176.

性的有力批评、残酷的社会压迫和文化破坏。但他的见解存在一定局限性。他希图借助文学来塑造有教养的公民，以大学教育为挽救文化的途径。但他没有找出道德水准下滑的根源，回避了从政治学角度分析文学文本。正如伊格尔顿所言："劳伦斯和利维斯都拒绝对他们所反对的制度进行政治分析。"① 这正如利维斯自己所说：

> 然而，马克思主义者将仍然抗议（正如一个记者所说）我们正在唤起教育，以便"逃避采取政治行动的冲动"。看似无用，然而是个马克思主义者就会说我们不能凭借教育来改变现状，确实，我们不可能期望流血革命，但是（这再次需要说明吗）我们在政治上不是没有差别的。②

这表明利维斯不会通过革命的手段来对待资本主义文化危机，并承认自己和马克思主义者在政治上是有差别的。出身中产阶级家庭的利维斯，远离工人和平民的生活，教育和成长经历决定了他的资产阶级自由主义思想的形成，也决定了他对马克思主义的排斥态度。所以，他认为自己的观点和马克思主义在政治立场上存在差别。他也显出了许多资产阶级学者具有的阶级局限性，不可能采取马克思主义提倡的革命手段来改变非人性的资本主义制度，就只能凭借教育手段，对公民进行道德教化来改良社会。

利维斯反复强调道德批评这一标准，既是对以往批评文风的一次反拨，又为后来的文学创作和文学史的编写树立了一个路标，可将杂糅在一起的优劣作品进行筛选。他在小说批评中体现出来严肃的道德倾向，与古代亚里士多德伦理学、功利主义和维多利亚时代道德风尚密切联系一起，适合了英国 20 世纪文化发展的需要，成为治疗英国文化病症的一剂良药，在英国批评界重塑了道德风尚。同时，在大洋彼岸的美国，道德学派代表人物欧文·白璧德（Irving Babbit，1865—1933）撰写的《文学与美国的大学》，也强调作品的道德意识和人文教育功能，与利维斯形成了一种呼应。利维斯的伦理批评也对后世产生了深远的影响，除了欧美世界的学者以外，中国学者聂珍钊在英国剑桥大学留学期间，受到剑桥伦理批评传统的影响，有感于当代中国学界西方文论一统天下的局面，认为利维斯的道德

---

① ［英］特雷·伊格尔顿：《二十世纪文学理论》，伍晓明译，北京大学出版社 2007 年版，第 42 页。

② G. Singh. ed., *Valuation in Criticism and Other Essays*, London. New York. New Rochelle. Melbourne. Sydney：Cambridge University Press，1986，p. 50.

批评标准对中国有借鉴意义："由此可见，利维斯评价作家及其作品的方法与理论借鉴了伦理的和道德的理论和方法。我们把这种方法称为文学伦理学批评方法。这种方法就是从伦理道德的角度研究文学作品以及文学与作家、文学与读者、文学与社会关系等诸多方面的问题。西方文学发展的历史表明，文学不仅是文学批评家、历史学家、社会学家等研究的对象，而且也一直是道德学家重视和研究的对象。文学描写社会和人生，始终同伦理道德问题紧密结合在一起。文学的历史证明，文学批评是一直同道德的价值结合在一起的。利维斯的批评为我们的文学批评提供了借鉴。"① 由此可见，他正是从利维斯的批评实践中发现了伦理学对文学的积极作用和价值，从中得到启发而着手构建中国伦理学批评理论并获得国内学界的极大关注："文学伦理学批评的出现在西方批评话语中增加了我们自己的声音。"② 聂珍钊试图用伦理学批评理论改变西方文论在中国大行其道的局面。从这里可以看出，利维斯的伦理批评对中国学界产生了一定的影响。当然，利维斯的伦理批评并不是单一的，往往和社会学、历史学、经济学、传播学等联系一起，形成了一个多重视角、多维空间的批评形式，这大概与利维斯坚持反理论原则形成了一致，不套用任何理论，那么许多学科领域的理论都蕴含在他的思想体系中。

第三节　文化批评——批评的转型

什么是文化批评呢？"一般认为，狭义的文化批评是指文学批评和从文化视角切入文学与社会关系以及文学与文化关系的文学研究，从而形成的文学批评思潮和文学批评方式。而广义的文化批评则指'二战'后在英国兴起后扩大到欧美的，旨在从思想、政治上对文化进行综合研究的一种学术思潮和知识传统。"③ 还有一种更为确切的说法："注重分析在具体的社会关系和环境中文化是如何表现自身和受制于社会和政治制度的文化批评。在文学研究领域，这种批评方法强调从文化的角度研究文学，如文化与权力、文化与意识形态霸权等之间的关系。"④利维斯在文学研究中并没

---

① 聂珍钊：《剑桥学术传统与研究方法：从利维斯谈起》，《外国文学研究》2004 年第 6 期。
② 聂珍钊：《文学伦理学批评及其他——聂珍钊自选集》，华中师范大学出版社 2012 年版，第 4 页。
③ 梁锦才：《文化批评·文化研究·文学研究》，《前沿》2008 年第 1 期。
④ 聂珍钊：《文学伦理学批评及其他——聂珍钊自选集》，华中师范大学出版社 2012 年版，第 3 页。

有拘泥于新批评抛开作家和读者只关注文本内部的观点，而是从文学研究的具体内容出发，开掘了文学研究的多元空间。在当时一些学者来看，语义批评并不适合小说分析，这正如一位英国学者说的，"Holloway 在 BBC 的节目中抱怨细读的规则已经变得死板，不管怎样不适合长篇幅的文学作品"①。这里的文化批评放在文学批评方法一章中探讨，是从狭义的范畴中来论述文学研究中使用的一种批评，并不是广义的范畴来谈的，关于更宽广层面的文化研究将在本书中第八章详细论证。利维斯在文学研究的过程中，关注了文学与社会层面。文化批评则是利维斯重建文学与社会的关系而形成的，吸收了语言论转向的基本成果，受语言哲学的影响，它强调语言与文化存在密切的联系，这也是他与理查兹、艾略特、燕卜逊等在文学研究中的明显差异。据此，正是利维斯的文化批评从文学领域突破，扩大到生活的各个方面，才形成了渗透各个学科领域的广义的文化研究。

推究利维斯的文学批评历程，确切地说，利维斯经历了从语义批评转向文化批评的过程。这里有两个原因：一是英语语言的特性发生变化；二是文学文体的局限性使然。从前者来看，在英语教学中，利维斯指导学生通过语言文字挖掘背后的精微性。他认为文学语言极为复杂而深奥，必须掌握一定的方法来解读文学作品。他不仅倡导"细读法"，试图弄懂语义问题，同时在课堂上讲授"怎样教阅读：庞德的入门书"（*How to Teach Reading：A Primer for Ezra Pound*）课程，让学生掌握解读文本的技巧。他针对庞德关于文学的定义——"文学很大程度上仅仅指涵盖意义的语言"，指出其不完善性，没有真正把握文学和语言、文化传统的关系。他认为，"既定的文学传统往往和既定的语言联系一起……语言不仅是文学传统恰当的一类，如果有人不想同时说语言很大程度上是传统的产物，那么，有人会说这属于传统，是语言发展而来的"②。利维斯的这段话暗示了语言形成文学传统的重要性，而作家的创作不可能做到这点，文学传统借助语言才能保持其鲜活的生命力。因强调语言对维持文学传统鲜活的重要性，利维斯要求在大学中主要培养对语言的感知力（sensibility）。"一切都开始于感知力的训练，加上武装好学生以抵制技巧陷阱……借助在分析方面持续而多种训练的方式，值得强调的是文学由语言组成，在诗歌和散文方面，

① David Ellis, *Memoirs of a Leavisite：The decline and fall of Cambrige English*, Liverpool：Liverpool University Press, 2013, p. 2.

② F. R. Leavis, *How to Teach Reading：A Primer for Ezra Pound*, Gordon Fraser, 1932, reprinted, Norwood Editions, 1976, p. 19.

在这页中，一切都与考虑词语的特殊安排决定有关。"① 只有培养良好的感知力才能深入挖掘文本的思想、文化乃至生活，利维斯把语言当作"象征人类思想的方式"。但是，经历语义批评的实践之后，利维斯对语言的稳定性表示了质疑。当时，剑桥大学的哲学家维特根斯坦与利维斯来往密切。维特根斯坦和罗素、弗雷格、怀特海等一道创建了分析哲学，从语言学分析的角度切入哲学命题，他关于语言与哲学的思想对利维斯产生了较大的影响。维特根斯坦认为，"'语言游戏'这个用语在这里是要强调，用语言来说话是某种行为举止的一部分，或某种生活形式的一部分"②"而想象一种语言就叫作想象一种生活形式"③"哲学不可用任何方式干涉语言的实际用法；因而它最终只能描述语言的用法"④。这些话表明了维氏把语言或语言游戏等同于生活方式，哲学只是描述语言用法的学科。受维氏的启发，利维斯认识到语言分析的重要性，也把语言运用到对文化的界定上。在 30 年代，利维斯撰写一本小册子《少数人文化和大众文明》，堪称转向文化批评的宣言书。"少数人保持鲜活的传统，使用隐喻即转喻和将产生大量思考的是精致生活依靠的语言、不断变化的习语，没有这些，精神的独特性将会受阻和不连贯。我的意思是'文化'就是使用这样的语言。我没有假定自己已经产生了一种牢固的定义，但我认为这种解释被可能读这本小册子的任何人认为是充分的。"⑤

　　标志符号已发生转变，互相叠加和拥挤，差异和分界线变得模糊，界线消失，不同国家和时期的艺术与文学融合在一起，因此，如果我们回归到把语言比作文化去描绘，我们或许采用了艾略特形容知识分子状态的话："当存在许多被认知的东西时，当在许多知识领域里，同样的语言被用于不同的意义的时候，当每个人了解关于大量事情的一些东西时候，对于任何人是否懂得他谈论的什么东西，这就变得愈发困难了。"⑥

---

① F. R. Leavis, *How to Teach Reading：A Primer for Ezra Pound*, Gordon Fraser, 1932, reprinted, Norwood Editions, 1976, p. 25.
② ［英］维特根斯坦：《哲学研究》，陈嘉映译，上海人民出版社 2001 年版，第 19 页。
③ 同上书，第 13 页。
④ 同上书，第 75 页。
⑤ F. R. Leavis, *Mass Civilisation and Minority Culture*, London：The Folcroft Press, INC, 1930, p. 5.
⑥ Ibid. , p. 19.

这段话说明语言如果被比作文化，那么将出现语言的多重意义，仅凭语义批评无法理解一个人话语的状况。于是，文化与语言的关系紧密地联系在一起，因此，利维斯呼吁一种新的批评方式来解读。这便是文化批评，它解决了语义批评的不足和局限性。因为语义批评更多地重视语言，而忽略了情节、人物等，它适合对诗歌文本的解读，但不适合小说这样较长篇幅的文本。"经常抱怨反对既是教学法又是阅读方式的实用批评，因为对诗歌类短篇幅文本才是恰当的（因为整部作品的语言有机整体摆在你面前），因此非常不适宜较长的文本，或者小说和戏剧。"① 小说作为一种叙事文体，涵盖了生活内容的广度和深度，涉及社会、历史、经济、道德、心理、宗教等方方面面的问题。单纯从语义角度对小说进行判断已经不足以把握文本，正如利维斯自己谈的那样："文学批评并不只是与文学有关……对文学的严肃兴趣也不仅仅是文学性的，实际上，文学研究不仅应该严肃地参与，而且文学研究还有可能源于一种对社会平等、社会秩序以及社会健康等问题的关注，这一点应该是前瞻性的"② 。从这段话可以看出，利维斯开始为自己的批评方法辩护，"一个真正的文学趣味是对人类、社会和文明的兴趣，它的边界是不可能划分的"③ 。利维斯没有给自己的批评维度设定边界，也就使得他的批评模式展示了一个多维空间，即本文反复提到的多元批评空间。这使利维斯的批评具有灵活多样的特点，而当时的新批评正因为给自己设立了太多的边界而"暴卒"的。

从文学研究的历史来看，利维斯的文化批评也凸显了自身的优越性。过去的文学研究"一般指以某一文学现象作为研究对象，对其本质、特征、规律和作用进行探讨，并按照一定的理论观点和审美尺度对作家、作品、流派和思潮进行分析和评价"④ 。后来的学者一般根据艾伯拉姆斯（M. H. Abrams）的世界—作品—艺术家—欣赏者这个框架进行文学批评分析的，并没有涉及文本背后关于社会、生活、政治、经济等包罗万象的文化问题。19 世纪晚期，阿诺德以文化批评的方法谈及古希腊罗马文化，谈到当时的三个社会阶层，但没有真正去关注文学和文学批评。而到了利维斯的文学批评那里，这种境况发生了转变，文化批评和文学研究被密切地联系在一起，文化批评方法被他有效地运用到文学研究中，促使他从文学

---

① David Ellis, *Memoirs of a Leavisite*: *The decline and fall of Cambrige English*, Liverpool: Liverpool University Press, 2013, p. 23.

② F. R. Leavis, *Determinations*, Pennsylvania: The Folcroft Press, Inc. 1969, p. 2.

③ F. R. Leavis, *The Common Pursuit*, The Minority Press, Cambridge, 1938, p. 200.

④ 王晓路等：《当代西方文化批评读本·序言》，四川大学出版社 2004 年版，第 3 页。

研究领域拓展到文化研究领域。经过利维斯、威廉斯等学者的共同努力，他们颠覆了自己的文学研究范式，从文学内部研究突破，将批评的视野放在文学作品之外的广阔世界中，最终使得文化研究从文学研究中脱离出来，成了一门独立的学科。因此，利维斯被尊称为当今文化研究的鼻祖，这是当之无愧的。

利维斯最初对作品进行文学批评时，不仅使用美学方法关注文本价值，而且从社会学的角度关注文学与生活、道德、人性等方面的关系，他的批评已经不像俄国形式主义和新批评等那样仅仅只关注文本形式。在这里，笔者发现，利维斯由诗歌转向小说批评中，存在明显的批评转向的迹象，即由原先注重文本的内部研究逐渐转向外部研究。他在分析诗歌时，更多地借鉴庞德、艾略特、理查兹的理论观点，从文字语言和文本结构上分析文本价值，总体上说是一种以文本为中心的批评。而从 30 年代到 40 年代初，利维斯转向了小说批评，他转向小说研究也为自己转向文化批评提供了契机。为什么会出现这样的转变呢？这是个值得学界深思的问题。笔者认为有如下三点原因。

第一，小说新文体的兴起，提供了深广的社会生活。由于小说文体自身的特点，它涉及政治、经济、历史、心理学等方面的问题，需要多种学科进行综合评价，也就是跨学科的研究视角，以往传统的文学社会学方法已不适用。例如上文提到伊恩·瓦特在《小说的兴起》中，把丹尼尔·笛福的作品作为小说兴起的标志，认为小说在时间、地点、人物、故事情节等方面具有新的叙述特点，汲取了史诗、戏剧等叙述文体的特点，使得小说具有一定的开放性；另一方面，小说包罗万象，反映了各个层面的生活。因此，它的包容性和开放性反映了现实生活的复杂性与多样性。这些特点使得文学批评家仅仅以文本内部分析为中心是远远不够的，这也决定了利维斯从文化的视角切入对小说的分析，从而转向文学方面的文化批评之路。

第二，英国传媒业的传播速度加快了小说大踏步向前发展。18 世纪以来的英国，报纸杂志大多设有小说连载的栏目，阅读小说成了人们生活中重要的一部分。菲尔丁、乔治·艾略特等曾经还是报刊专栏的撰稿人。Q. D. 利维斯的《小说和大众读者》和伊恩·沃特的《小说的兴起》都谈到了报业对小说的影响以及与此相关的都市文明和工业文明的发展。小说在 18 世纪闪亮登场，报业和小说的联姻获得了更多的大众读者，许多原来研究诗歌的批评家纷纷转向对小说的研究，这也促使了利维斯的批评转向。因为，在这些批评家看来，运用到诗歌方面的语意分析的方法在小说面前稍嫌笨拙，只有转向文学背后的生活，在广阔的文化背景下解释文本才能更好地把握小说。

第三，时代使然。20世纪三四十年代，西方局势动荡，各种思想发生激烈的碰撞，复杂的形式也促使文学批评家从更广阔的视角来关注文学作品。蔓延整个西方世界的经济危机和第二次世界大战的爆发，引起西方学者对资本主义制度极度失望，产生了苦闷感和荒诞感，纷纷寻求解救时代危机的新思想，这使得曾一度走向低迷的马克思主义迅速在欧洲复苏。于是，马克思主义和自由主义思潮在西方世界开始交锋，反映在社会生活的各个方面。因此，社会学方法也被适时运用到小说分析中，并且和20世纪的语言学转向潮流结合起来，而小说越来越复杂的主题和多样的形式技巧使得更多的学者转向以文化批评为主的文学研究视角。

怎样从文化视角切入文学研究呢？利维斯立足文学批评的立场，把文学和文化有机地结合起来。他在推行文学研究课程时说道：“文学方面的研究包括了传统，经典需要大量的不仅仅是文学的内容。”① 这说明文学研究不仅局限于文学的，而是包括了各种生活方式的内容。所以，笔者认为，利维斯的文学批评不仅关注文本的形式还关注文本的内容，正如利维斯在《少数人文化和大众文明》中认为文学批评和文化有很大的关系，他说：“文学批评并不只是与文学有关……对文学的严肃兴趣也不仅仅是文学性的，实际上，文学研究不仅应该是严肃的参与，而且文学研究还有可能源于一种对社会平等、社会秩序以及社会健康等问题的关注，这一点应该是前瞻性的”②。他试图将文学与社会文化生活相结合，认为文学就是社会，主张以文学来挽救文化危机。这充分说明利维斯从文学与社会学的关系研究中发掘了文化批评这种方法。

阿诺德在《文化与无政府状态》中将文化作为抵制和对抗无政府状态的有力武器，而利维斯在《大众文明和少数人文化》中认为，“文明”一词是个贬义词，现有的文明是大众文明，是不健康社会的文明，需要文学来疗救，以创造更加美好的生活，这样就赋予了文学批评历史使命。在利维斯的众多文学批评著作中，他总是表现出对社会的关注，以精英主义立场来影响阅读公众。他强调：“文学批评家的任务就是进行文学批评。人们总是很乐意看到，当批评家写作或者谈论政治或社会事件时，即使不是有意地，也很容易渗入他在文学研究中所获得的洞察力和理解力。但批评

---

① F. R. Leavis, *Education and the University*: *A Sketch for an "English School"*, London: Chatto & Windus, 1943, p. 19.

② F. R. Leavis, *Determinations*, Pennsylvania: The Folcroft Press, Inc., 1969, p. 2.

家作为批评家特殊的职责是将自己的批评作用服务于他至高无上的权力。"① 为此，他主张通过道德和美好文化来培育有教养的公民，"有一种观点是超越阶级的观点，那就是一种知识的、美学的道德活动，它并不纯粹表述阶级起源和经济环境；还有一种'人类文化'是必须通过培养人类精神的自动性才能获得"②。因此，利维斯在文学批评中开辟了文化批评的路径，关注社会环境。他力图强调经典文学中蕴含的道德意识、人性价值、社会生活，将之视为文化传统和文化遗产，通过文学经典作品传承下来。这样才能维持文化的连续性，才能抵制大众文化的入侵。

在利维斯的诗歌和小说分析中，他不单单是对文本本身做出审美批评，而且把批评的范围拓宽到道德、社会、民族和历史等领域。由此可见，利维斯不自觉地从文学批评转向文化批评的范围，推崇阿诺德的"文学是对生活的批评"的观点，运用社会学方法进行分析，强调作家必须对生活表示严肃的关怀，反映人们的生存境况。乔治·艾略特、詹姆斯、康拉德、劳伦斯无不表现出对生活的关怀，这也成为利维斯在《伟大的传统》中把他们选为伟大作家的重要标准。在利维斯看来，乔治·艾略特笔下的乡村生活是真实可信的，展现了她年少时的英格兰，以及当时仍然存活于家庭传统中的已往岁月的英格兰，表现了她对童年的回忆。例如，《教区生活场景》《亚当·比德》《弗罗斯河上的磨坊》以及《织工马南》都取材于她对童年和少年时代的记忆，表达了个人的辛酸苦辣，展示了英格兰的乡村生活。利维斯关注作家的乡村生活主题，实际上是他对过去有机生活眷恋的一种体现。乔治·艾略特小说里的传统性体现了怀旧的主题，在那个时代，传统观念和新科技、新理念之间的矛盾日渐尖锐，资本主义文明破坏了过去宗法制的秩序。在利维斯看来，过去那种温情脉脉的乡村生活随着资本主义入侵而不复存在了，现代工业社会赤裸裸的金钱关系和个人主义只会使人异化，使得社会失去了"自然性"和"有机性"。由此而见，艾略特对过去乡村的怀旧情怀与利维斯对17—18世纪农业社会的眷恋形成了某种契合。

利维斯借助文化的视角来进行文学研究。他运用哲学、心理学、经济学和社会学等学科综合分析狄更斯的文学作品，揭露了资本主义制度下的功利主义思想的危害：贫富悬殊，资本家为富不仁，贫苦大众的悲惨命运。"但在《艰难时世》里，他却破例有了个'大视野'，看到了维多利

① G. Singh, ed., *Valuation in Criticism and Other Essays*, New York. New Rochelle. Melbourne. Sydney：Cambridge University Press，1986，p. 200.

② F. R. Leavis, *For Continuity*, Cambridge：The Minority Press，1933，p. 9.

亚时代文明的残酷无情，乃是一种残酷哲学培育助长的结果；这种哲学肆无忌惮地表达了一种没有人性的精神。"① 在利维斯的眼中，狄更斯的这部作品主要是批评了维多利亚时期的功利主义哲学：葛擂硬为了权力和钱财，将大女儿嫁给粗俗的商人庞得贝，不惜牺牲女儿的幸福。同时，还披露这种哲学给教育带来的危害。小说的开头，葛擂硬要西丝给马下定义的那个情节，认为马戏团的事情不是真正的知识，而马是什么动物才是真正的知识；但是，后者只会抑制人的生命力，前者意味着在马戏团里，人性与生机活力相联系。所以，西丝身上具有充沛的生命力。只有这种人性才能和自私自利的功利主义相对，而葛擂硬只能培育出像毕周这样失去自然天性的学生。在这里，马戏团不但带来了娱乐，而且带来了艺术，使得焦煤镇的人的生活充满了生气。利维斯认为狄更斯反复描绘马戏团的事情，其目的是为了肯定作者对生活非凡的感知力和表达力，认为他的成功在于用生活的事实否定了功利主义和工业主义，表现了生活的丰富性和真实性。可见，利维斯的文化批评视角极大地拓宽了文学研究的视域，开掘了文学研究的深度。

在文学研究中，对文化倾注了更多关怀的便是利维斯对劳伦斯的研究。劳伦斯死后名声大振，部分原因与利维斯批评的独特视角有关。对英国卫道士来说，因劳伦斯的小说宣扬淫秽之事没有丝毫价值，而在利维斯看来，劳伦斯的创作是对现代文明的批判，起到了对资本主义工业文明的疾病疗救的作用，揭示了阶级滋生的憎恨和粗陋，破坏了优雅和高贵，体现了对社会、生活和文明的批评和对人性的洞察力。文明（civilization）带有贬损的意味，它专指大众拥有的被工业主义浸透的文明，这种文明是非人性的、机械的。20 世纪初的自然人性遭受扭曲和压抑，特别是性和性爱的本能，人与人之间的和谐自然的关系被破坏。人是由肉体和精神构成的，二者应该是统一的，传统偏重精神和理性，而忽视了肉体本能的要求，造成二者之间的对立和冲突，使得人失去生命的活力，导致了扭曲的性格。因此，劳伦斯对传统和工业文明进行深刻的批判，倡导人应该听从生命的召唤，回到自然的状态中，试图解放人身上的束缚，建立两性之间的和谐关系。现代工业文明与自然的矛盾表现在资本主义文明空前繁荣的时期，森林、田园、湖泊和河流等遭到破坏，煤矿和工厂冒着浓浓黑烟，过去诗意化的田园生活失去了宁静与和谐。

同时，工业文明带来了"物化"现象，也摧残了美好的人性，导致了

① F. R. Leavis, *The Great Tradition*, London: Doubleday Anchor Books, 1948, p. 274.

人性的扭曲和异化，人与人之间的关系不再和谐，这种关系包括人与自我、人与他人和人与社会之间的关系。人开始丧失了自我，变成失去活力的、机械麻木的"行尸走肉"。利维斯认为，要对抗这种非人性的处境，必须把人从被压抑的困境中解放出来，回归自我，发挥人的主体能动性。他发现，劳伦斯毕生试图通过两性之间和谐的关系使人的生命恢复活力，恢复自我。"文明的较高常识对这样的矛盾是无用的，必然具有这样的特征——生命变得衰弱和面临危机，只有天才能够使恢复来自深处的生命活力，以获得自由……这个天才就是劳伦斯。"① 在评价劳伦斯的《羽蛇》时，利维斯对凯特的分析表现了对工业文明的反感，"墨西哥使她（凯特）感到恐惧，但对被文明世界称作生命的东西的恐怖使她延迟了自己的离开并抵制返回英国和欧洲的冲动"②。利维斯认为，劳伦斯的伟大就在于他揭示了资本主义工业文明的罪恶，而资本主义工业文明的最大表现是机械主义。机械主义影响了当时的经济、社会和家庭伦理关系，把一切物质化，实质上，这是科学与人文之间发展不平等造成的。托马斯·卡莱尔把工业革命的时代叫作"机械时代"③，体现人类内心隐含的恐惧，男男女女和孩子们作为动物机器被紧紧地拴在不知痛苦和不知疲倦的钢铁机器上；工业社会把人们视作机器，他们的生命安全无法得到保障。正因为此，利维斯认为，劳伦斯笔下对矿工家庭生活的描写实则批判机械主义给人们带来的痛苦。

另一方面，利维斯极其欣赏诗人和小说家对田园乡村宁静生活的描绘，表现了他怀旧的乡土文化情结。这种怀旧是与英国传统密切联系的，他在文学批评著作中广泛地关注乡村生活，企图消除工业文明和大自然的对立，因为城市、工厂、铁路等改变了人们田园牧歌式的生活方式，农民逐渐离开自己的土地，成为产业无产阶级。他们成为现代工业社会的雇佣劳动者，也成为人肉机器。这个时代的知识分子一方面眷恋已经逝去的生活方式，一方面抨击工业文明对自然的破坏。利维斯的批评同样流露出这样的态度，他选择18—19世纪的诗人、小说家，在于他们较为注重对自然的描写。例如，英国诗人几乎都观察、爱好和崇拜大自然，他们的诗歌流露出自然气质，柯勒律治、雪莱、拜伦、华兹华斯、叶芝等的诗歌弥漫着自然的清新和洁净。利维斯在《重新评价：英语诗歌的传统和发展》中主

---

① F. R. Leavis, *Thought*, *Words and Creativity*: *Art and Thought in Lawrence*, London: Chatto & Windus, 1976, p. 45.

② Ibid. , p. 59.

③ 吴浩：《自由与传统：二十世纪英国文化》，东方出版社1999年版，第4页。

要评论了 17—19 世纪初一批诗人在诗歌上取得的成就。其中，英国浪漫主义诗歌流派得到利维斯的喜爱，以华兹华斯、柯勒律治为代表的"湖畔派"远离资本主义喧嚣的都市，隐居乡间，因描写自然风光而获得声誉。华兹华斯被称作"自然诗人"，华兹华斯自己的一句名言"诗歌是强烈情感的自然流淌"，他的大多数诗歌都与自然有关，充满哲理。他的哲学韵文有一种令人信服的解释性的语调和方式，体现的自然是神性、理性和人性的结合，自然是拯救人类社会的一方药剂。"华兹华斯偏好的显然是人类自然性、神智清楚和精神健全，他对山脉的兴趣是附带的。"① 据此，利维斯还将华兹华斯和劳伦斯联系起来，指出二者的诗歌充满了宗教神秘感，关注生活的深处，探索人与自然的关系。"正如华兹华斯寻求的，自发性不会包括以牺牲理性和文明为代价来崇拜本能和原始的东西，伴随的是复杂发展和从事先进和优雅组织的自发性。"② 这说明自然包含更多的东西，是具有巨大能量的动力和精神，是神性、理性和人性的结合体，能和人和谐地相处。现代西方人的精神贫瘠是 19 世纪末到 20 世纪的主要问题，这种自然观在拜伦、雪莱等人的诗歌中也有反映。利维斯强调自然观，试图提升和拯救西方人的精神，帮助他们走出精神困境。在利维斯的小说分析中，他挑选的小说家均擅长描写自然，如乔治·艾略特和劳伦斯：乔治·艾略特的《弗罗斯河上的磨坊》《教区生活场景》和《织工马南》对童年乡村生活的追忆；劳伦斯笔下的《查泰莱夫人的情人》中的林园，等等。

透过文学来看文化，利维斯的文学批评著作中蕴含了文化批评的因子，形成了早期的文化研究（对文学的文化批评）。文学批评的方法转向为利维斯带来了很多新视角和新方法。他的文学批评源于对文学与社会关系的长期关注。他的两篇论文《文学与社会》和《社会学与文学》主要谈论文学与社会的关系，说明利维斯在坚持纯文学文本批评的基础上，更注重文学的社会功能和对人的社会性认识，如奥古斯都时代强调的是社会风度和交际方式。这说明文学是反映社会生活的，但他反对用马克思主义思想来分析文学，"分析文学的马克思主义方法在我看来似乎是无益的"。③ 他分析了作品产生的环境和特殊条件，即"对文学的研究是或者应该是对人性的复杂、潜能和必要条件的进一步研究"④。因为人是社会性的存在，

---

① F. R. Leavis. "Revaluations（VI）：Wordsworth"，*Scrutiny：A Quarterly Review*，Vol. III，No. 3，December 1934，p. 242.

② Ibid. ，pp. 245 –246.

③ F. R. Leavis，*The Common Pursuit*，London：Chatto and Windus，1972，p. 183.

④ Ibid. ，p. 184.

而不是强调研究经济和唯物决定论。这里，在文学强调社会功能方面，他认为人性分析与马克思主义文化理论存在一定的区别。利维斯分析了当下现状，认为，"对现代文学感兴趣的人中，没有人能感觉到文学体现了一种令人满意的文化秩序"①，而很多人据此轻视文学是不对的。文学确实反映了一定的社会文化，因此，通过社会学的方法来分析作品是有益处的。利维斯在《社会学和文学》这篇文章中，从社会学的视角分析乔叟在文学创作中，怎样把英语这门语言加以改造创新，最终使英语成为英国的民族语言。"的确，要对乔叟的社会学背景进行一个有趣的、重要的调查。"②利维斯认为社会学方法是重要的，列举了 L. C. 耐兹运用社会学分析玄学诗派背景的论文，强调文学批评家在某种程度上来说也是社会学家，"一种真正的文学兴趣是对人类、社会和文明感兴趣，它们的边界是没有划定的"③。利维斯举了许多例子和理论来证明论述社会学和文学的关系。因此，正是这种跨学科视角带动了他向文化批评的转向。

　　利维斯的文化视角给了 20 世纪英国伯明翰学派一些启示。该学派继承了利维斯主义传统，最初以文学研究为文化研究的中心，希图抵制大众文化对文学的冲击，挽救精英文化面临的危机。但是，伯明翰学派"并不一味强调文学对社会民众的精英教化功能"④，从而打破了精英文学和通俗文学的等级秩序，认为普通大众也可以阅读文学，改变了利维斯主义一直以来对民众和大众文化的敌视态度，最终构建了以民众为主要阅读对象的大众文化，等等。可见，利维斯坚持以"文学"为中心的思想奠定了伯明翰学派的基础。正因为利维斯将文学与社会文化密切联系一起，形成了英国学术传统，为伯明翰学派由文学研究向文化研究转变提供了契机，也引领了整个世界的"文化转向"思潮。因此，利维斯被尊称为"文化研究"的鼻祖是当之无愧的。

第四节　文学批评与马克思主义

　　利维斯在他的文学批评中多次提到马克思主义，主要原因有两点：一是马克思主义思潮在欧洲大陆和英国产生了较大影响；二是英国社会政

---

① F. R. Leavis, *The Common Pursuit*, London：Chatto and Windus, 1972, p. 192.
② Ibid., pp. 195 – 196.
③ Ibid., p. 200.
④ 万晓船：《浅析伯明翰学派文化研究的发展进程》，《青年文学家》2009 年第 8 期。

治、经济和文化环境的急剧变化。利维斯在世期间，在古典马克思主义基础上发展而来的西方马克思主义文论经历兴起到发展的过程。20世纪30年代初，经济危机产生的大萧条蔓延到整个欧洲，英国政府束手无策，陷入政治和经济的双重危机，英国知识分子大多对现状不满，左翼政治思潮涌现，带动了他们的思想纷纷左转。他们在文学创作和批评方面表现得日益激进，英国出现了《左翼评论》和《现代季刊》等名重一时的左派刊物。在这样的势头下，系统的马克思主义文学理论和批评方法应运而生。30年代的英国马克思主义理论和批评处于创作初期，主要为了适应当时的政治需要，很多著作都没成形，欧洲大陆卢卡奇、葛兰西、柯尔施等的著作还没翻译成英文传入英国，此时的英国马克思主义批评多为政治宣传和社会鼓动的应时之作，鲜见广博精赅的名篇巨制。就总体而言，这一时期的英国马克思主义文论批评家遵循的思路，还是传统马克思主义批评方法，运用经济决定论的原则分析文学与社会生产方式、阶级斗争之间的关系，凸显了机械教条的弊端。在这一代马克思主义批评家当中，克里斯托弗·考德威尔（Christopher Caldwell，1900—1937）、拉尔夫·福克斯和埃里克·韦斯特最负盛名，堪为翘楚。而在这三人当中，考德威尔的《幻想与现实》是英国首部马克思主义文论专著，1937年出版后被多次重印，影响也最为深远，他也被尊称为"英国的卢卡奇"。

英国左派知识分子在1930年分成第一代新左派和第二代新左派。第二次世界大战结束后，那时，后来成为第一代新左派的左派知识分子陆续从部队复员，重新回到大学校园继续自己的学术生涯。他们自觉延续文学批评和批评家考德威尔等早期英国马克思主义学者30年代开辟的道路，努力以马克思主义基本理论为指南，研究、解决当代英国人关注的具体的英国问题。50年代后期至60年代初期，第一代新左派都是在苏联马克思主义的启蒙下成长起来的，但是，在将马克思主义与英国实际相结合的过程中，他们逐步对苏联马克思主义教条僵化的思想产生怀疑和批评。新左派运动兴起，力图在英国共产党和英国工党之外，寻找坚持和发展马克思主义、推动英国向社会主义前进的"第三条道路"或"第三立场"。西方马克思主义逐渐在英国兴起和发展起来。于是，英国新左派的代表人物汤普森和威廉斯发表了论文，认为苏联马克思主义的弊病在于以教条主义的方式对待历史唯物主义，威廉斯陆续撰写了专著《文化与社会》（1958年出版）、《文化是日常的》（1958年出版）、《漫长的革命》（1961年出版），汤普森写了《英国工人阶级的形成》（1963年出版）一书，等等。这些理论著述将历史唯物主义运用于对英国文化问题的研究，就文化的本质及其社会功能提出了全新的认识，从而丰富和发展了马克思主义的文化理论。他们开启的这种马克思主义传统也因此被称为"文化马克思主义"，由此，西方马克思主义文论主要运用到文化批评领域。80 年代以后，英国的西方马克思主义文论逐渐系统化，进而发挥了越来越大的理论影响。利维斯在世的时间是英国马克思主义发展的前两个阶段，马克思主义文学批评在英国引起了广大知识分子的关注，作为一种文学批评方法对英国文学研究产生了一定的影响。利维斯的文学批评反映了自身独特的文学观和批评方法，主要从文学与生活、文本批评、道德批评和文化批评四个方面来寻找与马克思主义文学批评的差别和联系。

在利维斯看来，马克思主义文学批评方法带有一定的政治性，离不开阶级斗争和阶级分析。仔细考量利维斯的思想体系，利维斯对马克思主义带有排斥心理，故回避了一些政治问题。正如克里斯哈拉莫斯所谈的那样："一有机会，利维斯就公开批评马克思主义者不关心自己对充分洞察文化价值的无知和贫乏。他已表明他们怎样不关注自己理论、信仰、规程等中的这些价值。"①在对待文学作品和生活的关系时，利维斯认为文学是和现实生活、人的生命密切联系在一起的，由此传承了亚里士多德古典文论中的"模仿论"，推崇了现实主义批评原则。他认为19 世纪维多利亚时代的英国文学批评距离现实太远，充满了幻想。文学批评的社会功能就得关注社会问题，有益于社会的发展。在分析古典诗歌的时候，利维斯强调了奥古斯都传统，"为了当时的目的，关于这个传统的相关观点是强调社会性，坚信人是社会的人，意味文学实际上指他的所有活动，包括内部和外部的，这属于一个公开的社会背景，即使对心灵最完美的表达将与好形式符号产生共鸣——使用这些符号奥古斯都文化的必要模式和习语密切联系在一起……奥古斯都全盛时期、安妮女王时期是肯定拥有繁荣而健康的文化的"②。结合英国文学批评的现实，利维斯对诗歌、戏剧和小说的批评目的在于关注英国社会的文化危机。例如，他推崇劳伦斯，认为其挖掘了人的生命力，贬损弥尔顿在于其诗歌丧失了优雅生活，不满于福楼拜远离了生活，赞赏狄更斯在于他唤起了人的生命意识，并反复强调，"伟大的文学是一种向生活/生命虔诚开放的"。理查德·艾伦（Richard Allen）在《F. R. 利维斯，1976》中叙述了马克思主义文学批评遭到利维斯的谴责，利维斯认为这种批评仅仅把艺术和社会经济条件联系起来，"然而，我认

---

① S. Krishnamoorthy, Aithal, *Leavis on the Function of criticism*, Indiana University, Ph. D. Thesis, 1972, p. 116.

② F. R. Leavis, *The Common pursuit*, The Minority Press, Cambridge, 1938, pp. 185 – 186.

为，利维斯关于叶芝和有机共同体的观点可能等于表现了对政治的一种幼稚和简单的态度"①。因此，不管利维斯如何看待马克思主义文学批评方法，但从他处理文学与生活的关系来看，他的思想与马克思主义文论存在契合之处。20 世纪二三十年代，西方马克思主义文论在欧洲发展起来，最主要的代表是卢卡奇，他运用马克思的辩证分析方法，努力倡导现实主义文学理论，认为现实主义无论在文艺的审美效果、文艺的人民性、文艺把握现实的群体性、文艺的政治作用等方面都要优于自然主义和现代主义。其次，西方马克思主义文论的第二个代表人物是葛兰西。葛兰西认为文学是对社会生活的反映，文学离不开社会生活，但文学又不完全等同于社会生活。由此可见，利维斯的观点和卢卡奇、葛兰西存在相似点。他在《文学与社会》一文中谈到"根据看似可能促进了正确而命定的工人阶级斗争成果的程度来评价文学作品，这是评论家的职责；阐释文学史来反映不断变化的经济和物质现实，这是文学史家的责任"②。利维斯在这段话里强调的仍然是从社会学的角度来分析文学，但是，他认为在马克思主义盛行的时代，经济决定了文学研究，所以他这样评论文学批评，"试图在怎样的基础上和以什么方式界定文学研究——就我个人首先公然作为一个文学评论家而言的文学——我认为这被看作与假想的东西密切相关，这东西就是伦敦学经济的学生的主要兴趣"③。换言之，利维斯认为马克思主义文学批评导致了经济学研究，不是真正的文学研究。他话锋一转，"因为如果马克思主义文学批评方法在我看来是无益的，那么这不是因为我认为文学是孤立的艺术作品，它属于纯文学价值领域"④。学者穆罕默德·伊左拉在《科学性和意识形态之间的批评：F. R. 利维斯和 P. 马舍雷的理论僵局》一书中谈到了利维斯反对马克思主义的原因，"然而，马克思主义和科学主义都是利维斯在给文学、批评和科学下定义时感知到的两个主要威胁……他主要把马克思主义作为不关注文学的政治教条来解读"⑤。他还谈到在 20 世纪 30 年代，马克思主义和利维斯主义的交锋达到顶点，利维斯认为马克思主义崇拜资本主义，用技术秩序和依靠物质主义来阐释人类历史。他还承认利维斯在对待马克思主义问题上的进步性，同时认为利维斯不是一味地反对马克思主义，而在一定程度上赞成马克思主义某些形式的

---

① Richard Allen, *F. R. Leavis*, Maidenhead: The Open University Press, 1976, p. 57.
② Ibid., p. 182.
③ F. R. Leavis, *The Common pursuit*, London: Chatto and Windus, 1972, p. 183.
④ Ibid., p. 183.
⑤ Mohamed Ezroura, *Criticism Between Scentificity and Ideology: Theoretical Impasses in F. R. Leavis and P. Macherey*, London: Faculty of Letters of Rabat, 1996, p. 132.

经济共产主义是可取的，但他指出利维斯的固执态度，因为利维斯始终认为只有坚持自己的文学和文化批评才能挽救那个时代的社会危机。

由于"第一次世界大战"之后，英国社会陷入对资本主义制度的悲观失望之中，20年代英国共产党成立了。受苏联马克思主义教条的影响，英共机械地认为经济决定一切，相信用经济学分析文学就是马克思主义文论方法。这是思想僵化的表现。在经济决定论的思维下，利维斯显然也曲解了马克思主义文论：只看到局部，没有看到整体。实际上，卢卡奇和葛兰西分别强调了现实主义文论、文学是对生活的反映等观点，在这点上与利维斯的思想是一致的。利维斯不满意马克思主义批评，只是看到其经济决定论，反映了文学与政治的关系。然而，文学总是表达着某种政治倾向，而利维斯却回避用马克思主义文论揭示政治倾向，而把其归为社会生活，流露出其思想的狭隘性。

为了强调纯文学的属性，利维斯从文本分析入手，对文学语言进行多层面的解读，如语言的修辞、意义的模糊性、意象。他强调诗歌阅读需要情感和智力，文学能够训练人的统一感受力。为了证明自己的观点，他对莎士比亚、弥尔顿、乔伊斯等作品的语言进行了细致的分析。他提到了理查兹、艾略特、燕卜逊等文学理论家，强调他们在语言分析层面做出的贡献。他认为如果采用马克思主义进行文学批评，那么文学研究就会沦为经济学研究，失去文学的学科属性。显然，利维斯对马克思主义文论过于悲观，这种文论方法能对文学文本的政治分析、阶级分析发挥一定的作用。实际上，仔细分析利维斯的思想，发掘其道德批评方法在某种程度上代替了马克思主义的政治分析功能。

利维斯一再强调的道德批评是最好的研究方法，并在《细察》中宣称"要进行一场道德和文化的运动"。利维斯的《重新评价：英语诗歌的传统与发展》《伟大的传统》重建了英国文学史上的道德传统，表示了在20世纪初重建维多利亚时代道德风尚的信心。维多利亚时代对英国文学产生了较大的影响，从1837年开始直到第一次世界大战的结束，英国文学一直处在维多利亚时代形成的传统影响中。维多利亚女王在位期间，英国形成了崇尚道德和谦逊礼貌的社会风尚，英国民众较为正统，以道德为尊。利维斯相信阅读他列出的文学经典才能培养道德高尚的英国子民，才能挽救文化危机。他的想法和做法遭到了一些学者的反对，如韦勒克和伊格尔顿都觉得只读书不可能培养有道德和责任感的人，伊格尔顿还尖锐地批评利维斯没有用政治分析来解读文学文本，寄希望于道德批评是可笑的。利维斯之所以拒绝马克思主义文论，除了他对它的曲解以外，还有一个深层次的原因，那就是他在社会上的阶级地位和接受的思想。本书在第一章提到了利维斯的身世情况，指明他出身于商人家庭，大学毕业后成为一名知识分子，不同于工人阶级出身的威廉斯，他与人民大众联系不紧密，没有人民的世界观，故不可能接受为工人阶级代言的马克思主义思想。因而，对于文学文本中的阶级斗争、政治问题，利维斯均归结为道德问题。例如，利维斯对狄更斯的作品《艰难时世》《远大的前程》中劳苦大众的命运遭遇表示了深深的同情，认为根本原因在于边沁的功利主义的影响，批判了资产阶级葛擂硬和庞得贝的个人主义和利己主义，并指出了其危害。利维斯认为这些思想只会导致人性的自私和道德的沦丧，这种看法带有一定的阶级局限性，主要原因是他没有运用马克思主义文论分析劳资矛盾，没有找到造成大众生活困境的根本原因在于资本主义经济制度，不理解阶级斗争学说。其次，利维斯对劳伦斯及其小说极为赞赏，撰写了《小说家劳伦斯》和《思想、语言和创造力：劳伦斯的艺术和思想》，欣赏其对人的生命意识的挖掘力度以及宗教意识。但是，利维斯没有认识到，劳伦斯对人性意识的挖掘乃是资本主义制度本身，没有从马克思主义文论出发进行阐释。同样，利维斯对乔治·艾略特、詹姆斯、奥斯汀、菲尔丁等小说家没有从马克思主义文论角度给予分析，在某种程度上缺少批评的广度和力度，这是其文学批评的不足之处。

在利维斯的文学批评中，文学作品背后的文化问题成为他关注的对象，他从文化批评的视角开始研究文学文本。例如，在《伟大的传统》的绪论部分中，利维斯从媒体文化批评的角度研究小说文体在报刊出现的迹象，并由此研究小说文体概念演变的过程，并将小说文体界定为"戏剧诗"。他强调"文学批评不只是与文学有关"，早在30年代，他就把文学和文化联系在一起，在他的文学批评中，文学与文化不可分。利维斯视文学为拯救文化的工具，反过来，又把文化批评作为解读文学现象的重要钥匙，分析文学文本背后的文化万象，在于"文化永远不可能是历史中的主导力量；但它可以是历史变革中的一个积极因素或者是保持社会稳定的一剂良药"①。他在文学批评中关注乔治·艾略特的文学与社会环境的关系，评论其笔下的乡村生活是真实可信的，展现了她年少时的英格兰以及当时仍然存活于家庭传统中的已往岁月的英格兰，表现了她对童年的回忆。例如，《教区生活场景》《亚当·比德》《弗罗斯河上的磨坊》及《织工马

①　[英] 约翰·斯道雷：《文化理论与通俗文化导论》，杨竹山等译，南京大学出版社2006年版，第106页。

南》取材于她对童年和少年时代的记忆，表达了个人的辛酸苦辣，展示了英格兰的乡村生活。利维斯关注作家的乡村生活主题，实际上是他对过去有机生活眷恋的一种体现。艾略特小说里的传统性体现了怀旧的主题，在那个时代，传统观念和新科技、新理念之间的矛盾日渐尖锐，资本主义文明破坏了过去宗法制的秩序。在利维斯看来，过去那种温情脉脉的乡村生活随着资本主义入侵而不复存在了，现代工业社会赤裸裸的金钱关系和个人主义只会使人异化，使得社会失去了"自然性"和"有机性"。由此而见，艾略特对过去乡村的怀旧情怀和利维斯对17—18世纪农业社会的眷恋形成了某种契合。利维斯厚古薄今，只看到了表面的现象，却看不到封建时代的英国乡村农民的悲苦生活。实质上，利维斯追忆的乡村生活乃是英国乡绅的贵族生活，他的见解仍然显示了自己的阶级局限性。在利维斯的批评中，工业文明社会遭到了抨击，他认为资本家自私自利和道德低下造成了大众的悲苦生活，把人的道德问题归结为工业文明社会，没有运用马克思主义学说去阐释，这也是其阶级局限使然。

总之，利维斯的道德批评融入了对文本的美学分析中，是一个解读文学文本的有力路径。文学需要发挥其道德教化功能，促使读者通过审美的阅读过程，心灵得到净化，在当代和平时代他的道德批评具有重要的价值。另一方面，马克思主义文学批评需要发挥政治分析的功能，探讨社会生活的本质，揭示真善美，提高问题解读的广度和力度。然而，笔者认为，在利维斯所处的时代，由于利维斯及其弟子站在与马克思主义相对的立场导致他们无法对这种制度做出政治诊断和治疗。只承认少数人文化，却看不到以广播、电影、电视等形式出现的大众文化是工业化进程的结果；看不到大众文化是历史发展的必然；看不到大众文化对社会的有利影响。而一味地对这些现象采用敌视、怀疑和反对的态度，这反映了利维斯的保守主义立场。从社会发展进程来看，马克思主义文学批评方法作为批判工业文明是非常有效的方法，早在利维斯生活的时代，从20世纪20—60年代西方马克思主义思潮经历了兴起到发展的过程，它主要体现在美学文艺学研究方面，在利维斯晚年它就已经占据了文学批评领域。利维斯在《细察》第12期《文学与社会》一文中说到"马克思主义文学批评方法在我看来似乎无益，那不是因为我把文学当作孤立的艺术作品，而是因为它属于纯文学价值观念领域"[1]。由此看出，利维斯主张以"文学"为中心，

---

[1] F. R. Leavis, "The Literature and The Socialty", *Scrutiny A Quarterly Review*, Vol. XII, No. 1, Winter 1943, p. 2.

极力推崇纯文学价值理念，这就是学术界通常所说的"文学性"，倡导文学文本的分析方法，不赞成运用马克思主义文学批评方法。学者穆罕默德·伊左拉在《科学性和意识形态之间的批评：F. R. 利维斯和 P. 马舍雷的理论僵局》一书中谈到了利维斯反对马克思主义的态度，"然而，马克思主义和科学主义都是利维斯在给文学、批评和科学下定义时感知到的两个主要威胁……他主要把马克思主义作为不关注文学的政治教条来解读"①。他还谈到在 20 世纪 30 年代，马克思主义和利维斯主义的交锋达到极点，利维斯认为马克思主义崇拜资本主义、技术秩序和依靠物质主义来阐释人类历史。他还承认利维斯在对待马克思主义问题上的进步性，同时认为利维斯不是一味地反对马克思主义，在一定程度上赞成马克思主义某些形式的经济共产主义是可取的，但他指出利维斯的固执态度，因为利维斯始终认为只有坚持自己的文学和文化批评才能挽救那个时代的社会危机。这实际上是 30 年代利维斯主义和马克思主义在文学批评和文化批评领域的分歧，这两种思想经过数十年的交锋，于 60 年代走向融合，被伯明翰学派所吸收。

学者理查德·艾伦在《F. R. 利维斯》中认为：利维斯把马克思主义比作麻痹知识分子的酒精，不能做出基本的判断，肯定利维斯对马克思主义文学批评的谴责有可取的一面；另一方面认为利维斯关于叶芝和有机整体的评论表明自身对政治也是幼稚和简单的。② 韦勒克也谈到利维斯排斥马克思主义准则的问题，认为他强调了文学在道德、社会和生命方面的隐喻意义。同样，还有威廉斯、伊格尔顿等学者都谈到了利维斯排斥马克思主义的态度。不同的是，这两个学者在分析利维斯的观点时构建了自己的理论观点。威廉斯吸收了马克思主义，站在左派立场上，对利维斯的"文化主义"传统采取了既继承又批判的态度，从而为创作《文化与社会》打下了基础，在其中与利维斯的文化理论展开对话，进一步构建了自己的"社会主义文化理论"，他的思想也被称为"左派利维斯主义"。而伊格尔顿建构了西方马克思主义意识形态的文学理论。这些学者的研究都认为利维斯排斥了马克思主义，但大多未分析产生这种态度的阶级根源。

---

① Mohamed Ezroura, *Criticism Between Scentificity and Ideology: Theoretical Impasses in F. R. Leavis and P. Macherey*, London: Faculty of Letters of Rabat, 1996, p. 132.

② Richard Allen, *F. R. Leavis*, London: The Open University, 1976, p. 57.

第五节　走向多元批评

当然，利维斯本着对人生/生活的批评理念，把文学视为毕生的事业。1962 年，利维斯即将从剑桥大学退休时，该校的学者乔治·斯坦纳（George Steiner）这样评价他，"一位文学批评家竟能够在改变时代的精神趋向方面做出这么多的贡献，竟能够以自己如此坚毅的理论步伐大力推进文学趣味的发展……这本身就是一件引人瞩目的事……缪斯女神只授予过两个人博士学位，一个是利维斯博士的，另一个是约翰逊博士的"①。在利维斯看来，文学讲述了社会生活、历史概貌，是个万花筒，涵盖了生活的方方面面，涉及人生的所有哲理。可见，他的批评不是单向度地指向某一个方面，而是多向度地指向多个方面的问题。"从他关于斯诺的讲座时起，这种缝合变得日益重要，以致利维斯批评的文学和非文学因素渐渐合并，有时甚至重叠——这就是利维斯为什么被视为全能批评家的原因，是关注如社会和生活，也包括文学、文化和文明的批评家。"② 因此，利维斯在对待文学文本时候研究了文学涉及的几乎所有方面。无论是过气的印象式批评、传统的学院派批评，还是时兴的新批评、俄国形式主义批评，还是后来的结构主义批评和后结构主义批评，似乎都经历了从繁盛到消亡的过程，能够像利维斯的批评模式经久不衰，产生持久影响的并不多。细究这些文论批评，它们却有一个共同的特点：单一性，只强调一个方面，而不是多个方面。"芝加哥学派的立场有点类似英国李维斯的《细察》派，强调'多元批评（pluralism）'"③ "芝加哥学派指责新批评派只注意语言，而比起情节、人物等，语言只是作品中的次要因素。这就导致他们所说的新批评派的'批评一元化（critical monism）'。"④ 正是多元批评的视角，利维斯在英国的影响力远远大于新批评。20 世纪初，利维斯因为坚持反理论和不设边界的批评立场，遭到了韦勒克、伊格尔顿等学者的质疑。尽管如此，利维斯通过批评实践奠定了自己在英国学术史上的地位，如今，他不依赖理论和多元批评视角获得了很多知名学者的认可。纵观利维斯的批

---

① George Steiner, "F. R. Leavis" in David Lodge ed. 20th Century Literary Criticism, London: Longman Group Limited, 1972, pp. 622 – 624.

② G. Singh, F. R. Leavis: A Literary Biography, London: Duckworth, 1995, p. vii.

③ 赵毅衡：《重访新批评》，四川文艺出版社 2013 年版，第 88 页。

④ 同上。

评方法，除了语义批评、道德批评和文化批评以外，还涉及语言学、美学、政治学、传播学、广告学等与文学的关系的研究，呈现了批评空间的万花筒景象。具体来说，有以下两点。

第一，利维斯 1925 年撰写的博士论文就已经在研究英国报刊和文学之间的关系，已经非常熟稔传播学的理论和方法。1932 年，他创办文学批评期刊《细察》，凭杂志传播的便捷性扩大了《细察》在英国乃至其他国家的影响力。该期刊探讨文学与社会、文化以及新闻报刊的关系，有着多重视角，吸引了来自欧洲大陆和美国的老师和学生。他们争相阅读，曾一度出现该期刊难以订阅的情况。鉴于这种情况，英国剑桥大学于 1963 年出版了全套的《细察》，共 20 卷。《细察》对文学批评产生了决定性的影响，培养了大量有甄别力的读者，有助于在教育界把他们的思想传播得更远。

第二，利维斯运用语言修辞学分析文本，探讨隐喻的价值。因《小说的兴起》一书而享誉世界的伊恩·瓦特，吸收了利维斯关于报业和文学关系的分析方法，特别借鉴了与利维斯思想一脉相承的 Q. D. 利维斯的《小说与大众读者》。另一方面，利维斯在小说研究方面别有建树，他把小说当作"戏剧诗"来研究，在注重小说内部研究的同时向注重作家、生活、社会背景等外部研究开掘。"利维斯事实上发明了小说批评方法"[1]，因此，他开创了小说研究的一些新方法，为瓦特所借鉴。利维斯的做法改革了传统的批评方式，把文学批评带入一个新的时代，对当时注重文献考证、编订等传统学术研究的学院派来是说个不小的冲击。然而，无论他们如何嘲笑、敌视利维斯领导的细察派，利维斯的方法已经为更多的英国学者所接受，成为英国文学批评方法的一部分。利维斯成名后，应邀参加一些大学的讲学。于 1966 年，应邀去美国演讲；1967 年在克拉克的演讲《我们时代的英语文学和大学》，1965—1967 年担任约克大学的名誉客座教授；于 1969 年担任威尔士大学的客座教授；同年，担任布里斯托大学的丘吉尔客座教授。根据利维斯的讲学经历来看，他主要在英国和美国讲学，在英国的影响前面已经讲过，他在美国的著名演讲也引起了较大的反响。可见，利维斯的演讲不仅传播了自己的思想，而且引起了学术界的争论。"1963 年弗·雷·利维斯的名字见于多家美国报端。《纽约时报》刊登了他的相片和一篇惊人的报道，内容为他 1962 年 2 月 28 日发表于剑桥唐宁学院的演讲……利维斯批评的激烈口吻，还有英国新闻界更其激烈的一连串答辩

---

① 　G. . Singh, *The Critic As Anti - Philosopher*, Chicago: Elephant Paperbacks, 1998, p. viii.

利维斯的谩骂信件，一时引起了轩然大波。"① 从这些可以看出利维斯对美国学界的影响。

利维斯的文学批评思想对他的弟子影响较大，据笔者了解，雷蒙·威廉斯、伊恩·瓦特等都曾拜他门下，他们继承了利维斯的学术思想，并把它推陈出新，发扬光大。众所周知，对文化研究做出卓越贡献的威廉斯，是在批判利维斯精英文化立场的基础上，试图消除精英文化和大众文化之间的对立，认为精英文化和大众文化都是时代所需，为劳工阶级赢得了享有文化的权利，并积极吸收了西方马克思主义的思想。因此，利维斯的多元批评方法融入了英国文学批评史中，直接为60年代伯明翰学派所继承。该学派正是沿着这一研究路径，最先从文学内部研究突破，转向外部研究，从而实现了由文学研究向文化研究的根本转变，最终使文化研究成为一门学科。威廉·燕卜逊因为《含混的七种类型》而确立了一种新的审美趣味，也是根据利维斯的文本分析方法分析而成。利维斯对英国文学批评方法和趣味的影响也是深远的，这正如伊格尔顿所说："恰如哥白尼重新塑造了我们的天文学信念一样，以利维斯为代表的潮流已经流入英国的英国文学研究的血管，并且已经为一种自然而然的批评智慧，其根深蒂固的程度不亚于我们对地球环绕太阳转动这一事实的坚信。"② 这说明利维斯的批评方法奠定了英国现代文学批评的基础，特别是他在研究分析中一再强调的道德意识远远高过其他批评家的呼声。"利维斯坚称只有'一种文化'，除非文学和批评委身于思想学科，科学和社会将在道德真空中前进，所有的'进程'导致空洞。"③ 由于利维斯的提倡，道德批评方法得到一批学者的重视，改变了以往只重视文本形式主义批评的弊端。"也就是说，文学从根本来说是对生活的批评，诗歌脱离道德就是诗歌脱离了生活。"④ 在本书中，利维斯不再是道德批评家这一身份，而是站在多元批评的立场关注文学。

正因为凭借多维视角，利维斯在文学批评方面成果颇为丰富，《重新评价：英语诗歌的传统与发展》重新为17—19世纪的诗歌确定了方向感；《英语诗歌新方向》把庞德和艾略特确定为主要的现代作家，确定了20世纪诗歌发展的新方向；《伟大的传统》开创了小说研究的新方法和文学史

---

① ［美］雷纳·韦勒克：《近代文学批评史》（第五卷），杨自伍译，上海译文出版社2002年版，第370页。

② ［英］特雷·伊格尔顿：《二十世纪文学理论》，伍晓明译，北京大学出版社2007年版，第31页。

③ G. . Singh, *The Critic As Anti - Philosopher*, Chicago：Elephant Paperbacks, 1998, p. ix.

④ Ibid. , p. 291.

研究的新模式，确定了批评标准。他还为文坛推出了一些新人，挖掘一些被文学史遗忘的作家，如乔治·艾略特、劳伦斯、蒲柏、斯威夫特等，而且对他们做出了自己的解读，如认为"劳伦斯偏爱性爱的特点被广泛误读"①，捍卫劳伦斯在文学史中的地位，出于宗教的目的，为劳伦斯正名。根据自己的判断标准，评判这些诗人和作家在文学史上的重要作用。这些影响了后来学者在文学史方面的批评方式。

小 结

本章以利维斯整个文学批评实践为研究基础，分析他的学术成果，从文本批评、伦理批评、文化批评、政治批评等来探讨利维斯多元批评的缘由。利维斯虽然维护文学传统但并不是因循守旧的顽固者，他积极吸纳当时流行的学术批评思想。例如，他借鉴新批评的始祖理查兹、燕卜逊的"细读法"和语义批评，以提高文学批评的感受力，但没有沉迷语义的锱铢必较。根据当时伦理学复兴的热潮，他在文学批评中贯彻了一种伦理道德意识，反对边沁功利主义思想。从英国学界对文化衰落的悲观情绪出发，利维斯倡导通过文学来挽救文化的命运，关注文学与社会文化的多个方面的联系，形成了他的批评转向文化层面的迹象。当然，利维斯还关注文学与生态环保的关系。生态批评是个非常复杂的问题，利维斯在文学研究、文化研究中都涉及了生态的一些问题，因此，本书用了一章来加以阐释。

---

① F. R. Leavis, *For Continuity*, Cambridge：The Minority Press, 1938, p. 125.

第六章　利维斯思想中的生态价值

20 世纪 90 年代，生态学和生态批评开始在美国兴起和发展，到 21 世纪初，生态思想又开始登陆中国，逐渐发展为学界的一门显学。"生态批评，又称环境批评，是以'文学和有形环境的关系'为主要研究对象的批评，它力图改变人类中心主义的范式，采用以地球为中心的方法来评判文学价值。"① 21 世纪的生态文学批评主要关注文学与物质环境的关系，关注文学对自然环境的描写。而西方文学批评中的生态观念最早要从利维斯谈起。最能体现环境问题的便是利维斯与汤普森合写的《文化与环境》一书，同时在其他的论著中隐含了很多有关生态学方面的知识、理念，如在《重新评价：英语诗歌的传统与发展》和《伟大的传统》中，利维斯对浪漫主义诗人和维多利亚时代小说中乡土传统的推崇。故本章从生态学的视角来分析探讨诗歌和小说研究中体现出来的生态环保价值，具体表现为有机论、整体观、自然观，人和自然之间的和谐关系。有机论贯穿利维斯思维的始终，在文学作品分析中主要强调整体性、关系性和有机性；在整体观念的前提下，着重事物各个部分之间的内在联系。关于有机论观点在文学批评中的体现，笔者已经详细论述过，这里着重论述人和自然之间的关系。人和自然的关系一直是生态批评中最重要的部分，从本质上来说，这也反映了人与人之间的各种关系：生态问题从根本上来讲是社会问题。

第一节　有机整体观

"有机体的即器官的"（organic）这个术语经过漫长的演变而不断获得新的意义，在利维斯的思想体系中，它成为一个重要的关键词。早在古希

---

① 李维屏主编：《英国文学批评史》，上海外语教育出版社 2012 年版，第 317 页。

腊时期，亚里士多德在《诗学》中就提出了有机整体观："事件的结合要严密到这样一种程度，以至若是挪动或删减其中的任何一部分就会使整体松裂和脱节。如果一个事物在整体中的出现与否都不会引起显著的差异，那么，它就不是这个整体的一部分。"① 这段话奠定了文学批评中的有机整体美学观，也成为西方文论批评的一个传统而一直传承下来。18 世纪晚期至 19 世纪初，柯勒律治对有机事物进行了研究，"在有机的事物（the or-ganic）里，'整体'（the whole）是重要的"②。利维斯继承了他的整体观，"我猜想，依据大体接受水准而言，恰当的评论与柯勒律治转用有机体理解文学有关"③。在柯勒律治有机体论的影响下，利维斯强调对文本的整体观照是他主要的批评原则，他很少用某一种批评方法解读文本，而是立足于文本，细致辨析文本涉及的历史、社会、文化、道德等问题。这使他的批评呈现多维空间，具有多个触角，在 21 世纪仍然具有持续的生命力和影响力，而本书正是从他的整体观进行布局的。其次，他的整体观还体现在对作品内容和形式的要求上，强调内容和形式的统一性以及作品是一个有机体的观点，前面已经专门论述，此不赘述。

在 19 世纪，"有机体的即器官的"这个术语获得普遍认同的现代意义则是源自 18 世纪兴起的博物学或者生物学，主要指生物的生长。认为文学整体性如同自然界有机体那样成长，"有机体的"概念范畴进一步被拓展。因此，在 19 世纪中后期，达尔文、斯宾塞、赫胥黎等掀起了达尔文进化主义思潮，"有机体""有机社会""有机主义""生物体"等便成为学界流行的批评术语。在这样的学术环境中，利维斯将社会有机观念运用于文化研究领域具有一定的创新意识。他视社会环境为一个有机体，文化和环境也是彼此联系不可分割的，环境是造成文化危机的主要原因之一。他首先假定 17 世纪的英国乡村社会是一个有机的文化共同体，并把 17 世纪以来的宗法制社会与 20 世纪初的资本主义商业社会进行对比，认为前者的自然人文社会形态已经消失殆尽，留下的是机械化的环境。因此，他推崇的社会形态和自然密切联系在一起，是英国工业革命之前那种乡村生活方式，并推崇英国的几位乡土小说家。这正如韦勒克分析的："与此相关联的是利维斯注重英国外省的乡土传统，显然他从莎士比亚、班扬、简·奥斯

---

① ［古希腊］亚里士多德：《诗学》，陈中梅译注，商务印书馆 1996 年版，第 78 页。

② ［英］雷蒙德·威廉斯：《关键词：文化和社会的词汇》，刘建基译，生活·读书·新知三联书店 2016 年版，第 385 页。

③ G. Singh, *The Critic as Anti - Philosopher*, Chicago: Elephant Paperbacks, 1998, p. 45.

丁、乔治·艾略特和戴·赫·劳伦斯作品中发现了这种传统。"① 对乡土作家的挖掘和推崇其本质就蕴含了相关的生态理念。例如，他在《伟大的传统》中对乔治·艾略特笔下乡村社会、人际关系等进行了细致的剖析；将狄更斯笔下的伦敦城作为对工业文明批判的对象；在分析劳伦斯作品中提到了工业发展对乡村有机生活环境的破坏。据此，利维斯还对英国的未来表示了深深的悲观情绪。例如，利维斯在《文化与环境》中开篇就谈道："我们失去的是体现活文化的有机社群。民间歌曲、民间舞蹈、科兹沃尔德村舍和手工艺品都是标志，表明了更多的东西：一种生活艺术、一种生活方式从远古的经验中生长出来，它们具有秩序和典范感，它们包含社会艺术、交流符号和一种灵敏的调整，以适应自然环境和那个时代的生活节奏。"② 从这段话看出，利维斯推崇的是近代英国乡村田园牧歌式的生活，这样的生活成为他反观当时英国社会环境的一面镜子，同样的观点反映在他对劳伦斯笔下农村自然生活的赞赏。因此，利维斯在一定程度上表现了对自然的热爱，认为自然是形成有机共同体的主要部分，是一种先决条件。

然而，令利维斯忧心忡忡的是当代工业文明把这种生活方式摧毁成了一盘散沙，传统文化被破坏，道德水平下滑、社会矛盾重重，充满了无序感和不安感，文化危机空前突出。的确，利维斯的这些担忧反映了这个时代共同的情绪，这主要源于资本主义时代兴起的工业文明。早在18世纪，法国思想家卢梭就开始对欧洲如火如荼发展起来的工业进行了强烈批判，他认为工业文明破坏了自然，科学技术违背了自然规律，并预见了可怕的未来和主张人性回归自然。"一种甜蜜而深邃的幻想便会攫住他的感官，他就会带着滋味无穷的迷醉消融在他自觉与之浑然一体的这个广袤而美丽的大自然中。于是，一切个别物体他都看不见了，他所看见的，感受到的无一不在整体之中。"③ 卢梭对工业文明的批判对后世产生了深远的影响，成为文学家、学者们批判资本主义种种弊端的理论源泉。例如，近代华兹华斯的山水诗歌、与利维斯同时代艾略特的《荒原》（1922）、德国学者奥斯瓦尔德·施宾格勒（Oswald Spengler，1880—1936）的《西方的没落》（*The Decline of The West*，1919），等等。另一方面，卢梭的自然整体观成了欧洲有机整体论的发轫，对利维斯颇有影响。例如，利维斯的有机主义、

---

① ［美］雷纳·韦勒克：《近代文学批评史》（第五卷），杨自伍译，上海译文出版社2002年版，第389页。

② F. R. Leavis, *Culture and Enviroment*, London：Chatto & Windus, 1933, pp. 1-2.

③ ［法］卢梭：《一个孤独的散步者的遐想》，张弛译，湖南人民出版社1986年版，第114页。

有机共同体、有机整体等观点均源自于此。20 世纪 30 年代，利维斯开始把重心转向对文化环境的分析和批判。相比自然来说，他更重视文化，这同样表现了他的生态意识。生态危机不仅是自然的危机，也是文化的危机。① 利维斯笔下强调的文化危机实质上就已经反映了当时英国出现的生态危机。自然环境的破坏必然影响到文化的危机。"生态不只是局限在自然范畴，它与社会文化、精神和价值取向连在一起，从本质上说是人的生活方式、思想观念和伦理道德等方面的问题，它具有价值取向和实践意味，具有浓厚的人文精神和气质。"② 在利维斯的思想体系中，以乡村自然生活为主体的英国社会遭到现代工业文明的破坏，被都市生活所取代，最突出的表现便是道德风尚的丧失。为了重新树立道德传统，他选择在人文教育和文学批评领域培养有道德感的好人和推崇道德批评意识。

当然，利维斯的思想不是绝对的真理，他对宗法制乡村文化有过度美化之嫌，对工业文明下的大众文化有极力抵制之恨，流露了保守的批评立场和心态，这些也成为学者们历来批判的内容。不管利维斯关于环境的分析和假设是否完全合理，但他对自然环境和文化环境的分析判断已经涉及当今生态文学批评的范畴，具有一定的研究价值和意义。

第二节　城市与乡村的对立

上文提到利维斯把 17 世纪以来的宗法制社会与 20 世纪初的资本主义商业社会进行比较，高度赞赏前者充满诗情画意的乡村田园生活，并列举了民间歌曲、民间舞蹈、科兹沃尔德村舍和手工艺品等标志。他也曾在很多论著中感叹了旧英格兰有机社群的消失，褒扬 17 世纪乡村文化的初衷在于促使英国读者关注当时占据主体的城市文化。由此，他的整个思想体系呈现从关注乡村自然环境到城市社会、文化和人类的精神领域，认为形成了乡村文化与城市文化两种对立的模式。正如上文韦勒克提到利维斯的乡土写作传统的作家们——简·奥斯汀、乔治·艾略特、劳伦斯等，认为利维斯将乡土和都市的作家进行对比，"这全是一类乡土人物，伦敦作家、斯宾塞、弥尔顿、德莱顿为其提供了学问高深的都市诗歌作为陪衬"③。除

---

① 薛敬梅：《生态文学与文化》，云南大学出版社 2008 年版，第 4 页。
② 同上。
③ ［美］雷纳·韦勒克：《近代文学批评史》（第五卷），杨自伍译，上海译文出版社 2002 年版，第 389 页。

了这些乡土小说家以外，利维斯还细细品读华兹华斯、济慈、雪莱这些乡村田园诗人的浪漫主义诗歌。早在 19 世纪初，华兹华斯就开始在诗歌中表达了对乡村生活的眷念和对城市生活的厌倦，之后，英国文学创作者几乎都把自然看作治疗人类精神疾病的药方，把城市看作疾病的滋生场地。因此，城市成为作家们书写的一个重要意象。20 世纪初，人类工业文明进一步向前迈进，城市建设的规模加大，速度也加快，而乡村的面积却日益缩小。这正如一位学者讲的："城市制造了一种与自然相对立，充满竞争、虚无和焦虑，与生命的自然生态相冲突的文化。"① 城市的建设是以破坏自然生态环境为代价的，林立的建筑物、尾气、噪音、污染的空气等极大地损坏了人的身心健康。利维斯的学生罗伯兹（Neil Roberts）在《20 世纪60 年代的剑桥利维斯主义者》（"*Leavistite*" *Cambridge in the 1960s*）一文中回忆利维斯给他们上了一堂关于环境污染的课，讲述工业社会下，杀虫剂杀死了蝴蝶和鸟类，导致自然界很多物种濒临灭绝的境地。"这在现在听起来是老生常谈，但在 1964 年，我从未听人像那样谈起过这个话题。"②从这里可以看出，利维斯在那个时代就已经开始关注生态问题。在利维斯看来，乡村是自然生态环境发展得较好的场所，而城市的飞速发展则是工业文明的集中体现，是科学技术高度发展下的结果。因此，17 世纪英国的乡村田园生活便成为利维斯推崇的对象，虽然他没有直接指明城市，但他对狄更斯笔下描述都市的罪恶已经非常反感，认为狄更斯对当时现代都市的边沁功利主义进行了辛辣的讽刺和批判。

现代工业文明主要表现为城市文化，而 20 世纪初的英国仍然是当时的头号帝国，其政治、经济、文化等仍然对世界产生着较大的影响。但是，它开始表现出盛极而衰的迹象。这些迹象被感觉敏锐的一批知识分子所察觉，他们认为造成英国衰落的根本原因在于科学技术推动下的工业文明，因此，利维斯在《大众文明和少数人文化》中借阿诺德之口强调英国文化危机的严重性。在文中，他对工业文明进行了严厉的批判，视工业文明推动下兴起的广告、电影、流行小说、报纸杂志等为洪水猛兽。在《文化与环境》中他进一步分析这些文化的消费动机，判断这在某种程度上是物质主义下的利益驱使的。例如，他说道："这几乎不是坚持道德问题的地方。但广告的后果表明，'现代文明的物质繁荣景象取决于诱使人们去购买自

---

① 薛敬梅：《生态文学与文化》，云南大学出版社 2008 年版，第 87 页。
② Ian Mackillop and Richard Storer, *F. R. Leavis*, *Essays and Doucuments*, London：continuum，1996，p. 268.

己不想要的商品和想要却买不到的东西'"。① 工业文明发展到 20 世纪初，物质主义的盛行使得人们占有物质的欲望急剧膨胀。这种欲望导致人类肆无忌惮地掠夺和伤害自然，这正如中国学者朱新福谈到的："二十世纪的西方文学描写了一个把自然看成经济源泉的社会。"② 让·鲍德里亚（Jean Baudrillard）的《消费社会》也对物质消费的本质做了详尽分析。可见，利维斯所处的时代是消费社会出现的萌芽期，他对通俗文化的洞悉可谓入木三分，对它的弊端作了种种假设，虽然这些假设过度悲观，但也从侧面反映了通俗文化存在的种种弊端。

利维斯对城市出现的广告、电影等通俗文化进行了批判，并对工业机械文明进行了毫不留情的抨击。他认为，在 20 世纪科学和技术的推动下，广告、电影等只能使人被动地接受文化信息，而不能使人主动思考，不利于人性道德意识的发展。在《文化与环境》中，利维斯谈到大学英语老师都在努力培养学生的趣味和感受力，"这样的英语训练对来自课堂外大量相应的影响因子如电影、报刊和广告有什么效果？"③ 这里，利维斯指出了城市文化环境对文学形成冲击的现象，作为精英文化知识分子的一员，利维斯仍然捍卫英国文学传统的地位，把 17 世纪乡村自然生态的有机体环境视为典范，试图改变当前城市通俗文化环境的局面。但是，他已经面临一个非常尴尬的处境，历史的车轮不断前进，大众文化发展的势头如日中天，精英文化和大众文化不断渗透、融合，形成二者兼容的第三种文化形式。

尽管进入 20 世纪的英国现状并不能令利维斯满意，但利维斯把 17 世纪以来的乡村与 20 世纪初的城市对比的思路已经孕育了生态批评意识，这对他的学生威廉斯产生了相应的影响。在《文化和环境》的启发下，威廉斯出版了《乡村与城市》（*The Country and the City*，1973），被学界誉为早期生态批评的先锋之作。"英国生态批评的源头可以追溯到威廉斯的《乡村与城市》。"④ 威廉斯批评了利维斯等遵循怀旧的田园主义传统：长期以来，利维斯利用假设，把 17 世纪英国乡村社会描写成"有机社会""有机共同体"，但这种有机社会遭到了现代工业文明的长期冲击而走向消失。威廉斯受到利维斯有机体论的影响，在《乡村和城市》中就提到了乡村有机文化死去的命题，如"在那本书中，有一段令我记忆犹新的话，是这么

---

① F. R. Leavis, *Culture and Enviroment*, London：Chatto & Windus, 1933, p. 31.
② 朱新福：《美国生态文学批评述略》，《当代外国文学》2003 年第 1 期。
③ F. R. Leavis, *Culture and Enviroment*, London：Chatto & Windus, 1933, p. 1.
④ 李维屏主编：《英国文学批评史》，上海外语教育出版社 2012 年版，第 318 页。

说的：'自远古以来一直保持其持续性的整个文化如今死去了'"①。威廉斯提到的这句话便是利维斯在《文化和环境》中反复强调的。威廉斯根据自己儿时居住的乡村生活环境的体验，否定了利维斯的看法。他认为，从来就不存在所谓的"有机社会"，并运用马克思主义理论分析英国社会劳苦大众的不幸，并分析农业资本主义兴起和发展的事实。同时，威廉斯对乡村和城市两个环境进行的系统分析，也是在利维斯对乡村文化环境的基础上构建的。显然，正是利维斯对英国古老乡村社会的赞赏和对象征工业文明水平的城市的否定，引出了关于乡村和城市的话题，威廉斯才会在此基础上进一步思考乡村和城市的关系，认为乡村和城市并不是对立的关系。"但现在这个自然已经变为科学家或旅行者眼中的自然，而不是劳作中的乡下人眼中的自然。"②他这样评价城市，"财富与贫穷的对立和乡村秩序中的并无本质不同，只不过由于过于集中在疯狂扩张的城市里而变得更为激烈，更为广泛，更成问题"③。从这里可以看出，威廉斯运用政治分析，得出结论：乡村和城市都存在财富和贫穷的对立，无所谓乡村好和城市差。他谈到了夸田园和反田园，向往都市和逃离都市的现象，并列举了很多文学作品加以分析。他对英国社会劳资关系的分析可谓一针见血，打破了古典主义时代以来形成的田园主义传统，具有一定的批判意义。由此而言，威廉斯在利维斯关于乡村和城市的基础上融入了政治批评，说明了不同阶层的人对乡村和城市的感受是不同的，但威廉斯和利维斯都谈到了自然、人和社会等话题。据此推究，利维斯的思想中已经孕育了生态学理念，他关于自然生长的有机体论是不容忽视的。

第三节　论华兹华斯

英国浪漫主义诗歌受到学界持久的关注，20 世纪的英国批评家如叶芝对布莱克和雪莱的长久关注，他的象征主义理论便是在他们的启发下形成的；阿瑟·西蒙斯（Arthur Symons）对浪漫主义诗歌的评价颇具争议，但也切中要害，重视诗人的非个性，其撰写的《文学中的象征主义运动》对 T. S. 艾略特启发较大；乔治·穆尔（George Moore）认为布莱克、雪莱以

---

① ［英］雷蒙·威廉斯：《城市与乡村》，韩子满、刘戈、徐珊珊译，商务印书馆 2016 年版，第 10 页。
② 同上书，第 27 页。
③ 同上书，第 205 页。

及华兹华斯的部分诗篇符合自己的纯诗理想；T. S. 艾略特则本着"诗人不是放纵感情而是逃避感情"的态度对浪漫派诗人持否定态度。对于利维斯，他却在《重新评价》中花了较大篇幅分析华兹华斯、柯勒律治、拜伦、雪莱和济慈等五位诗人，试图平衡诗歌创作中的理性和感性之间的关系。另外，与上述评价家相比，他更加欣赏这些田园诗人。他认为，人和自然的关系体现在浪漫主义诗人华兹华斯。就华兹华斯而言，利维斯对其诗歌中流露的情感是非常赞赏的，他在研究中流露出的生态思想，主要表现为极其欣赏华兹华斯对人与自然的关系的强调。例如，利维斯说道，"普遍相信，通过重读《序言》，我们都知道，或者可能知道，他关注人类思想的发展和人与自然的关系的学说是什么"[1]。众所周知，华兹华斯和他的友人柯勒律治合写了一本诗集《抒情歌谣集》（*Lyrical Ballads*），并为诗集作了序，表达了自己热爱自然的诗歌理想，序言中说：

> 诗不是游戏文字。"所有的好诗都是强烈感情的自然流露"，但这种感情又是"经过在宁静中追忆的"。[2]

华兹华斯的"所有的好诗都是强烈感情的自然流露""经过在宁静中追忆的"，这些观点都是利维斯在批评实践中反复强调的。他认为诗人的诗富有哲理，明显表现为一种探索的语调和风格。利维斯反复强调华兹华斯歌颂大自然时的那种情感，"我们知道，华兹华斯是个'自然诗人'，这里联想到'自然'一词是可惜的，这暗示在一种含糊不清的泛神论宗教替代品的情况形成的"[3]。他认为华兹华斯关注的主要是思想，这种思想与对宗教的虔诚联系在一起的。"华兹华斯偏爱的是一种独特的人类自然性、理智性和精神健康，他对山川的兴趣是附带的。实际上，他偏爱的总是专注于最终约束力的思想方式，专注于人类和人类以外的宇宙之间有机的联系，如同劳伦斯一样的同感，它就是宗教。"[4]华兹华斯不仅接受了基督教，还信仰当时欧洲兴起的泛神论思想。因此，利维斯分析他不是单纯的自然诗人，认为华兹华斯关注山川、河流、一花一木、鸟禽等自然界和人的有机联系，与生态批评倡导的人和自然和谐的关系相契合，表明了他的生态

---

[1] F. R. Leavis, *Revalauation: Tradition and Development in English Poetry*, New York: George W. Stewart, Publisher, INC, 1947, p. 155.

[2] 钱青主编：《英国19世纪文学史》，外语教学与研究出版社2006年版，第20页。

[3] F. R. Leavis, *Revalauation: Tradition and Development in English Poetry*, New York: George W. Stewart, Publisher, INC, 1947, p. 164.

[4] Ibid., p. 165.

理念。这恰好如同《序言》中所说的那样，华兹华斯是"人性的最坚强的保卫者、支持者和维护者，他所到之处都播下人的情谊和爱"。追求人与自然的和谐，是现代社会发展的需要。

工业社会中，科学技术在推动社会高速发展的同时，也为人类生存的生态环境带来了灾难，如二氧化碳的增多带来了全球变暖的问题，酸雨的形成，工厂排出的有毒废物对湖泊、农田的破坏等，这都影响了人们的身体健康，甚至形成自然灾害性天气。人类没有爱护好大自然，大自然疯狂地报复人类。另一方面，工业社会滋生的拜金主义和个人主义使得人性堕落，道德感丧失。在法国大革命中，华兹华斯的政治思想和个人生活遭遇挫折，心灵受到创伤，能医治他的只有大自然，于是退隐湖畔，获得了道德生命意识的灵魂。为此，华兹华斯认为，人只有面对大自然才能回归淳朴的自然人性，才能恢复良善和单纯，才能挽救人类道德水准下降的危机。"正如他对大革命思想的反应一样，他保持着一种内心的平衡，这是自然的。他会把乡村教堂当作虔诚的对象，在大山之中和自然面前，呈现的是虔诚和宗教领悟之间没有不协调和迅速分离。"① 因此，利维斯根据大革命时期，分析了华兹华斯在自然面前呈现的宗教虔诚，对华兹华斯重视感情和宗教思想的平衡持肯定的态度。"我高兴地发现，在大自然和感觉的语言里，我找到了最纯洁的思想的支撑、心灵的保姆、引导、保护者，我整个道德生命的灵魂（《丁登寺旁》）。"② 因此，他的诗歌在描述山水自然风光时候，流露出强烈的感情。利维斯欣赏他对自然流露的强烈感情，认为：

> 自然是他寻求的。不包含以牺牲理性和文明为代价来崇拜直觉和原始，就是自然取代了复杂的发展，自然是一种先进的和优雅的组织……它代表着特别的人类自然性……把人性的可能性带回给我们的诗人，今天应该被发现是重要的。在华兹华斯的诗歌里，提供给我们的可能性得到实现——是以足够引人注目地加强诗歌引导生活的方向为中心而实现的……他的文化之根深入18世纪，再次强调应该栖息在他的神智健全和正常上。③

① G. Singh, *The Critic as Anti - Philosopher*, Chicago: Elephant Paperbacks, 1998, p. 40.
② 钱青主编：《英国19世纪文学史》，外语教学与研究出版社2006年版，第20页。
③ F. R. Leavis, "Revaluation（VI）: wordsworth", *Scrutiny: A Quarterly Review*, Vol. III, No. 3, December 1934, pp. 24 - 246.

在这里，利维斯还表明华兹华斯的自然观是建立在理智、道德之上的，最终的归宿是对人性的尊重，他仍然坚持在诗歌创作中应该推崇道德，也强调大自然和人类的和谐相处。从这里来看，利维斯不经意间已经把生态学理念和道德意识联系在一起了，故具有一定的生态伦理学价值。

第四节　论劳伦斯

劳伦斯被利维斯看作英国最具创造力的作家之一。1930 年，劳伦斯离开人世，成为当时英国备受争议的作家。随着时间的流逝，劳伦斯最终以他深刻的思想和高超的文学创作技巧确立了在英国文学史的地位。利维斯对劳伦斯的评价具有生态批评的特性，认为劳伦斯的有机体思想对抗了当时工业社会的机械主义。与华兹华斯相对的劳伦斯，更注重描写人性中美好的自然本性，以作为对工业文明对人异化现象的反叛和抨击。"生态批评应关注人类之间的社会生态和人类内在的精神生态。人类作为生物链上独立的一环自身内部也存在生态平衡问题。"[1] 利维斯表明人和社会、人和自身存在一个平衡关系，他强调有机论的思想，"当然，某种重复是必要的，而且应有的实施办法包含了思想体现中的变化，因为这种变化意味着发展和联系的不同内容——我思考的是包含劳伦斯思想在内的有机整体"[2]。这个有机体便是人和社会、人和自身、人和他人、人和自然的统一体，一旦统一体被打破，人与周围的一切便处于失衡状态，难以调和。利维斯认为劳伦斯的作品深刻地揭露了资本主义工业机械文明的罪恶，"劳伦斯强调，对于已知的文本，使用'机械取代人类机器'作为作品的隐含义，他也充分意识到存在带有威胁的人类问题"[3]。劳伦斯批判的矛头直指工业主义带来人异化的问题，它使得人们思维机械化，人成了机械工业社会的奴隶，更像是"人类机器"，而不像有机社会那样有机地形成一个整体。因此，利维斯认为劳伦斯对人文艺术的倡导，认为文学应该抒写工业、反映工业社会的诸多问题，也对技术—边沁主义文明表示抗议，"但是，工人——事实上，像大众一样——被剥夺了财产；他们分享着技术—边沁主义文明明显的物质主义（尽管自信消失），少数人知道钱、财富、

① 苗福光：《生态批评视角下的劳伦斯》，上海大学出版社 2007 年版，第 27 页。

② F. R. Leavis, *Thought*, *Word and Creativity*: *Art and Thought in Lawrence*, London: Chatto & Windus, 1976, p. 6.

③ Ibid., p. 11.

民主和精神上的平庸不可能带来满足感或者把文明从崩溃中保存下来，这面临着一个问题。这就是劳伦斯看作不可解决的问题"①。利维斯在文中认为劳伦斯对现有的社会形式抱着认同的态度，认为它是现有阶段必经的路，而新的力量还在成长中，慢慢奠定基础，必须捍卫它的成长以防夭折。②因此，当新的力量壮大起来，就能改变和代替旧的形式。

据此，利维斯认为现有的工业文明是社会发展的必经阶段，尽管它存在劳资分配不公的剥削现象，"我们不得不假设的是我们的文明将继续。它取决于我们可能但不敢破坏的经济基础。经济决定作用产生了一个技术—边沁主义的庸俗主义习惯，这已经变成了第二特性，甚至把妇女大规模地投入工业和事务中，这如此严重地威胁了人道主义，这些将必须进行——不管怎样，需要一长段时期。否则，经济、整个复杂的文明机器将因难控制的后果而被毁掉"③。这是利维斯对 20 世纪初工业文明的客观分析，认为资本主义工业文明的发展还需要经历相当长一个时期，这与马克思主义思想对资本主义社会的看法一致。针对这样的客观现实，利维斯坚持道："我们不得不继续坚定地实践我们根深蒂固的机会中心主义。我们必须保持活力的信心是：我们代表的是新生力量。劳伦斯——不是更少地自相矛盾的话——是强有力的鼓舞和坚持到最后的力量源泉。"④改变现实的任务虽然艰巨，但至少是个希望，而劳伦斯则是这个希望的力量源泉，利维斯把劳伦斯看作生长在英语文明之树最后的绿芽；认为那个时代的文明是愚蠢到家了，劳伦斯因此变得多么重要；结合小说中人物职业、丑陋的木工房和明显不利的生活环境，劳伦斯带来了一种创造人类精神的信心和生命丰富性随之发生的力量。⑤劳伦斯成长于现代文明时期，他的思想流露出对这个文明的不满，他希望借助小说来塑造纯朴的人性，以抵制工业文明对人性的戕害。利维斯认为"劳伦斯是我们时代的'医生'"⑥，因为劳伦斯的生态学创作对资本主义工业文明进行了诊断，以引起疗救的注意。

利维斯还肯定劳伦斯的环境保护意识，在《文化和环境》中摘录了他的一段话，这段话是他在小说中描述汽车行驶在被煤烟熏黑的乡村，使得

---

①　F. R. Leavis, *Thought*, *Word and Creativity*: *Art and Thought in Lawrence*, London: Chatto & Windus, 1976, p. 12.

②　Ibid.，pp. 12 – 13.

③　Ibid.，p. 13.

④　Ibid.，p. 13.

⑤　F. R. Leavis, *D. H. Lawrence*: *Novelist*, London: Chatto & Windus, 1950, pp. 1 – 30.

⑥　G. . Singh, *F. R. Leavis*: *A Literary Biography*, London: Duckworth, 1995, p. 99.

住所、人行道、屋顶等变得越来越丑陋，"工业化的英国弄脏了农业化的英国""传承下来的不是有机的而是机械式的"①。劳伦斯在小说中对自然和有机的农业社会情有独钟，希望找到适合现代人身心健康的伊甸园，以推崇自然和人性。他热衷于大自然和充满生机的农业社会，这和利维斯的思想不谋而合，也在一定程度上启发了利维斯的思考。在利维斯的思想体系中，他专门谈到了环境问题，谈到了当时英国工业环境被严重污染的事实，而这个问题往往被他的有机体思想观念遮蔽了，使得很多学者只关注到这个方面，而忽视了其中的生态环保观念。利维斯认为英国社会变成机械式是一个事实，他认为劳伦斯的作品充满了浓郁的乡土传统，正如韦勒克说言："乡土的和不主故常的英格兰风味。"② 因此，劳伦斯笔下的乡村自然环境成了利维斯津津乐道的对象。可见，这种有机的乡村社群生活环境便隐含了一定的生态意蕴。实际上，生态批评就是要研究文学和物质环境之间的关系。③ 利维斯这里不仅指物质环境，还谈到了与物质相联系的文化环境。他说，"修建好的乡镇也许有助于具有美好生活方式的真正共同体的发展，但这本身不能带来生活上的满足和完美"④。利维斯还借助经济学研究劳伦斯的小说，认为其痛惜英国乡村宁静的田园生活遭到破坏，工业化生产虽然能够带来物质享受，但人们情感上的精神生活无法得到满足。在这里，他要强调的是乡村自然环境和人文环境都被破坏的事实，他的观点由浅层次的自然表象进入深层次的精神内涵，是一个质的飞跃。他谈到了广告在商业利益的操纵下对大众精神生活的误导，谈到了大众生产导致标准和水平的下降，重点放在了对当下小说阅读现状的分析。他认为，商业利益使得小说创作去迎合读者的消费趣味，使得市面上流行着大量的畅销小说。例如，《文化和环境》中有一节《替代式生活》（Substitute-Living），"这就是，他们在替代生活中得到补偿。然而，不幸的是，如果一个人的生活习惯不需要任何生活的精微和完美，那么他获得的这种补偿就相应贫乏"⑤。由此可见，利维斯进一步将自己的观点延伸，表示了对当前人们阅读趣味下降的担忧。

利维斯对劳伦斯的评论非常之多，《劳伦斯》（1930）、《D. H. 劳伦斯：小说家》（1955）、《思想、语言和创造力：劳伦斯的艺术和思想》

① F. R. Leavis, *Culture and Enviroment*, London：Chatto & Windus, 1933, p. 95.

② ［美］雷纳·韦勒克：《近代文学批评史》（1750—1950，第五卷），上海译文出版社 2002年版，第 376 页。

③ 薛小惠：《美国生态文学批评研究》，北京大学出版社 2013 年版，第 9 页。

④ F. R. Leavis, *Culture and Enviroment*, London：Chatto & Windus, 1933, p. 95.

⑤ Ibid. , p. 99.

（1976）及《细察》中出现的一些文章《作为戏剧诗歌的小说（Ⅴ）：〈恋爱中的女人〉》、《作为戏剧诗歌的小说（Ⅴ）：〈虹〉》，还有一些关于劳伦斯的书评。英国学者罗伯逊（P. J. M. Robertson）认为利维斯的评价更为客观，"在《D. H. 劳伦斯：小说家》中，对客观标准的研究有时陷入了个人忠诚的迷乱中，因此表现出对艾略特强烈的愤怒和对劳伦斯高度的赞赏"①。利维斯之所以更欣赏劳伦斯，在于他小说中体现的创造力和自然性，正如韦勒克所评论的："利维斯推崇和服膺的乃是生命崇拜。"② 30 年代，利维斯在《劳伦斯》中试图推崇其在英国文学史中的地位，"他偏爱性的特点被广泛误解"③。这表明利维斯对劳伦斯强调人的精神生态尤为欣赏，他多次评价劳伦斯对现代社会情感的重视，以及对压制人生命意识的观点、理智或习俗的批判，并将浪漫诗人布莱克和劳伦斯做比较，发现"布莱克和劳伦斯的共同喜好是明显的：据说他们都关注冲动和自然，反对'理智'和惯例"④。

在分析作品时，利维斯肯定劳伦斯对工业社会批判的时候，总是对逝去的有机社会唱挽歌，"他（利维斯）是最后一个为过去的世界倡导多愁善感的乡愁怀念的人"⑤。这是利维斯欣赏劳伦斯的主要方面，也是今天生态学研究的范畴。劳伦斯寻求内心的真实，寻找生命的春天，因为，他生活的时代是 19 世纪整个社会的转型时期，包括达尔文的进化论、柏格森的直觉主义、战争、弗洛伊斯的精神分析学和人类学，等等。⑥ 这些理论思潮和战争的出现促使不少文人开始思考社会的出路，劳伦斯对生命冲动和自然的赞赏是为了治疗社会的疾病：人只有回到淳朴的自然，才能恢复良善，也才能医治社会，"他（劳伦斯）相信好的生活取决于完整情感的自发性"⑦。这接近了华兹华斯的"所有的好诗都是强烈感情的自然流露"观点，二者都强调了情感的自然流露，反对理性。这正如英国学者评论的，"意识到劳伦斯把个人责任和创造力确认为浪漫的力量"⑧。这显然是

---

① P. J. M. Robertson, *The Leavises on Fiction：An Historic partnership*, London：The Macmillan Press LTD, 1981, p. 77.

② ［美］雷纳·韦勒克：《近代文学批评史》（1750—1950，第五卷），上海译文出版社 2002 年版，第 400 页。

③ F. R. Leavis, *For Continuity*, The Minority Press, Cambridge, 1938, p. 125.

④ Ibid. , p. 113.

⑤ G. . Singh. *The Critic As Anti - Philosopher*, Chicago：Elephant Paperbacks, 1998, p. xiv.

⑥ F. R. Leavis. *For Continuity*, The Minority Press, Cambridge, 1938, p. 113.

⑦ Ibid. , p. 118.

⑧ P. J. M. Robertson, *The Leavises on Fiction：An Historic partnership*, London：The Macmillan Press LTD. , 1981, p. 76.

生态批评反复强调的自然观。利维斯退休前后，开始关注劳伦斯创造性的非个人化（creative impersonality），强调他是个天才作家，作为他的文学史专著《伟大的传统》的补充，将他和康拉德、詹姆斯、布莱克、狄更斯等归在一起。因此，通过利维斯对华兹华斯和劳伦斯的分析，笔者认为，这种分析蕴含了生态批评的因子，可视为一种生态批评的方法。

小　结

利维斯重视自然生态环境的观点源自 19 世纪中后期盛行的社会学、达尔文的生物进化论等思潮，社会有机共同体的思想几乎贯穿了他的整个思想体系，这充分说明利维斯大胆尝试用生物学的理论来研究文学，彰显了他的创新意识和前瞻意识。利维斯将有机整体学说和社会学、生物学等联系在一起，使得他的批评思想具有了生态美学价值，推进了文学研究的发展。由于学界长期以来专注于其文学研究中强烈的道德责任感，虽然 21 世纪以来在挖掘他在文化研究方面的价值，但对他的生态理念关注不够。实际上，纵观利维斯的思想体系，他长期以来关注道德、文化和自然生态三个领域，这三个领域成为他整个思想体系的支柱。由此，进一步细致探究，发现利维斯的理论涉及了伦理和生态两个问题，与 21 世纪的生态伦理批评热联系在一起，充分显示利维斯思想的前瞻性和在文学批评领域的学术价值。单纯地谈生态问题显得生态批评视域的狭隘，而兼顾生态和伦理两个方面的批评则把文学、个人、自然、社会等有机地联系在一起，增加了批评意识的厚重感。这也是利维斯思想在经历近一个世纪后仍然具有深远意义的内在魅力。由于利维斯的生态理念包括了文学和文化两个层面，而他如何把文学和文化有机地联系在一起，这也是本书重点探讨的问题。

第七章　利维斯思想的文学与文化的关系

文学和文化的关联性实际上是非常复杂的问题。近年来，文学研究和文化研究界线日渐模糊，文化研究在某种程度上涵盖了文学研究，特别在涉及文学中的种族、性别、阶级等问题时，文学研究反而变成了文化研究。在后现代解构主义思潮的冲击下，从20世纪60年代开始，欧美的"反文学""反绘画""反音乐""反文化"等迅速波及全球，出现了行为艺术、观念艺术等，将传统的艺术形式挤到边缘。在这样的势态下，文学的传统地位遭到了破坏，从中心走向边缘，其思想深度、道德教化以及情感美学等被抽离出来，文学成为支离破碎的东西，其研究在学界被称作"碎片化"的文学研究，更有一批文学研究者转向文化研究。中国学者王岳川认为："人类世界大抵有两种艺术能撼人心魂，一是充满爱心的纯粹超越性艺术，二是被压抑扭曲的反抗性艺术。前者使人心灵净化，后者使人灵肉痛苦。"而文学大概属于前者，文学蕴藉了哲学、心理学、伦理学、美学等人文精神层面的价值，解构主义放弃了这些价值，必然会使得文学陷入危机。利维斯力求倡导文学创作的思想、情感和道德价值，对于当今无疑是一剂良药，一方面解构主义要解构的东西是利维斯极力捍卫的。另一方面，文学研究面对文学无深度的创作现状可谓束手无策，出现无理论阐释状态；即使在遇到阶级、种族、性别等问题，运用西方马克思主义文论、后殖民主义、女权主义等理论阐释，也会沦落为文化研究，失去了文学研究的本色，很难处理文学研究和文化研究之间的矛盾。鉴于文学批评出现的问题，利维斯理论无疑具有一定的启发意义，他在研究文学与社会的关系中密切关注文化现象，由此形成的用文学方法研究文化，用文化批评的方法研究文学的路径具有一定的价值。本章主要分四节加以阐释：以文字语言为中心的批评语境；文学文化观念的提出；批评领域中的文学研究与文化研究；文学文化在英国的政治意义。

第一节　以文字语言为中心的批评语境

文字语言是文学表现自身艺术的媒介，而在 20 世纪初，索绪尔关于语言学的理论对西方学界的研究产生了较大的影响，加上 19 世纪实证主义方法的广泛运用，使得很多哲学家开始从语言文字的角度研究哲理问题。其中，哲学家罗素也认为哲学的认识论问题可以归结为语言问题；英国哲学家路德维希·维特根斯坦曾经谈道："关于意义的哲学概念存在于语言如何起作用这种原始的观念之中。但人们也可以说，这是一种关于比我们的语言更加原始的语言的观念。"① 他从语言意义来弄清楚世界的本质，是一次以语言角度分析哲学问题的实践。20 世纪前后，在西方语言学转向从不自觉到自觉的发展过程中，文学领域日益呈现了以语言文字分析为主的趋势。"从俄国形式主义、布拉格学派、语义学和新批评派，到结构主义、符号学，直至解构主义，虽然具体理论、观点大相径庭，但都从不同方面突出了语言论的中心地位。"② 因此，20 世纪初的语言学运用于各个学科被重视成为一种潮流，从事文学研究的英国学者们置身于学科前沿，艾略特、庞德、理查兹、燕卜逊和利维斯等都显出对文学语言的兴趣。作为理查兹的学生，利维斯深受其语义批评的影响，利维斯的文学批评是以文本为中心的，而分析文本往往要分析语言，因此语义批评就成了他的一个重要部分。索绪尔开始了对语言的现代性思考，把对语言的认知作为对经验的理解。利维斯接受这个观点并付诸实践，并且在某种意义上反对来自索绪尔的哲学和结构语言学，对他来说，语言的重要特征是它的灵活性、不确定性、创造力和它表达特殊文化增长的能力，利维斯强调语言的创造过程不赞成索绪尔主义和后索绪尔主义。他提倡重视语言分析的"细读"方法。不仅如此，他还关注语言的文化层面解读，他针对庞德对文学的界定——"简言之，伟大的文学很大程度是具有意义的语言"，认为庞德表达得不是很充分，"不能正确地把握文学与语言的联系就不能表明文学与文化传统的联系"。③ 认为语言对文学批评的重要性，并把语言和传统紧密

① ［英］路德维希·维特根斯坦：《哲学研究》，陈嘉映译，上海人民出版社 2001 年版，第 6 页。

② 朱立元：《当代西方文艺理论》，华东师范大学出版社 2005 年版，第 7 页。

③ F. R. Leavis, *How to Teach Reading*: *a Primer for Ezra Pound*. Gordon Fraser, The Minority Press, Cambrige, 1932, p. 18.

联系一起。另一方面，他与维特根斯坦交往甚深，经常讨论学术问题，而维特根斯坦用语言表述世界本质的模式给利维斯很多启发。米歇尔·贝尔（Michael Bell）在《F. R. 利维斯》中，穆罕默德·伊左拉（Mohamed Ezroura）在《科学性和意识形态之间的批评：F. R. 利维斯和 P. 马舍雷的理论僵局》中均谈到了利维斯关于语言模糊性的观点，但是他们谈得并不全面。格雷将利维斯和维特根斯坦做对比，认为二者对语言的看法有相似之处，"维特根斯坦认为语言没有必要的确定意义，恰恰相反，它们是由自己在特别的语言游戏来确定的，这类似利维斯的语言必须依靠语境决定的观点"①。雷蒙德·威廉斯在《文化与社会：1780—1959》一书中提到利维斯说传统的最精微和最易毁坏的部分都是包含在我们的文学和语言中的，而伊格尔顿认为利维斯的思想中语言、文学和有机社会都具有完整性，三者有着一定联系。"对于利维斯主义者来说，有机社会流连驻足之处乃是英语的某些运用方式。商业社会的语言抽象而贫血：它已与活生生的感官经验之根失去接触……文学在某种意义上本身就是一个有机社会：它之所以重要是因为它已经就是一个完整的社会意识形态。"② 伊格尔顿在这段话中指出，利维斯的有机社会论认为文学语言更适合表达人类经验，英国文学在语言上是可感知的。因此，利维斯不仅把语言分析放在文学批评领域，而且推广到文化批评领域。在利维斯的思想体系中，语言、文学、文化是三个关键词。而且，利维斯通过有力的论证将它们有机地联系一起。

大英帝国经历第一次世界大战后失去了对殖民地的统治，日不落帝国大厦彻底坍塌。英国民众普遍存在消极悲观的情绪中，而知识分子纷纷在探寻新的出路，重新树立民族自信心。这时，从事文学批评的利维斯坚信英语文学能够帮助英国走出困境。为此，利维斯分析了三个原因：其一，由于长期以来英国主要高校只注重古典文学，学生只熟悉希腊语和拉丁语，而对英语文学较为漠视。其二，大众文化正在冲击英国人民当下的传统生活，文化陷入衰落。广告、电影、电视使民众屈服于最廉价的精神诉求，失去了对生活的深度思考。其三，英语文学以语言为媒介，将传统和现代连接起来。由于英语能记录英国民族的身份、历史、思维和精神世界，这是其他语言无法代替的。"一部分原因是，精英大学越来越渴望通

---

① Dary Day, *Re – Reading Leavis*：*"Culture" and Literary Criticism*, London：Macmillan Press LTD, 1996, p. 184.

② ［英］特雷·伊格尔顿：《二十世纪西方文学理论》，伍晓明译，北京大学出版社 2007 年版，第 32 页。

过文学研究保留英国特性，开始从古代帝国语言的研究转向英国研究。"①
美国学者吉纳维芙·阿布拉瓦内尔（Genevieve Abravanel）指出，当时很
多从事英语教育的学者想通过文学研究来重建一种英国传统，形成了一种
影响英国文化思想的潮流，虽然他对利维斯的思想缺乏全面的了解，但他
肯定了利维斯在文学批评领域做出的贡献。的确，利维斯希冀英语能够在
传承英国文化传统中发挥应有的作用。在《大众文明和少数人文化》中，
利维斯认为美国对英国产生了较大的影响，"共同的事实是我们正被美国
化，而最后的事实是没有意识到这点"②。从这句话看出，利维斯的出发点
则是抵制美国化，以免英国失去自己的文化特性。为了强调语言的重要
性，在《大众文明和少数人文化》《我们时代和大学的英语文学》《教育
和大学：英语教育概论》三部书中，利维斯着重探讨了英语文学人文教育
的问题。

在英语教学中，利维斯指导学生通过语言文字挖掘背后的精微性。他
认为文学语言极为复杂而深奥，必须掌握一定的方法来解读文学作品。他
不仅倡导"细读法"，同时在课堂上讲授《怎样教阅读：庞德的入门书》
（*How to Teach Reading：A Primer for Ezra Pound*），让学生掌握解读文本的
技巧。他针对庞德关于文学的定义："文学很大程度上仅仅指涵盖意义的
语言。"指出其不完善性：没有真正把握文学和语言、文化传统的关系。
认为，"既定的文学传统往往和既定的语言联系一起……语言不仅是文学
传统恰当的一类，如果有人不想同时说语言很大程度上是传统的产物，那
么，有人会说这种传统是由语言发展而来的"③。利维斯的这段话暗示了语
言形成文学传统的重要性，而作家的创作不可能做到这点，文学传统需要
借助语言才能保持其鲜活的生命力。强调语言对维持文学传统鲜活的重要
性，利维斯要求在大学中主要培养对语言的感知力（sensibility），"一切都
开始于感知力的训练，加上武装好学生以抵制技巧陷阱……借助在分析方
面的持续而多种训练的方式，值得强调的是文学由语言组成，在诗歌和散
文方面，一切值得说的东西可能与关于对本页语言特殊安排的判断有
关"④。只有培养良好的感知力才能深入挖掘文本的思想、文化乃至生活，
利维斯把语言当作"象征人类思想的方式"。因此，英语文学肩负着传承

①　［美］吉纳维芙·阿布拉瓦内尔：《被美国化的英国：娱乐帝国时代现代主义的兴起》，
　　蓝胤淇译，商务印书馆 2015 年版，第 32 页。
②　F. R. Leavis, *For Continuity*, The Minority Press, Cambridge, 1938, p. 17.
③　F. R. Leavis, *How to Teach Reading：A Primer for Ezra Pound*, Gordon Fraser：The Minority
　　Press, Cambridge, 1932, p. 19.
④　Ibid., p. 25.

英国文化思想的任务，这促使利维斯在40年的教学生涯中推进英语文学研究的发展。利维斯多次提出"文学文化"这一关键词，试图构建自己以语言为媒介的文学文化思想体系。

在文学研究实践中，利维斯认为，在17世纪中，情感的分裂（dissociation of sensibility）现象开始出现：注重思考（thinking），不再用情感来感受（smelling），语言游离于经验。因为利维斯对弥尔顿的蔑视在于弥尔顿没有重视英国语言风格而采用拉丁语式的英语形式，把英语视为枯燥无味的形式，这对后来的文学发展很不利，利维斯的这一观点得到许多学者的认同。虽然俄国形式主义是西方现代形式主义批评流派的源头，影响了欧美各界的学者。然而，韦勒克认为，利维斯对语言的重视又不同于俄国形式主义批评者那么重视形式技巧，把形式问题看作语言问题。正如韦勒克曾认为的，"利维斯一方面如此强调文字，一方面终究斥之为仆佣，只能凭借它们来感受，在我看来其中存在矛盾"①。而学者弗朗西斯·穆尔赫恩（Francis Mulhern）发现了利维斯的动机所在，他在《〈细察〉的重要性》中谈道："诗歌文字不是吸引我们去思考和判断，而是深入体验或者感同身受——去体会文字表达的一个复杂经验……批评家的旨趣首先是在于尽量敏锐完整地体会需要引起重视的这样或那样的经验，一定的评价也就包含这种体会。当他在体验新事物时渐渐成熟了，他就要明确而又含蓄地问道：'这种经验从何而来？它怎么会涉及……?它看来怎么会具有相对重要的意义？'他所定形的组织结构……不是一个理论体系或取决于抽象思考的一个体系。"② 这段话肯定了利维斯关于从文字表达来体会复杂经验的观点，和韦勒克的看法是不一致的。利维斯只是借助语言文字的经验感受，而不在乎文字风格或韵律特色层面的美学价值诉求，显然，韦勒克对利维斯的做法表示不满。

第二节 文学文化观念的提出

利维斯提出的"文学文化"是相对于曾经在英国盛行的宗教文化。英国评论家伊格尔顿曾经对20世纪初的英国宗教这样评价，"宗教，至少维

---

① ［美］雷纳·韦勒克：《近代文学批评史》（第五卷），杨自伍译，上海译文出版社2002年版，第387页。

② Francis Mulhern, *The Moment of "Scrutiny"*, London：New Left Books, 1979；London & New York：Verso, 1981, p. 32.

多利亚时代的宗教，是一种安抚力量，它培养驯顺、自我牺牲和沉思的内心生活。因此，维多利亚时代的统治阶级一看到这种意识形态话语的可怕解体就惊慌失措是毫不奇怪的"①。分析宗教在英国遭遇的信仰危机后，他又借助牛津大学教授乔治·戈登（George Gorden）的话，认为教会在衰落，补救的方法是用英国文学来拯救人的灵魂和治疗生病的英国。② 从这里看出，英国宗教文化日益衰落，而兴起的英国文学也作为一种意识形态，在道德教化、情感提升和培养思想深度等方面，它具有与宗教文化相似的社会功能。英国文学的学科优势日益凸显出来，这使得利维斯和其他学者看到了新的希望。在这样的背景下，从利维斯对英语的强调、对英语文学的重视到对文化的密切关注来看，他已经把文学和文化有机地统一起来。正如上文所言，既然英语有利于传承英国文学传统，而文学反映了英国人的精神世界、生活方式，规范了道德行为标准和社会秩序，利维斯就从文学研究中发现了文化的作用，希望能借助文学实现自己的文化理想。在他的批评实践中，"文学"与"文化"密切联系一起，集中体现为他的"文学文化"思想。

在利维斯的众多论著中，文学和文化均被假设为处在四面楚歌的困境之中，反映了他对英国前途的悲观心态。《大众文明和少数人文化》《我们时代和大学的英语文学》《教育和大学：英语教育概论》两部书多次提到美国文化威胁论，吉纳维芙的《被美国化的英国：娱乐帝国时代现代主义的兴起》也特别提到英国被美国逐渐取代的趋势，从这里可以看出利维斯的睿智。利维斯在提到文学的困境时，从内因和外因来分析文学的遭遇。从外部来看，由于人与人之间的交流日益频繁，大众文化从美国漂洋过海登陆英伦三岛，分解了原来有机统一的文化体系，很多英国民众放弃文学阅读而选择电影、广播等。从内部来看，文学作为学科原来只在女子大学和职业学校开设，正规高等院校根本不重视。文学研究的标准参差不齐，亟待通过文学变革来形成新的文学批评传统。在这样的双重问题面前，利维斯的批评研究开始就把文学和文化放在中心地位。前文提到利维斯创立《细察》杂志的目的是在全国开展文学道德和文化的运动。从 30 年代到 70 年代，他一直未停止过这样的运动，晚年他写过《我的剑不会停止》一书，这也表示他坚定不移的决心。在当时的英国剑桥，还有利维斯的导师理查兹和同门燕卜逊等都投入对文学的改造运动，但他们受语言中心论的

----

① ［英］特雷·伊格尔顿：《二十世纪西方文学理论》，伍晓明译，北京大学出版社 2007 年版，第 22 页。

② 同上。

影响，仅仅从文学的语义入手进行理论建设。而利维斯注意到了语言的多义性，指出"文化"就是"语言"的定义，并借用艾略特的话，"当存在许多已知的事物，当许多知识领域里，同种语言被用于不同的意义时，当每个人了解许多事物的一些后，对每个人来说，理解他是否讲的什么，这就变得日益困难了"。对此，利维斯呼唤一种强有力的批评潮流到来，并敦促在大学培养经过严格文学训练的人。① 在这里，利维斯把文学和文化有机连在一起，简而言之，对文学语言的解读就是对文化的理解，这种有力的批评便是文化批评。他在剑桥大学着力推进文学研究的发展。"结论是时代使我们面对一种新的意识准备的必要：我们不得不为保持鲜活、有力采取措施，为发展具有目的、价值和人性的全部人类意识而采取措施，（或者应该）由于漫长的创新性的文化传承，这种人类意识接近了我们。于是，这促使我进入'大学'。"② 这段话表明，为了保持鲜活而强有力的文化传统，以及为了丰富人类意识，利维斯着力发展大学的英语文学，也就是借助人文教育来传承文化传统。和当时专注语义批评或者后期新批评的学者相比，利维斯一开始就通过文学批评来关注文化问题，这种对文化的关注便带动了文化批评的兴起，使得他的批评视域更为开阔，也和传统的批评模式和现代新批评拉开了距离。

早在 30 年代开始，利维斯在就开始撰写很多文章，如《文学与社会》《文学思想》《马克思主义和文化传承》《文学批评与哲学》《基督教偏见的逻辑性》等。从这些足以看出利维斯的批评视角涉及了哲学、历史、社会学、政治、宗教、传播学等知识，他运用广阔的文化视野来评论文学。在这些论文中，他将文学和文化密切联系在一起，具体体现为如下三点。其一，同时推进文学和文化的变革运动。正如上文提到的，在宗教日益衰败的态势下，文学拥有取代它的绝对优势。而现有的文学研究标准混乱，文学传统如一潭死水。亟须树立新的标准和构建新的文学传统。高雅（high – brow）文化受到大众文化的冲击，英国文化面临被美国化的危机。基于这些，利维斯决心把希望寄托于在校的学生，他着重培养学生对文学语言的感知力，通过细读来体会语言的精微性，以进一步了解生活、思想和人性。"没有熟识语言的精微性，没有洞悉抽象或普世的思想与实在的人类经验的联系，那么单独对文学进行反复训练可能产生一种思想，这种

---

① F. R. Leavis, *For Continuity*, The Minority Press, Cambridge, 1938, pp. 31 – 32.

② F. R. Leavis, *English Literature in Our Time & The University*, London. New York. Melbourne： Cambridge University Press Camberidge, 1969, p. 2.

加入社会政治研究的思想将没有边界和促使其应该这样。"① 因此，利维斯认为只有经过语言的感知力训练，掌握高雅文化的人才能严肃地主导文化向良性轨道发展，才能拯救濒临危险的英国文化。其二，通过英语将文学和文化紧紧地团在一起。利维斯强调英语的重要性，因为他认为文学传统需要依赖英语来构建，另外，他在《大众文明与少数人文化》中反复谈到"语言即文化"的定义。于是，可以推论是文化构建了文学传统。他在《文学与社会》中反复提到"文学文化"一词。例如，他认为华兹华斯对奥古斯都时代的反应并不意味着迈向重建过时的文学文化和全部生活活力资源的有机联系；评价班扬本身就表明他证明了大众文化在伟大的文学水平上怎样和文学文化联合起来。② 因此，纵观他的批评话语，文学文化成为他提出的重要概念，具有深远的意义。其三，在文学批评实践中发掘自己的文化理想。利维斯在文学批评实践中，由最初对文学语言的重视转向对文化的关注。例如，他对英国诗歌发展的历史做了系统的分析，对诗歌的语言做了较为细致的分析。然而，他在对英国小说史进行分析的时候，对道德、社会、人性、宗教等进行了多方面的阐述。在对这两方面展开批评的时候，利维斯对 18 世纪奥古斯都时代和 19 世纪维多利亚时代的文化风气极为推崇。

第三节　批评领域中的文学研究与文化研究

按照文学文化观点的提法，利维斯的研究领域已经包含文学研究和文化研究两个方面。和今天的大众文化研究相比，尽管那时的文化研究只涉及通俗文化的方面，但已经预示了一门新学科的出现。从当今学界研究来看，文学研究和文化研究已经成为两个领域，但是，在文化研究这门显学的兴起和创立之初，文化研究最初产生于文学研究领域，文学研究的文化视角使得视域从纯文学的圈子走出来，进而拓展到多种学科和非学科领域，最终促成文化研究学科的形成。这具体体现在利维斯、霍加特和威廉斯这些学者的思想观点和批评实践之中。

利维斯继承了马修·阿诺德关于精英文化（当时少数人享有的主流文化）主导地位的观点，虽然他们开始在文学研究中关注文化问题，但是与马修·阿诺德不同的是，他以英国文学为研究对象，而阿诺德则以古希腊

---

① F. R. Leavis, *The Common Pursuit*, London：Chatto and Windus, 1972, p. 194.
② Ibid. , pp. 191 – 192.

罗马文学为对象。其原因在于利维斯为英国文学的兴起推波助澜，试图在英国文学领域进行道德和文化的变革运动，与阿诺德相比，他的思想顺应了时代的发展。由于利维斯对阿诺德文化观点的继承，与同时代推进英国文学发展的理查兹、燕卜逊等学者相比，他不仅仅关注纯文学性的审美问题，还探讨文学中存在的文化问题。例如，利维斯在《少数人文化和大众文明》中把语言比作文化，呼唤一种强有力的批评思潮来理解文本的文化意义。不仅如此，他还关注流行小说，期刊、广告、电影等通俗文化现象，使得他的研究越过了文学，涉及社会学、历史学、宗教学、新闻学、广告学、影视学甚至非学科领域。可以清楚地看出，利维斯的思想体系出现了文化研究逐渐脱离文学研究的迹象。这种迹象主要体现在《细察》杂志《文化和环境》《少数人文化和大众文明》《小说与阅读大众》等期刊、论著中，主要呈现以下两点。其一，主要以他的学术论著为代表的。如《文化和环境》、《少数人文化和大众文明》、《我的剑不会停止》、《文化传承》、《小说家狄更斯》、《作为小说家的劳伦斯》等。他陆续提出了文化共同体、提升通俗文化的道德素养水平、提倡多元文化、树立文学批评中的传统文化标准、批判工业文明下的技术－边沁主义 等等。其二，散见在期刊、其他论著的。季刊《细察》不是只关注文学的期刊，文学研究虽然占主导，但有一些论文谈到文学以外的文化现象。例如，第 13 卷第 1 期 1945 年春季版的《历史的阐释》（*Interpretation of History*）；第 13 卷第 3 期 1945 年秋季版的《计划的文化内涵及普及》（*Cultural Implications of Planning and Popularization*）评价曼海姆（Mannheim）教授的文化观；第 10 卷第 1 期 1941 年夏季版的《走向音乐学院》（*Towards a Musical Academy*）对音乐艺术和教育的评价；其夫人 Q. D. 利维斯的《小说和阅读大众》在分析小说和读者之间的关系时，涉及了书市的供求状况、新闻媒体的传播作用、读者消费心理的变化，并根据文化市场将读者分为高眉、中眉和低眉三个层次。从这些学者的研究来看，基本上涉及了文学研究和文化研究两个方面，证明文学和文化在利维斯及其追随者看来是密不可分的。

在利维斯的影响下，威廉斯吸取了利维斯的研究路径。在利维斯的研究论著中，他是以文学研究为中心的。从他的研究成果来看，他的文学史研究成果主要有《重新评价：英语诗歌的传统和发展》《伟大的传统》《英语诗歌新方向：当代形势研究》。此外，他的文学批评成果则体现在《共同的追求》《一切都为了传承》《迈向批评的标准》以及散见在《细察》中的诸多论文。然而，他的文化研究则主要集中在《少数人文化和大众文明》和《文化和环境》两本小册子中。相比利维斯对文学研究的偏重，威廉斯的文学研究和文化研究成果则是平分秋色。例如，他的成果主要是《马克思主义和文学》《英国小说：从狄更斯到劳伦斯》《现代悲剧》《政治与文学》《漫长的革命》《文化与社会：1780—1950》《乡村与城市》《关键词：文化与社会的词汇》《电视：科技与文化形式》。从早期的文学研究来看，威廉斯沿袭了利维斯的批评方式，然而，二人在对文学研究和文化研究的批评实践中呈现了明显的差异。从后期研究的趋势来看，威廉斯开始从文学研究领域向大众文化研究领域转变。从这个发展来看，证明了60年代的英国学界密切联系时代和社会。在威廉斯、霍尔这些学者看来，大众文化发展的态势如日中天，成为英国老百姓接受的日常生活方式，加上新左派推动下的工人阶级文化也越来越成为英国文化的一部分。因此，大众文化的出现恰逢其时，作为一种文化革命迅速占据各个领域。而相应的文化研究也跟着成为热点，利维斯带动了霍加特、威廉斯、霍尔等伯明翰学派成员，促使很多学者转入文化研究领域，开始关注青年亚文化、性别、种族等更为广泛的领域。

文化研究正式从西方进入中国是20世纪90年代，它被引入文学研究领域，中国知识分子开始运用文化批评来研究文学问题。同时，文化研究开始向其他领域蔓延，如果说英国的文化研究是本土生长出来的，那么中国的文化研究则是来自国外且结合中国本土的问题发展的。因此，21世纪以来，文化研究在中国的发展态势迅猛，致使很多从事文学研究的学者转向文化研究领域，导致了一种泛文化研究的现象。2003年，中国著名学者曹顺庆撰写了《从"文学研究"到"文化研究"：世界性文学审美特性之变革》一文，认为"一个突出的现象是，欧美各国的大学文学系的大部分文学研究者的研究重心，已经从纯审美文本的解析转向了对文明体制、大众传媒及其内外冲突等文化文本的批评性解读"[1]。这反映了文化研究对文学研究的冲击，引发了文学会否消亡的长时间论争。反过来看，文化研究最初源于文学研究，而回到利维斯的"文学文化"，他建立的以文学为中心的文化似乎给了中国学界一个答案，如果文学研究者们始终以文学为中心来进行研究，那么不管文化批评涉及任何领域都会回到文学这个原点上面来，而中国学界对泛文化批评的假想和文学消亡论就不会那么惶恐了。

---

[1]　曹顺庆：《从"文学研究"到"文化研究"：世界性文学审美特性之变革》，《河北学刊》2003年第5期。

第四节　文学文化在英国的政治意义

据上文看来,利维斯的思想体系集中体现为"文学文化观"。可以说,他的文学研究和文化研究相互渗透,相互促进。这正如一位中国学者所说:"在利维斯这里,文化被具体为'文学',一如阿诺德的诗歌,文学经典居于文化的核心,成为引导社会的航标。"① 充分道出了文学和文化从历史起源来讲就是根叶相连的本质。利维斯如此推崇文学文化,在于当时英国社会空前的政治、文化危机,引发了英国一批知识分子对英国现状的担忧和反思。于是,正如前文提到的,阿诺德、库奇、理查兹等英国前辈认为文学具有传承鲜活的传统文化的功能,能够担当拯救文化危机的重任。在一批学者的努力下,英语文学作为学科开始在剑桥、牛津等大学陆续建立起来。因此,英语文学在当时被他们推崇备至,渐渐成为大学重视的学科而跻身大学的中心地位,这样也就适时被利维斯视为英国文化发展的航标。

20 世纪前半,特别是二十年代之后,文学批评在英国(尤其在美国)的性质和地位有显著的改变和提高,成为一种专门学科。大略地讲有以下特点:(一)从注重历史背景、作家生平转而注重作品本文的性质、特点和价值。(二)强调对诗、小说、戏剧的特定结构形式和美学意义的分析研究。(三)运用现代科学研究成果如心理学于文学批评上;(四)从大的方面阐述文艺创作和文论两者在整个文化中都是中心成份,有同等地位。②

由此可见,文学学科在当时获得了正统地位,改变了只重视文学创作而轻视文学批评的传统观念。"他的文评注重文学的社会文化意义。他十分关心英国的生活与文学里文化传统的存亡。所以他的著作中讲传统(特别是诗和小说的),立准则,并强调大学教育要培养出一批能维持光大作为文化中心的文学传统的里手、行家。"③ 可见,利维斯认为文学能够维持

---

① 易晓明:《文学研究中的文化身影——从文学研究到文化研究》,《外国文学》2011 年第3 期。
② 周珏良:《二十世纪上半的英国文学批评》,《外国文学》1989 年第6 期。
③ 同上。

文化传统，并全身心致力于文学中的文化研究。他的文学文化观招致当时英国学界的嘲笑，特别是保守势力的诋毁。

但是，利维斯并未气馁。例如，他撰写了一部书《我的剑不会停止：论多元主义、怜悯和社会希望的演说》（*Nor Shall My Sword*：*Discourses on Pluralism*，*Compassion and Social Hope*，1972）。在书中，他试图捍卫文学文化的中心地位，反对查尔斯·珀西·斯诺（Charles Percy Snow，1905—1980）"两种文化"的论调，坚持只存在文学文化这一种文化，提出"文学是什么"和"最终为了什么"等问题。这便是英国教育史上著名的一次文化论争。斯诺也在剑桥大学基督学院从事研究、教学和管理工作，不仅是科学家也是小说家。他撰写的《两种文化与科学变革》（*The Two Cultures and the Scientific Revolution*）于1959年出版，在这本书中，斯诺提出了"两种文化"的概念，注意到科学与人文的联系的中断对解决世界上的问题是一个主要障碍，认为很多人文学者对科学一无所知，反过来科学家也对人文文化所知寥寥，如"存在两个不能交流和相互陌生的文化，有必要把二者联系一起"①。对此，利维斯强烈反对他将文化分成科学和人文两种文化的看法，认为只存在一种文学文化。"没有感觉到存在一种转变，斯诺就从文学文化滑进传统文化……他对历史一无所知……他对文明变化产生文学文化毫不了解。"② 利维斯认为传统文化蕴含在文学中的，只有了解历史才能真正了解传统文化。他这样评价的原因在于，斯诺将文化分为科学文化和文学文化，并且褒扬前者，贬斥后者，显得天真、无知。利维斯认为，斯诺不了解文学中代代相传的传统文化，"当我说他不了解文学是什么，这一点也不夸张"③。从这看出，利维斯仍然坚持文学中存在着传统文化的观点，并坚持只存在文学文化这一种文化。

此外，利维斯还极力反对科学技术推动下形成的工业文明，并提到了勒德分子④，"我随即关注到那些被当作对工业文明的发展和人类意义比斯

---

① F. R. Leavis, *Nor Shall My Sword*：*Discourses on Pluralism*，*Compassion and Social Hope*，New York：Barnes & Noble Books，1972，p. 44.

② Ibid.，p. 49.

③ Ibid.，p. 55.

④ 19世纪，由于大量的机器在英国工厂被普及，很多掌握旧技术的工人被解雇，技术革命使得这些工人被新的机器和掌握新技术的工人代替。而还未完全完善的社会福利体系使这些工人不能维持生计。慢慢地这些人开始组织起来反抗社会表示不满，希望回到工业革命之前被重视的时代。19世纪初，他们在诺丁汉堡、约克郡西部、兰开夏郡进行集会，以奈德·勒德为精神领袖，冲进工厂驱赶工人，破坏机器。这些工人被学界称作"勒德分子"，随着时代的发展，勒德分子也被学界引申为具有反机械化以及反自动化观点的人。

诺并不简单评价的作家都被称作勒德分子"①。声明自己、阿诺德、劳伦斯、狄更斯等作家不是破坏机器要求维持生计的勒德分子。他说："以强调的方式表明伴随有机共同体生活的消逝，这在任一可预见的未来不能恢复。"② 在这里，利维斯仍然坚持英国工业革命之前的 17 世纪存在一个有机共同体，这个共同体充满了诗意的生活气息，这种假说贯彻在他的整个思想体系中。因此，他谴责 18 世纪英国工业形成的物质主义破坏了这个共同体社会，使得整个社会变得机械呆板、毫无生气。基于这个假设，利维斯坚决反对推动工业文明兴起和发展的科学文化。在此基础上，他还列举了劳伦斯和狄更斯两位著名作家，"多么有力的讽刺哦！1915 年劳伦斯高度赞美机器因为它给我们带来了舒适的生活！"③ "狄更斯是一个勒德分子，这与《董贝父子》的动力和感受不相符。"④ 他认为二人都具有对社会的天才般的洞察力和智慧，都关注生活和艺术。而且，利维斯还指出，"斯诺以《新政治家周刊》（New Statesman）⑤ 圈子或时髦的伦敦文学世界的文学知识分子来表述'科学文化'和'文学文化'"⑥。"斯诺的'文学知识分子'是艺术和生活的敌人。"⑦ 利维斯在《里士满演讲》（Richmond lecture）中鲜明地指出了斯诺观点的实质，认为斯诺的两种文化对艺术和生活都不利。可见，利维斯否定自己是勒德分子在于自己对艺术和生活的捍卫，实际上是一个激进的人文主义者。

利维斯和斯诺各持己说，形成了两种文化和一种文化的论争。从今天的角度来看，实际上反映了当时英国文化研究进程中，学界对文化这一术语的界定模糊，当文化研究发展到伯明翰学派威廉斯这里，文化的界定便富有全面的意义。"文化是一种生活方式"这一说法已经得到学界的公认，因此，斯诺带着文学文化和科学文化二元对立的思维来对文化分类的假说，从侧面反映了学界和人文教育存在的问题，引起了中国学界对他的关注。正如学者陆建德说的："说到底，科学与文化物质的母体须臾不能分离，意识形态不仅影响科学，甚至还在相当程度上规定了科学思想的发展

---

① F. R. Leavis, *Nor Shall My Sword*: *Discourses on Pluralism*, *Compassion and Social Hope*, New York: Barnes & Noble, 1972, p. 80.

② Ibid., p. 85.

③ Ibid., p. 80.

④ Ibid., p. 83.

⑤ 1934 年创刊，伦敦出版的较有影响的刊物，主要关注政治、社会、电影、戏剧等，读者多为知识界人士。

⑥ F. R. Leavis, *Nor Shall My Sword*: *Discourses on Pluralism*, *Compassion and Social Hope*, New York: Barnes & Noble, 1972, p. 87.

⑦ Ibid., p. 88.

方向。"①这句话表明文化是一个整体，在今天"大文化"思维下，文化获得了新的了更为宽泛的内涵，不仅涵盖了科学也包括了文学领域。

回到本节论证的原点，利维斯和斯诺关于文化的论争反映了利维斯对文学文化的捍卫，文学学科在剑桥方兴未艾，却得到了利维斯等学者的极力推崇，他们发誓挽救英国文化的危机处境，反映了其作为知识分子的政治理想。前文在论及利维斯理论思想形成中提到，阿诺德对利维斯产生了较大的影响。阿诺德在政治批评专著《文化和无政府状态》中指出英国当时出现了重要的文化危机，表现在野蛮人（贵族）、腓力士人（中产阶级）和群氓（平民）流露的自满情绪，出现在街头的游行示威和打砸抢事件，提出依靠文化的力量来变革社会秩序。因此，利维斯在文学批评中吸收和实践了阿诺德的文化理论，强调去把握文学发展历史中的传统文化。他反复在《细察》杂志中强调"开展一种道德和文化运动"，试图借助人文教育的力量把英国公民培养成有教养的好人，以促成文化的变革，试图继续贯彻阿诺德的政治思想理念。

不仅如此，利维斯还多次提到美国，认为美国的大众文化对英国传统文化产生了直接的威胁，而英国"成为美国世界的一个省，我这样说不是对美国人而是对事实上的美国化产生了敌视——在这样的形势下，这些英国小说家被边缘化了"②。从这里可看出，利维斯作为文人的爱国良知和责任担当，他担心英国被美国化的思想引发了英美学界的质疑和争论。韦勒克直言不讳地指出"他的地方主义或英格兰本土主义"③，认为利维斯思想过于保守和僵化。而另一位美国学者吉纳维芙·阿布拉瓦内尔（Genevieve Abravanel）专门就利维斯的思想折射出的英国人围绕美国化问题的争论，撰写了《被美国化的英国：娱乐帝国时代现代主义的兴起》一书。该书揭示了20世纪上半叶英国人直面美国文化入侵而生发的焦虑和担忧，认为美国化的观点不是基于深沉的不安全感之上的一种装饰性的宣扬，而是扎根于利维斯文学和文化理论的核心，并指出："他借由'美国化'一词——'标准化'的一个大概的同义词——从各个方面揭示了'大众文明'的民

---

① ［美］乔治·勒文编：《一种文化：科学和文学论文集》（麦迪逊，1957），转引自陆建德《从C. P. 斯诺的〈新人〉看"两种文化"》，《外国文学》1996年第2期。

② F. R. Leavis, *Nor Shall My Sword*: *Discourses on Pluralism*, *Compassion and Social Hope*, New York: Barnes & Noble, 1972, p. 159.

③ ［美］雷纳·韦勒克：《近代文学批评史（1750—1950）》，杨自伍译，译文出版社2002年版，第405页。

族潜质，这在两次世界大战期间对英国造成了威胁。"① 这段话一针见血地指出利维斯反对美国化观点的实质：批判美国文化霸权主义，而利维斯捍卫英语和英国文化传统的地位对于批判美国霸权主义有着重要的意义。这等于说，吉纳维芙间接地回应了韦勒克对利维斯的质疑。

利维斯以他敏锐的眼光捕捉到英美两国在大西洋的博弈，流露出对本土传统文化未来发展的焦虑。作为一个人文知识分子，他只有从自己从事的文学批评出发来对美国化现象加以抵制，"从学术上来讲利维斯把自己定位在一个人文传统中"②。因此，利维斯为了英国人有更好的传统，在《伟大的传统》和《重新评价：英语诗歌的传统和发展》中贯彻了一种道德意识，试图影响英国国民的品性。而从今天来看，任何国家都不可避免地面对多元化时代，适应多元文化而共存。而利维斯作为捍卫传统文化的学者，在当时英国文化走向多元化的进程中注意到了美国文化对英国的负面影响，对多元主义持全面否定态度，"'多元主义'当然是一种接触心理驱使下自卫的良策"③。实质上，任何事物都有存在矛盾的两面特性，显然，他只看到文化多元化的一面，就正如韦勒克评论的那样："他把'多元论'斥为'要求漫无条理和机会主义'。"④ 因此，由于利维斯在思想中流露的保守心态遭到了部分学者的批评，长期以来，他反对美国化的观点研究也更多地停留在表面的复述，没有得到进一步的阐释。

但是，近些年来，随着学界在文化研究和政治批评方面的推进，利维斯与斯诺关于两种文化的争论，以及他对美国文化霸权主义的批评在一定程度上凸显了他的政治理想——这在他的思想体系中有着重要的意义，都将促使学界重新审视他在文化批评方面的政治意义。另外，他与阿诺德的很多观点相契合。只是阿诺德有着教育督导和诗人的双重身份，毫无疑问，他的《文化与无政府状态》把文化和政治密切联系起来，堪称文化政治批评的典范，而利维斯长期浸淫于文学批评领域，使得其思想的政治性被人忽视，而实质上利维斯的思想体系具有鲜明的政治特点。

---

① ［美］吉纳维芙·阿布拉瓦内尔：《被美国化的英国：娱乐帝国时代现代主义的兴起》，蓝胤淇译，商务印书馆 2015 年版，第 146 页。

② Guy Ortolano, *The Two Cultures Controversy*：*Science*, *Literature and Culture Politics in Postwar Britain*, London：Cambridge University, 2009, p. 86.

③ F. R. Leavis, *Nor Shall My Sword*：*Discourses on Pluralism*, *Compassion and Social Hope*, New York：Barnes & Noble Books, 1972, p. 165.

④ ［美］雷纳·韦勒克：《近代文学批评史（1750—1950）》，杨自伍译，译文出版社 2002 年版，第 406 页。

小　结

本章根据文学新变和文化革命的时代背景，客观评价利维斯处理文学和文化两个问题的方式、方法和价值。认为他的"语言即文化"的界定以及"文学文化"的提法有机地把文学和文化联系在一起。利维斯的"文学文化"从本质上来讲是以文学为中心的文化形式，具有以其超越具体社会学和宗教准则的审美特质，实现了提升道德和人性意识的功能。认为只有文学才能传承文化传统，这主要是因为文学获得了当时剑桥大学一些学者的推崇，文学能打动人的情感和教导道德意识。因此，文学获得了利维斯的推崇，他把文学文化看作取代宗教文化的力量。利维斯一生致力于英语文学的讲授和研究，但关注的始终是英国文化怎样从困境中走出来。他认为，英国文化正遭受国内电影、广播、报刊、出版社等大众文化冲击，同时受到来自大西洋彼岸美国文化的影响。他假想文化已遭内外夹击，他也致力于怎样使英国文化摆脱这样的危机，甚至带有民族主义倾向。因此，他的"文学文化"概念明显流露出一个文人的政治理想。因此，文学和文化的关系论证虽然较为复杂，但通过文学现象关注整个文化的问题是利维斯逐渐走向自觉的结果。

第八章 利维斯的文化批评理论

利维斯在关注文学的过程中注意到流行文学样式、新闻媒介、大众文化等的兴起，使得他的研究从纯文学研究领域转移到通俗文化领域，并形成了独特的文化思想。他继承了阿诺德的衣钵，发展了文化概念；坚持以文学批评为主的文化研究传统；力主中产阶级的精英文化，反对工人阶级的大众文化；开启了媒体文化研究的传统；提倡建立理想文化共同体；等等。由于他对大众文化的抵制态度使得他变得过于保守，但是，他的文化研究理论对社会发展具有一定的批判功能，在今天仍具有积极意义。他从文学批评出发，关注对生活的批评，率先从文学的角度关注文化，从美学的角度转向社会学的角度去关注文学，也为文学研究转向文化研究奠定了有力的基础。下面笔者将从利维斯文化理论的文化概念、消费时代的通俗文化理论、有机共同体、文化理论与法兰克福学派、伯明翰学派的比较和文化理论的影响六个方面来展开论述。

第一节 "文化"概念

"文化"（culture）一词在不同的时代有不同的意义，其概念的发展是个不断演变而漫长的过程。人类对其意义的界定离不开社会的变迁，在农耕社会，人类往往喜欢从生产活动中派生出表达优雅活动的词，"文化"（culture）的原始意义派生于"耕作"（husbandry），"culture"和"coulter"是同源词，是"犁锋"的意思。① 这些反映了它与当时农业生产活动的密切关系。在英语中，存在着"civilization"和"culture"两个词，都可以译为"文化"，德语也存在两个不同的词，"Bildung"和"Kultur"，它们都能产生大量的派生词和复合词，如英文中有"cult""cultivate""cultivator""culture community"等。这些词汇的增加表达了人们的愿望。一些

① ［英］特瑞·伊格尔顿：《文化的观念》，方杰译，南京大学出版社 2006 年版，第 1 页。

学者对此做过具体的解释，托万·菲雷蒂埃于 1690 年编纂的《通用词典》中，对文化的解释是："culture：人类为使土地肥沃、种植树木和栽培植物所采取的耕耘和改良措施。"从文化的原始意义来分析，它既暗示着规范又暗示着自然生长，没有规范便不可能有秩序，也就不可能有真正的自由，遵从文化传统人才能获得发展。利特雷于 1878 年编纂的《法语词典》列举了文化的许多词义："culture：文学、科学和美术的修养。例如，我所仅有的一点知识，完全归功于优秀文学的修养。"利特雷还提到"culture"具有培养和教育的含义。由此可看出，文化一词的变化与时代密切相连，与人们的精神生活相连，如提升文化的优雅，借助教育资源将个体培养成性情温和、有责任感的公民。从这里可看出文化逐渐接近了今天的意义。

文化的概念产生于启蒙运动的高潮。文化作为术语是在 19 世纪中形成的，根据《美利坚百科全书》的解释，"文化作为专用术语，于 19 世纪中叶出现在人类学家的著述中"。为了进一步证实，该书列举了人类学家爱德华·伯内特·泰勒爵士提出的定义——"（文化）是人类在自身的历史经验中创造的'包罗万象的复合体'"，和鲁斯·本尼迪克特的定义——"（文化）是通过某个民族的活动而表现出来的一种思维和行动方式，一种使这个民族不同于其他任何民族的方式"。

文化的概念产生于启蒙运动的高潮。到了商业社会，文化的意义进一步被扩展，与人们的精神生活联系在一起，正如英国学者伊格尔顿所说，"'文化'最先表示一种完全物质的过程，然后才比喻性地反过来用于精神生活"①。这句话表明文化的界定包含物质和精神两个方面。18 世纪，文化的概念和意义开始发生了转变，柯勒律治首次开始将"文化"看作人的价值和自我表现的发展，从而成为一种精神状态，将文化赋予了精神意义。② 到了 19 世纪晚期，文化的概念逐渐固定和明确。马修·阿诺德（Matthew Arnold）的名著《文化与无政府状态》中对文化的界定是这样的："我们关心的应是事情本身，而不是名称；这件事无论我们如何去命名，都是通过阅读、观察、思考等手段，得到当前世界上所能了解的最优秀的知识和思想，使我们能做得尽最大的可能接近事物之坚实的可知的规律，从而使我们的行动有根基，减少了混乱，使我们能达到比现在更全面的完美境界。"③ 阿诺德从人性的道德和智慧两个方面界定文化的标准，认

---

① ［英］特瑞·伊格尔顿：《文化的观念》，方杰译，南京大学出版社 2006 年版，第 1 页。

② 萧俊明：《文化转向的由来》，社会科学文献出版社 2004 年版，第 16 页。

③ ［英］马修·阿诺德：《文化与无政府状态》，韩敏中译，生活·读书·新知三联书店 2008 年版，第 132 页。

为文化要从希伯来精神和古希腊精神中获得。而英国的现状是重视希伯来形成的基督教文化，过度推崇道德乃至走向僵化的地步，针对这个现状，他认为要训练和发展人的智慧，让道德和智慧获得一种平衡。这个文化的内涵反映了阿诺德希望现代英国人重拾古希腊崇尚自由和智慧的精神，"我们已看到，从根基上看，我们缺乏对健全理智这个合法权威的信念"①。阿诺德认为英国人要拥有文化就得有健全理智，而通过学习和思考才能获得。因此，历史发展到 19 世纪末，文化的定义在这里得到进一步的补充，阿诺德的阐释使得文化从单一道德内涵中脱离出来并形成了独特的意义，从而改变了"文化"概念界定不明的状况。同时，他强调文化的完美和光明，则联系到古希腊文化的美学观念：真实自然、情感、比例对称、典雅等；同时联系到古希腊人崇尚智慧的精神。阿诺德极为推崇古希腊文化，认为英国人只要平衡掌握古希腊文化和希伯来文化，就能达到人性的完美和光明。根据自己对诗歌创作的热爱以及对社会政治的批评，阿诺德认为诗歌创作和批评是获得完美文化的主要路径。但他又认为"文学上缺乏法兰西学院式的权威中心如何会造成以上局面"②。没有树立权威便不能形成严格的优秀标准。从这点看来，阿诺德把文化和文学结合起来，把文化批评运用到文学研究中去，拓展了文学批评的范畴，标志着他将文化抽象为一种概念形式，与思想、精神和美学相关联，后来被利维斯、霍加特、威廉斯等文化批评者所吸纳，成为其文化概念的一部分。但是，在宗教遭受冲击时，阿诺德希图构想一种"通过阅读、观察和思考通向天道和神的意旨"③ 的文化，希图建立新的"文化宗教"④，因而带着文化布道的神圣性，这显然不符合时代发展的需要。

　　由于时代的发展，阿诺德有关文化的内涵引起了英国学界的极大关注，对利维斯的影响较大。在阿诺德的影响下，利维斯吸收了道德和智慧对人性塑造重要性的观点。他明确在《大众文明和少数人文化》中表明自己是遵循阿诺德的文化意义的，也倡导精英文化立场，主张文化是少数懂得感知和鉴赏文艺的人享有的，是经典文学承载的精神传统。但是，20 世纪 30 年代已经不同于阿诺德生活的时代，文化的概念也相应发生了改变。这个时期正如尼采宣扬"上帝死了"的时代，经历战争洗礼的英国人开始

① ［英］马修·阿诺德：《文化与无政府状态》，韩敏中译，生活·读书·新知三联书店 2008 年版，第 113 页。
② 同上书，第 78 页。
③ 同上书，第 56 页。
④ 童庆炳：《文化与诗学》，上海人民出版社 2004 年版，第 100 页。

质疑上帝，信仰大厦开始坍塌。可见，阿诺德认为英国过于重视宗教的时代已经成为过去，这个时候的英国急需一种新的事物来代替宗教行使社会职能。另一方面，当时整个西方学界出现了哲学的语言学转向潮流，引起了传统语言的危机。"卡尔纳普、罗素和维特根斯坦等人把逻辑作为一种语言，用可靠性代替真理，从所指回到能指，使能指获得了充分的自主性。其次，布拉格学派尤其是雅各布森等人在诗学名义下使文学与语言学结合起来。"① 加上前文提到索绪尔的结构语言学理论，这些现象共同促进了现代学界思维模式的转变。因此，从语言层面出发研究各种社会现状成了学者们的研究方式，而语言与文化的联系也就成为自然而合理的。这就成为利维斯在文学语言的基础上来界定文化概念的主要原因。利维斯从语言的角度来界定文化，认为语言是文学作品的媒介，离不开思考和精神活动，从而将语言、文化和生活联系起来。他这样界定文化："少数人保持鲜活的传统，使用隐喻也是转喻和将产生大量思考的是精致生活依靠的语言、不断变化的习语，没有这些，精神的独特性将会受阻和不连贯。我的意思是：'文化'即是对语言的使用。我没有假定自己已经产生了一种牢固的定义，但我认为这种解释被可能读这本小册子的任何人认为是充分的。"②

利维斯总结了"语言—文化"的同质性，即"语言也是文化"的结论强调语言与文化学科基本的社会实践。从文化的定义来看，利维斯与阿诺德的不同之处表现为：利维斯丢掉古希腊文化传统，而从文学语言层面来分析文化，以文学为中心建构一种"文学文化"。他的目的是关注美好的现实生活和旺盛的生命力，以反对当代的机械文明，结果将文化的内涵进一步延伸了，这为后来人们普遍接受"文化是一种生活方式"的概念奠定了基础。他丢掉阿诺德引以为豪的古希腊文化传统，而极力倡导用英国文学拯救文化并推动文化的发展。根本原因在于当时英国学界已经找到能代替宗教形式的英国文学，这门新兴的学科在剑桥大学具有革新意识的青年学者的推动下，正如火如荼地发展起来。作为革新派的成员，利维斯极力推崇文学，试图通过文学来改变英国文化的现状。

同时，利维斯以语言来界定文化的概念，是受了理查兹《实用批评》的启发，"文明从一开始就依赖说话，因为词语是与过去、他人连接的首要方式，也是连接我们精神传统的通道"③。这说明文明是依托语言传承下

---

① 汪民安主编：《文化研究关键词》，江苏人民出版社 2011 年版，第 339—340 页。

② F. R. Leavis, *Mass Civilisation and Minority Culture*, London：The Folcroft Press, INC, 1930, p. 5.

③ F. R. Leavis, *Education and the University*, London：Chatto & Windus, 1943, p. 168.

来的。另一方面，20 世纪初，西方世界以罗素、维特根斯坦为代表的学者在哲学领域发起了语言学转向的运动，他们认为探究真理必须从语言的意义入手，对语言的不同理解导致了各种问题的出现。他们的运动迅速波及文学、历史、政治学等领域，后来的哲学家海德格尔、伽达默尔、德里达和哈贝马斯的思想都是从语言出发探究真理的。当时，利维斯与哲学家维特根斯坦交往甚密，他深受维特根斯坦语言哲学思想的影响。维特根斯坦认为，"'语言游戏'这个用语在这里是要强调，用语言来说话是某种行为举止的一部分，或某种生活形式的一部分"①，"而想象一种语言就叫作想象一种生活形式"②，"哲学不可用任何方式干涉语言的实际用法；因而它最终只能描述语言的用法"③。这些话表明维特根斯坦把语言或语言游戏等同于生活方式，哲学只是描述语言用法的学科。受他的启发，利维斯也把语言运用到对文化的分析上面。例如：

> 标志符号已发生转变，互相叠加和拥挤，差异和分界线变得模糊，界线消失，不同国家和时期的艺术和文学融合在一起，因此，如果我们回归到把语言比作文化去描绘，我们或许采用了艾略特形容知识分子状态的话："当存在许多被认知的东西时，当在许多知识领域里，同样的语言被用于不同的意义的时候，当每个人了解关于大量事情的一些东西时候，对于任何人是否懂得他谈论的什么东西，这就变得愈发困难了。"④

这段话说明利维斯开始尝试用语言学的知识来分析当时的文化现象，差异变得模糊，界线不分明，难以理解有些现象，等等。这些事实其实反映了当时已经萌生的后现代主义文化思潮，虽然它在 60 年代成为一股潮流，但在 30 年代已经为一波学者所感知。利维斯正是长期用语言来分析文化现象：语言的多重意义，无法理解一个人话语的状况，这些隐含了后现代的特征。而且，利维斯将文化与语言的关系紧密地联系在一起，运用"细读法"进行文学研究，把重点放在语意分析上。语言既然被看作一种生活方式，那么文化也可以是一种生活方式，他的文学批评自然转化为一

---

① ［英］维特根斯坦：《哲学研究》，陈嘉映译，上海人民出版社 2001 年版，第 19 页。

② 同上书，第 13 页。

③ 同上书，第 75 页。

④ F. R. Leavis, *Mass Civilisation and Minority Culture*, London：The Folcroft Press, INC, 1930, p. 19.

种文化批评，这在文化研究史上具有划时代的意义，为后来学者威廉斯对文化的定义打下了基础。所以，利维斯的文学批评和文化批评都受了当时"语言学转向"运动的影响，批评中出现大量语言分析的痕迹。他注重文本语言的细读，如对弥尔顿诗歌语言的分析，认为其语言出现了拉丁语化的倾向，不利于英语语言的发展和传承。在此基础上，利维斯认为消费社会的流行小说、电影、电视、广告等媒介对文学语言的冲击很大，认为这些媒介一味迎合大众读者浅层次的需要，未能有力反映人类深层次的经验，等等。

但是，利维斯对"文化"的定义只是注重文学的领域，涉及的范围较为狭窄，虽然提到电影、广告、广播、电视和出版业等大众媒体，但都是采取大肆攻击的态度，排斥其他各个领域（这与阿诺德不同），而没有真正落实到生活层面。比利维斯稍晚些的另一个文化批评家 T. S. 艾略特对文化也做了界定，他的《文化定义的札记》（以下简称《札记》）于1948年出版，他这样界定文化，"个体的文化依赖于社群的文化，社群的文化或者阶层的文化依赖于其归属的整体社会的文化"[1]。艾略特将文化分成三个层面来阐述，注意到阶层的文化，这和阿诺德、利维斯一脉相承，均强调文化的阶级秩序，认可不同社会阶层之间的文化分裂状况，显出他们共同具有的局限性。艾略特在《札记》中认为"文化不仅仅是一些活动的简单相加，而且是一种生活方式"[2]。这个论断意义非常，对雷蒙德·威廉斯的影响较大。威廉斯总结、吸收阿诺德、利维斯和艾略特等前辈的观点，审视英国的"文化与社会"传统，批判文化传统中的保守主义立场，创立了自己的文化概念："'文化'原来意指心灵状态或习惯，或者意指知识与道德活动的群体，现在变成也指整个生活方式。"[3] 他认为文化是一整套生活方式，从物质、精神和生活方式三个方面来阐释文化的概念，包括了政治、经济、心理、音乐、美术、建筑、饮食等日常生活方面，扩大了文化的内涵和外延。文化是"一种生活方式"已经在学界达成共识。威廉斯主张消解精英与大众、高级与低级、文化与文明等的对立，试图以"文化革命"为核心，从而走向"共同文化"的目标。由此可见，如果没有利维斯关于文化概念的确定为英国文化研究奠定良好的基础，那么英国文化研究

---

① T. S. Eliot, *Notes Towards The Definition of Culture*, London: Faber and Faber Limited, 1948, p. 13.

② Ibid.

③ ［英］雷蒙德·威廉斯：《文化与社会》，吴松江、张文定译，北京大学出版社1991年版，第21页。

是很难取得可观的成就的。

可见，利维斯的文学和文化思想表现的是：文学（文化）以其超越具体社会学和宗教准则的审美特质，实现了提升道德和人性意识的功能。因此，利维斯从语言出发界定文化，思考 20 世纪上半期的文化状况，改变了人们固有的思维方式，如本体论或者认识论模式，为学术注入了新的血液。另外，他从文学语言的角度定义文化，实际上就确定了文学在英国的权威地位，回应了阿诺德对文化的要求是通过阅读、观察、思考等手段获得最优秀的知识和思想，以及把握真理的观点。简言之，利维斯认为通过文学语言的阅读和思考，能够使人变得有头脑，有智慧，具有一定的甄别力。这也是利维斯着力倡导"文学文化"的主要原因。

从上面的论述分析，利维斯对"文化"的定义非常严格，在他看来，"文化"和"文明"是两个界线分明的术语。众所周知，利维斯在《大众文明和少数人文化》中，根据自己对"文化"的定义将文明和文化进行了区别，"文明"（civilization）和"文化"（culture）是彼此对立的术语。文明是不健康的文化，带有贬损的意味，是工业文明催生下的产物，属于劳工阶层的文明；也泛指大众拥有的被工业主义浸透的文明，不利于人类自然人性的发展，这种文明是非人性的、机械的。而少数人的文化才是健康的文化，为少数知识分子所掌握，具有文学和艺术传统的特质。正如伊格尔顿所认为，"文明是抽象的、孤立的、碎片的、机械的和功利的，拘泥于对物质进步的一种愚钝的信念，而这里的文化是专指传统文化来讲的，而文明则是现代工业化的文明，是整体的、有机的、美感的、自觉的和记忆的"①。因此，对利维斯来说，文化与文明的矛盾实际上就是传统和现代的矛盾。他给当时英国社会的整体文化划定了一条界线，同时给社会成员划分了若干阶层，假定英国存在着少数人享用的文化和大众拥有的文明，形成了固定的文化—文明思维。因此，习惯用马克思主义文化批评的伊格尔顿评论道，"但是总体来说，文明是资产阶级的，而文化则既是贵族式的又是民粹主义的"②。顾名思义，利维斯捍卫的是贵族式的少数人文化，这说明了利维斯思想的保守立场。另一方面，利维斯形成文化—文明这样的思维方式，原因在工业文明发展的过程中，英国 19 世纪以来就不断产生文化悲观主义论：如奥斯瓦尔德·斯宾格勒的《西方的衰落》（1925）、马修·阿诺德的《文化和无政府状态》（1882），他们的思想直接影响了利维

---

① ［英］特瑞·伊格尔顿：《文化的观念》，方杰译，南京大学出版社 2006 年版，第 9 页。
② 同上。

斯文化思想的形成。这种思潮几乎影响了 20 世纪初的西方知识界，也使得利维斯思想笼罩在悲观主义的阴影下。

利维斯提出的"文化"这一概念，为西方文化研究开辟了新的道路。但是，由于文化概念的界定不明和不统一，导致了学界对文化的理解也不同，如利维斯与当时学者 C. P. 斯诺展开了著名的"两种文化"之争就是这种反映。在学术发展史上，科学和人文学两种学科发展已有很久的历史，一直没人提出两种文化的问题。这有着深刻的历史背景，一直以来，"知识与学术体系的进一步成型，科学研究与技术功利主义在大学中占据了主要的位置，并对人文主义教育等形成巨大的压力"①，也形成了自然科学学者和人文学者之间尖锐的矛盾，导致科学学者看不起人文学者，科学缺乏人文意识。利维斯对此深表不满，具体体现在他与斯诺的激烈争论中。C. P. 斯诺于 1905 年 10 月 15 日生于英国的莱切斯特，他的父亲是一个鞋厂的工人，相信教育使后代超越工人阶级环境方面的重要性。还在很小的时候，他就想成为一个从事文学的人，由于学校专业限制，他主修了科学并最终成为该领域的重要人物。为此，他的科学知识影响他在文学、人类和社会上的观点，同时，他还从事小说的创作。因为在科学上取得的成就和对文学的热爱，斯诺最终走上以创作科幻小说为主的道路。结合自己的成功，斯诺于 1959 年发表著名的"里德演讲"。他的题目是"两种文化和科学革命"，"两种文化"指的是"文学知识分子"的文化和自然科学家的文化，实际上是文化在两种学科中的不同体现。由于人们一贯以来的二元对立思维方式导致这两种文化彼此对立并走向极端，斯诺强调应加强二者之间的联系，以免对世界的发展产生破坏性的后果。他的演讲无疑向全世界的人们扔了个原子弹，引起了激烈而相当长的争论，也使得利维斯和斯诺各执己见的观点在学术界引起了极大的争议，一直持续了几十年。1962 年，利维斯对斯诺的问题做出回应，他在《两种文化吗？C. P. 斯诺的重要性》中旗帜鲜明地摆出自己的观点。

于是，我可以知道斯诺的演讲是多么文雅，这么说起来，《两种文化》显示完全缺少思考的特点和令人困惑的粗俗风格。事实上，演讲展示给我们的是容易被控制的伟人话语的自然性，举例说明了以如此丰富和重要的方式来创作那种糟糕的作品，在较常使用它作为基本批评的文本，我认同那里存在某种观点，这里，对风格的批评，正如

———————————

① 童庆炳：《文化与诗学》，上海人民出版社 2004 年版，第 109 页。

其循此进入了分析，成为对思想、本质和期许的批评。①

利维斯的语气流露出对斯诺的不满，因为斯诺认为存在文学文化和科学文化，有必要把两种彼此对立的文化融合一起。斯诺的观点遭到了当时人文学者的猛烈攻击。利维斯对斯诺进行反驳和攻击，认为只存在一种文化——传统文化，过去的文化是一个整体——共同体文化，根本不存在两种文化的分法。他又认为斯诺没有资格做个小说家，"据说他不可能理解小说是什么。他小说的每页显示了无能，持续显现的，不管一个人寻求的小说的什么方面"②。指出他的小说创作过于机械，不具有文学性，也就是人文特质。

> 我正试图回忆（我可能在做梦吗？）在哪里听说（斯诺）的小说由被称作查理（charlie）的电脑所创作，指令以章节标题的形式输入进去，不管怎样，他－或者电脑（如果那是解释的话）。不可能依靠电子计算机做的任何事情而成为一名小说家，他告诉你将认为他做什么，而且他可能仅仅给你有效的东西，当告诉你假定小说人物相爱了的时候，但他不可能显示这是碰巧发生的。丰富的对话向你保证这是小说艺术，但从来没有比这更笨拙的对话了，想象它被说出来是不可能的。斯诺无能地暗示了说话中的人物性格。他在章节标题中声明了主题和事件发展，在其中，我们将看到下列所述的重要性，但这些没有把它们增加到强调的效果中，在完成的小说中没有什么比戏剧（或者生活）更具有重要性。诺斯不仅不可能为我们创造鲜活的人物——他缺少创造力，把他们当作人物，在假定这些人物具有的价值方面，他们是如此贫乏的，而且即使他们具有生命，有人也会个别地或共同地质疑他们："生活的真谛处处存在，是什么意义有可能吸引一种高水平文化的思想，有可能通过这样的人文学科传递？"③

利维斯在这段话中指出，斯诺的创作显得程式化，不能自然地呈现小说有机发展的内在规律，塑造的人物缺乏生气，不可能有效地反映深刻的思想。他认为斯诺只适合创作侦探小说、科幻小说。斯诺的观点自相矛

---

① F. R. Leavis, *Two Cultures? The Significance of C. P. Snow*, New York: Pantheon Books, 1962, p. 30.

② Ibid. .

③ Ibhd. , pp. 31－32.

盾：认为文化包含大量的观点，通常有更严格的和较高的思想水平，另一方面观点却具有较低的思想水平、松散和不连贯。更重要的是他对文学文化的误解。

他把"文学文化"认同为"文学知识分子"（用他自己的话说）——通过这个，他的意思是时下流行的文学界，他认为的"知识分子"是新政治家圈子和为《星期日》报刊撰写评论的知识分子。斯诺私下里把"文化"一词作为我们时代的高级文化，就在科学方面无知的文化来说，他把它看作时代较好的意识。我们会理解，他拥有这种文化，同时也拥有科学文化。他把两种文化结合在一起。我忍不住说这表明对等（至少在现实上是对等的）必须由作为文学人的我组成，大大怀疑斯诺的两种文化中的科学文化。由于斯诺的"文学文化"是真正对文学感兴趣的那些人能仅仅鄙视和绝对敌视地看待的，他的"文学知识分子"是艺术和生活的敌人。①

在这段话中，利维斯认为斯诺犯了概念上的错误，把"文学文化"等同于"文学知识分子"的文化，对这样的知识分子理解过于狭隘。同时质疑斯诺的科学文化，不赞成"文学文化"和"文学知识分子"的提法。接下来，利维斯指出，"没有任何转变的感觉，斯诺从'文学文化'滑向'传统文化'，当他谈到当代背景时候，这样天真的无知壮举是显著的和足够重要的"②。由此，利维斯认为斯诺对历史和文学是无知的。

斯诺于1963年又发表了《再谈两种文化》一文，认为，"科学家和文学家这两个集团之间很少交往。非但没有相互同情，还颇有一些敌意"③。他指出二者之间的分化，他对文化的定义是："我在书名中所用的'文化'这个词有两种含义，都确切地适用于这个主题。首先，'文化'具有字典上规定的意义：'智力的发展，心灵的发展。'④　"坦率地说，任何一种文化，无论它是文化或是科学文化，都只能称之为子文化（sub-culture）。"⑤"'文化'这个词还有一层专门性含义，我在最初的讲演中已明确指出过。

① F. R. Leavis, *Two Cultures? The Significance of C. P. Snow*, New York: Pantheon Books, 1962, pp. 34 – 35.

② Ibid. , p. 35.

③ ［英］C. P. 斯诺：《两种文化》，纪树立译，生活·读书·新知三联书店1994年版，第58页。

④ 同上书，第59页。

⑤ 同上书，第60页。

人类学家用这种含义指谓生活于同一环境、由共同的习惯、设想和生活方式联结起来的人群。"① 斯诺了解到，当时学界对两种文化的划分，只看到对立面，没看到统一面。他认为两种文化不是二元对立的，而是辩证统一的，按照二元对立的思维模式只会导致两种文化分化。他的观点可取之处就是看到了科学和人文之间的分化问题，希望二者能相互融合。但是，斯诺在论述自己的观点时候，又流露出对人文文化的蔑视，如"人文文化没有内在的进步，有变化，但是没有进步，没有一致意见的增加"②。"这样，我们似乎已经清楚地划分了两种文化或两种传统。一种是积累的、组合的、集合的、共意的，注定了必然穿越时间而进步。另一种是非积累的、非组合的，不能抛弃但也不能体现自己的过去。"③ 斯诺在评价两种文化时，明显存在抬高自然科学家的文化而贬低"文学知识分子"的文化之嫌，这与他自然科学家的身份有一定关系。而利维斯却只承认一种文化即传统文化，他宣扬人文精神，捍卫经典和传统。针对利维斯与斯诺的争论，克里斯哈拉莫斯（S. Krishnamoorthy, Aithal）认为，"通过引用斯诺对社会希望的讨论，利维斯推断斯诺缺乏内在的人文和精神意识认知"④。由此可见，二者都是站在自己研究领域来捍卫自己的观点的。不仅如此，二者在对待狄更斯的态度上存在一定的分歧。斯诺认为利维斯评价狄更斯的作品价值在于娱乐性而蔑视他，斯诺认为"狄更斯不仅是英语世界中最伟大的小说家，也通过他的大部分经历而成为一个审慎而严肃的全面的艺术家"⑤。后来，利维斯改变了对狄更斯的看法。以上这些争论均是由于混淆"文化""文学文化""文学知识分子""自然科学家"等一系列概念引起的，归根结底乃是对文化的理解未达到一致的认同而出现了分歧。因此，尽管利维斯和斯诺在文化的认识上存在较大的分歧，但在对待小说的创作上存在一致性。他们都倾向于保守，反对20世纪出现的以技巧实验为主的现代小说，反对对形式和语言的大量实验，都认为小说要关切人生，关注道德，要坚持以现实主义小说为中心。他们都对20世纪50年代以后英国现实主义小说的再度繁荣做出了突出的贡献。

---

① ［英］C. P. 斯诺：《两种文化》，纪树立译，生活·读书·新知三联书店1994年版，第61页。

② 同上书，第122页。

③ 同上书，第123页。

④ S. Krishnamoorthy, Aithal, *Leavis on the Function of criticism*, Indiana University Press, Ph. D. Thesis, 1972, p. 122.

⑤ Ibid., p. 194.

第二节　消费时代的通俗文化批判理论

随着工业飞速发展，科学技术推动了先进媒介的兴起和发展，广告、电影、流行小说等改变了人们休闲方式和消费方式。20 世纪二三十年代大众文化悄然在英国登场，带来新的生活方式和价值观念。一方面，商品交换从使用价值转换到符号价值，成为一种大众消费模式，在深层次上影响了现代社会，促使其迈向消费时代。这正如波德里亚在《消费社会》强调的，"人们从来不消费物的本身（使用价值）——人们总是把物（从广义的角度）用来当做能够突出你的符号，或让你加入视为理想的团体，或参考一个地位更高的团体来摆脱本团体"①。人们开始追求符号价值，这促成了消费时尚潮流的出现，而英国 20 年代出现的大众文化样式已经暗含消费时代的这些时尚特征。然而，作为生活在 20 世纪初的英国绅士，利维斯对这些新型消费方式和生活方式缺乏充分的理论把握。他更多地从社会学、历史学、道德伦理学等来关注这种大众文化现象。在他看来，在 18 世纪，英国小说最初借助报纸杂志的连载形式逐渐成为英国普通老百姓喜闻乐见的文学样式，及时而便捷的报刊成为英国人茶余饭后关注的对象，于是，阅读小说和其他文学作品便成为人们消遣时光的主要方式。这正如 Q. D. 利维斯在《小说与阅读大众》中经常总结的那句话："18 世纪是阅读的时代。"利维斯的弟子瓦尔特在《小说的兴起》中也谈到了这是英国人的休闲方式，分析了小说和大众媒介的关系。然而，利维斯把 20 世纪人们的生活与之对比，发觉英国人不仅阅读的人数减少了，而且审美趣味发生了变化，不利于道德意识的培养。因此，利维斯把这个原因归咎于通俗文化，认为这种文化冲击了原来的有机文化整体，文化已经被分为精英文化和大众文化。在这样的精英—大众文化的思维模式下，利维斯把自己放在精英文化的立场上，开始对大众文化的来源、本质、危害等展开分析和批判。下面分三部分予以论述。

一　批判工业文明

19 世纪到 20 世纪初，英国学界有一批学者开始为人类文化担忧，掀

---

① ［法］让·波德里亚：《消费社会》，刘成富、全志钢译，南京大学出版社 2000 年版，第 48 页。

起了挽救文化危机的思潮，几乎都把文化危机的根源归咎于资本主义制度下的工业文明社会。例如，1843 年卡莱尔的《文明的忧思》出版，被恩格斯称为"动人心弦的书"。这本书分析了人类信仰的危机、拜金主义和对民主、自由的提倡。这种思潮影响了阿诺德、利维斯这批学者。阿诺德并没有过多谴责工业文明的危害性，而利维斯把批判的矛头对准工业文明，强烈地抨击技术—边沁主义，认为其滋生了以消费为目的的大众文化。这正如加雷评价的那样，"尽管工作和休闲相互强化，然而，真相是它们被认为相互脱离的领域……这提供给工人阶级以前购买不起的商品，而且日益复杂的广告系统唤起人们渴望更多的商品，使其成为一种工作的动因，而不是害怕贫穷。而且，消费主义看似提供了选择民主休闲政治的自由，但这种政治以一种道德强迫的话语表达（人们应当做什么），实际上，它却走向了反面。"①。在利维斯看来，"那儿没有希望的空间，在于标准化的文明迅速推动了整个世界的发展"②。工业文明是随着否定农耕文明而发展起来的，倡导科学主义和理性主义，机械化的生产推动了社会的前进。同时，工业文明带来了很多社会问题：使人异化的劳动、不平等的加剧、劳资双方的对立与冲突。社会结构、运作方式、价值观念和生活方式发生着巨大的变化。可见，工业文明是把双刃剑，在为人类带来极大的物质利益时，也表现出一些负面的影响。利维斯将矛头直接对准这些不良影响。"这儿我们细心地发现机械化（举个例子）在数年内怎样彻底地影响宗教，破坏家庭和改革社会习惯。变化是如此的具有灾难性以致几代人发现彼此难以沟通，父母对待孩子表现出无助的样子。"③ 利维斯的话反映了现代工业文明带给社会的变化，这是文明进程中必然出现的衍生物。工业文明是把双刃剑，它砍掉前工业时代的封建习俗、惯例和法规等，大力发展科学技术，推动了社会的进步；另一方面，在资本占统治地位的社会中，劳动与资本相分离，劳动者的地位改变，成为雇佣者，沦为资本的工具，出现了资本家与工人紧张的对立关系，金钱至上、传统人文价值丧失、道德水平下降等问题。科学技术把西方国家带到一个新的时代，机器生产也促进了大众生产，但利维斯觉得：

---

① Gary Day, *Re - reading Leavis*: "*Culture*" *and Literary Criticism*, London: Macmillan Press Ltd., 1996, p. 49.

② F. R. Leavis, *Mass Civilisation and Minority Culture*, London: The Folcroft Press, INC, 1930, p. 30.

③ Ibid., p. 6.

伴随的不利是习以为常的，重复的单调源于将劳动进行细微的划分，例如，用机器管理代替手工工艺，等等。"机器时代开始的效果将在身体上和精神上伤害工人，它杀害他、使他变残废、被传染疾病、中毒和尤其是使他厌烦，或许没有其他的文化曾经这样做过。"（《人类和机器》，第 166 页）①

他指出机器生产带给人们非人性的待遇，工业文明是残害人肉体和灵魂的罪魁祸首。利维斯进而分析这种文明滋生下的功利主义，并且指出功利主义的实质："实际上，功利主义认可了伟大进步时代中富裕阶级的冷漠自私，贪图享受而麻木。他们被正当的合理性保护起来，不受富于想象力的同情心的纠缠。"② 这段话表明功利主义是为资本主义制度代言的。

杰里米·边沁（Jeremy Bentham）是功利主义的创立者和代表，认为道德本身是谋取功利的工具，行动的结果是有益的，并推行利己主义。他在《奖罚与奖赏的理论》中对自我牺牲精神进行了鲜明的批判，提出"个人利益是唯一现实的利益"。功利主义是一种维护资产阶级利益的道德观，它以追求最大多数人的最大幸福为最高道德原则。但是，边沁的观点存在诸多含糊的地方。例如，他简单地认为道德的目的就是功利，只要快乐就可以了，却忽视了幸福和快乐的真正所在。只强调事情的结果，而不考虑动机或者品德，导致善恶界限模糊，倡导利己主义而忽视了他人的利益。利维斯指出边沁的功利主义认同助长了资产阶级的贪婪自私，进一步把工人推进困境中。他在为穆尔的《论边沁和柯勒律治》一书写序时，赞赏穆尔将两位学者相对立的思想成功地融合在一起，是对功利主义批判性的发挥。后来，其夫人 Q. D. 利维斯在写利维斯的回忆录中，谈到穆尔对边沁思想局限性的分析，"例如（边沁）他丢弃或缩减地描述任何东西，作为模糊概说的这些东西没有建立在作为道德标准的认知能力上；他缺少对人性的许多最自然和最强有力的情感的同情；以及他想象的不足。穆尔对这些局限性的分析对利维斯产生了影响"③。穆尔影响了利维斯对《艰难时世》中对葛擂硬和庞得贝的分析模式，特别是利维斯对这两个人物身上体现的功利主义进行强烈批判，称赞"（狄更斯）他破例有了个大视野，看

---

① F. R. Leavis, Denys Thompson, *Culture and Environment*: *The Training of Critical Awareness*, London: Chatto & Windus, 1933, p. 29.

② ［英］约翰·穆勒：《论边沁和柯勒律治》，余廷明译，中国文学出版社 2000 年版，第 39 页。

③ G. Singh, *F. R. Leavis*: *A Literary Biography*. London: Duckworth, 1995, p. 77.

到了维多利亚时代文明的残酷无情乃是一种残酷哲学培育助长的结果，这种哲学放肆表达了一种没有人性的精神，其代表人物便是焦煤镇议员、乡绅汤玛士·葛擂硬。狄更斯在此对功利主义的天然本性和实际趋向发表了公正的看法；同样，在对葛擂硬家和葛擂硬小学的描绘中，他也就对维多利亚时代教育的功利主义精神提出了正当的批评"①。这是利维斯最欣赏狄更斯的一面，认为狄更斯描写马戏团的生活传递出人性的善与美，表达了人性冲动，满足了人性要求。而葛擂硬和庞得贝这些功利主义者对此不以为然，葛擂硬不考虑大女儿的幸福，算计女儿的婚姻，把她嫁给身为"银行家、商人和制造商"的个人主义者庞得贝。他肯定狄更斯的伟大之处："作者用生活来驳倒功利主义，其手法是极其精湛的。"② 狄更斯成功塑造了史里锐这样一位富有人性、反功利主义的正面形象，并有力地揭露了这些功利主义者的嘴脸。利维斯从狄更斯的作品中发现了他对技术—边沁主义的批判，"面对由技术—边沁主义文明体现的挑战和困难时，强调了利维斯关心人道主义的特点"③。曾有一段时间，利维斯因为狄更斯作品中显示的娱乐性将他斥为"伶人"，后来发现《艰难时世》揭露了边沁主义的功利性，表现出狄更斯对底层老百姓的人道关怀，这与利维斯倡导的道德意识是相契合的。同样，利维斯还研究了《董贝父子》中体现的功利主义，揭示资本主义制度下滋生的腐朽思想。他认为边沁的功利主义缺少道德标准、人性的同情和想象，认为柯勒律治的思想能弥补这些不足。所以，他赞赏穆尔将二者思想统一起来的观点。

二 批判大众文化和大众传媒

利维斯不仅批判工业文明下诞生的技术—边沁主义的不足，还毫不留情地攻击工业文明滋生的大众媒介（如流行小说、电影、广告、新闻机构出版社）的庸俗化。在 20 世纪二三十年代，工业文明进一步发展，大众传媒的技术不断得到改进，进一步推进了大众文化的发展，流行文学、大众读物、广告和电影文化的泛化，文化的背景已经大为改观，远不同于阿诺德的时代。当时，欧美的一些学者对这种新兴事物表示了不同的态度，认同、反对和中立的三种态度都有，研究大众媒体的学者也不乏少数。而利维斯则是站在反对的立场，认为大众传媒使得社会变得机械化，是工业

---

① F. R. Leavis, *The Great Tradition*, New York：Doubleday Anchor Books, 1948, pp. 274 –
275.

② Ibid. , p. 284.

③ G. . Singh. *The Critic As Anti–Philosopher*, Chicago：Elephant Paperbacks, 1998, p. 290.

文明的伴生物，不利于人性和道德意识的成长。他把 20 世纪英国文化的衰落归咎于工业文明，那么工业文明的赘生物大众媒体也成了被攻击的主要对象。面对这些来势汹汹的大众文化，他表示了极为消极的看法："文化的前景非常黑暗。"① 他坚持不懈地著述和发表论文，表明自己反对大众媒体的主张，他认为：电影迎合大众的低级趣味，屈从于最廉价的情感诉求，满足大众盲目的感官欲望，只能损坏生活的标准，不利于心灵的健康发展；广告运用心理学，能非常精确地发现人们的购买动机，并引导人们去消费，消费即是被引导的，它具有较大的欺骗性。利维斯认为广告的真相是，"他们（学生）将发现广告不仅影响人们的购买习惯，而且还影响说话、姿态和观念"②；出版社根据大众的需要来决定流行小说，久而久之，整个社会失去了评判标准、文化传统和具有判断力的公众。

利维斯对这些新兴的媒体文化极为排斥，均只看到它们的消极面，显得过于偏激。他列举了汉密尔顿在《罗斯克利菲：私人传记》中的分析：半个世纪来，记者根据读者的需求来写作的，而不是诉求智慧，主要是为了报刊发行量。上层阶级的人可以和中下层阶级的人享受同样的文化消费，这是心理学上的"定律（gresham）"在起作用。③ 利维斯还把这个定律运用到电影业，人们满足于最廉价的情感表达形式，不利于开启人们的智慧；它们也不是艺术媒体，而是为了谋求最大的商业利润；认为应用心理学被广泛使用在电影、广告、电影等媒体上，以洞察人们的消费心理，通过市场研究来发现了人们的购买动机。利维斯还在《文化与环境》中，展开对现代消费社会的分析，为后来的文化理论家提供了可贵的资源。总的来看，利维斯对商业社会下的大众文化充满了悲观看法，"利维斯发现了电影和大众广告等于水平下降的内在方面，他不断对生活中的电影表示怀疑和敌视态度，即使这些年来，高水准的创作活动被导入电影制作中，他还是拒绝把它们当作艺术形式"④。莱斯利的这段话表明，利维斯只看到了商业媒体的消极影响，而没有将媒体当作艺术对待，忽视了媒体也能像艺术作品一样，发挥其审美和教化的作用；忽视了影响大众媒体发展的政治和经济因素；坚持只有文学才能扮演这样的角色。莱斯利显然对利维斯的固执态度表示不满。而利维斯捍卫自己的立场，针对大众媒体日益构成

---

① F. R. Leavis. *Mass Civilisation and Minority Culture*, London：The Folcroft Press, INC, 1930, p. 30.

② Ibid. , p. 18.

③ Ibid. , pp. 8 – 10.

④ Lesley Johnson, "F. R. Leavis", inLesley Johnson, eds. *The Cultural Critics：From Matthew Arnold to Raymond Williams.* London & Boston：Routledge & Kegan Paul, 1979, p. 95.

对文学地位的威胁，坚持以以文学为中心的文化研究理路。总之，不管利维斯对媒体的看法如何，在 20 世纪二三十年代，利维斯对媒体的关注促进了西方学者对媒介文化的研究。

利维斯的夫人 Q. D. 利维斯在《小说与阅读大众》中对大众读者分化的状况作了细致的分析，她在《阅读大众的瓦解》（*The Disintegration of the Reading Public*）一章中分析了如下原因：阅读小说的读者往往是有闲阶层，他们往往借助阅读来充实自己，因为小说描述的真实生活使他们脱离空虚。而对于底层人士来说，即使有设施，残酷的工业主义也没有留下时间给传统的娱乐和民间音乐消遣方式，当然也不会给阅读小说的时间。在伦敦乡村，平静的时代已经过去，接下来是战争、一连串农作物歉收和圈地运动。这些使得无依无靠的农民成了农场雇工。① 这段话把批判的矛头指向了工业文明，认为底层人们不能阅读小说的原因在于被剥夺了空闲时间，只能产生一些自学成才的阅读大众，而不是真正接受公共教育的读者。Q. D. 利维斯还进一步分析，"使得底层中产阶级大众避免花更多时间沉迷小说的原因在于小说昂贵的价格这样简单的事实"②。尽管随着报纸杂志的出现，小说已经降价，但又出现了时代趣味发生变化的事实，她主要从大众媒体的角度分析报刊引导读者趣味的变化，着重批判这些刊物带给读者糟糕的影响。这和利维斯对待通俗文化的态度基本一致，用了 "superficial""cheap" 等词语。可见，利维斯夫人对当时的英国通俗文化极为不满。

她在《小说与阅读大众》中对当时报纸杂志的发展做了细致的分析。她借用当时的学者埃格顿·布里奇斯的评论，"糟糕的是整个欧洲的文学变得商业化了，目前没有什么事物可以培育一种堕落的趣味，以及没有什么事物可以终止非智力的力量对知识分子的影响"③。商业利益操控着文化市场的变化，利维斯夫人从书市的发展状况来分析小说分化的原因，从另一个角度补充了利维斯的思想。她抓住了当时盛行于英国的商业广告，把它作为重要的通俗文化例子加以分析。"广告商的兴趣在于给大众排除任何警告，以便广告肆无忌惮地散播。因此，报刊和杂志的主题必须创造信心、维持现状、消除疑虑和转移对政治和经济困难的关注。"④ 由于报刊的收益主要依赖于广告商，因此，利维斯夫人认为报刊已经被广告操纵，而

① Q. D. Leavis, *Fiction and The Reading Public*, New York: Penguin Books, 1965, p. 126.

② Ibid. .

③ Ibid. , p. 153.

④ Ibid. , p. 156.

在报刊上连载的小说也就必然受到较大的影响。在她的分析中，小说分为
"high-brow fiction, middle-brow fiction, low-brow fiction" 三类，读者也
相应分为 "highbrow, middlebrow, lowbrow" 这三类。按照英国文化来理
解，她将小说分为高雅小说、中庸小说和低俗小说，而读者则依次分为精
英、普通读者和低俗读者。她在文中分析到："主要的差别表明普通的读
者渴望得到两个世界中最好的，而低俗的人仅仅关注谈到与充分认知能力
相关的其他东西（正如广告代理商所说），能够否定其价值。"① 因此，通
俗文化就包括了 low-brow fiction（低俗小说）。利维斯夫人的观点得到了
中国学者钱锺书的认可。钱老在《论俗气》中谈道："这上中下阶级想是
依照知识程度来分的，每一个阶级又分好多层，上等之上，下等之下，还
有阶级，大概相当于利馥丝（Q. D. Leavis）《小说与读者》（*Fiction and the
Reading Public*）一书中高眉（highbrow）、平眉（middlebrow）、低眉（low-
brow）的分别。"② 足以看出，利维斯夫人对通俗文化的分析和批判入木三
分，发掘了它的形成缘由、影响效果，从另一个侧面完善了利维斯对通俗
文化的见解和评论。

三 少数人文化与大众文明的传统

利维斯假定存在着精英文化与大众文明共存的传统，并且他毕生心血
都在竭力捍卫这个文化传统。他认为，大众文明居于次要或边缘的地位，
精英文化对大众文明拥有绝对的领导权。这个文化—文明的传统源于利维
斯对柯勒律治和阿诺德文化思想的传承，形成这个传统的社会实际上是一
个有机统一体，"所有引起深刻而持久兴趣的对象之中，你都会发现两种
对立面的斗争或两极力量，二者都是我们人类必需的，其中一个也是另一
个持续生存所必需的"③。柯勒律治的整体论影响到利维斯的文化共同体思
想。阿诺德在《文化与无政府状态》中谈道："（文化）坚持不懈地培养
关于美观、优雅和得体的意识，使人们越来越接近这一理想，而且使粗鄙
的人也乐于接受。"④ 这段话隐含了文化人对普通大众的领导作用，深深影
响了利维斯精英文化模式的形成。

在利维斯的思想中，他指出，少数人文化如何受到大众文明的冲击，

---

① Q. D. Leavis, *Fiction and The Reading Public*, New York: Penguin Books, 1965, p. 159.
② 原载《大公报》1933 年 11 月 4 日。
③ Samuel Taylor. Coleridge, *Collectec Letters of Samuel Taylor Coleridge*，转引自白利兵《论柯勒
律治的有机整体思想》，《英语研究》2014 年第 6 期。
④ ［英］马修·阿诺德：《文化与无政府状态》，韩敏中译，生活·读书·新知三联书店
2008 年版，第 13 页。

分析通俗文化和现代媒体的种种危害，等等。同时，在《小说和阅读大众》中，利维斯及其夫人将 19 世纪前后的读者进行了细致的分析，把读者分成精英、普通和低俗三个层次，这些表现足以说明他们带着精英文化模式的思维方式来分析当时英国的文化状态，并且他们的精英意识也深深地影响了当时的西方学者，如英国的理查德·霍加特（Richard Hoggart）、汤普森（Denys Thompson）、耐兹（L. C. Knights）、唐勒（Michael Tanner）、美国的瓦特（Ian Watt），也影响到了中国。他们的思想集中反映了 20 世纪初英国传统文化在传媒时代遭受的冲击，一些知识分子们对来势汹汹的通俗文化表示质疑、不满和抵制。其实，文化从史前社会就已经具有了，文化是一个整体，而事实很难证明利维斯关于文化内部分为精英文化和大众文化的合理与否，但这种假说又为后来的霍加特等一些学者所接受，到后来的威廉斯、斯图亚特否定了这种界线。这实际上反映了当时如同利维斯那样的学者们的保守心态，他们立足于文化传统，忠实地维护传统道德模式，表现出对新事物的抵制态度。

18 世纪以前，个人受教育的程度、经济收益、休闲的时光以及书商的影响力等决定了阅读人数的多少。20 世纪 30 年代，利维斯夫人在《小说和阅读大众》中对读者群体的分化追根溯源。利维斯的美国弟子瓦特（Ian Watt）也对底层读者做了进一步的分析，"首先最明显的因素之一是读写能力非常有限的分布"①。由于中下层阶级的民众受教育的机会相当有限，无法进行阅读；经济收入低，连温饱都无法解决，更不要说购买文化书籍；生产劳动效率低下，工人每天干活达十多个小时，根本没闲暇来阅读书籍；当时的社会还没发达到能使书商迅速把书本投入市场的能力。基于这些条件的制约，阅读往往是上层阶级的事情，拥有阅读权利的是少部分人。而这部分人在 18 世纪以前往往出身于贵族，即只有贵族才拥有阅读文化书籍的权利。

在 18 世纪以后，资产阶级登上历史舞台，成为拥有阅读权利的少数人。利维斯对社会阶层的划分延续了阿诺德的传统。阿诺德将整个社会阶级分为三个阶层，野蛮人（贵族）、腓力士人（中产阶级）和暴民（劳工阶级）。同时指出他们的不足："（贵族）其缺陷必定表现为不够勇武高尚，过分的懦弱，逆来顺受……（中产阶级）的缺陷就一定表现为能力低下，无法胜任成就伟业的使命，可怜兮兮，缺乏自我满足感……（劳工阶级）

---

① Ian Watt, *The Rise of The Novel*, Berkeley and Los Angeles: University of California Press, 1965, p. 37.

这个阶级的缺陷应表现为缺乏弗雷德里克·哈里森先生所说的'最鲜明的同情心、最迅速的行动力'。"① 利维斯也把劳工阶级称作暴民，并发表论文《在哪个王的领导下，暴民吗？》（*Under Which King, Bezonial?*），反对劳工阶级为代表的大众文化，因为工人阶级的价值观念产生于资本主义文明，他们具有一些资产阶级和马克思主义者的观念。利维斯认为，工人阶级、马克思主义者、资产阶级和资本主义文明之间的关系是互相联系的："事实上，一般来说，有人在马克思主义者身上发现的东西遗弃或漠视更美好的价值，这个价值是以一种'中产阶级''资本主义'或扶轮社文明为特征的——这个文明由一个世纪的飞速前进的文明过程产生。"② 并列举《美国悲剧》这本小说来证明中产阶级思想对无产阶级产生的影响，以及无产阶级子弟如何努力从平民阶层跻身富裕阶层的，他们的联系说明暴民产生的根源在于经济利益。他在《在哪个王的领导下，暴民吗？》一文中谈到托洛茨基的《文学与革命》一书，托洛茨基提到"一战"的爆发是资本主义文化疯狂的力量把世界卷入血与火的帝国主义战争中。

因此，工人阶级采取革命的手段推翻资本主义制度，主要的原因是社会还没有发展到文明的程度，这表明，革命的目的对工人阶级来说，是挽救该受诅咒的资本主义文化。要求借助工人阶级的革命手段废除阶级文化，实现人类文化。③ 而利维斯认为托洛茨基和所有其他马克思主义者一样，没有完全理解文化。在他看来，过去的文化和生产方式有密切关系的，"以一种文学和艺术的传统形式表现自身的文化——这个传统体现了更美好的民族意识和提供了更美好生活的现实——可能处在一种健康的状态，只有传统与真正的文化处在有生的联系中，在最大程度上被人们所分享"④。利维斯留恋17世纪左右的共同体文化，认为19世纪的工业文明破坏了这种共同体文化，过去的文化模式已经不复存在。针对马克思主义者建立一种自律的"人类文化"的问题，"目标是建立一种'人类文化'，这种文化必须借助培养一种确定的人类精神自律的方式而获得"⑤。利维斯认为，这是不同于中产阶级和工人阶级的观点。马克思和恩格斯试图通过进行智力的训练来为"人类文化"打基础，在利维斯看来，"事实上，马

① ［英］马修·阿诺德：《文化与无政府状态》，韩敏中译，生活·读书·新知三联书店2008年版，第66—67页。
② F. R. Leavis, *For Continuity*, Cambridge：The Minority Press, 1938, p. 5.
③ Ibid., pp. 162－163.
④ Ibid., p. 164.
⑤ Ibid., p. 9.

克思主义者（不管正统是什么）看似低估或高估以上提到的可能的'自律'"①。他认为这种观点显得很天真。基于此，利维斯提倡以一种文学和艺术的传统形式来表现自身的文化，在《大众文明和少数人文化》中，强调"在任何时期，就是靠少量的人来甄别鉴赏艺术和文学的，只有这些人才能作出未经提示的、直接的判断"②。这里的少数人便是利维斯认为的那些文化精英们，在他眼中，整个现代社会出现了这样的情况：文化符号多样化，界线变得模糊；另外，没有标准、没有有机的传统和具有甄别力的公众。因此，文化陷入困境之中。怎样解救文化困境呢？利维斯主张靠文化精英，认为这些精英们可以担当起教化那些劳工阶级的任务，用经典文学来教化下层人士。而当前的处境是大众文化对精英文化构成威胁，利维斯对文化的前景表示堪忧。从这里来看，利维斯和阿诺德的看法是一脉相承的。

　　阿诺德认为，劳工阶级喜欢低级趣味，穷困潦倒，欠缺教育。他反对自由党人和商品贸易，推崇完美的文化。"可我们是代议制的政府，每个官员想的都不是如何在被治理者中树立健全理智的高标准；相反，他面对自己的选民，为了博得其好感，便禁不住一切可能的诱惑，会尽量满足下面天生的低等趣味。"③ 阿诺德批判英国人以大英帝国的子民为荣的自满情绪，并积极推崇文化，"我们发现只有健全理智才能成为可靠权威的基础，而带领我们走向健全理智的正是文化"④。因为文化能够造就人性，影响人们的生活观念，培育美好与光明，文化被赋予如此崇高的使命。他崇尚基督教文化，认为宗教可以救济支援穷人，特别是那些"体质孱弱，无家可归，没有希望"⑤ 的孩子们，抨击主张发展自由贸易的自由党人，认为他们一味地"增长财富，发展实业，增加人口"⑥，并且呼唤希腊精神和希伯来精神。利维斯继承了阿诺德对社会进行文化批评的思想，不同的是：他摒弃了宗教思想在文化中的作用，不是借助希腊、罗马的古典文化，而是借助文学文化来解决文化困境。利维斯的两本著作《大众文明和少数人文化》与《文化与环境》对社会展开了分析，认为解决的办法是特殊的阅读

---

① F. R. Leavis, *For Continuity*, Cambridge: The Minority Press, 1938, p. 10.

② F. R. Leavis, *Mass Civilisation and Minority Culture*, London: The Folcroft Press, INC, 1930, p. 3.

③ ［英］马修·阿诺德：《文化与无政府状态》，韩敏中译，生活·读书·新知三联书店2008年版，第81页。

④ 同上书，第131页。

⑤ 同上书，第165页。

⑥ 同上书，第166页。

方式。在阿诺德的基础上，他将社会阶层分成大众和少数人，推崇少数人文化而抵制大众文明。

在利维斯的眼中，"大众"一词有两种特殊的含义。其一，大众是没有甄别能力的多数人，大众媒体出现后，他们失去了传统这个判断标准，趣味大大下降，"它们（电影）在催眠式的接受条件下，屈服于最廉价的情感诉求"①。大众消费都是在最低水平上得到满足，现代文明导致了大众判断力下降。利维斯还指出，少数人因为抵抗不了现代消费社会的诱惑而沦落为大众的一员。其二，"大众"被认为是乌合之众（mass），在词典中，"mass"意指未被整合的大众。他们的意识和无意识的文化积淀对社会秩序构成威胁，他们没有接受较高水平的教育，常常表现为反复无常和易冲动的无政府状态，没有主见则容易被别人所操控，变成暴民（mob）。"那儿不再有见多识广和受教育的公众。"② 这句话表明了利维斯的失望感，大众一旦掌握文化，将后患无穷，他对此表示担忧，坚持少数精英文化立场。"在任何时期，都是依靠少数人来甄别艺术和对文学的鉴赏。"③ 这句话说明利维斯极力推崇少数人的鉴赏趣味，认为他们才能传承优秀的文化。怎样理解利维斯反复强调的少数人呢？可从两个方面：其一，这里的少数人是指具有判断力的知识分子，"看来有理由相信一个世纪前的普遍有教养的人比现代人来说更是能胜任阅读的人"④。认为现代知识分子的趣味已经下降，利维斯希望通过文学教育来提高他们的鉴赏力。在《当代教育和大学》《大学的文学》和《庞德的启蒙书》中，利维斯分析大学教育和文学研究课程的教学，指出其弊端，并提出提高智力和情感的建议，希望借此培养一批具有鉴赏水平的读书人。其二，少数人是被训练过的精英，他们的趣味可以引导时代趣味。通过培养一批精英来树立良好的道德风尚，恢复人文价值传统，规范社会秩序。实质上，利维斯的少数人文化是精英文化，持有的也是精英文化立场。但是，英国学者伊格尔顿对此表示质疑："难道文学真能击退工业劳动的毁人影响和传媒的庸俗吗？"⑤ 他认为两次世界大战的发动者均是具有较高水平的文化人，利维斯的想法只不过是神话而已。

---

① F. R. Leavis, *Mass Civilisation and Minority Culture*, London: The Folcroft Press, INC, 1930, p. 10.

② Ibid., p. 17.

③ Ibid., p. 3.

④ Ibid., p. 18.

⑤ ［英］特雷·伊格尔顿：《二十世纪西方文学理论》，伍晓明译，北京大学出版社2007年版，第34页。

利维斯呼吁具有甄别力的批评家出来引导公众，因为"这些作品仅仅被少数专业人士所阅读，远没有达到把自己当作受教育的大多数的程度"①。这些少数文化修养较高的人（high‑brow）在利维斯看来是传承文化的，"我早就说过，文化一直由少数人保持着"②，但他们处在一个遭受敌视的环境中。利维斯的话代表精英主义文化的立场。20世纪30年代，大众文化开始流行，日益渗透到精英文化的领域，二者的界限逐渐模糊。利维斯企图捍卫精英文化的地位，但大众文化是不可阻挡的时代潮流。可见，利维斯推崇文化—文明的传统，并未能达到预期的目的，大众文化和工人阶级文化最终冲破了文化和文明之间筑起的鸿沟，成为英国文化的一部分。从后来学者本雅明、威廉斯在推动工人阶级文化建设的过程中看出，工人阶级文化的发展已经成为不可逆转的潮流。

大众社会一出现，就遭受保守派的批判。大众文化受到歧视，不易为学者所接受。不像来自老百姓的民间文化，它是一种自下而上的文化样式，适合大众的口味，它是以营利为目的的消费文化，只能使大众在浅层次上得到满足。利维斯鄙视这样的文化，他对大众、社会、媒体、工业生产等展开了有力的批评。另一方面，利维斯的批评存在主观化，在里面掺杂了自己的情绪。总之，他反感文化走向低俗的娱乐，提倡文化应走向严肃，反映深刻的思想主题。利维斯只看到了现代大众文化休闲方式的娱乐性，认为娱乐是一种最廉价的情感反应。实际上，这种判断是武断的。"'娱乐性'是文学活动不可或缺的特征。"③ 娱乐从本质来讲是有益身心健康的，但由于被消费意识形态所操控，"娱乐的精神愉悦维度萎缩了，感官快感却大为泛滥"④。这也正是利维斯担忧的，而他据此将大众文化全盘否定也是不可取的。另外，利维斯还因为处在精英主义立场，言语之间流露出一定的优越感。在大众文化强烈冲击精英文化的形势下，他对即将失去的优越地位表示担忧，以致他的批判语气近乎尖酸刻薄。可见，利维斯持有的精英文化立场表明：文化只是少数人享有的文化，设置文化等级秩序是阶级等级意识在文化权力上的反映。

---

① F. R. Leavis, *Mass Civilization and Minority Culture*, London：The Folcroft Press, INC, 1930, p. 25.

② Ibid.

③ 马大康：《从"文学性"到"娱乐性"：一种解构文学本质观的策略》，《温州大学学报》（社会科学版）2009年第6期。

④ 同上。

第三节　有机共同体

前面论述的有机论思想在文学批评方面表现为内容和形式的统一性，在文化研究方面表现为有机共同体（organic community）。有机体不仅表现为个体也表现为社会，"我们所说的有机体，意思是指：1）一个由不同种类的部分组成的有生命的结构；2）由于它们之间的差异，上述部分互为补充并相互依存；3）整体的正常状况取决于各部分正常履行的适当功能"①。因此，有机体是依靠内在生长的生命结构，不需要运用外来的机械力量。随着时代的发展，这个概念在19世纪末到20世纪初隐喻社会或国家，被广泛运用到社会学、政治学和文学等领域。有机共同体是利维斯对17世纪英国社会的假设，这个共同体存在于乡村社会中。他在很多论文和专著中都提到这个假设，表明他希望当时的英国文化能够走向一个有机整体。有机共同体观念不是利维斯独创的，它最早可以追溯到亚里士多德的"有机整体美学"，在18世纪晚期柯勒律治重新界定了"有机整体"的概念，并在英国学界逐渐得到认可。他的有机整体论源自生命理论。"他给'生命'所下的定义是'许多或众多不同成分结合的原则和从内部展开的力量，这种力量所给的一切结合成为一个取决于各部分的整体'。"② 他的生命理论强调其是一个生命结构，蕴含着对立统一、整体主导个体等意义，强调了整体的重要性，构成了有机整体论。他的整体观在维多利亚时代得到延展，并被运用到自然、社会、文学、文化等领域，成为很多学者展开思想论证的重要依据。米歇尔·贝尔（Michael Bell）在《F. R. 利维斯》（1988）中认为，利维斯的思想用他的术语"有机的"（organic）来表达更为恰当。"文学本身最接近有机共同体。"③ 格雷指出利维斯喜欢把文本看作一个整体，文学就是整个社会。伊格尔顿也认为"文学在某种意义上本身就是一个有机社会，它之所以重要是因为它已经就是一个完整的社会意识形态"④。又如，英国美学家尤思金（John Ruskin，1819—1900）

① ［英］巴克：《英国政治思想：从赫伯特·斯宾塞到现代》，黄维新、胡待岗译，商务印书馆1987年版，第78页。
② 白利兵：《论柯勒律治的有机整体思想》，《英语研究》2014年第6期。
③ Gary Day, Re - Reading Leavis："Culture" and Literary Criticism, London：. Macmillan Press LTD, 1996, p. 112.
④ ［英］特雷·伊格尔顿：《二十世纪西方文学理论》，伍晓明译，北京大学出版社2007年版，第32页。

把他的有机思想扩大到对英国社会的分析，拓展了有机整体的内涵。"尤思金（John Ruskin，1819—1900）在把柯勒律治的有机形式延伸到对英国社会的有机批评上起着重要作用。"①

另外，19世纪晚期，英国生物学界出现了达尔文主义思潮，引发了关于社会有机体的广泛讨论。例如，英国的社会学家赫伯特·斯宾塞（Herbert Spencer，1820—1903）在《社会学原理》（*The Principles of Sociology*，1876—1896）中提出了"社会是一个有机体"的观点："社会与有机体一样会成长发育，从各部分相似的未分化状态成长为各部分不同的分化状态；当社会有机体在体积增大时，其结构也会增大，也就是说，结构会变得比较复杂和有所差别。结构上的分化同时伴随着功能上的分化。一旦社会有机体的各部分变得不同，它们就相互依赖。随着分化的发展，各部分的相互依赖性也在增大，其结果产生了系统的整合，形成一个与单个有机体一样的集合体。"② 显然，斯宾塞的社会达尔文主义思想源自达尔文进化论的科学思维，获得了学界的一致认同。除此以外，英国生物学家托马斯·亨利·赫胥黎（Thomas Henry Huxley，1825—1895）是达尔文进化论的捍卫者和追随者，创作了《进化论与伦理学》（*Evolution and Ethies*，1893）一书，在斯宾塞的基础上认为人类社会和生物界在道德方面的差异。因此，社会有机体、有机共同体、有机社会等观念均产生于此。利维斯假定17世纪的英国社会存在这一共同体，并把这种假设运用到对20世纪初英国社会的比较分析中。他认为依靠生命内在生长的社会与依靠机械文明的工业社会形成了对比，"他们纷纷哀叹机器文明的进步，恋旧地回顾工业化以前那种往昔有机的群落生活"③。韦勒克认为利维斯存在怀旧情结，但利维斯认为："重要的是强调已经失去的以免被遗忘，因为对旧秩序的怀恋必定成为走向新秩序的激励因子。"④ 批判机械化的社会、怀恋旧社会是为了形成一个新的秩序，他把希望寄托在大学人文教育事业上："作为真正重要的意识中心，大学应该是正如批评家需要的社会，以这种

---

① Julian Wolfreys, *Modern British and Irish Criticism and Theory*, Edinburgh：Edinburgh University Press, 2006, p. 8.

② 易杰雄主编：《工业文明》，华夏出版社2000年版，第468页。

③ ［美］韦勒克：《近代文学批评史》（第五卷），杨自伍译，上海译文出版社2002年版，第394页。

④ F. R. Leavis, Denys Thompson, *Culture and Environment：The Training of Critical Awareness*, London：Chatto & Windus, 1933, p. 97.

方式成为更大共同体的具有维持创造力的一个核心。"① 有机共同体观念已经逐渐成为批判和抵制大众文化的有力工具。利维斯不仅一次沿用有机整体理论，他还把它贯穿于自己的思想体系中。例如，他在诗歌和小说文本分析中强调有机社会的重要性，他对乔治·艾略特、华兹华斯、济慈、劳伦斯等作家笔下的乡土社会极为推崇，而对狄更斯笔下的都市社会非常反感。

　　不仅如此，他还把有机共同体的观念引入英国社会文化分析。在《文化与环境》中，利维斯针对学者乔治·斯图亚特（George Sturt）关于"旧的英国已经死去，由管理有序的现代国家代替了更原始的国家"的观点，对有机共同体进行了详细的论证："过去的英国是一个有机共同体……但这个时刻，我们不得不考虑的事实是有机共同体已经消失。"② 在这本书中，利维斯借助有机体提供的标准评价现代工业社会的重重弊端。细究下来，利维斯极力推崇 17 世纪宗法制社会的有机体结构，乃在于他认为这种共同体文化是内在统一的，社会各个部分依赖这种统一的文化，充满了稳定性和秩序感。但是，18 世纪工业文明打破了这种有机整体，利维斯断定，共同体已经消失殆尽。从这里看出，利维斯的观点包含了种种假设，17 世纪的英国是不是真的存在文化共同体，这种共同体是否已经消失，这无法定性也无法考察。当然，利维斯的有机体思想也遭到一些学者的反对，针对他在《文化和环境》中认为有机体社会已经消失的说法，比兰加以反驳，"直到 19 世纪晚期，有机共同体仍然在英国乡村保持着。尽管利维斯不经常提到 20 世纪 30 年代后的有机共同体，但他与斯诺的争议部分是关于 19 世纪乡村生活的特质"③。当然，穆罕默德·伊左拉认为利维斯的"有机社会"的核心是"有机文化"，"健康的文化秩序反映在 17 世纪的有机社会中"④。结合了利维斯夫人的《小说和大众读者》《论文集》，乔治·斯德特的《车轮制造商店》《乡村的变化》，伊左拉分析论证利维斯"有机文化"的成因，认为利维斯"否定有机社会历史变化的可能"⑤。但

---

① F. R. Leavis, *Nor Shall My Sword*: *Discourses on Pluralism*, *Compassion and Social Hope*, New York: Barnes & Noble, 1972, p. 98

② F. R. Leavis, Denys Thompson, *Culture and Environment*: *The Training of Critical Awareness*, London: Chatto & Windus, 1933, p. 87.

③ R. P. Bilan, *The Literary Criticism of F. R. Leavis*, London . New York, Melbourne: Cambridge University Press, 1979, p. 14.

④ Mohamed Ezroura, *Criticism Between Scentificity and Ideology*: *Theoretical Impasses in F. R. Leavis and P. Macherey*, London: Faculty of Letters of Rabat, 1996, p. 39.

⑤ Ibid. , p. 45.

是，利维斯强调文化共同体应该是精神层面的而非物质层面的。因为威廉斯在《城市和乡村》中已经指出，"（共存）这就是与混乱无序的现状相对立的，对有序而快乐的往昔的想象的第三种来源。这是建立在某种暂时的境况和对稳定秩序的深切渴望之上的理想化产物，它被用来掩盖和逃避当下现实的痛苦矛盾"①。威廉斯运用马克思主义阶级分析法认为这种有机社会是虚假的，伊格尔顿也认为利维斯的怀旧意识缺乏政治批评的眼光。不管怎样，利维斯的假设在于反过来批判当时的英国机械化了的现代文明社会，这种贵古贱今的批评态度其目的在于引起英国人对文化发展现状的警惕，从而改变英国糟糕的文化局面，促使英国文化的重新崛起。

在利维斯看来，有机体里的每个成员与整体进行合作，其休闲方式应该是交谈，交谈能很好地将工作和休闲、思想和身体结合一起。而在现代社会里，工作与休息、思想与身体呈分离状态，相互交流的艺术已经不存在，交谈的话语也被商业话语所替代。工业社会只会降低情感生活的水准，因而利维斯强调了现代社会和有机共同体中休闲的差别。现代社会的休闲主要是购物、消费，而有机体的休闲方式是与情感、精神相联系的交谈，这种交谈是对过去时代的怀恋，是对过去的延续。这里，利维斯似乎视有机共同体为理想的社会结构，而把工业社会洪水猛兽，实际上，这不过是利维斯维护精英文化传统的有力工具而已。很多学者认为这是利维斯对当时英国社会的假设而已。例如，格雷（Gary）认为"有机体变成了一个对合作社会的集中想象"②，还找出更多的学者对这个假设呈褒贬不一的态度，假设这一研究思维主要来自他的导师理查兹的《文学批评原理》。对于当时顺势发展的大众文化，利维斯认为其严重地冲击了既定的文化格局，"有机共同体的破坏是最近历史非常重要的事实——这的确是这样的"③。

在利维斯的思维假设中，有机共同体存在于17世纪的英国社会，完整而有序，随着历史的发展，这种状态一步步遭到破坏直至消失。他这样的假设在一定程度上使他的学说自成一家，影响了霍加特对待文化的精英—大众对立的思维模式。

同时，利维斯还把矛头直接对准工业社会，批判工业文明带给人类的

---

① ［美］雷蒙·威廉斯：《城市与乡村》，韩子满、刘戈、徐珊珊译，商务印书馆2013年版，第64页。

② Gary Day, *Re - reading Leavis*：*"Culture" and Literary Criticism*, London：Macmillan Press LTD, 1996, p. 52.

③ Ibid. , p. 87.

伤害。"工业机器应为有机共同体的消失负责。"① 但格雷认为，"这是明显的，尽管利维斯运用有机共同体来批评现代社会里的工作和休闲，然而，整个来说，这不是成功的对策，因为，在某种方式上，有机共同体继续甚至支持着那个世界的意识形态"②。格雷对利维斯的评价比较中肯，他认为有机共同体在现代社会中仍然发挥作用，并不像利维斯对它的消极看法那样。

工业文明是大众文化兴起的根源。为此，利维斯以《细察》杂志为阵地，对资本主义工业文明进行强烈的批判，认为工业文明是共同体消失的根源。他一面有力地指出机械化生产下非人性的事实，鉴赏力日益下降，读书人数渐趋萎缩；一面试图呼吁民众重视人文价值、社群意识和共同文化。利维斯分析那时的文化困境，感觉社会的重大变化：伴随机器的发展而来的大众生产的到来。他非常反感技术—边沁主义，认为美国就是技术—边沁主义社会的典型例子。他特别关注的是在生活质量和审美趣味的社会标准下降的问题，感慨人文价值的丧失，社群和谐关系的破裂以及"有机共同体"的消亡。利维斯在《大众文明与少数人文化》《文化与环境》《教育与大学》及《细察》季刊和各种批评文集中反复强调"有机共同体"，这一观念贯穿于他对文化的思考和与别人的论争中。

"有机共同体"在利维斯看来，是17世纪英国乡村农业耕作的存在方式，具有文化培育能力，读书人都具有较高的鉴赏趣味。他描绘那个时代，"人们制作的东西——木屋、谷仓、麦垛、马车——连同人际关系构成了一个与自然环境同样适当而且势所必然的人类环境，以及调整和适应上的一种微妙"③。他追忆的有机社会是如此美好：人文和自然有机融合一起，文学与生活联系在一起。认为现代社会缺失这种特质，利维斯表现出对有机共同体的无比眷恋，但这不表示他希望现代回到过去，眷念的目的是建构一种新的秩序。这不过是应对现代社会文化危机的策略罢了。正如利维斯所说："对旧社会的怀念，必须主要地促进走向一个新秩序。"④ 这表明他把未来寄托在共同体上，希望现代社会成为新的共同体，重新建立适合现代生活的价值规范和道德立场。

---

① F. R. Leavis, Denys Thompson, *Culture and Environment*: *The Training of Critical Awareness*, London: Chatto & Windus, 1933, pp. 87 – 88.

② Gary Day, *Re – reading Leavis*: *"Culture" and Literary Criticism*, London: Macmillan Press LTD, 1996, p. 52.

③ F. R. Leavis, Denys Thompson, *Culture and Environment*: *The Training of Critical Awareness*, London: Chatto & Windus, 1933, p. 91.

④ Ibid., p. 97.

　　"有机共同体"和机械的工业社会是相对的，工业社会把自然科学运用到推动生产力的发展上，机械主义是伴随工业社会出现的，它的特点之一就是否定事物之间的有机联系和内在矛盾。在利维斯看来，机械主义是罪魁祸首，在这样的形势下，整个工业社会是一个没有生气的呆滞的社会。怎样改变呆滞的工业社会呢？利维斯提倡建立新的有机共同体，用文化进行整合，坚持精英主义文化立场，认为只有这样才能挽救现代社会带来的危机。马修·阿诺德的《文化与无政府状态》中认为"文化即对完美的追寻"①，倡导少数人的高雅文化。利维斯接受了这种观点，他在《大众文明和少数人文化》中说道："我早就说过文化一直是少数人保持下来的……莎士比亚创作的随即流行的戏剧和诗歌为少数读书人所鉴赏，这是可能的。"② 他认为只有这少部分人才能理解这些高雅的文化，"不但能欣赏但丁、莎士比亚、邓恩（John Donne）、波德莱尔、哈代（仅举主要的例子），而且能认识这些作家最近的继承者的那个少数派组成的一批人（或者其中一支）在某个特定时代中的意识。因为这种能力不只属于一个孤立的美学范围，其中蕴含着如同对艺术、对科学和对哲学一样的对理论的敏捷的反应"③。在利维斯看来，正因为这少部分的文化精英具备审美判断力，人类优秀的经典作品才得以流传，传统文化才得以保存。他们的标准就是时代的标准，他们的趣味引领着社会潮流，他们肩负着传承文化传统的职责。从现代文明价值失范，传统文化遭受质疑和破坏的形势来看，利维斯借助文化精英的力量保存人文价值、道德理念，扬起人文主义大旗，力图保存传统文化，这对日益衰落的现代文明是有补救作用的。但是，利维斯的精英文化立场势必在大众文化之间构筑一道墙，或者无意之中形成文化等级秩序，根据文化鉴赏力的水平高低拉开与民众之间的距离，这从根本上传递出这些文化精英们的政治意识。因为现代文明越来越拉近精英和大众的距离，界限开始模糊甚至消失，这表现为文化精英对自己日渐失去优越的地位感到恐慌。所以，利维斯要确定明确的甄别标准，试图划定界线，通过挑选的经典作家和作品来重新规范文学史的模式，回归到具有人文价值和道德规范的传统文化的道路上来。由此可见，他的精英文化立场在某种程度上将各种文化元素整合起来，但不利于文化的民主化。

---

① ［英］马修·阿诺德：《文化与无政府状态》，韩敏中译，生活·读书·新知三联书店2008 年版，第 8 页。

② F. R. Leavis, *Mass Civilisation and Minority Culture*, London：The Folcroft Press, INC, 1930, p. 25.

③ Ibid., pp. 4 – 5.

　　根据上文来看，笔者认为利维斯的有机共同体有两大弊端。其一，他希望通过文化来促成共同体的形成，认为文化比政治更重要，对工业化的机械生产和资本主义文明进行批判，但回避从政治上分析其制度的劣根性。正如伊格尔顿所说："由于劳伦斯和利维斯都拒绝对他们所反对的制度进行政治分析，因此他们只能空谈自发性—创造性的生命/生活。"① 他在《大众文明和少数人文化》中，将文化权利等同于阶级权利，享有文化形式的不同必然导致人类社会的等级秩序，忽略了经济基础的决定性作用。事实上，政治变革有时比文化更能推进社会的发展，制造出统治社会的有力工具，而文化成了政治的产物。笔者认为，利维斯的这种观点漠视了政治学，他对政治的漠视使得他的批判存在一定的局限性。其二，他的有机共同体观念存在自相矛盾的缺点。一方面，他希望共同体社会中的各个成员和谐地生活在一起，具有社群意识，能很好地生活在一个社会体制中。为此，他认为各个成员应该是自由的、民主的。而精英主义文化立场又决定了文化是不自由的、不民主的，因为精英文化规范了时代的文化模式和趣味，而普通民众受制于此，他们享有的文化不是自己选择的，也就并不适合他们的口味。另一方面，利维斯倡导的文化权利无疑将社会成员划分成文化精英和普通民众两个等级，这仍然是文化保守主义者的想法。他们对大众文化潮流的到来感到恐惧，不得不试图挽回即将丧失的优越地位。这种观念显然是不够民主的，是逆时代潮流的。但是，精英文化的观念在任何时代都不可缺失的，利维斯的精英文化思想影响了一批知识分子，他们和主张大众文化的知识分子成为整个社会发展的中坚力量，互融互补，共同促进了整个文化的前进。

　　利维斯的思想又直接影响20世纪初英国文化理论家雷蒙德·威廉斯。威廉斯从文化研究的立场出发把有机论概念加以发挥：强调社会的整体观念；强调一个民族的成长，如正在兴起的民族主义；强调自然的成长，如用于文化方面，尤其是指文化的缓慢改变与调整适应；拒绝机械主义和物质主义的社会理论；批评工业主义，赞成与自然过程密切相关的社会（如农业社会）。② 威廉斯对有机论这个词的解释涉及社会、民族、文化和体制等方面，相对于利维斯来说，他的有机论概念在西方马克思主义思想框架下形成，涵盖更广的领域，表现得更为激进。而后现代思潮则主张解构传

―――――――――

① ［英］特雷·伊格尔顿：《二十世纪西方文学理论》，伍晓明译，北京大学出版社2007年版，第42页。

② Ramond Willians，"F. R. Leavis"，*Culture And Society 1780 – 1950*，London：Chatto & Windus，1958，p. 256.

统的二元对立思维，打破权威—中心的局面，与有机论观点相左，要解除事物各个部分的有机联系，认为它们都是互不相关的文化碎片，"事实上根本就没有'作为一个整体的系统'"①。从语言学的角度讲，能指和所指的关系不断转化和变化，而同一能指也会在不同语境或不同时期中发生各种各样的变化，所指也随之发生变化，这样意义的不确定性便产生了，导致了系统的不完整性，语言结构便不稳定了。法国著名哲学家德里达开始从逻各斯中心主义和索绪尔语言学的角度来批判结构主义，后结构主义对逻各斯中心主义的解构改变了人类思考问题的方式，使人类以全新的思维角度来审视世界，它继承和颠覆了结构主义而成为当下的主流文化思潮。②因此，后现代社会里，整体性和有机性正走向消失，为了挽救它们的消亡，利维斯的有机论在当下便具有重要的借鉴意义。

第四节　文化理论与法兰克福学派

利维斯的文化理论与当时的法兰克福学派貌似毫无联系，在利维斯的文化理论还没得到较为广泛关注的时候，学者们通常将视线聚焦于 20 世纪 20 年代的法兰克福学派。的确，法兰克福学派把马克思的政治经济和文化批评理论运用于文学艺术领域的研究，开掘了新的广阔空间，具有划时代的影响。法兰克福学派创建于 1923 年，这个流派属于一种社会哲学流派，是 20 世纪初西方马克思主义潮流兴起中的一个流派。它也是以德国法兰克福大学的"社会研究中心"为中心的一群社会科学学者、哲学家、文化批评家组成的学术社群。其领导成员有马克斯·霍克海默（M. Max Horkheimer，1895—1973）、狄奥多·阿多诺（Theodor Ludwig Wiesengrund Adorno，1903—1969）、赫伯特·马尔库塞（Herbert Marcuse，1898—1979）、瓦尔特·本雅明（Walter Benjamin，1892—1940）、尤尔根·哈贝马斯（Jürgen Habermas，1929—　）。他们的理论来源主要是马克思关于分析批判资本主义的理论，和早期西方马克思主义者卢卡奇的理论，同时受到了黑格尔、康德、弗洛伊德和浪漫主义等众多西方哲学思潮的影响。

法兰克福学派的文化思想对整个世界产生了深远的影响，在中国的影

① ［英］特雷·伊格尔顿：《二十世纪西方文学理论》，伍晓明译，北京大学出版社 2007 年版，第 140 页。

② 苏琪：《继承与颠覆：论结构主义与后结构主义的关系》，《广东工业大学学报》（社会科学版）2005 年第 1 期。

响力早早盖过了利维斯，但是，随着中国学者对利维斯的研究领域进一步拓展，利维斯在文化批评领域的贡献和价值开始突显，成为当今中国学界研究的热点。细究利维斯和法兰克福学派，二者在理论来源、批判立场、研究对象和内容、研究方法和宗旨存在一定的关联性和差异性。从理论渊源来看，"文化"不是利维斯独创的，也不是他首先强调。早在维多利亚时代的学者马修·阿诺德有感于当时的偏见，"（文化人）他们无非是一知半解地摆弄希腊、拉丁那门死语言而已"。"说此等文化有多么蹩脚，多么无济于时世。"① 他开始把文化置于社会的中心，作为拯救新旧时代更替危机的重要手段。他对文化的重视为利维斯所传承，利维斯不仅从理论上加以论证，而且把它运用到自己的批评实践中去。马克思主义经典原理中关注到资本主义生产方式不利于精神生产，文艺有助于拯救资本主义社会的精神危机。这些文艺思想为法兰克福学派继承，他们展开了对资本主义社会艺术作品的研究和对文化工业的批判。从这些观点来看，二者都是基于资本主义社会对文化的漠视而自觉形成对文化的拯救意识，从而展开对大众文化的批判实践行动。

从批判立场来看，利维斯和法兰克福学派的重要成员大多来自富裕的商人家庭，如利维斯诞生于英国剑桥郡一个钢琴商的家庭，霍克海默、阿多诺、马尔库塞、本雅明、哈贝马斯等来自犹太商人家庭，他们并没有继承父辈的事业，而是耽于理想、超越现实，致力于自己想要的人生目标。阿多诺的外祖母和母亲都是德国著名的歌唱家，自幼受到经典音乐的熏陶，对流行音乐自然采取抵制的态度。"阿多诺不无轻蔑地否定了爵士乐也有表达解放的可能性，'爵士乐是严格意义上的商品'，只能给人以虚假的回归自然的感觉，其实是彻头彻尾的社会技巧的产物。"② 由此可见，利维斯与法兰克福学派在批判大众文化中流露出的精英意识上不谋而合，充分说明当时的大众文化在欧美的兴起和发展已经成为共同现象，利维斯代表的细察派和法兰克福学派正引导一种文化批评潮流的到来。

从研究对象和内容来看，二者都关注广告、电影、流行刊物、报刊等大众媒体以及伴随而起的大众文化，只是侧重点不同。例如，利维斯将矛头指向了大众文化，从大众媒介产生的负面影响来谈道德教化的问题成为当代媒介素养的滥觞，而阿多诺则创造了"文化工业"一词，用来指大众

① ［英］马修·阿诺德：《文化与无政府状态》，韩敏中译，生活·读书·新知三联书店2008年版，第2页。
② 杨击：《理论与经验：介入大众文化的两种途径——法兰克福学派和英国文化研究的比较研究》，《新闻与传播评论》2005年第5期。

文化的产品和过程，针对大众工业展开了批判，从艺术作品的生产和消费过程来谈审美问题。例如，本雅明在《机械复制时代的艺术作品》中谈到了科技革新发明的先进工具，如摄影、收音机、留声机、电影等，这些转变了传统艺术作品的概念和地位。因为这些工具发明之前，传统艺术产品往往是独一无二的，具有独特的审美价值，能够激发观众对作品产生深思熟虑的态度。同样，利维斯认为文学经典能够使人对生活产生审慎严肃的关怀，由此可见，二人在对待经典文本产生的效果的看法上达到一种暗合。但是，阿多诺、本雅明等法兰克福学派的成员更多地关注科技推动下的文化工业，即先进媒体对当代艺术作品造成的负面影响。这正如美国著名学者迈·霍·艾布拉姆斯所言："新的媒介不仅使艺术作品无限的、精确的再生产成为可能，还实现了专门为成批再生产而设计的作品（如电影）的生产。本雅明坚称这样的艺术形式打破了独特艺术作品作为纯粹思考主体的神秘感。"①这个学派运用生产力和生产关系的关系原理，认为大众媒体打破了经典文本的唯一性、独特性和审美价值，颠覆了人们传统的艺术观。而利维斯则不仅要强调"文化一直掌握在少数人手中"②这种假设，还要抵制冲击精英文化体系的大众文化，所以，他把批判的重点对象指向了由大众传媒形成的大众文化。他认为广告、电影、广播、报刊等是当时文化疾病的主要体现，只能贬低人们的情感生活，降低生活标准，使人处于浅层次的被动消费，会使得社会陷入混乱之中。利维斯的这些观点虽然过于悲观，但也反映大众文化凸显的问题。

第五节　文化理论与伯明翰学派

至少从阿诺德倡导重视文化问题起，文化便成为后来英国学界关注的焦点。在阿诺德文化政治观点的基础上，利维斯根据自己的假设，认为20世纪30年代英国出现了"文化危机"，并存在少数人文化和大众文化之分。可以看出，他坚持文化中心的理念，并试图培养少数有教养和严肃趣味的人，通过大学教育和文学期刊将文学和文化传统传播下去，抵制野蛮的大众文明对文化传统的冲击。利维斯的思想传承到霍加特、威廉斯等伯

---

① ［美］迈·霍·艾布拉姆斯、杰弗里·高尔特·哈珀姆：《文学术语词典》，吴松江译，北京大学出版社2014年版，第206页。

② F. R. Leavis, Denys Thompson, *Culture and Environment*：*The Training of Critical Awareness*, London：Chatto & Windus, 1933, p. 3.

明翰学派成员这里，便日益滋长为一种英国文化主义思潮，对世界产生了深远的影响。在利维斯的基础上，伯明翰学派沿着利维斯的研究路径，将文化研究推进到一个新的阶段。

1964 年，伯明翰大学成立当代文化研究中心（CCCS），由查德·霍加特、斯图亚特·霍尔、理查德·约翰逊、雷蒙德·威廉斯等形成了伯明翰学派。经过 40 余年的发展，其研究涵盖了阶级研究、亚文化研究、种族研究、性别研究、大众传媒研究等领域。这个学派之所以对世界产生深远的学术影响，在于其紧跟当时大众文化兴起的时代潮流，关注众多文化现象。特别是 20 世纪 60 年代欧美社会大变革的时代，反传统的后现代主义文化思潮推动了大众文化的发展，而美国"新左派"在 60 年代掀起了民权运动、女权运动、反战运动、反文化运动、性解放运动等社会运动。在这样的情况下，伯明翰学派的研究则主要集中于对阶级、种族和性别文化现象的研究，因此，他们的文化研究与当时已经流行起来的大众文化、后现代主义和西方马克思主义等密切联系一起，成为一个热门领域。从整个研究对象和过程来看，伯明翰学派如此重视大众文化的研究，这表明它与利维斯为代表的细察派开始渐行渐远了。

利维斯领导的细察派开启了大众文化研究的传统，而伯明翰学派沿着细察派文化研究的路径，融合各种学科知识研究逐渐流行起来的各种大众文化现象。从大众文化的历史发展来看，细察派关注 30 年代大众文化兴起的状况，而伯明翰学派则关注 60 年代迅猛发展的大众文化。这样来看，早期的大众文化正如流淌的小溪，后期的大众文化则如滔滔江水。今非昔比，利维斯竭力抵制的大众文化成为人们日常生活的一部分，而他要捍卫的文化—文明传统也最终分崩离析。从文化定义来看，伯明翰学派的主要成员们并没有像利维斯那样专注于依靠文学拯救文化的梦想，而是面对现存的工人阶级文化和发展势头如日中天的大众文化展开了更为深入的研究。特别是威廉斯，他根据英国文化和社会的发展历史，认为除了民主革命和工业革命以外，还存在"文化革命"，需要通过教育和大众传媒来使得广大群众成为有教养的文化人。因此，重新对文化概念的演变进行梳理和论证，正式确定它在当代的内涵，可以说文化的定义一般有三类。第一种是"理想的"，这种意义上的文化是人类根据某些绝对的或普遍的价值而追求自我完善的一种状态和过程。第二种"文献的"，这种意义上的文化就是思想性作品和想象性作品的实体，其中，人类的思想经验以各种方式被详细地记载下来。第三种是文化的"社会的"，这种意义上的文化是对一种特殊的生活方式的描述，它表现了不仅包含在艺术和学识中而且包含在各种制度和日常行为中的某些意义与价值。① 威廉斯认为，第三种定义才最切合当前的社会，当然前两种定义结合了阿诺德和利维斯对文化的思考，而他认为文化应该与社会各个方面联系在一起，"我更乐意把文化理论定义为对整个生活方式中各因素之间关系所作的研究"②。从这里看出，威廉斯传承了利维斯的文化研究路径，但在文化界定方面打破其定义的狭隘性和单一性局面，极大地拓展了文化的内涵和外延。

从研究的目的来看，伯明翰学派打破了利维斯极力维护的文化和文明对立的格局。利维斯假定 30 年代的文化遭到了大众文化的冲击，整个英国社会存在着少数人文化和大众文明，将英国人分成有教养的知识分子和粗俗的乌合之众，或者 Q. D 利维斯夫人强调的高眉、中眉和低眉。其中一些观点在伯明翰学派这里逐渐被质疑乃至最终被完全改变，走向一个以大众文化研究为主的方向，并得到世界的极大关注。这主要由霍加特、威廉斯、爱德华·帕尔森·汤普森（E. P. Tompson）、斯图亚特·霍尔等人共同推动和完成的。霍加特传承了利维斯的文化—文明传统的精英意识，眷念过去的文化社会，可以说，他的思想更接近利维斯。因此，后来的学术争论中，关于霍加特和《识字的用途》是否应该划归到"利维斯主义"，以及其在伯明翰学派的地位问题，成为讨论的核心话题。然而，笔者认为他发现了工人阶级的文化，在《识字的用途》中，他把工人阶级的文化确立为研究的对象。"霍加特对英国工人阶级文化传统的阐释紧贴着工人阶级所生活的经验世界，他称之为人民的'真实的'世界。"③ 另外，霍加特自己出钱筹建文化研究中心，是伯明翰学派的早期创始人，连接细察派和伯明翰学派学术节点的关键人物，因此，他起着承上启下的作用。作为新左派的成员，威廉斯抛弃了利维斯的精英文化意识，在霍加特的基础上认为英国不仅存在大众文化也存在工人阶级文化。而汤普森则通过《英国工人阶级的形成》书写工业革命时期英国工人阶级形成的文化史，关注了底层人士的文化生活。而霍尔则创造性地认为精英文化、大众文化和工人阶级的文化都应归属于文化，应该丢掉精英文化优秀而大众文化粗俗的论调，两种文化都有优劣之分，社会应该培养一种文化鉴别意识和趣味。由此可见，他们根据文化研究实践强调了阶级意识的觉醒和政治意识的发展、成熟，共同把文化研究推向一个新的发展阶段。

---

① ［英］雷蒙德·威廉斯：《漫长的革命》，倪伟译，上海人民出版社 2013 年版，第 50—51 页。
② 同上书，第 55 页。
③ 程祥钰：《经验与历史——论霍加特的〈识字的用途〉》，《文艺理论研究》2012 年第 4 期。

从内容来看，霍加特、威廉斯、霍尔等伯明翰学派主要成员来自工人家庭，很多是英国新左派成员。新左派的思想不同于经典马克思主义和俄苏马克思主义，而是根据新时代殖民主义和帝国主义政治经济的情况，关注种族主义和权力意识下的文化与意识形态问题。因此，他们在继承利维斯文化理论的基础上，吸收了来自德国法兰克福学派的一些理论观点，特别是阿尔都塞的意识形态理论和葛兰西的"文化霸权理论"。70年代，伯明翰学派的成员开始频繁使用"意识形态"这一术语，说明其在接受法兰克福学派理论的基础上，形成了用意识形态研究各种文化现象的格局。阿尔都塞在1969年发表了《意识形态和意识形态国家机器》，直接影响了霍尔，而霍尔则是伯明翰学派的重要人物，"英国文化研究之最终蔚成一大思想学术流派，我认为，应当归功于斯图亚特·霍尔之卓越的思想才能和组织领导能力"①。作为新左派成员的霍尔认为，"在马克思主义范式之内，很难构想一种与'意识形态'范畴毫不相关的文化研究思想"。同时，霍尔还吸收了葛兰西的文化霸权理论，并将之运用于文化霸权和媒体的研究。他用编码解码理论把媒体传播分成生产、消费和流通过程，并对大众文化祛魅，揭示资产阶级意识形态霸权在大众文化领域中的建构过程和作用机制。

1976年，霍尔出版了《通过仪式进行反抗》，引发了伯明翰学派对青年亚文化的研究热潮。霍尔的研究形成了固有的模式，对后来的约翰·费斯克（John Fiske，1939—　）和戴维·莫利（David Morley，1949—　）产生了直接的影响。例如，费斯克的《解读电视》《理解大众文化》和《解读大众文化》建构了生产性受众观和快感理论。莫利的《家庭电视：文化权利和家庭休闲》《电视、观众和文化研究》用人类学"民族志"方法研究电视受众。安吉拉·默克罗比（Angela McRObbie，1951—　）也在霍尔的影响下撰写了《女性主义和青年文化》《工人阶级女孩的文化》，引发了对性别的关注。这些学者在研究中发现了六七十年代性别、种族等亚文化领域中的政治抵抗功能，从而试图寻找到一条打破资产阶级文化霸权的可能道路。因此，伯明翰学派思想体系的最终形成和影响跟利维斯为代表的细察派息息相关。没有利维斯文化思想的基础，伯明翰学派的研究无从开启。

简言之，正是利维斯麾下的细察派将文化研究引向大众文化，才有后

---

① 金惠敏：《听霍尔说英国文化研究——斯托亚特·霍尔访谈记》，《首都师范大学学派》（社会科学版）2006年第5期。

来的伯明翰学派对大众文化研究阵地的占领。然而不同的是，法兰克福学派是站在精英文化立场上欣赏大众文化，而伯明翰学派则是站在大众文化立场上的。利维斯领导的细察派在精英文化立场上与法兰克福学派遥相呼应，担心大众文化水平下降的问题；但是，在认可大众文化存在合理性的基础上，伯明翰学派和法兰克福学派主要运用马克思主义意识形态理论来解读各种文化现象，三个学派彼此联系但又各有特色，共同推动了大众文化研究的大发展。

第六节　文化理论的影响

利维斯的文化批评最初在文学批评领域体现出来，他从婚姻、政治、传统、文学史和人类生存的条件等方面来评论文学作品。"利维斯担当文化演说家的批评家角色"①，他的文学批评话语导致了关于"心理学、社会学、道德和本体论"②的研究，触及文本产生的社会环境、生活、历史等问题，涉及更广阔的文化视野。所以说，文学研究向文化研究转变，在利维斯文学批评中就体现了这种迹象，他在文化层面上拓展了对小说作品的分析。二战后，随着新闻业、广告业等的兴起，他的批评拓展到更广阔的领域，这也需要从新的角度来界定文化的内涵。总的来说，按照今天文化研究的内容划分，利维斯的文化研究应该包括文学研究、大众传媒研究和有机共同体社会的理论构想。他的研究奠定了后来伯明翰学派文化研究的基础，伯明翰学派的文化研究直接承袭了这三个方面，其中以该学派的代表雷蒙德·威廉斯最为突出。威廉斯称文化是"一种生活方式"，把文化从文学的文化批评推向文学、饮食、媒体、服饰文化等泛文化的批评。威廉斯对文化概念的定义密切联系人们的日常生活，也是学界"日常生活审美化"热点研究的内在原因。由此而见，威廉斯的文化概念具有划时代的意义，改变了文化概念一直界定不明的局面，确定文化是一种真实的生存状态。

尽管利维斯以精英文化的路径来构建文化共同体，坚持文化是由少数人传承下来的，欣赏文学和艺术依靠少数人。在大众文化的发展势头下，他的构想最终遭到冷遇，陷入困境。但是，他以文学为中心的精英

①　William E. Cain, "Leavis's Authority", *A Forum on Fiction*, Vol. 14, No. 3, 1981.

②　Francis Mulhern, *The Moment of "Scrutiny"*, London: New Left Books, 1979; London & New York: Verso, 1981, p. 293.

文化为大众文化研究提供了批评方法，正是英国伯明翰学派几代人的不懈努力，推动了文化研究的大发展。雷蒙德·威廉斯沿着利维斯的文学研究理路，继承和发展了利氏的思想，以西方马克思主义为指导，肯定大众文化的地位，试图消除精英文化和大众文化的界线，建立了唯物主义文化，从而顺应了大众文化发展的潮流，推动了文化的发展。可见，利维斯在文化研究上功不可没，尽管他试图抵制大众文化潮流的设想落空，但他的文学批评方法为文化研究做了铺垫，文化批判理论开启了伯明翰学派文化研究的源头，促使世界人文学者转向对文化的研究。由此看出，文化研究率先从英国学者利维斯开始，逐步带动整个世界的"文化转向"潮流。

利维斯的《大众文明与少数人文化》和《文化与环境》对工业化大生产下的消费社会进行了较为深刻的分析，具有一定的价值。他围绕大众文化的生产、现代经济社会中的广告位置、休闲的好处、有机共同体等这些主题来谈。利维斯认为，文化生产是以追求商业利润为目的，只会让人们在最低层次上获得精神上的满足，引导人们选择即时消费的乐趣，不能把人们带进具有深度的精神领域。利维斯的文化批判理论开启了媒介分析的源头，商业广告引导和刺激人们消费，高效率的工业生产为人们带来很多的休闲时光，也让人们有更多的时间去消费。消费者倾向选择电影、电视、流行刊物、广播等媒介传播的大众文化，因为这些大众媒体具有新颖的题材、快速的传播、带来良好的视觉和音响效果等特点，严重地冲击文学的中心地位。为此，利维斯主张阅读文学经典，认为经典具有塑造美好人性的特点，他希望借助大学教育来训练有教养的文化人，只有这样，他们才能识别大众文化和抵制它。利维斯批判了消费社会的文化环境和各种大众文化形式的平庸化，对当下的大众文化发展的反思有一定的作用。现今的大众文化取得了有目共睹的成就，它的消极面如暴力、色情等不利身心健康的因素需要反思，而利维斯的批判理论对大众文化的发展具有一定的警示作用。

利维斯引导下的精英文化在当下应该提倡。精英文化在提升人们的精神、引领时代思潮方面起着重要作用，对大众文化起着监督的作用。因此，精英文化和大众文化都是不可缺少的文化样式。因为尊重精英文化和大众文化的差异，才有利于多种文化样式的互补融汇，有利于推进文化的发展。伯明翰学派也肯定了精英文化和大众文化存在的合理性，并试图消除二者之间的对立，"英国文化主义遭遇的困境使伯明翰学派的学者认识到……不应该再一味强调文学相对于通俗文化的显要地位，而应该从客观的角度对两种文化进行平等的考察"①。伯明翰学派主张尊重二者的差异性，而对利维斯视大众文化如猛兽、试图用精英文化抵制大众文化的观点进行一定程度的批判，诚然，该学派在继承利维斯文化理论的基础上批判地建构了自己的理论体系。

利维斯的"有机共同体"思想强调：各个有机体共处在一个整体中，能有机地协调在一起，按照自己内在的规律发展着，与时下流行的生态批评存在一定的亲缘关系。笔者认为，20世纪60年代美国的生态运动催生了生态批评，生态批评吸纳了有机美学思想：将地球看作一个有机的整体，各种生命之间相互依存、不可分割，人与其他有生命的物体都受到同等的尊重，人与自然是和谐地统一在一起的。利维斯对华兹华斯和劳伦斯文学作品中体现的有机体和自然观的分析，主张人和自然和谐相处，揭露工业文明和非人性的制度，体现了生态批评的特点。利维斯时常将文学作品看作一个有机整体，将社会看作一个整体。这说明他的思想孕育了生态批评的某些因素，仍然具有一定的时代性，也成为利维斯研究的学术生长点。

小　结

本章综合论述了利维斯的文化批评思想，就利维斯对文化的定义而言，体现了语言、文化和生活之间的密切关系，而文学作品能有机地将这三者结合起来，所以，利维斯认可的文化主要是文学文化。笔者认为，利维斯从语言的角度来分析文本结构和语意，同时，重视分析文本背后的社会生活，以关注文化为目的，他对作品的分析基本上是沿着这个思路进行的。他的文化批评著作《大众文明与少数人文化》和《文化与环境》开启了文化研究的源头，成为文化研究者的第一手资料。在本章的第二节，分析利维斯对待工业文明、媒体、大众文化等的态度，肯定了其积极的意义，不赞成利维斯否定大众文化的做法，并结合时代认为精英文化和大众文化都是不可缺少的。第三节主要分析利维斯对消费社会的看法，他将有机社会和消费社会做对比，认为工业文明导致了有机社会的消失。笔者认为，利维斯的看法过于消极，工业文明并不是洪水猛兽，有机社会也并没

---

① 杨东篱：《伯明翰学派与文化研究的演进》，《河北大学学报》（哲学社会科学版）2008年第6期。

消失。第四节分析利维斯文化批评的影响，主要评价其对当代文化研究的推动作用，以及和生态批评的相关性。这充分说明，利维斯的文化思想涉及了当下的许多问题，在 20 世纪初，他走在文化批评的风口浪尖，引领着世界文化研究的潮流，成为文化研究的先驱。而最能体现利维斯对大众文化关注的便是《细察》，这不是只关注文学的期刊，而是以文学研究为主同时关注音乐、政治、广告、电影等多个领域的综合性刊物。

第九章　利维斯与《细察》

利维斯以剑桥大学的唐宁学院为平台，培养了一群文学批评的精英分子，如他的夫人 Q. D. 利维斯及弟子戈登·考克斯（Gordon Cox）、杰弗里·沃尔顿（Geoffrey Walton）、詹姆斯·史密斯（James Smith）、威尔弗里德·梅勒斯（Wilfrid Mellers）、伊安·多伊勒（Ian Doyle）、哈罗德·梅森（Harold Mason）、杰弗里·斯特里克兰（Geoffrey Strickland）、莫里斯·沙皮拉（Morris Shapira）、约翰·牛顿（John Newton）等 300 多名。后来这些学生毕业后很多进入英国大中学校任教或报社、期刊从事编辑工作，他们把利维斯的批评方法传播下去。1932 年，他和同事及弟子共同创办期刊《细察》。由于利维斯在撰写博士论文的时候就开始关注报刊媒体的发展，为他推动该期刊的创立和发展打下了良好的基础。在他的努力下，这个期刊推动了英语文学研究这门学科在高校的发展，加强了各个高校之间的联系，促进了高校教育的成功改革，并且改变了人们对文学阅读的趣味；他的文学批评范式也以一股不可阻挡的力量被纳入英国文学批评史中。《细察》虽然是一种期刊，但由于其使用的批评方法、关注的对象与英国现代生活密切地联系在一起，流露出鲜明的创新意识。"20 世纪 30 年代早期开始，为了批评分析，《细察》组织的成员就带来了研究广告、流行小说以及经典文学的文本。文学是其关注的中心，但《细察》关注的范围大部分是现代文化。"[1] 因此，当时该期刊以其强烈的时代感吸引着欧美大学师生对它的极大关注。

以利维斯和他的弟子为中心的细察派主要探讨以下四个问题：文学和生活标准的下降；现代语言的堕落；工业主义的破坏性作用；剑桥大学文学批评的革命。《细察》不仅仅是文学批评，还包括了对社会、政治、经济等方面的关注，"对比马修·阿诺德的把理想应用于生活中的观点来说，

---

[1] Christopher Hilliard, *English as a Vocation*：*The Scrutiny Movement*，London：Oxford University Press，2012，p. 2.

这更委婉和全面"①。面对大众文化生产的多样化过程，文学标准的下降，确定批评标准对利维斯来说不是一件容易的事情。鉴于该杂志在世界产生的影响，笔者在本文中有必要探讨其发展的历程、传播路径和受众情况、主要内容以及细察派与新批评的关系。

第一节 《细察》的"一生"

由于早期对英国报纸杂志的关注，利维斯积累了一定的经验。1932年，《细察》在利维斯和其学生的共同努力下诞生了。为了创办该期刊，利维斯夫妇甚至卖掉了自己的部分家产来筹集营运经费。因此，它是由知识精英们独立创办的非营利性质的文学研究期刊，该期刊每年发行四期，从1932年至1952年历时20年，发行量非常大，影响范围非常广。分析20卷期刊合订本后，笔者发现《细察》是利维斯把文学观、文学史观和文化批评思想运用到批评实践的一次伟大尝试，它的意义是不可估量的。1932年，《细察》的编辑们发布了自己的宣言，认为英国最近20年来没有出现重要的批评杂志，而美国创办了一些很棒的杂志，如《猎犬与号角》（*Hound and Horn*）、《学术论坛》（*The Symposium*）、《新共和》（*the New Republic*），特别是《新共和》把文学批评与对现代时事的关注结合起来，而英国没有一家期刊可与之相媲美。另一方面，鉴于《细察》开始脱离政治和实际的情况而招致社会人士的批评，《细察》的编辑们进行了改革创新，试图改变"太远离实际而不能使对世界困境真正敏感的人感兴趣"②的局面。《细察》"将会偏重于现代文明的活动"③，关注文学、文化、教育、思想等各个方面，以更接近实际生活。因此，《细察》不纯粹是文学评论杂志，文学批评即时关注实践和政治，发表有见地的批评文章，确定批评标准，对以前被历史埋没或遭受不公正对待的作品重新进行批评。宣言最后表明要和读者合作，这个杂志定下了一个批评策略——"这意味着《细察》的所有文章在观点上都不是一致的"④。编辑们认为这有助于清除当前混乱状况和建立一种接近标准的新途径。第三个也是最重要的原因，

---

① G. Singh, *F. R. Leavis: A Literary Biography*, London: Duckworth, 1995, p. 48.
② Editors, "Srutiny: A Manifesto", *Scrutiny: A Quarterly Review*, Vol. 1, No. 1, May 1932, p. 3.
③ Ibid..
④ Ibid., p. 6.

利维斯及其弟子将《细察》视为开展道德和文化运动的阵地，既向来自剑桥大学内部保守的学术权威力量宣战，也向来自外部的大众文化潮流挥起自己的剑。实际上，《细察》成为剑桥大学的喉舌，在和各界学术权威的论争中宣扬了自己的批评理想，从而扩大了自己在欧美学界的影响。

1932 年，利维斯在《细察》上发表了几篇重要的论文：《文学思想》和《批评出了什么问题?》等。他对英国的文学批评状况和文化形势做了较为深刻的分析，"然而（马科斯·伊士曼）他可能指出，在近几十年来重要的批评期刊几乎完全消失了，这可作为我们改善现状的证据"①。这段话作为对创办《细察》原因的回答。利维斯又进一步分析了出现批评期刊消失的原因，认为从事文学的人包括道德导师和人文主义者大多空谈；赞同伊士曼的观点——"文学文化传统是死的，或者差不多如此"②，建议进行一次"经典运动"；现代派文学兴起，很多作品难以理解，需要寻找新的批评方法。在《批评出了什么问题》（*What's Wrong With Criticism*）中，利维斯认为，文学批评没有保持住一种健康环境中的原因在于，许多具有评判能力的批评家不知怎样提高读者阅读的效率。T. S. 艾略特和理查兹先生的批评理论代表着当时批评发展的方向：理查兹极大地提高了分析技巧；艾略特不仅使概念和文学批评完善，他还在当前决定性的重新组织和重新定位的理念与评价方面获得了成功。利维斯主办的文学批评期刊，运用"细读"和关注社会生活的方法去把握文本，给停滞的英国文学批评带来了春天，改变了当时的批评风气。

《细察》的成功在于除了前文分析的原因以外，还在于它吸收了其他兄弟期刊的优点，采用了新的办刊思路。在《细察》出来之前，《标准》（*Criterion*）这个杂志期刊担负着时代期刊的先锋任务。在回忆这些事情和讨论批评状态时候，细察派反思整个英语世界不可能或不会支持严肃的批判观点，《标准》在细察派看来是不具备批评资格的、无知的。在他们看来，真正代表严肃批评意识的是《现代文学纪事》（*The Calendar of Modern Letters*）（以下简称《纪事》），该刊物 1925—1927 年发行，虽然只维持了两年半，但它"确立了一种强有力和真实的当代文学批评"③。该期刊的批评话语富有重量，具有责任感和界线分明，需要依靠智慧去感知和判

---

① F. R. Leavis, *The Literary Mind*, Scrutiny: A Quarterly Review, Vol. 1, No. 1, May 1932, p. 20.

② Ibid. , p. 21.

③ G. Singh, ed., *Valuation in Criticism and Other Essays*, London. New York. New Rochelle. Melbourne. Sydney: Cambridge University Press, 1986, p. 228.

断。该期刊充满智慧的批评家们形成了一个重要的核心，对时代新创造和生活的快速感知、反映决定了他们批评的兴趣、话语和方法。例如，《纪事》清楚地认识到诗歌在近 20 年出现的基本变化，认识到《荒原》的作者 T. S. 艾略特是个天才，能敏锐地把握人们普遍关心的问题。这个期刊对利维斯创办《细察》的影响较大。利维斯特别指出，艾德格·里克沃德（Edgell Rickword）的论文《诗歌的重新创造：艺术和消极的情感》（The Re-creation of Poetry: Art and the Negative Emotions）是发表在《记事》上的。而且利维斯把《记事》的许多论文编成集子，命名为"迈向批评的标准"（Towards Standards of Criticism, 1933）而出版。在这个集子中，倡导以严格独立的批评来体现一种标准，从而培养读者的鉴赏力。《记事》的办刊理念和编写集子给予利维斯一定启发，1932 年，他开始着手创办《细察》。这个季刊开始对《记事》就带着一种恭敬的姿态，宣称与《记事》期刊之间的承续关系，《细察》确定了古代和现代经典的标准。然而，编辑们没有假定自己在重复《记事》的批评方法或者试图按照它的方法去做。他们在它短暂"一生"中看到一个结局：如果一个如此智慧和生动的机构不可能找到和控制大量公众来支持自己，那么，很明显：严肃的文学评论都不可能希望把自身维持在这样的经营范围内——成本和支付的稿酬来自销售与广告的收益。因为潜在读者不足，没有赢得公众的兴趣和忠诚，收支不平衡是《记事》难以为继的主要原因。因此，《细察》吸取了《记事》失败的教训，通过自己精确的标准聚集了一批富有批评天才的撰稿人，且收入和支出维持了平衡。

另一方面，《细察》还借鉴当时美国报刊获得成功的经验，如《猎犬和号角》《新共和》和《学术讨论会》等几家较有影响的报刊。将《新共和》和英国报刊做比较，在版式上二者较相似，前者的文章有最值得称赞的特色。"然而在这个领域，《新共和》比任何英国杂志表现得更有活力，试图使人理解美国生活的多个方面，这在英国是不能实现的；关于外国政治的文章也更真实，与我们相比，预先假定了一个见闻较少的公众。"① 这些做法也都体现在科学、艺术和哲学方面的评论中。与英国相比，《新共和》更多地表现为能分析哲学问题，这主要是因为英国没有有哲学才能的记者。而且，《新共和》的评论员在英国信仰方面不受阻碍，它面向英国读者的评论免除了对已确立的英国价值的尊敬，而试图寻求英国传统衰退

---

① H. A. Mason, "'The New Republic' and The Ideal Weekly", Scrutiny: A Quarterly Review, Vol. VII, No. 3, December 1938, p. 252.

的标志。"《新共和》的语气统一性是明显的。"① 除此以外，《新共和》还确定了自己的批评理念，"1931 年，编辑们针对《新共和》写道，它的作用是经营观点，帮助甄别，为那些对这种讨论感兴趣的人尽可能忠诚地、有识别力地提供一种批判观点的方法"②。它坚持一种高出普通读者的标准，这也是该刊获得成功的重要原因。针对《细察》和当时的期刊的关系，学者爱德华（Edward Raymond Easton）撰写的《利维斯博士与细察批评家（1932—1953）》（*Dr. Leavis and Scrutiny Critics*，1967）一文评论了利维斯创办期刊的意义，把当时英美世界较为权威的期刊和《细察》对比，以凸显其价值和地位。

分析当时的形势，英国出现了大众文化、商业文化、消费文化等新兴文化产业，改变了英国传统文化的格局，引起了部分学者的深入思考。这时的细察派认为，英国的文化分裂没有美国厉害，当务之急是创办相类似的周刊。通过对《新共和》成功经验和时势的分析，《细察》的编辑们借鉴这份期刊的办刊经验，将评论的范围扩大到生活的各个方面，并确定评判的标准，关注文化分裂的问题。除了兄弟期刊的影响外，与《细察》同年问世的利维斯夫人的博士论文《小说和大众读者》出版。它使用了人类学的方法来分析大众读者和小说发展的关系、报刊的出现和发展等，对《细察》的影响同样也不可忽视。

《细察》的发行历经 20 载，虽然曾因二战中断，但它对英国文学和文化批评的影响是深远的。在创刊初期，《细察》就显示了一定的成效，第一卷第三期的《编辑提示》一文，介绍了期刊发行一段时间后取得的可喜成就：读者越来越多，发行量越来越大，引起了大量公众的广泛关注，订阅者从整个英国扩大到美国和其他地方。③ 利维斯认为《细察》存在 20 年的意义在于它确定了批评的标准，无论是前期的诗歌批评还是后期的小说批评，它都形成了自己独特的批评标准。在评论诗歌方面，以利维斯为主的编辑们推行"非个性化"标准，并对 17 世纪以来的诗人重新评价，如雪莱、华兹华斯、济慈等；在 30 年代后期，《细察》转向以小说批评为主的道路，编辑们又推行人性和道德标准，并对乔治·艾略特、詹姆斯、劳伦斯等小说家的作品进行分析，从而获得了较大的成功。

从发展历程来看，《细察》不同于其他的期刊，没有依靠外界的资助，

---

① H. A. Mason，"'The New Republic' and The Ideal Weekly"，*Scrutiny：A Quarterly Review*，Vol. VII，No. 3，December 1938，p. 255.

② Ibid.，p. 256.

③ "Editorial Note"，*Scrutiny：A Quarterly Review*，Vol. I，No. 3，December 1932，p. 204.

而是利维斯和他的弟子们自筹创办的。在这20年里，英国社会发生了较大的变化，经历了经济危机、二战和政治局势动荡、经济高速发展以及消费时代的到来。这些都成为《细察》密切关注的对象，促使它转向对文化的关注。另一方面，对文学批评感兴趣的人越来越少，文学批评的作用渐渐失去效力。而对文学有重要兴趣的那些人好像不关注现代世界，他们的文学研究与现代不相关。而利维斯坚持贯彻阿诺德的"诗歌是对生活的批评"的理论主张，他认为，文学恰恰需要重视现实生活，文学问题就代表那个时代的意识。因此，文学批评有必要关注时代的社会生活。

《细察》最终停止发行，不是因为不能吸引公众和支付印刷费，而是因为二战的爆发。战争使细察派一直没有招募和培训新成员，期刊总是不能如期发行。另一方面，其他的报刊如《批评随笔》（*Essays in Criticism*）差不多赶上了《细察》的批评，"《细察》缺少学术性：来自牛津新的季刊，由于它与真正的学术准确结合起来，将向我们表明一种不逊于《细察》的批评活力"①。例如，《星期日报》越来越倾向于以大学高年级水平发行，并吸收了现代进程的本质特征。利维斯最后总结《细察》在历史上的作用，认为"二十年前的《细察》提供了理查兹的心理学和伪科学、新边沁主义的基本批评……就艾略特自己的批评而言，就是在《细察》上批评标准被确立了"②。这表明，利维斯和其弟子共同努力，确定了《细察》的标准，而《细察》在英国和美国的传播为自己赢得了较高的地位，是当时的其他文学评论期刊无法企及的。

第二节　细察派与《细察》的主要内容

《细察》作为文学批评期刊在小圈子里培养一种精神风貌，在它停刊前总共有150个投稿人，这些人是自由职业者，没有任何固定收入。他们具有不同的学科背景和世界观，以利维斯为代表，是一支训练有素的知识分子精英队伍。在利维斯思想的影响下，他们的批评共同体现了一种丰富的、有机的敏感性。教育是他们希图改造社会的力量，提倡一种理想主义/唯心主义的"解决方法"，不愿意设想一种政治解决办法，且提防广告的操纵性和流行报刊的语言贫乏。他们保持自己的阶级立场，是小资产阶级

① F. R. Leavis, "The Responsible Critic：or The Function of Criticism at Any Time", *Scrutiny：A Quarterly Review*, Vol. XIX, No. 3, Spring 1953, p. 162.

② Ibid., p. 183.

的后代。他们与贵族阶层和工人阶级划清界限，对待文学—学术权力当局的态度比较激进，对待人民大众时心胸狭窄。他们的思想大多重视传统，视自己为"学术中心"，其实退居一隅；相信自己代表"真正的"剑桥，而剑桥却拒绝承认他们的学术地位；感觉自己是文明的前锋，却无比怀恋17世纪受剥削的农业劳动者的乡村社会；反感工业资本主义的精神贫瘠，不安于传统批评那种脱离现实的美学。因为这些共同的观点，他们逐渐形成了以利维斯为中心的细察派。

细察派包括编辑和投稿人，这些人大多是英国现代极富影响力的文学批评家，编辑是 F. R. 利维斯、耐兹（L. C. Knights）、唐纳德·卡尔弗（Donald Culver）、梅森（H. A. Mason）、丹尼斯·汤普森（Denys Thompson）。这些编辑同时是撰稿者，利维斯的批评文章涉及诗歌、小说、文化、教育和书评，他的批评观点成为《细察》的核心；剑桥大学教授耐兹（L. C. Knights）作为编辑和撰稿人对《细察》做出了重要的贡献，他在《细察》上发表的论文篇数量不亚于利维斯。在撰稿人中，I. A. 理查兹是比较有影响的一个，被誉为现代文学、特别是"新批评之父"，西方现代批评和英美新批评从他那里受益匪浅，他的《实用批评》影响较大。他的《汉语复兴》（The Chinese Renaissance）发表在《细察》第二卷上。威廉·燕卜逊（Willian Empson）也是新批评的代表，他的著作《含混的七种类型》（Seven Type of Ambiguity: A Study of Its Effects on English Verse）改变了传统文论史上对"含混"一词的贬义色彩，确立了一种新的审美趣味，他的《马维尔的花园》发表在《细察》第二卷上。利维斯和 R. 韦勒克的一场争论还以书信的方式发表在《细察》上，利维斯的《文学批评与哲学：作为回应》和韦勒克的《文学批评和哲学》就文学批评需不需要哲学理论支撑出现了分歧。W. H. 梅勒斯在两个不同领域里取得了学术资格，这使他获得了较大的声誉，因为他探索智慧和判断，作为音乐家和音乐学家来写作和批评，《音乐和社会》是他的作品。布鲁斯·帕蒂森（Bruce Pattison）在之前是一个音乐批评家，作为研究生是早期组织的成员，《细察》加强和证明了英语文学研究领域，关注的中心越出了文学批评的领域，它的基本成就在文学批评方面，在其他方面也发挥了作用。比如，重评英语文学，强调对当下关心的实质。斯皮尔斯（Speirs）对中世纪文学的研究，关于《司各特文学传统》的论文是真正原创的。耐兹是因评论莎士比亚而享有盛名的批评家，在1933年发表有名的论文《麦克白夫人有几个孩子?》，讥讽评论界竟把虚构人物视作真人，主张通过语言和形象来分析莎氏的作品，重新给莎士比亚的研究定位。因此，他的文章受到学术界的重视。因为这个期刊在欧美的广泛影响，克里斯托弗·希利亚德（Christopher Hilliard）在《被视为使命的英语文学：〈细察〉运动》（2012）一书中借助社会学的独特视角对文学评论季刊《细察》做了详细研究。他以该刊的编辑和撰稿人大多是利维斯的学生为出发点，分析文学批评和大众文化理论方法的成效，特别是利维斯的教育方案对该刊的重要影响。以利维斯在剑桥唐宁学院培养的 300 多名学生为研究对象，对学生的来源地、父亲职业、经济状况、求学和工作经历了进行详细的调查分析，最后探讨了期刊在文学批评和人文教育方面的重要价值。

《细察》理念的形成与剑桥大学是分不开的。它的理念是"《细察》是个小而有限的团体机构，或者具有教养的民族精神"[1]。"只有在剑桥《细察》的理念才能形成，才能成为一种强大的生命，才能维持这种使它被人憎恨和发挥作用的持续的生命力。"[2] 剑桥大学成立于 1209 年，是享誉世界的高等学府，故立足于剑桥的《细察》就格外受到学术界的关注。它的成就对当时文学批评传统来说，意味着文学批评方法的创新，也意味着时代趣味的改变，所以对当时文学批评和文化理论研究有一定的推动作用。

《细察》是剑桥大学取得的重要成就之一，它依靠剑桥大学的学术资源和声誉形成了独特的文学研究阵地。创办人利维斯一生几乎都是在剑桥度过，他秉承了这里的学术传统，而其他成员几乎都是剑桥大学的学生。剑桥的一些哲学家洛克、休谟等给该刊带来了经验主义的思维方法；细察派主张通过文学作品的阅读感知来激发人的经验，从而获得文本价值。著名文化理论家阿诺德也曾在剑桥工作，他的文化理论直接奠定了细察派研究社会的基础。因此，《细察》的研究范围扩大到政治、经济、社会学、人类学等领域。埃兹拉·庞德和 T. S. 艾略特这两位美国批评家于第一次世界大战爆发前一刻来到英国剑桥，他们成为 20 世纪文学批评趣味转向和理论变化的核心人物，他们的理论成了该期刊研究实践的基础。利维斯认为，在剑桥，理查兹、奥格登、基础英语文学的教学和新边沁主义的盛行对《细察》的批评形成了较大的影响。20 年代剑桥英文系的理查兹是个举足轻重的文学批评家，他在学生心目中几乎是宗教领袖般的人物。他把心理学和文学批评结合起来，在英语教学中大胆创新，公开以基础英语取代语义学，他的"实践批评"成为《细察》的指导思想。《细察》编辑耐兹

---

[1]　G. Singh, ed., *Valuation in Criticism and Other Essays*, New York. New Rochelle. Melbourne. Sydney: Cambridge University Press, 1986, p. 225.

[2]　Ibid., p. 218.

（L. C. Nights）就是剑桥大学教授。由此来看，《细察》的成功本身就意味着与剑桥密切的亲缘关系。

《细察》的目标是"旨在使批评变成一种科学"①，力求语义分析的精确性。为了达到科学的标准，细察派立足剑桥，运用"实用批评"的方法力求通过严格的甄别标准和语言的精微来对待文本阅读，寻找文本的真理和价值。为了把批评当成一种科学，细察派重新对英语文学进行全面评价，形成和重新设定秩序，欧美学术界把《细察》的文学批评看作"有用的分析"，认为在当时没有哪种批评著作能够比得上这样的批评。欧美学者把每一期《细察》作为一本书来阅读，概括《细察》创造批评的成绩，以及目前批评作用的成就，而奥格登、斯本德、列维斯、叶芝、T. S. 艾略特这些诗人也因此迅速享有英语诗歌的当代荣誉。

从《细察》这个季刊来看，它发行的对象主要是大学师生，随着时间的推移，它的发行量不断增加，读者也相应增多。刊物的发行把评论家和读者有机地联系起来，成为当时英国文学和文化批评的重要阵地。因为期刊的传播，不少学者受到利维斯思想的影响，进而把他的思想带进大学的讲坛上。由于《细察》的影响，很多订阅者期望能拥有全套的期刊。1963年，剑桥大学重新印刷整套的刊物，销往重点大学和其他国家的主要图书馆。《细察》发行的地方主要定位在英国和美国，因而，它对美国的影响也较大。在 20 世纪 30 年代至 50 年代，美国的大众文化发展走在世界的前列，尤其当时的报刊引起细察派的广泛关注。《细察》编辑把有关美国文化的论述文章发表在期刊之首，论述其在政治思想、文学批评、教育和小说等领域发展的情况。

该刊研究的范围之广，从广告、电影到艺术和建筑学，从经济、文化、教育、文学和历史到音乐、哲学和政治学，从心理学、宗教和科学到社会学，可见它不是纯粹的文学评论期刊。"《细察》不仅仅是一种文学批评杂志，只是它对政治公众事件的关注在 30 年代没有迅速引起注意。"②利维斯夫妇在《来自〈细察〉的选择》分两个栏目来列出内容，包括剑桥传统，乔治·艾略特、叶芝、庞德、奥斯汀、詹姆斯等诗人和小说家研究，文学文化、文学世界、判断和分析、英语传统、批评报刊史、批评家、玄学诗歌的分析。"这两栏限定在英语文学批评，加上与之密切相关

---

① G. Singh, ed., *Valuation in Criticism and Other Essays*, London. New York. New Rochelle. Melbourne. Sydney：Cambridge University Press, 1986, p. 228.

② Denys Thompson, *The Leavises Recollections and Impressions*, London：Cambridge University Press, 1984, p. 75.

利益的某些问题。"① 具体来讲：《细察》打破了过去其他杂志的风格，积极与时代紧密联系，它密切关注 20 世纪 30 年代重新席卷欧美的马克思主义思潮。其相关的文章：利维斯的《文化与社会》《在哪个王的统治下，暴民吗？》等文章表明对马克思主义的排斥态度；而其他的细察成员大多表达了与利维斯相似的看法，但同时肯定了马克思主义的价值。《马克思主义哲学》一文认为马克思主义是社会学方法和具体学说的统一体；它根据经济学来解释社会现象，经济是人类的基本需要，个人自由是文化发展的必要条件。共产主义的必然性源于黑格尔的辩证法，马克思主义的辩证唯物主义哲学起初试图把唯物主义和唯心主义协调起来，马克思主义者也不满足于实用主义的态度。② 书评《马克思主义者和历史》把马克思主义放在历史中进行阐释，肯定 17 世纪资本主义的进步性和经济的决定性作用。《帕克斯先生关于马克思主义的论述》肯定了帕克斯关于马克思主义者通过经济生产力标准判断发展的观点，认为他的自由主义观点是不可能存在的，而且是自相矛盾的。书评《后马克思主义的批评》探讨诗歌和社会的关系，指出文化的命运取决于我们时代的政治和社会事件采取的方向。

　　《细察》同时对音乐关注较多，发表了一定数量的论文：《旋律和结构，中世纪和现代》论述音乐起源于人类说话的声音；《新英语和美国音乐》（《细察》第六卷第三期）探讨英语和音乐之间的关系；《作曲家和文明》（第六卷第四期）论述作曲家体现了文明交流中的优雅和高雅艺术。《细察》积极推行教育改革。《教育和大学：在批评时代下的思考》（《细察》第六卷第三期）提倡战后在大学里建立真正的人文教育。书评《民主教育》（《细察》第六卷第三期）主张把职业教育、专业教育和必要的人文教育结合起来，以训练个人的甄别和判断能力。L. C. 耐兹的《现代大学》（第六卷第四期）强调现代大学教育要培养出有教养的人才。

　　《细察》分期发表有关美国文化背景的研究，包括政治、文学批评、教育、小说等方面的研究，试图把美国文化作为参照物来推动英国文化的发展。论述美国文化在 1912 年开始复兴的过程，指出"美国文化的缺陷反过来归因于太多的民主和太少的民主，太多的情绪压抑和太少的情绪压

---

① F. R. Leaviseds. , *The Selection From the Scrutiny*. London：Cambridge at The University Press，1968，p. xi.

② H. B. Parkes, "The Philosophy of Marxism", *Scrutiny*：*A Quarterly Review*, Vol. VII, No. 2, September 1938, pp. 130 – 135.

抑，对欧洲标准的蔑视和对欧洲的奉承"①。认为这些的根源在于资本主义制度。美国的文学创作技巧因此大大提高，文学鉴赏水平也得到提升，体现了美学的创造力。

《细察》这份期刊还重视书评，书评几乎占据了刊物内容的一半，影响较大。这些书评大多持批判态度。例如，利维斯的《基督教判断的逻辑》是对乔治·埃弗里（George Every）的《诗歌和个人职责》（*Poetry and Personal Responsibility*）一书的评论，"基督教文化判断在我看来绝对是糟糕的事情"②。利维斯首先摆明自己反对基督教判断的立场，认为埃弗里把教义的文学式转换、文学调换归咎于自己是不对的，"那是他对我坚持神学、社会学、政治学和道德评论的一种方式"③，而认为"埃弗里自己的批评当然是基督教判断的"④ 且将会产生害处。例如，耐兹的《莎士比亚和"大自然"的意义》是对约翰·弗·丹比的《莎士比亚的自然主义》一书的评论，将对莎翁过去和现在的评价做比较，通过《李尔王》详细分析莎翁的自然观，把这个当作一种道德力量的系统，最后认为"这本书的价值远没有达到一个引发重新思考的可能"⑤。C. E. 卢卡斯的《科学的功能》对 J. D. 伯纳尔的《科学的社会功能》一书进行评述，认为这本书"立即为一些问题和科学家对这些问题的态度提供了方便的机会"⑥。有的书评表明了细察派的质疑态度，如利维斯发表在 1935 年第一期上的《批评和文学史》一文，是对贝特森的《英语诗歌和英语语言》一书主张不要文学批评的观点表示质疑，关于二者争议的问题笔者在前文分析过，等等。这些书评在于提出了一些问题，具有一定的学术价值，《细察》的这种风格至今为众多学术期刊所仿效。

除此以外，《细察》对美国期刊《新共和》和理想的周刊进行评论，对意大利文学、法国文学等进行分析批评。总的来说，《细察》始终把文学研究放在重要位置，且大多体现了利维斯的批评风格，因本书已做了详细论述，此不赘述。可见，《细察》在推进英国文学变革中显示了大刀阔

① H. B. Parkes, "The American Cultural Scene: (II) Criticism", *Scrutiny: A Quarterly Review*, Vol. VIII, No. 1, June 1939, p. 3.

② F. R. Leavis, "The Logic of Christian Discrimination", *Scrutiny: A Quarterly Review*, Vol. XVI, No. 4, Winter 1949, p. 339.

③ Ibid. , p. 341.

④ Ibid. , p. 343.

⑤ L. C. Knights. *Shakespeare and The Meaning of "Nature"*, *Scrutiny: A Quarterly Review*, Vol. XVI, No. 2, June 1949. p. 158.

⑥ C. E. Locus. "The Function of Science", *Scrutiny: A Quarterly Review*, Vol. VII, No. 1, June 1939, p. 100.

斧的气魄，引起了主流学派的不满，正如伊格尔顿对它的评价："《细察》成为一个处于守势的精英集团；他们就像以前那些浪漫主义者一样，将自己视为'中心'，其实却处于边缘；相信自己代表'真正'的剑桥，而真正的剑桥却在忙于拒受他们学术职位；感觉自己是文明的前锋，却怀旧地赞美 17 世纪受剥削的农业劳动者的有机整体性。"① 不论这种评价是否中肯，但从侧面反映了《细察》对英国学界的重要影响。

第三节 细察派与新批评派

谈到细察派，有必要把它与新批评派做个区分，通过比较才能更好地理解利维斯。细察派与新批评派二者之间到底存在什么关系，谁是源谁是流，是否来自同一渊源，它们的界限不明，这些在学术界仍然是有待甄别的问题。学者们众说不一，归纳起来有以下四种看法。其一，英国学者特雷·伊格尔顿（Terry Eagleton）认为："新批评通常被认为包括了艾略特、理查兹，也许还有利维斯和威廉·恩普森的著作，以及一些重要的美国文学批评家。"② "就像《细察》一样，新批评是失去依傍的、处于守势的知识分子的意识形态。"③ 从伊格尔顿的话来分析，利维斯被划分在新批评派中，而利氏却是细察派的领导人。对于细察派是不是归在新批评的门下这个问题，伊格尔顿并没有做出具体阐释。其二，中国学者赵毅衡谈道："但他们（细察派）除了'细读法'和语意分析批评方法与新批评相近，其他方面很不相同，他们更着眼于道德批评，而认为瑞恰慈与燕卜荪等人的批评方法'忘记了诗歌是一个整体'。因此，我们不把《细察》派作为新批评派的支流。"④ 赵氏明确界定细察派和新批评派的关系，但只是大致提了一下，并未详细展开讨论。其三，中国著名学者聂珍钊认为："利维斯的批评理论与提供的范例是后来新批评学派的基础。"⑤ 指出利氏的观点奠定了新批评派的基础，二者的源流关系在这里也没明确界定。其四，美国学者克·马·牛顿（K. M. Newton）将二者作了区分。新批评派在美国

① ［英］特雷·伊格尔顿：《二十世纪西方文学理论》，伍晓明译，北京大学出版社 2007 年版，第 32 页。
② 同上书，第 45 页。
③ 同上书，第 46 页。
④ 赵毅衡：《新批评：一种独特的形式文论·前言》，中国社会科学出版社 1986 年版，第 14 页。
⑤ 聂珍钊：《剑桥学术传统与研究方法：从利维斯谈起》，《外国文学研究》2004 年第 6 期。

的影响比英国大，原因在于利维斯和他的追随者以《细察》为中心，取得了和新批评派相当的成就。新批评派和细察派存在许多相似点，强烈地受到 T. S. 艾略特的影响，坚持有机主义美学，声称在伟大著作里内容和形式统一起来，但主要不同在于新批评派更关注诠释，而细察派很少关注意义的问题。① 他对二者进行比较，但也不够全面。从目前编写的教材和学者的专著来看，有些文论史把新批评派看作影响较大的学派，但并没有提到细察派，如马新国主编的《西方文论史》、韦勒克和沃伦合著的新批评专著《文学理论》。有些在阐释新批评理论时提到细察派，但二者界限不明，如伊格尔顿的《二十世纪西方文学理论》；有些是分别论述新批评派和细察派，也没提到二者的联系，如韦勒克编写的《近代文学批评史》。综合以上的观点，细察派和新批评派这两个派别的具体比较仍然做得不够，下面笔者将结合相关的材料来论证这两个文论派别的异同。

一　细察派和新批评派的兴起

细察派兴起的时间比新批评派更早些，它是以 1932 年《细察》期刊的创立为标志，而新批评派在英美的崛起和流行是 20 世纪 40 年代，"新批评派"这个术语产生于兰塞姆在 1941 年出版的《新批评》。细察派和新批评派是英国现代文学研究发展过程中的产物，都与当时文论界形式主义思潮的出现有关。20 世纪初，欧美学界几乎没有事先约定，也没有彼此的关联性，出现了现代文论思潮风起云涌的现象。例如，由俄国什克洛夫斯基或雅克布森创立的形式主义文论，索绪尔和皮尔斯开启的符号学理论，理查兹、艾略特、兰塞姆、韦勒克推动的英美新批评，以及英国本土的细察派，等等。从文学的内容和形式基本问题来看，这些思潮似乎更多地从文本形式出发，从语言学的角度关注文学语言，于是语义问题就成为核心问题。在这样的时代环境下，细察派和新批评派既有联系又存在很多的不同。从二者兴起的源头来讲，"形式主义文论起源于 19 世纪的唯美主义（aestheticisme）或称'为艺术而艺术（I'art pour art）'"②。在唯美主义的启发下，很多学者开始思索形式问题，新批评派的主将理查兹、艾略特、燕卜逊开启了新批评的先河，兰塞姆（John Crowe Ransom）在批判唯美主义理论的空洞基础上建立了自己的理论体系。因此，新批评与当时盛行的俄国形式主义更倾向于形式研究，内容则次于形式，从理论体系来

---

① K. M. Newton, "The New Criticism and Leavisite Criticism", *The into Practice: a Reader in Modern Literary Criticism Edited and Introduced.* Ibid. , pp. 8 – 38.

② 赵毅衡:《重访新批评·初版引言》,四川文艺出版社 2013 年版,第 4 页。

看，新批评和俄国形式主义有着较为相似的地方。另外，新批评派和细察派都兴起于剑桥大学的文学学科创建时期，借助大学这个阵营，形成了一定的学术渊源关系，例如，理查兹与利维斯的师生关系，细察派的很多成员也来自剑桥。细察派和新批评派这两个流派的理论主要源于休姆、庞德、T. S. 艾略特和理查兹，休姆创立的意象主义理论成为庞德和艾略特理论的来源。可见，休姆是两个流派的先祖。在他的基础上，庞德领导意象派诗歌运动和创立了意象派诗论，直接影响了艾略特，而艾略特又建立了"非个人化理论"，影响了新批评派和细察派的文学批评。另一个重要的批评家是理查兹，他的《实用批评》《文学批评原理》《科学与诗》《修辞哲学》创立了语义分析学理论，奠定了这两个学派的理论基础。"为此，理查兹提出了'细读'的批评方法，要求对作品做细致的语义分析，以防止误读的产生。"[①]"细读"的方法被两个流派采纳。可见，休姆、庞德、艾略特和理查兹这些批评家为这两个文论流派的诞生做了充分的准备。从以上看出，细察派和新批评派的诞生有着相似的时代背景和理论渊源，由于各自的理念、标准、方法和目标不同导致它们向各自的航向行驶。从发展的时间来看，细察派由利维斯夫妇及利维斯的学生组织的，期刊的创办从1932 年到 1952 年持续了 20 年，它的理论学说和批评实践进一步得到补充和拓展，进而发展为道德批评和文化批评，直接影响了英国文化研究的兴起。而新批评派偏重理论，有一套自己的理论系统，前后经历了三代理论家：强调语义分析学的理查兹和非个人化理论的艾略特为第一代理论家；推崇"谬见"理论的维姆萨特和比尔兹利为第二代理论家；提出含混理论的燕卜荪和层面分析理论的韦勒克、沃伦为第三代理论家。这些理论家更倾向对诗歌的文本进行分析，创造了自己的理论范畴和操作方法，强化了人们的文学本体意识，深化读者对文学作品的审美体认，提高了文学批评活动的客观性和准确性，避免了文学批评的主观随意性。相对细察派来说，新批评派经历的时间更长，影响的范围更广，至今仍然有很多人在运用它的理论和操作方法来进行文学批评。它们之间到底存在何种联系呢？笔者将首先从文学的基本性质来详细展开论述。

二　细察派和新批评派的文学观

虽然细察派注重批评实践，新批评派偏重理论创建，二者在一些文学观上存在一定的联系。文学的基本性质包括了生命/生活原则、有机论、

---

① 张新国：《西方文论史》，高等教育出版社 2006 年版，第 418 页。

"具体共相"（concrete universal）等方面。细察派关注生命/生活的形而上学原则，借鉴了马修·阿诺德的观点"文学是对生活的批评"，文学作品反映的是现实生活，他在著作中探讨文学与生活之间的关系，认为生活是混乱的，艺术作品是有秩序的。伊格尔顿认为，"由于实用批评本身大有成为一种过分实用的专业的危险，从而与一个其所关心者恰是文明之命运的运动不甚相称，所以利维斯主义者们需要用一个'形而上学'（metaphysic）来对它进行基础加固，并且就在劳伦斯的作品中找到了很现成的一个"①。因此，细察派强调生命/生活原则，在后期极力推崇劳伦斯，原因在于劳伦斯的《虹》《恋爱中的女人》《查泰莱夫人的情人》等作品关注人的生命本能，而这是人类文明发展的希望。"劳伦斯指出，对艺术的态度就是对生活的态度"②，"足够使《虹》成为经典和主要的一部小说。通过个人生活提供个人生命的持续性和节奏包含了一个奇怪的形式创造，如果人没看到什么东西被创造，他就会抱怨缺少新的东西，这是同样的生活……这就是形式怎样被感知的"③。作品不能脱离客观生活，这是它获得生命力的依据。而新批评派并没有具体地提到生命/生活等问题，但提出了与之关联的"本体论"。兰塞姆坚信"本体，即诗歌存在的现实"④，把理论上升到哲学意义的高度，"本体论"这个词语"变成哲学中关于存在的本质及其基本特征的研究"⑤，"文学作品就是本体"，⑥ 这些话表明新批评派把文学作品看作本体，认为不需要通过社会生活来考察作品的价值和意义，因为作品本身能反映客观世界，这又触及哲学上关于思维与存在的同一性问题。由此可见，相对细察派而言，新批评派更依赖文学文本，摒弃作者、读者、时代生活和社会这些条件，认为这样更能客观地进行分析批评。

反映文学基本特性的另一个方面是有机论，它表现在文学上时一般指文学作品的内容与形式之间的对立统一关系。有机论在西方文艺理论史上是个古老的命题，发展到 20 世纪初，对细察派和新批评派成员影响较大。

---

① ［英］特雷·伊格尔顿：《二十世纪西方文学理论》，伍晓明译，北京大学出版社 2007 年版，第 43 页。

② F. R. Leavis, *The Great Tradition*, New York: Doubleday Anchor Books, 1948, p. 17.

③ F. R. Leavis, "The Novel As Dramatic Poem（Ⅶ）: The Rainbow", *Scrutiny: A Quarterly Review*, Vol. XIX, No. 1, October 1952, p. 30.

④ ［美］兰塞姆：《旁敲侧击：1941—1970 年论文选》，转引自赵毅衡《新批评：一种独特的形式文论》，中国社会科学出版社 1986 年版，第 15 页。

⑤ 赵毅衡：《新批评：一种独特的形式文论》，中国社会科学出版社 1986 年版，第 13 页。

⑥ 同上书，第 14 页。

利维斯深受艾略特的"有机形式主义"思想的影响,坚持内容与形式应该统一起来,以文学传统为标准来评价作品,认为文学作品就是一个有机体。例如,他在著作中分析道"一般来说,简·奥斯汀的情节和小说非常谨慎和周密地放在一起"①,认为乔伊斯的《尤利西斯》不够完整,指出伟大的小说家都非常关注形式。贯穿利维斯主义的核心思想便是"有机统一体"。对于这点,新批评也关注内容与形式的关系。例如,艾略特的"有机形式主义"文学观,"艾略特认为优秀的诗就是诗人把自己的个人感情转化为人类的普遍情感,既创新,又遵循传统,描绘出客观关联物有机体"②。兰塞姆提出著名的"构架—肌质论",他认为诗歌的本质在于肌质,而不在于构架,肌质大致相当于形式,而构架则类似内容。"构架—肌质关系与内容—形式关系有类似之处"③,而新批评派的其他代表如兰塞姆的三个学生坚持用"有机论(organicism)"来取代"构架–肌质论"。从这些来看,新批评派都更偏重形式,但新批评派也反对纯形式主义的做法,兰塞姆的"构架–肌质论"至少把构架放在次要的位置上,而他的三个弟子也认为有机论是要承认自然世界的。可见,不管新批评派如何重视形式这个要素,但始终没有放弃内容。

从作品的感性和理性关系(具体共相)来看,西方文学从古希腊时期发展到19世纪末总是出现厚此薄彼的现象,很少将二者有机地统一起来。在19世纪浪漫主义诗歌中,出现了反理性主义思潮,如"布莱克想象力的腾飞"④,在这里,想象是形象思维的表现。到了象征主义诗歌那里,一批诗人如叶芝、庞德、艾略特等的创作开始重视把感性和理性结合起来,特别是在艾略特的文学批评方法中,推崇17世纪的玄学派诗歌,颂扬但丁、法国象征主义诗人。因为他们重视智性,艾略特反感浪漫主义诗人过度重视感情,忽略了理性,并认为18—19世纪的诗歌一直处于"感觉性解体(disassociation of sensibility)"的不良现象,提出"诗不是放纵感情,而是逃避感情,不是表现个性,而是逃避个性"⑤。诗人创作应寻求包含个人,感情和理性思想不能分离。与艾略特一样,利维斯在他的著作中也反复强调了感性和理性不可分割的观点,在《细察》中宣扬此观点,"诗歌

---

① F. R. Leavis, *The Great Tradition*, New York: Doubleday Anchor Books, 1948, p. 16.

② 张新国主编:《西方文论史》,第418页。

③ Wellek, 1963, p. 61,转引赵毅衡自《新批评:一种独特的形式文论》,中国社会科学出版社1986年版,第33页。

④ 王佐良:《英国浪漫主义诗歌史》,人民文学出版社1991年版,第18页。

⑤ [英] T. S. 艾略特:《传统与个人才能:艾略特文集·论文》,卞之琳、李赋宁等译,上海译文出版社2012年版,第10—11页。

里的情感离开智力是不能发挥作用的，感觉是不能离开思考的"①。并指出汤尼森、叶芝的诗歌创作是把情感和智力结合一起的，因为"雪莱的诗歌带来一种感情游离思想的感觉"② 而把他排除在英国诗歌史外。同样，新批评派的一批学者们沿着艾略特的非个性化观点，极力推崇玄学派和20世纪初的象征主义诗歌流派，认为这两个诗派符合感情和理性结合一起的原则，并试图借助黑格尔的辩证法来阐释二者之间的关系。新批评派的代表维姆萨特在1947年用"具体共相理论"来作为文学作品辩证结构理论的核心，而"具体共相"（concrete universal）是黑格尔唯心主义辩证法的一个重要命题。"理性的理智并不象欲望那样只属于单纯的个别主体，而是属于既是个别的而又含有普遍性的主体。"③ 感性探索的是对象的具体性，而理性追求的是事物的普遍性。维姆萨特接受了这个观点，从理论上强调理念和形象的协调与统一。细察派和新批评派都认同感性和理性必须统一起来的观点，不同的是前者在文学作品分析实践中表达自己的观点，而后者则是借助黑格尔来阐明自己的艺术主张，更主要的目的在为20世纪初兴起的现代诗歌创作进行舆论准备，如当时的现代诗歌领军人物叶芝、艾略特、庞德、瓦雷里等。

除了这三大文学观上的异同，新批评派还关注了张力和玄学派、戏剧化论、纯诗的问题，而细察派不仅研究诗歌还关注了小说研究，包括小说的界定、小说经典的确定标准、小说史的编写问题等。

三　文学批评方法论和操作法比较

从文学的基本性质的角度比较细察派和新批评派之后，我们再从文学批评方法论上来加以区别。理查兹最突出的贡献在于倡导实用主义批评，也就是借助科学的研究方法来对待文学。在理查兹这里，心理学被运用在文学研究中，考察读者的心理反应。在给学生授课时剔除作家和读者，只对文本作"细读分析"。"实用批评意味着一种方法，它摈弃辞藻华丽的纯文学空话，并且完全不惮于分解作品；但是它也假定，通过将注意集中于从其文化和历史的语境中孤立出来的诗或散文作品，你就可以判断文学的'伟大性'和'中心性'。"④ 这段话实质上客观评价了新批评派的方法。

① F. R. Leavis, "'Thought' and Emotional Quality: Notes in the Analysia of Poetry", *Scrutiny A Quarterly Review*, Vol. XIII, No. 1, Spring 1945, p. 57.

② Ibid., p. 60.

③ ［德］黑格尔：《美学》（第一卷），朱光潜译，商务印书馆1955年版，第47页。

④ ［英］特雷·伊格尔顿：《二十世纪西方文学理论》，伍晓明译，北京大学出版社2007年版，第42页。

从细察派的诗歌研究来看，他们的批评方法和新批评派有很多相似的地方，这也是一些学者把利维斯归在新批评派的主要原因。新批评派把理查兹的批评方法作为理论基础，只专注于文本的内部研究，特别是语言和结构的分析，因为作品代表了全部价值和意义——兰塞姆称之为"本体论批评"。维姆萨特和比尔兹利合作的两篇文章《意图谬见》和《感受谬见》都把作者的意图和读者的感受剔除，只分析文本，探究意义并做出必要的评价。

而细察派吸收了理查兹的"细读"方法，强调感受力，拓展到道德、文化以及生态批评等。细察派强调要以人性和道德为甄别作品的标准，文学批评要与社会息息相关，批评家要对文化危机负责。"《细察》这份杂志之坚韧不拔地专注于英国文学研究的道德重要性以及英国文学研究与整个社会生活的质量的相关性。"① 利维斯在《伟大的传统》一书中，认为乔治·艾略特、詹姆斯和康拉德是秉承了这一道德传统的，"在伟大的小说家中，艾略特的特点是特别迷恋道德的"②。并认为乔治·艾略特的道德意识直接影响了詹姆斯、康拉德的创作。有感于西方文明中的人文精神丧失，利维斯在文学批评中重新扬起恢复人文主义精神的大旗。他和他的弟子把希望寄托于文学批评，在英国各大高校推行自己的文学批评方法和标准，希图在高校培养有情感和智力的读书人。除此以外，利维斯领导的细察派还关注文化、政治、经济、音乐等，利维斯的《大众文明与少数人文化》（1932）和他与丹尼斯·汤普森合著的《文化与环境》（1938）及Q. D. 利维斯的《小说与大众读者》（1932）均是从社会学角度来谈论广告、电影、电视、报纸杂志等传播媒介，现代都市和工业文明，以及对英国农耕社会的有机形态表示眷恋。细察派对文化领域的关注直接影响了英国文化研究的兴起，新批评却未涉及这个方面。利维斯批评的视域较为宽广，他的批评方法遭到了一些传统学院派批评家、现代理论家们的攻击，他先后和斯诺、韦勒克和艾略特展开了三次大的学术论争。1972 年，他撰写了《我的剑不会停止：论多元文化、怜悯和社会希望》（*Nor Shall My Sword*: *Discourses on Pluralism*, *Compassion and Social Hope*），可说是对自己批评思想的总结和批评方法的坚持，并强调自己坚持多元批评的立场。因此，这就成为细察派其他成员批评的立场。而新批评派执着于文本形式美

① ［英］特雷·伊格尔顿：《二十世纪西方文学理论》，伍晓明译，北京大学出版社 2007 年版，第 30 页。
② F. R. Leavis, "George Eliot（Ⅰ）", *Scrutiny*: *A Quarterly Review*, Vol. VIII, No. 3, Autumn – Winter 1945, p. 173.

的追求，纠结于"感受谬见"，被当时一些学者批评为没有社会责任感的一批文人。"第二次世界大战前夕，原先对艾略特和庞德极其推崇的诗人麦克利许写了《不负责任者》（*The Irresponsibles*）一文，指责搞形式主义的现代派文人在人类共同的危机面前放弃大学的社会责任。"① 可见，过于偏向于形式，犹如把玩一件精美的艺术品，而忽视了文学与社会生活的联系，只注重文学的美学功能而忽视了文学的政治、道德教化功能，这必然会导致新批评过早的夭折。

从诗歌语言研究方面来讲，在 20 世纪初整个西方学术界出现了语言学转向的潮流。以罗素、维特根斯坦在哲学领域开展了轰轰烈烈的语言学转向运动，尤其以维特根斯坦的《分析哲学》为标志，从语言的角度来考察哲学问题，认为哲学上的纷争其实就是对语言的理解不同造成的。他们的观点进一步影响到语言学、文学、历史等其他学科领域。细察派和新批评派的理论和实践也有语言学转向的影子，它们的批评都着重从语言的角度出发，分析语言的意义和结构。细察派强调语言的重要特征是灵活性、不确定性、创造力和它表达特殊文化增长的能力，强调语言的创造过程，注重语言文字的表达效果或探讨意象，目标在于挖掘作者表达的特定敏感性。米歇尔·贝尔在《F. R. 利维斯》中，穆罕默德·伊左拉在《科学性和意识形态之间的批评：F. R. 利维斯和 P. 马舍雷的理论僵局》中，分别谈到了利维斯关于语言模糊性的观点，而伊格尔顿认为利维斯的思想中语言、文学和有机社会都具有完整性，三者有着一定联系。"商业社会的语言抽象而贫血：它已与活生生的感官经验之根失去接触……文学在某种意义上本身就是一个有机社会：它之所以重要是因为它已经就是一个完整的社会意识形态。"② 虽然俄国形式主义是西方现代形式主义批评流派的源头，然而，利维斯对语言的重视又不同于俄国形式主义批评者那么重视形式技巧、把形式问题看作语言问题，正如韦勒克曾认为"利维斯一方面如此强调文字，一方面终究斥之为仆佣，只能凭借它们来感受，在我看来其中存在矛盾"③。因此，细察派虽然像新批评派那样看重语言的意义，但绝对不像新批评派那样把语言看得非常重要。

而新批评派对文本的研究基本体现在对语言的字斟句酌上，理查兹的

① 赵毅衡：《重访新批评》，四川文艺出版社 2013 年版，第 56 页。
② ［英］特雷·伊格尔顿：《二十世纪西方文学理论》，伍晓明译，北京大学出版社 2007 年版，第 42 页。
③ ［英］雷纳·韦勒克：《近代文学批评史》（第五卷），杨自伍译，上海译文出版社 2002 年版，第 387 页。

语义分析说，提出"细读"的批评方法，加强对诗歌本质的认识，挖掘诗的多重意义，把科学语言和文学语言进行区分。燕卜逊的《含混的七种类型》中，认为诗歌的理解可以多种多样的，从而确立一种新的审美趣味。韦勒克、沃伦创造了文学作品的层面分析理论，认为文学作品是由多个层面构成的符号和意义体系，奠定了新批评的基础。新批评派的理论范畴包括反讽、张力、悖论、隐喻、语调等，有助于深入理解文学作品的本质特征。但是新批评派过分强调形式而忽略了文学与社会的相关性，否认文学的道德教化功能，这必然会走进狭隘的领地。

总之，细察派和新批评派的理论基础主要源于理查兹和艾略特，开始都是以文学文本为中心，注重"细读法"和语义批评。细察派和新批评派有着共同的渊源，它们关注文本阅读的方法与中国明清时代的文论"评点"形成对话，都偏重主观心理体验和感受的批评方法。当下，中国文学批评往往喜欢套用西方的文艺理论思潮来解读文本，盲目跟风，犯了严重的"失语症"，丢掉了传统的批评方法，故回归到以文本为中心的文学批评在当下显得尤为重要。细察派和新批评派的理论和实践为我们当下的文艺理论发展和文学批评提供了可以借鉴的资源。不同的是前者由最初的诗歌研究发展到后来的小说研究，实用批评向道德批评和文化批评拓展；后者则走向文学文本的内部研究。即仔细推敲作品的语言和结构，揭示作品的内在有机结构和内在意蕴，这些方法更适合对诗歌的批评研究。由此而见，细察派关注诗歌、小说、文学研究课程的教育、大众文化和大众媒体等，关注的对象要多于新批评派，而新批评派仅仅关注诗歌文本的内部研究。这对当时文学批评史来说，是个重要的转折，新批评派由此成为西方文论史上最有影响的流派之一，在相当长的一段时间内占据主导地位。从细察派和新批评派在世界上的影响来看，英美新批评派要大过细察派，但在英国，细察派的影响远远盖过新批评派，《细察》这份杂志由于受"二战"影响而被迫停刊，但它的历史地位是不可否认的。

小 结

本章详细分析利维斯创办的期刊《细察》，着重探讨《细察》获得成功的内因和外因。利维斯参照当时美国杂志成功的经验，分析英国报业发展的情况，创造性地制定《细察》的宗旨和理念，发展了细察派。这个学派贯彻了利维斯文学批评和文化批评的主张，本章还概述《细察》的主要内容。然后，将细察派和新批评派进行比较，认为前者注重实践，而后者重视理论，前者批评的范围更广，而后者重视文本的内部研究。将两个流派进行比较，解决了学界长期来将二者混淆的问题，也为分析第六章利维斯思想被新批评所遮蔽奠定了一定的基础。

《细察》对英语文学学科的创建和发展发挥着重要作用，传播了英语文学批评方法和理论，使得这些理论和方法注入英语研究的血脉中。同时，借助该刊，利维斯为英语文学研究树立了一种伦理道德意识，同时，借助文学批评，利维斯强调了重振英国文化的重要性，强调了培养文化人是大学人文教育的首要任务。另外，该刊还对音乐、文化、政治、电影、广告等进行了评论，拓展了批评的视域。

结　语

第一节　利维斯的思想倾向

利维斯倡导文学批评是"对人生/生活的批评"，既关注文学本身又关注文学与社会的关系。在一些学者看来，利维斯似乎是宣扬道德的布道者。然而，纵观利维斯40多年的学术生涯，他的学术思想与当时的社会密切相关，他绝不仅仅关注道德问题，而是关注整个社会生活。普列汉诺夫十分确定地认为："没有一种文学不是产生它的社会或某个阶层的自觉的表现。"① 这句话表明了文学具有社会属性，而利维斯撰写了《批评出了什么问题》《文学与社会》《社会与文学》等系列论文，强调了文学与社会的密切联系，文学是一定的历史和文化条件下的产物。20世纪二三十年代，英语文学作为剑桥大学的一门学科正处于创建初期，英语文学研究有待于学者们的不断探索和推进。虽说20年代的理查兹、艾略特成为新批评的领军人物，但由于新批评只关注文学作品本身，抛弃作者和读者的研究范式导致其过早的夭折。而30年代的利维斯关注文学与社会生活的关系，而社会生活包罗万象，并不是某一种文论思想能够阐释全面的。正因为如此，利维斯坚持自己是反理论的批评家，并与韦勒克进行了激烈的交锋。不局限于某种理论，从文本中获得感受力，才能深入文学反映的各种社会现象，这是利维斯坚持的批评原则。因此，他的批评呈现多元批评的倾向。

本书对利维斯及其思想做了一个较为详尽的陈述和论证，客观评价其在学术史上的地位和价值。利维斯在文学批评中倡导伦理道德意识，因为

---

① ［俄］普列汉诺夫：《普列汉诺夫哲学著作选集》（第四卷），汝信译，生活·读书·新知三联书店1974年版，第353页。

在他看来，文学不仅要以艺术真实反映生活，还要通过伦理的态度观察和评判生活，通过善恶观念体现其艺术价值功能。这种思想贯彻在他的诗歌、小说、戏剧以及通俗文化批评中。20 世纪初的英国可谓内忧外患，国际上被迫卷入世界大战，国内政府统治更是岌岌可危，经济上的变革进一步造成社会的混乱和无序，社会问题和道德问题层出不穷。因此，在战争期间和战后，一股批评道德行为的浪潮席卷欧洲，很多知识分子开始通过不同途径来解决道德水平下滑的问题。因此，亲历"一战"的利维斯倡导在文学领域开展道德的运动，试图通过文学培养有教养的好人。受阿诺德博士的影响，利维斯开始重视文化对稳定英国社会秩序的重要性，并且认为英国文化正面临大众文化冲击的危机，寄希望于文学教育和培养文化人，认为这些掌握文化主导权的精英，能够把英国社会带向稳定而有序的发展方向。显然，利维斯将文化分为精英文化和大众文化两种，这一做法将整个社会阶层分成两个敌对阵营，反映了一种精英知识分子的意识，不适合当时整个社会文化的发展要求。这正如大卫·埃利斯（David Ellis）撰写的利维斯主义的回忆录中分析的剑桥英语文学衰亡的原因，"这是足够清晰的预兆，就是 20 世纪 20 年代利维斯进行的方案已经失败了，部分原因是他未能充分预料的社会变化，更在于方案阐释本身的缺点"①。这指出了利维斯在传统文化方面的保守态度，导致了他对大众文化片面的否定态度。

利维斯认为 17 世纪英国乡村社会存在真正的有机共同体并极力推崇。这种共同体文化适合人的生存，是英国乡间社会自然生长而来的，以批判 18 世纪以来的现代工业生产从外部妨碍了这种文化的成长，并认为当前的文化是一种机械化的、不健康的。和很多文人一样，利维斯看到了资本主义工业文明不利于人性的健康发展，寄希望于大学的人文教育再现 17 世纪的有机文化共同体。但是，利维斯没有看到 17 世纪英国乡村封建宗法制的罪恶问题，没有看到资本主义制度本身的腐朽。商人家庭出身的他本身就带有局限性，不可能真正解决资本主义工业文明带来的问题。这些政治问题源于生产资料私有制中统治阶层和被统治阶层不可调和的深层次矛盾。而利维斯把文化的衰落归罪于道德水平下降，这充分反映了其中产阶级思想的局限性。

为了拯救英国文化，利维斯倡导文学文化，认为文学是传承传统文化

① David Ellis, *Preface*, *Memoirs of a Leavisite*: *The decline and fall of Cambridge English*, Liverpool: Liverpool University Press, 2013, p. XI.

的有力载体。他借鉴理查兹和燕卜逊的"细读法"和语义批评来提升大学生的文学感知能力，以人性意识和道德为标准确定了一批重要的文学经典，引发了一系列有关经典问题的热烈讨论。比如，经典的建构、重构和解构等，直到今天，这仍然是学术界共同关注的前沿课题。他捍卫以文学为中心的精英文化立场，批判媒体文化，在今天仍是必要的，且具有积极的意义。因为精英文化思想的深度能提升大众的批判意识，有利于克制大众盲目的感官欲望，避免大众文化"娱乐致死"的倾向。他创办《细察》杂志，因其借鉴国内外杂志的经验，密切结合时代，确定了独具特色的批评标准、办刊理念和宗旨。在借鉴经验的同时，他大胆革新，主要采用以文学文本为中心的批评方式，做出美学分析和价值判断，等等。这改变了文学鉴赏趣味，开创文学批评新风气。直到今天，文学批评仍然离不开文本的阅读分析。总而言之，利维斯思想的成功在于推进了英国文学批评，改变了英国文学鉴赏的趣味，虽然在文学中倡导道德标准并不能拯救文化危机，但对文学人文意识的培养非常重要。

　　当然，利维斯的文化理论并不是放之四海皆准的真理，它同样具有一定的局限性。从文学批评来看，他站在传统文学观念的立场上，视现代实验小说为次品，只看到该类小说的消极面，而没有分析它的进步意义：如现代小说对非理性世界的开掘，对现代问题的深度思考，也关注人性和道德，等等。他对道德批评的过度提倡，忽视了运用马克思主义文论分析经济政治现象，片面认为阅读文学经典能够教化人们，能够使人变成好人。希图通过精英文化抵制大众文化的想法不符合时代潮流，没有看到大众文化的进步意义和时代需求。将文化分成少数人文化和大众文明，流露出知识分子享有文化的优越感和阶级等级观念，这无疑拉开了知识分子和平民之间的差距，并不利于文化走向民主和自由。他对弥尔顿、雪莱、乔伊斯的偏见，对劳伦斯的评价又夸大其词，导致他的批评有失公允。利维斯对马克思主义政治学、哲学、美学等理论的拒斥，以致他的有些观点比较武断，如韦勒克所说"利维斯的文笔拐弯抹角刻意经营，其中许多章节都令人不堪地显得苦于表达"①，等等。当然，韦勒克是针对利维斯缺乏理论基础而言的，这里借用他的话反映利维斯思想的局限性，这与他的中产阶级身份、成长经历、接受的教育和世界观都有关系。

　　在利维斯看来，传统文化已经面临危机，大众文化对精英文化构成威

---

① ［英］雷纳·韦勒克：《近代文学批评史》（第五卷），杨自伍译，上海译文出版社2002年版，第391页。

胁，拯救危机的办法是诉诸文学，通过文学研究课程的改革来培养一批有批判眼光的读书人。这些均是资产阶级知识阶层改良主义的表现。通过这些文学课程的系统训练，这些人才能具有更高的文化水平来主导整个英国社会文化向良性方向发展。英语世界有些学者对利维斯颇有微词，这是对利维斯思想的误解造成的，因为任何名人的思想都存在局限性。没有从利维斯的实际情况出发，而对利维斯做出武断的评价，这是应当值得警惕的。中国学界曾一度把文化研究的根源归在雷蒙德·威廉斯身上，殊不知没有利维斯就没有威廉斯，没有利维斯也没有英国伯明翰学派的存在，没有利维斯也就没有文化研究的今天。

第二节　利维斯与当今批评

历史的车轮已经行驶到 21 世纪，有些学者认为利维斯主义或利维斯传统已经成为过去：因为现阶段已经不是精英文化和通俗（大众）文化界限分明的时代，也不是重视文学的时代，并由此推测"文学即将消亡"。然而，事情并不是如此。本书的目的不在于推崇利维斯主义或利维斯传统，而是想结合世界和中国的实际情况，试图重新审视利维斯的思想，给当代学术界一种有意义的启示。正如清华大学的曹莉在《文学、批评与大学——从阿诺德、瑞恰慈和利维斯谈起》一文中谈到，以阿诺德等为代表的英国人文主义批评家是文学批评和大学的开拓者和守护者，对构建与中国现代化进程相适应的文学批评、文化传承和大学教育新模式将是非常有益和必要的。① 因此，利维斯与中国当代文学批评有着密切的关联性。

全球化经济把世界各地连成一个整体，促使世界各国文化的交流愈益频繁。20 世纪 60 年代开始，源自欧美的后现代主义思潮引发了反传统、反中心、反主流的文化运动，阶层、种族和性别成为学术界关注的热点问题，从此世界被带向一个文化多元的时代。面对这样的环境，文学研究者不得不正视文学与社会的关系，从而倡导文学的多元批评。目前来说，当今批评理论界仍然存在传统批评和现代批评两种模式。传统批评包括伦理道德批评、社会历史批评和审美批评，强调了文学与伦理、社会、美学之间的关系。利维斯的《重新评价：英语诗歌的传统与发展》和《伟大的传

---

① 曹莉：《文学、批评与大学——从阿诺德、瑞恰慈和利维斯谈起》，《清华大学学报》（人文社会科学版）2013 年第 2 期。

统》分别推崇奥古斯都时代和维多利亚时代的道德趣味；他的论文《文学与社会》和《社会与文学》专门探讨文学与社会生活之间的关系，并强调文学批评是对"人生的批评"；他的戏剧研究论文《残忍的智者和高贵的英雄》堪称论述性格美学的典范。从这里来看，利维斯将这三种批评结合一起，传承了传统批评的方法。

20世纪以来的现代批评理论则是层出不穷，主要包括马克思主义文论、语言形式文论、精神分析以及文化研究。其一，马克思主义被运用到文学或文化研究领域，分别形成了俄苏马克思主义文论、中国马克思主义文论以及西方马克思主义文论等，对世界产生了较为广泛而深远的影响。马克思主义在中国和俄苏主要被运用于文学批评和革命实践，而在20世纪初的欧洲，主要被用于文化批评，如卢卡奇、阿多诺、阿尔都塞、葛兰西、威廉斯、伊格尔顿等是推动马克思主义转向文化理论的主要干将，他们的文化理论主要被用于艺术、文学等的批评。另外，马克思主义和精神分析学说、后现代主义思潮等结合一起不断产生新的理论和方法，显示出多样性、开放性和当代性，具有恒久的生命力。因此，马克思主义成为当今批评理论的主要部分。其二，形式文论/符号学/叙事学等成为当代主要批评理论，将俄国形式主义、新批评、语言学、结构主义等融汇一起，形成了专注于文本形式的批评特色。实践证明，这些批评理论成为任何文本批评必须正视和运用的方法。其三，精神分析理论主要由西格蒙德·弗洛伊德（Sigmund Freud，1856—1939）、卡尔·古斯塔夫·荣格（Carl Gustav Jung，1875—1961）、诺思洛普·弗莱（Northrop Frye，1912—1991）等心理学家创建，影响到20世纪的文学创作和批评。其四，文化研究理论也成为当今文学批评的重要方法之一。自从文化批评被运用于文学研究领域，文化研究理论的发展日益呈繁荣之势，导致很多文学研究者转向文化研究领域。例如，英国的霍加特、威廉斯、霍尔等早期是从事小说、戏剧、诗歌的批评，后来转向广告、影视、青年亚文化等更为宽泛的研究。从利维斯整个思想体系来看，他的批评虽然涉及这四大批评，但更偏向语言形式批评和文化批评，他从理查兹、艾略特那里借鉴了更多的形式批评观点，而文化批评的很多观点则是他独创的。从某种程度上来说，当今文化研究的滥觞可从利维斯这里开始。

因此，利维斯的批评方式不仅传承了传统，还开创了现代且延伸到21世纪的当代，具有多样性、开放性和当代性，向当今学术界展示了一个多元批评的模式和典范。基于这些特点，利维斯的思想广为传播，从英国本土到欧洲、美国、澳大利亚、中国等。例如，澳大利亚国立大学学者威廉·克里斯蒂（Willian Christie）的《澳大利亚的利维斯》一文详细论述了利维斯对澳大利亚文学学科创立的直接影响。

此外，从20世纪90年代开始，中国学界出现追逐西方文论的风气，从精神分析学说、阐释学、叙事学、后殖民主义、女性主义一直到如今的文化研究热，盲目套用这些时髦理论来解读文本，生搬硬套，许多研究成果最终成了大量理论的堆砌，而将文学反映的社会问题丢在一边，失去了应有的批评意识。利维斯强调从细读批评中把握感受力，而他的反理论立场由于给中国学界跟风热潮一个重要的启示，他关注文学的生活层面能够引导中国学界更加务实地批评。因为，当一波波文论思潮相继沉寂下来，关注文学与现实生活的联系仍然是批评工作者的首要任务和永恒的课题。历经了100多年的文学学科不能脱离利维斯的文学观、文学批评方法和其他一些文学问题，虽然文论思潮一波接一波，但至今没有哪种文论思潮能独占鳌头或者取代其他的。而利维斯深入文学文本，既关注文学作品内部又关注其外部，没有一味追逐时髦的文学理论。简言之，利维斯的研究是真正从文学本身出发，根据文学包含的作品、作者、读者和出版机构四个要素，全面关注文学对人生的影响和作用。

因此，我们不妨从文学作品出发，借鉴利维斯的活用原理，挖掘文学现象中存在的本质问题。其次，在当今文化多元和全球化的时代，文学也不能置身于外，而且文学这门学科受到大众文化思潮的强烈冲击。21世纪的人们可以选取形式多样的文化生活，阅读文学成为一件奢侈的事情。近年来，一些原来从事文学研究的学者纷纷转向文化研究，甚至有学者预言文化研究终究会取代文学研究，"文学即将死亡""文学批评将走向死亡"，等等。"18世纪是阅读的时代，20世纪是阻碍阅读的时代"，利维斯夫妇对文学未来的担心似乎应验了。整整一个世纪过去，当前的文学仍然面临这样一个尴尬的文化环境，而利维斯在20世纪倡导的文学文化对当下挽救文学危机有着重要的价值和深远意义。我们可以在人文教育中重振文学阅读，促使文学学科适应新的时代需要，使文学成为推进文化良性发展的重要力量。从利维斯时代到当代，文学作为一门学科仍然有着它旺盛的生命力，持耸听危言的人可能引起世人对文学的重视，也可能忽视了文化研究最初源自文学批评的事实。利维斯用了很多的批评实践来表明文学和文化之间的亲缘关系。文化研究虽然包罗万象，可涵盖各个领域的学说理论，形成一种显学，但是文化研究并不能取代文学研究，文学研究和文化研究是两种并行发展的独立学科。文学研究可运用文化研究理论和方法分析文学现象，仍然不失文学的属性。反过来，文化研究也可以运用文学研究的理论和方法分析文化现象，不失文化的属性，这在利维斯的思想体系中体现得非常明显。因此，利维斯的文学研究和文化研究可以成为当代中国学者借鉴的内容。这可以使一些学者避免盲目跟风、人云亦云。可见，只有真正理解利维斯的思想体系才能沉下心来认真对待文学和文化的问题。

第三节　利维斯研究之反思

在欧美，有关利维斯的研究一直没有中断过，成为一个持续的热点现象。而在中国，利维斯的研究成为热点则是近些年的现象。这两种现象形成了较大的反差，其主要的原因有三：其一，商业经济的发展。19 世纪末 20 世纪初，西方资本主义市场经济带给文学和文学巨大变化，流行文学、电影、通俗文化、广告等适合了大众的趣味和自娱自乐的心态，促使纯文学、高雅文化遭受前所未有的冲击。大众文化势如潮水从美国开始盛行，并迅速登陆英国及欧洲大陆。利维斯密切关注大众文化在英国兴起的现象并展开深入的研究，引发了英国文化批评的潮流，文化研究开始从文学学科领域转向跨学科甚至非学科领域。中国大陆的市场经济在 20 世纪 90 年代兴起，大众文化的研究在 21 世纪初兴起和发展，对利维斯的研究相对来说滞后了。其二，西方文化研究和后现代主义思潮在全球的传播。中国文学理论和文学批评开始借鉴西方的理论和思想，对利维斯的研究并未像西方那样持续，而是从冷到热、由浅而深，特别是 21 世纪以来，开始考察利维斯思想在道德批评、文化批评等方面的价值。其三，利维斯在推动西方现代文学的创建和发展中起着关键的作用，因其学术地位和价值欧美世界的很多学者对他展开了全面和深入的研究，取得了较多的研究成果。而中国现代文学的创建在 20 世纪初。由于长期处于战乱时期，加上相当一段时期受到苏联马克思主义文论的影响，80 年代改革开放后，中国学界有些人存在盲目追逐西方文论思潮的风气，缺乏像利维斯那样脚踏实地创建英国文学理论和批评理论的态度。这正如著名理论家童庆炳先生指出的那样："虽然在理论层面上显得热烈，在文学理论圈子里显得时髦，但在实践上却显得有待深入"① 中国学界的很多知识分子开始探寻根据中华民族自身的文化背景来建设当代中国文论和批评思想，因此，借鉴利维斯的批评实践方式则是本书的主要目的。根据以上三个方面可以分析发现：利维斯研

① 童庆炳：《文学理论教程》，高等教育出版社 2013 年版，第 365 页。

究在中西学界的差距正逐渐缩小，近些年利维斯在中国的研究也成为热点现象。

当然，利维斯理论有四个弱点：其一，利维斯以少数文化—大众文明对立的思维来给当时英国文化划定界线，表现出对传统文化的过分眷念，对刚刚兴起的大众文化持片面排斥的态度。因此，利维斯对文化类别的划分影响到后来的霍加特、威廉斯、霍尔等学者，他们继承了文化遗产，同时进行修正补充。其二，利维斯批判工业文明和消费社会，指出其是导致英国文化衰落的罪魁祸首，他近乎尖酸的批评语气显示了他厌倦和悲观的态度，没有用发展的眼光来审视当时的社会。其三，利维斯否定马克思主义文论思想在文学批评中的作用意义，把解决文化危机的出路寄托于通过文学教学培养有文化教养的大学生身上，引来国际学界不少学者的质疑。其四，利维斯思想自身存在一些矛盾。例如，虽然强调文学应该关注现代社会，倡导科学地批评，却极其推崇和美化17世纪英国乡村共同体文化；认为19世纪小说伟大传统的开启者是简·奥斯汀，却没有对她展开专门研究，等等。这些理论局限在本书中被细致讨论过。诚然，任何学者的理论都不是完美无瑕的，由于利维斯理论本身具有争议性，这无疑使得利维斯研究成为一个难点问题。

因此，经过长达十年的研究，笔者对利维斯多元批评的理论思想进行了全面探讨，重点从文学观、伦理批评、文化批评、生态理念、文学史研究模式、经典研究、小说文体研究、莎剧美学研究等方面展开详细分析论证，综合评介利维斯在英国文学历史变革时期的作用和地位，力求客观地把握利维斯的个人成就和学术价值，主要分为如下四个方面。

第一，分析利维斯的文学观。本书重点以利维斯对诗歌、小说的研究为个案分析，探讨如下四个问题：文学与生活的关系、感性和理性的关系、有机整体美学、小说文体。在研究的过程中将18世纪以来英国文学批评史上的许多文学观进行梳理比较，寻找其演变轨迹和发展规律，阐释利维斯个中的创见，运用横向和纵向联系综合评价利维斯如何在新形势下推动了文学批评的发展。重点分析利维斯对小说文体的界定及研究，指出其在促使英国学界由重视诗歌、戏剧转向对小说研究方面发挥了重要作用。

第二，以利维斯独特的文学批评方法为主，探究他的文学观和文学史观如何影响了英国文学批评的发展。利维斯的文学观和文学史观体现在他的文学批评实践中，笔者通过对《细察》杂志中利维斯的论文和专著《英语诗歌新方向》《重新评价：英语诗歌的传统和发展》《伟大的传统》等的分析，提取了非常有价值的观点。笔者认为，利维斯首先是站在传统现实主义文学的立场上，他极为讨厌新时期现代实验小说的做法，认为这些小说一味地玩弄形式技巧，任意拆解语言文字。鉴于这个情况，他反复强调文学当关注社会生活，作品的内容和形式应该统一成一个整体，理性和感性是不能分离的观点，等等。这些都是利维斯力图捍卫传统文学观的体现。本书将利维斯的文学史观做一个重点分析，只是因为它的学术价值影响深远，它以英国历史上奥古斯都时代和维多利亚时代的诗歌、小说为研究对象，在 20 世纪初确立了新的道德传统。另外，分析论证《伟大的传统》为小说研究提供了新的方法，在某种程度上超过了福斯特的《小说面面观》。除了提供人物、情节分析外，他还关注社会生活、人性和道德伦理等，把文学作品放在更为深广的层面去论述；从史学的角度去陈述文学发展的事实，通过 T. S. 艾略特、詹姆斯、康拉德等作家前后的影响发展，在陈述事实的同时对文本进行分析评价，打破了以往文学史的编写模式。通过历时和共时的比较方法，将《重新评价：英语诗歌的传统与发展》《伟大的传统》和其他学者的文学史著作进行对比，突出利维斯在文学史编写上获得的卓越成就。在本书中，笔者把利维斯对文学经典的选择作为重要一部分来进行分析，因为利维斯的选择引起了后来学者对经典的争论。

第三，以利维斯的文化研究理论分析为主，探讨他奠定了文化研究基础的原因，同时将他的理论思想与阿诺德、艾略特的思想进行比较，将利维斯的大众文化研究与法兰克福学派、伯明翰学派进行对比，从而确立其在文化研究历史中的贡献和地位。笔者用一章来分析利维斯在文化研究方面做出的贡献，参照马修·阿诺德的文化批评思想，认为利维斯借鉴了阿诺德的"文学是对生活的批评"的观点发展自己的文化理论。不同的是，阿诺德借助古希腊文化来挽救文化危机，而利维斯借助 17—19 世纪的文学来拯救文化危机，用文学研究的方法来研究文化，从而奠定了自己在学术上的地位。结合当时"语言学转向"来分析利维斯对"文化"的定义，通过"文本批评"进行文学研究，从文学的内部突破了文学批评的范式，从而转到文化批评的道路上，为文学研究向文化研究的道路迈进打下了坚实的基础。著名的英国伯明翰学派就是沿着利维斯研究的路径获得成功的。同时，笔者经过分析考察利维斯的"有机共同体"思想，虽然是对社会的一种假设，但在当下很有意义。本书把他的"有机共同体"思想与近年兴起的生态批评联系起来加以分析，发现二者在对自然的重视，部分和整体的有机联系，社会是一个整体等观点存在诸多相似之处，认为利维斯的"有机共同体"设想具有生态批评的许多特征。因而，利维斯的思想可以体现在生态学方面，他的文化批评也包括了生态批评，从生态批评的角度来分析评论利维斯的思想也具有一定的研究价值。

第四，以利维斯创办的英国文学批评杂志《细察》，考察《细察》的传播如何扩大了利维斯思想在世界的影响。笔者认为，把《细察》杂志作为重点研究，是因为利维斯借助文学期刊这个媒介将自己的道德理念和文化思想通过文学批评的形式广泛传播，说明《细察》在那个时代担当了重要的职责，成为文化批评的重要阵地。笔者根据那个时代报刊发展情况来分析利维斯创办该刊物的原因。分析它的理论和宗旨，探讨它获得成功的原因，这对研究文学批评期刊具有一定的参考价值。

综合来看，笔者从以上四个方面对利维斯思想做了整体把握，研究发现，利维斯研究在国内逐渐成为热点，其原因在于 20 世纪 90 年代以来，中国的大众文化开始流行起来，推动了国内学者对利维斯文化思想的深入探讨。笔者认为，利维斯对文化的贡献不仅仅是关注大众文化的道德素养问题，而是在文学批评中探寻到一条文化批评的路径，而后来的伯明翰学派如霍加特、威廉斯、霍尔等则是沿着这条路径前进的，他们最终带动了全世界的文化研究热潮。

鉴于外界条件的不完善和笔者学识修养的局限，笔者的研究尚存在一些不足，有些问题暂时还模糊不清，未能充分展开论述。例如，关于文学与文化的问题，本书还对英国文化观念的演变过程把握存在一些武断的地方，因为利维斯的文学批评和文化批评交织一起，文学理论和文化理论如何相互融合、渗透，这是个难点。笔者知识积累有限导致论述的深度和广度欠缺。例如，关于利维斯对待弥尔顿的艺术风格，有学者认为利维斯对弥尔顿的敌视不是针对弥尔顿，而是针对受弥尔顿古典主义训练影响的辩护者，利维斯据此抹杀弥尔顿在文学史上的地位。关于弥尔顿在英国文学史上的地位仍然存在诸多争议，笔者分析利维斯对弥尔顿的诗歌批评时存在一定的难度。关于《细察》杂志研究，笔者对《细察》发展历程的分析还欠透彻，对它的价值和影响分析还不够全面，传播途径、方式、受众情况等因为资料的欠缺而无法展开深层次的论述。

经过对利维斯思想的全面研究，笔者认为，利维斯思想还存在一些值得探讨的空间，这有待今后的时间里利维斯研究再往前推进。例如，利维斯与当代兴起的生态批评有一定的联系，如果结合生态学来研究利维斯提倡的"有机论"、自然观、文化观以及道德观等，特别是生态伦理方面为主要研究内容将是个新的课题，该课题可以以利维斯的生态、伦理、文化三个批评支柱为中心展开。利维斯关于语言文字的分析与当代后结构主义存在一定的关联性，后结构主义是一个非常宏观的理论学说，本书只略微提及并未展开，如果将利维斯文学批评思想中的语言观和后结构主义联系起来思考也将是一个重要的研究课题。例如，格雷·德（Gary Day）的一篇论文《利维斯和后结构主义》关注利维斯和后结构主义之间的关系。他认为，利维斯构建诗歌传统和小说传统目的就是尝试组织符号群，试图划清界限，特别警惕语言和内容的关系。① 他将利维斯的《大众文明与少数人文化》与弗洛伊德的《文明及其不满》做比较，重点讨论隐喻的问题，找到传统和后结构主义之间的差别，也就是一元意义与多元意义的差别。格雷旨在运用利维斯的思想去克服后结构主义无序的问题，通过精神分析学的后结构主义阅读方式来分析利维斯的思想。利维斯主义和马克思主义文论的结合研究是个值得挖掘的问题，涉及新旧马克思主义的深入研究、当代中国马克思主义文论演变的研究，等等。《文化传承》中谈到了利维斯主义和马克思主义的区别，都是影响英国文学批评界重要的批评思想。利维斯一般对马克思主义持排斥的态度："利维斯不会或不愿相信'存在智力的、美学和道德活动，这不仅仅表达了阶级起源和经济环境'，也不相信'存在一种人类文化旨在通过培养一定的人类精神自治'。"② 二者如何影响当时的文学和文化批评潮流，二者存在的争议，二者最终如何汇合成为英国伯明翰学派理论的组成部分，这都有待笔者的进一步挖掘和分析研究。针对西方文论盲目接受和套用的做法，利维斯强调"反理论"的态度对这些现象具有一定的反拨作用，也对今天中国学界批评理论泛滥成灾的病态状况具有一定的诊断作用，他注重以文本为中心的"细读批评"在今天仍然有指导意义。利维斯对文学经典的挑选和研究也是一个重要问题，结合当代"经典热"的现象来分析和研究有关经典的一些问题，这也是一个重要课题。当代媒体发展迅速，《细察》在当时产生了极大的影响，很少有杂志超越它，"即使《细察》最主要是个文学期刊，但它没有把自己限定在文学批评范围，而是把自己认同为社会的、经济的、政治教义或某种平台，这将'违背和妨碍其特殊职能……在潜在问题上智思的自由发挥'——而且对马修·阿诺德的'把思想运用到生活'而言是那些类似比较灵活而全面的方式"③。因此，《细察》怎样在当时英国期刊界迅速崛起，如何对欧美学术界产生如此深远的影响，这也将是个值得研究的具有

① Ian Mackillop, Richard Storer, *F. R. Leavis – Essays and Documents*. London: continuum, 2005, p. 174.

② G. Singh, *F. R. Leavis: A Literary Biography*, London: Duckworth, 1995, p. 45.

③ Ibid. , p. 48.

学术价值的问题。利维斯的很多著作值得国内学者展开翻译研究，目前只有《伟大的传统》被译为中文，其他的书籍如《重新评价：英语诗歌的传统与发展》《文化与环境》《我的剑不会停止》等得到很多学者的推崇。因此，利维斯思想的翻译研究也是一个重要的课题。

总之，利维斯思想是一个多元而开放的体系，能够和当代很多理论思潮结合起来思考。因此，利维斯思想体系的形成既是文学发展的自身需要也是文化多元时代发展的需要。就个人而言，利维斯无疑是高瞻远瞩的，批评视域也许超越了新批评的代表理查兹、燕卜逊等人。这正如当代剑桥大学利维斯研究协会（The Leavis Society）的主席克里斯·乔伊斯（Chris Joyce）在清华大学"剑桥批评：中国与世界"国际研讨会上的发言《利维斯为什么比理查兹或燕卜逊更伟大》（*Why Leavis is a Greater Critic than Richards or Empson*），高度评价了利维斯个人的历史地位和学术价值。因此，经过近半个世纪的研究，利维斯以其捍卫文化传统的坚定信心和不畏学术权威的变革胆识赢得了国际学界的认可，他的多元批评思想既传承了过去又对未来具有深远的指导意义。

附一　利维斯年表

1895 年　生于英国剑桥一个富有文化氛围的家庭，父亲是个商人。

1914 年之前　在桥佩思男子学校学习。

1914 年　在剑桥伊曼纽尔学院攻读历史学。

1915—1918 年　"第一次世界大战"期间，在战场上当担架手，待在法国的经历对他产生了深刻的影响。

1919 年　在剑桥伊曼纽尔学院攻读历史，开始对英语文学产生学术兴趣。

1920—1921 年　攻读第二专业英语文学，并于 1921 年毕业。

1924 年　获得哲学博士学位，论文题目是"从英格兰报业的发源与早期发展看新闻业与文学之关系"（*The Relationship of Journalism to Literature: Studies in the Rise and Earlier Development of Press in England*）。

1927—1931 年　在剑桥大学英语文学系任实习讲师，之后一直为兼职老师，直到 1936 年为止。

1927 年　与 Queenie Dorothy Roth 结婚，并且二人在学术上成为合作伙伴。

1929 年　华尔街大崩盘，经济危机开始向全球蔓延。

1930 年　《大众文明和少数人文化》出版。

1930 年　《劳伦斯》出版。

1932 年　担任剑桥大学唐宁学院英语文学的研究中心主任。

1931 年　《英语诗歌的新方向》出版，把庞德和 T. S. 艾略特确定为主要的现代作家，确定了 20 世纪诗歌发展的新方向。

1932 年　《怎样教阅读：庞德的启蒙书》出版，提供了文学阅读的方法。

1932 年　《细察》开始发行，持续到 1953 年，没有体制经费的资助，而由利维斯夫妇经营。尽管发行量少和持续的经济困难，《细察》对文学批评产生了决定性的影响，培养了大量有甄别力的读者，有助于在教育界把他们的思想传播得更远。

1933 年　《文化传承》出版。

1933 年　《文化与环境》出版。

1933 年　参与编辑《迈向批评的标准》。

1934 年　参与编辑《决定：批评论文集》。

1935 年　担任唐宁学院的讲师。

1936 年　任大学助理讲师和唐宁学院的研究员。

1936 年　《重新评价：英语诗歌的传统与发展》出版，重新为 17—19 世纪的诗歌确定了方向感。

1936—1939 年　西班牙内战。

1939—1945 年　第二次世界大战。

1943 年　《教育和大学》出版。

1944 年　《巴特勒教育法案》颁布。

1948 年　《伟大的传统》出版，开创了小说研究的新方法和文学史研究的新模式，确定了批评标准。

1950 年　参与编辑《穆尔关于边沁和柯勒律治的观点》。

1952 年　《共同的追求》出版。

1953 年　《细察》最后一期发行。

1954 年　成为剑桥英语系委员会委员。

1955 年　《作为小说家的劳伦斯》出版。

1959 年　被聘为剑桥大学的高级讲师。

1962 年　从剑桥退休，被任命为唐宁学院的名誉院士。

1962 年　《两种文化？C. P. 斯诺的意义》出版，与斯诺的辩论轰动学界，利维斯在剑桥成了一个具有争议的人物。

1963 年　发表关于大学教育的《罗宾斯报告》。

1964 年　辞去唐宁学院名誉院士一职。

1965—1967 年　担任约克大学的客座教授。

1966 年　在美国演讲。

1967 年　在剑桥进行克拉克演讲，担任约克大学的名誉客座教授。

1967 年　《安娜·卡列尼娜和其他的论文》出版。

1968 年　参与编辑《来自〈细察〉的选择》。

1969 年　担任威尔士大学的客座教授。

1969 年　《美国讲稿》出版。

1969—1967 年　在克拉克的演讲《我们时代的英语文学和大学》出版。

1970 年 担任布里斯托大学的丘吉尔客座教授。

1970 年 《小说家狄更斯》出版。

1971 年 《华兹华斯：创作状况》收入鲁本·阿·布劳尔编《二十世纪文学回顾》。

1972 年 《我的剑不会停止：论多元文化、怜悯和社会希望》出版。

1973 年 英国加入欧洲经济共同体。

1973 年 《为个人对布莱克的评价辩解》见于《威廉·布莱克：纪念杰弗里·凯恩斯爵士文集》。

1974 年 利维斯写给新闻界的一部集子《批评书简》，由约翰·塔斯克尔编。

1975 年 《活用原理：作为思想训练的英语文学》出版。

1976 年 《思想、语言和创造力：劳伦斯的艺术和思想》出版。

1978 年 去世，被授予名誉勋爵。

附二 利维斯著述目录

[1] *Contributor to Marius Bewley's The Complex Fate*, 1952, and C. Gilliard's A History of Switzerland, 1955.

[2] (Author of retrospect) *Scrutiny* (Volumes 1 – 20 reissued in one set), Cambridge University Press, 1963.

[3] *Two Cultures? The Significance of C. P. Snow* (Richmond Lecture, 1962), Chatto & Windus, 1962, published with new preface, Pantheon, 1963.

[4] *For Continuity* (essays), Minority Press, 1933, reprinted, Books for Libraries, 1968.

[5] *"Anna Karenina" and Other Essays*, Chatto & Windus, 1967, Pantheon, 1968.

[6] (Editor) *A Selection from Scrutiny*, two volumes, Cambridge University Press, 1968.

[7] (With wife, Q. D. Leavis) *Lectures in America*, Pantheon, 1969.

[8] *English Literature in Our Time and the University* (Clark Lectures, Trinity College, Cambridge University, 1967), Chatto & Windus, 1969.

[9] *Mass Civilization and Minority Culture*, Gordon Fraser, 1930, reprinted, Folcroft Press, 1969.

[10] (Editor and author of introduction) *Determinations: Critical Essays*, Chatto & Windus, 1934, Folcroft, 1969.

[11] *D. H. Lawrence: Novelist*, Gordon Fraser, 1930, revised edition, Chatto & Windus, 1950, Knopf, 1956, reprinted, Simon & Schuster, 1972.

[12] *New Bearings in English Poetry: A Study of the Contemporary Situation*, Chatto & Windus, 1932, reprinted, Norwood Editions, 1976, new edition, George W. Stewart, 1950, reprinted, Penguin Books, 1972.

[13] *Nor Shall My Sword: Discourses on Pluralism*, Compassion, and Social Hope, Barnes & Noble, 1972.

[14] (With Q. D. Leavis) *Dickens: The Novelist*, Chatto & Windus, 1970, Pantheon, 1971, 3rd edition, 1973.

[15] (Editor and author of introduction) *Towards Standards of Criticism: Selections from "The Calendar of Modern Letters"*, 1925 – 1927, Lawrence & Wishart, 1933, reprinted, Folcroft Press, 1974.

[16] *Letters in Criticism*, edited and introduced by John Tasker, Chatto & Windus, 1974.

[17] *The Living Principle: "English" as a Discipline of Thought*, Oxford University Press, 1975.

[18] *Thought, Words and Creativity: Art and Thought in Lawrence*, edited by G. Singh, Chatto & Windus, 1976.

[19] *F. R. Leavis's Recent Uncollected Lectures*, edited and introduced by Abdel – Azim Suwailem, Anglo – Egyptian Bookshop, 1976.

[20] *How to Teach Reading: A Primer for Ezra Pound*, Gordon Fraser, 1932, reprinted, Norwood Editions, 1976.

[21] (With Denys Thompson) *Culture and Environment: The Training of Critical Awareness*, Chatto & Windus, 1933, reprinted, 1960, Greenwood Press, 1977.

[22] *For Continuity*, Minority Press, 1933, reprinted, Norwood Editions, 1977.

[23] *Education and the University: A Sketch for an "English School"*, Chatto & Windus, 1943, new edition, 1961, reprinted, Books for Libraries Press, 1972, 2nd edition, Cambridge University Press, 1979.

[24] *Reading Out Poetry, and Eugenio Montale: A Tribute*, Queen's University of Belfast, 1979.

[25] *The Great Tradition: George Eliot, Henry James, and Joseph Conrad*, George W. Stewart, 1948, new edition, Chatto & Windus, 1962, New York University Press, 1963, reprinted, 1980.

[26] (Editor and author of introduction) *John Stewart Mill, On Bentham and Coleridge*, Chatto & Windus, 1950, George W. Stewart, 1951, published as Mill on Bentham and Coleridge, Cambridge University Press, 1980.

[27] *Revaluation: Tradition and Development in English Poetry*, Chatto & Windus, 1936, reprinted, Greenwood Press, 1975, new edition,

1948, Norton, 1963, reprinted, Chatto & Windus, 1983.

[28] *The Common Pursuit* (essays), Chatto & Windus, 1952, New York University Press, 1964, reprinted, Hogarth Press, 1984.

[29] *The Critic as Anti – Philosopher*: *Essays and Papers*, edited by Singh, Chatto & Windus, 1982, University of Georgia Press, 1983.

[30] *The Common Pursuit*, Hogarth Press, 1984.

[31] *Valuation in Criticism and Other Essays*, edited by Singh, Cambridge University Press, 1986.

[32] *Revaluation*: *A Tradition and Development in English Poetry*, I. R. Dee (Chicago, IL), 1998.

[33] *The Living Principle*: *English as a Discipline of Thought*, Ivan R. Dee (Chiacgo, IL), 1998.

其他

[1] *D. H. Lawrence* (pamphlet), Minority Press, 1930, reprinted, Haskell House, 1972.

[2] *Scrutiny*: *A Retrospect* (pamphlet), Cambridge University Press, 1963.

[3] "Gerard Manley Hopkins: Reflections after Fifty Years", *Hopkins Society Annual Lecture*, March 1, London, 1971.

[4] F. R. Leavis, *The Relationship of Journalism to Literature*: *Studies in the Rise and Earlier Development of Press in England*, 1924.

主要参考文献

一　中文部分

[1]［英］阿雷恩·鲍尔德温等：《文化研究导论》，陶东风等译，高等教育出版社 2004 年版。

[2]［英］阿萨·布里格斯：《英国社会史》，陈叔平、陈小惠、刘幼勤、周俊文译，商务印书馆 2015 年版。

[3]［美］爱德华·W. 赛义德：《东方学》，王宇根译，生活·读书·新知三联书店 1999 年版。

[4]［美］爱德华·W. 萨义德：《文化与帝国主义》，李琨译，生活·读书·新知三联书店 2003 年版。

[5]［英］安东尼·吉登斯：《批判的社会学导论》，郭忠华译，上海世纪出版集团 2007 年版。

[6]［加］昂热诺、马克等编：《问题与观点：20 世纪文学理论综论》，史忠义等译，天津百花文艺出版社 2000 年版。

[7] 包亚明：《游荡者的权力：消费社会与都市文化研究》，中国人民大学出版社 2004 年版。

[8] 包亚明主编：《后大都市与文化研究》，上海教育出版社 2005 年版。

[9] 包亚明主编：《现代性与都市文化理论》，上海社会科学院出版社 2008 年版。

[10]［英］本·海默尔：《日常生活与文化导论》，王志宏译，商务印书馆 2008 年版。

[11]［法］波德里亚：《消费社会》，刘成富、全志刚译，南京大学出版社 2001 年版。

[12]［英］伯特兰·罗素：《西方哲学史》（上、下卷），何兆武、李约瑟译，商务印书馆 1995 年版。

[13] 曹顺庆：《中西比较诗学》，北京出版社 1988 年版。

[14] 曹顺庆主编：《比较文学史》，四川人民出版社 1991 年版。

［15］曹顺庆主编：《比较文学新开拓》，重庆大学出版社 2000 年版。

［16］曹顺庆主编：《中外文学跨文化比较》，北京师范大学出版社 2000 年版。

［17］曹顺庆等：《比较文学论》，四川教育出版社 2002 年版。

［18］曹顺庆：《跨文化比较诗学论稿》，广西师范大学出版社 2004 年版。

［19］曹顺庆主编：《比较文学学》，四川大学出版社 2005 年版。

［20］陈平原：《小说史：理论与实践》，北京大学出版社 1993 年版。

［21］陈跃红：《比较诗学导论》，北京大学出版社 2005 年版。

［22］崔少元：《后现代主义与欧美文学》，中国社会科学出版社 2002 年版。

［23］［英］丹尼尔·贝尔：《资本主义文化矛盾》，赵一凡、蒲隆、任晓晋等译，生活·读书·新知三联书店 1992 年版。

［24］［英］丹尼·卡瓦拉罗：《文化理论关键词》，张卫东等译，江苏人民出版社 2006 年版。

［25］董洪川：《荒原之风：T. S. 艾略特在中国》，北京大学出版社 2004 年版。

［26］冯宪光：《新编马克思主义文论》，中国人民大学出版社 2011 年版。

［27］［美］弗雷德里克·詹姆逊：《语言的牢笼——结构主义及俄国形式主义述评》，钱佼汝译，百花洲文艺出版社 1997 年版。

［28］［英］弗·雷·利维斯：《伟大的传统》，袁伟译，生活·读书·新知三联书店 2002 年版。

［29］［美］格伦·A. 洛夫：《实用生态批评：文学、生物学及环境》，胡志红等译，北京大学出版社 2010 年版。

［30］［美］吉纳维芙·阿布拉瓦内尔：《被美国化的英国：娱乐帝国时代现代主义的兴起》，蓝胤淇译，商务印书馆 2015 年版。

［31］姜哲军：《西方马克思主义艺术与美学理论批评》，社会科学文献出版社 2002 年版。

［32］［美］杰姆逊：《后现代主义与文化理论》，唐小兵译，北京大学出版社 2005 年版。

［33］［美］哈罗德·布鲁姆：《西方正典》，江宁康译，译林出版社 2005 年版。

［34］何怀宏：《伦理学是什么?》，北京大学出版社 2008 年版。

［35］［英］卡伦·罗斯、［澳］弗吉尼亚·奈廷格尔：《媒介与受众：新观点》，北京大学出版社 2006 年版。

［36］［美］克利福德·格尔兹：《文化的解释》，韩莉译，译林出版社2002年版。

［37］［英］拉曼·塞尔登：《文学批评理论：从柏拉图到现在》，刘象愚、陈永国等译，北京大学出版社2003年版。

［38］［美］劳伦斯·布伊尔：《为濒危的世界写作——美国及其他地区的文学、文化和环境》，岳友熙译，人民出版社2015年版。

［39］［英］雷蒙·威廉斯：《城市与乡村》，韩子满、刘戈、徐珊珊译，商务印书馆2016年版。

［40］［英］雷蒙·威廉斯：《关键词：文化与社会的词汇》，刘建基译，生活·读书·新知三联书店2016年版。

［41］［英］雷蒙·威廉斯：《漫长的革命》，倪伟译，生活·读书·新知三联书店2016年版。

［42］［美］理查德·沃林：《文化批评的观念——法兰克福学派、存在主义和后结构主义》，张国清译，商务印书馆2001年版。

［43］［美］理查德·沃林：《文化批评的观念》张国清译，商务印书馆2007年版。

［44］李维屏：《英美现代主义文学概观》，上海外语教育出版社1998年版。

［45］李维屏主编：《英国文学批评史》，上海外语教育出版社2012年版。

［46］聂珍钊：《文学伦理学批评：文学批评方法新探索》，《外国文学研究》2004年第5期。

［47］聂珍钊：《剑桥学术传统与研究方法：从利维斯谈起》，《外国文学研究》2004年第6期。

［48］［美］勒内·韦勒克、奥斯汀·沃克：《文学理论》，刘象愚等译，江苏教育出版社2005年版。

［49］［美］雷纳·韦勒克：《近代文学批评史》（五卷本），杨自伍译，上海译文出版社2002年版。

［50］刘进：《文学与"文化革命：雷蒙德·威廉斯的文学批评研究"》，巴蜀书社2007年版。

［51］刘意青主编：《英国18世界文学史》，外语教学与研究出版社2006年版。

［52］鲁枢元：《自然与人文：生态批评学术》，学林出版社2010年版。

［53］［法］路易·阿尔都塞：《保卫马克思》，顾良译，商务印书馆2006年版。

［54］［美］迈·霍·艾布拉姆斯、杰弗里·高尔特·哈珀姆：《文学术语词典》，北京大学出版社2014年版。

［55］［德］马克思：《资本论》（全3卷），中央编译局译，人民出版社2004年版。

［56］马新国主编：《西方文论史》，高等教育出版社2002年版。

［57］［英］马修·阿诺德：《文化与无政府状态》，韩敏中译，生活·读书·新知三联书店2008年版。

［58］马志军：《道在途中：中国生态批评的理论生成》，学林出版社2013年版。

［59］钱青主编：《英国19世纪文学史》，外语教学与研究出版社2005年版。

［60］［英］齐格蒙特·鲍曼：《立法者与阐释者：论现代性、后现代性与知识分子》，洪涛译，上海人民出版社2000年版。

［61］［英］齐格蒙特·鲍曼：《共同体》，欧阳景根译，江苏人民出版社2003年版。

［62］［美］塞缪尔·亨廷顿：《文明的冲突与世界秩序的重建》，新华出版社2010年版。

［63］［英］史蒂文·康纳：《后现代主义文化——当代理论导引》，商务印书馆2007年版。

［64］盛宁：《人文困惑——西方后现代主义思潮批判》，生活·读书·新知三联书店1997年版。

［65］［德］斯宾格勒：《西方的没落》，黑龙江教育出版社1988年版。

［66］［英］托马斯·卡莱尔：《文明的忧思》，中国档案出版社1999年版。

［67］［英］特里·伊格尔顿：《马克思主义与文学批评》，文宝译，人民文学出版社1980年版。

［68］［英］特里·伊格尔顿：《审美意识形态》，王杰等译，广西师范大学出版社2001年版。

［69］［英］特瑞·伊格尔顿：《文化的观念》，方杰译，南京大学出版社2006年版。

［70］［英］特雷·伊格尔顿：《二十世纪西方文学理论》，北京大学出版社2007年版。

［71］［英］特里·伊格尔顿：《人生的意义》，朱新伟译，译林出版社2012年版。

［72］［英］特里·伊格尔顿：《文化与上帝之死》，宋政超译，河南大学

出版社 2012 年版。

[73] [英] 特里·伊格尔顿：《马克思为什么是对的》，李杨、任文科、郑义译，新星出版社 2014 年版。

[74] [英] 特里·伊格尔顿：《后现代主义的幻象》，华明译，商务印书馆 2014 年版。

[75] 童庆炳主编：《文化与诗学》，上海人民出版社 2004 年版。

[76] [英] T. S. 艾略特：《传统与个人才能：艾略特文集·论文》，卞之琳、李赋宁等译，上海译文出版社 2012 年版。

[77] 王逢振主编：《2000 年度新译西方文论选》，黄必康等译，漓江出版社 2000 年版。

[78] 王逢振选编：《疆界 2——国际文学与文化》，人民文学出版社 2003 年版。

[79] 王逢振等编：《最新西方文论选》，漓江出版社 1991 年版。

[80] 王诺：《欧美生态批评生态学研究概论》，学林出版社 2010 年版。

[81] 王晓路等编：《当代西方文化批评读本》，四川大学出版社 2004 年版。

[82] 王宁：《多元共生的时代：二十世纪西方文学比较研究》，（台北）淑馨出版社 1993 年版。

[83] 王宁：《后现代主义之后》，人民文学出版社 1998 年版。

[84] 王宁、薛晓源：《全球化与后殖民批评》，中央编译出版社 1998 年版。

[85] 王宁：《二十世纪西方文学比较研究》，人民文学出版社 2000 年版。

[86] 王宁：《比较文学与当代文化批评》，人民文学出版社 2001 年版。

[87] 王宁编：《全球化与文化：西方与中国》，北京大学出版社 2002 年版。

[88] 王宁：《文化翻译与经典阐释》，中华书局 2006 年版。

[89] 王宁：《文化研究在九十年代的新发展》，《教学与研究》1999 年第 9 期。

[90] 王逢振主编：《詹姆逊文集·文化研究与政治意识》，中国人民大学出版社 2004 年版。

[91] 王天保：《西方马克思主义文论：文体解读与中西对话》，人民出版社 2013 年版。

[92] 王银屏：《亨利·詹姆斯与三种思想文化思潮》，上海交通大学出版社 2015 年版。

［93］王佐良、周珏良主编：《英国二十世纪文学史》，外语教学与研究出版社 1994 年版。

［94］王佐良：《英国诗史》，译林出版社 1997 年版。

［95］［美］维曼、多米尼克：《大众传媒研究导论》，清华大学出版社 2006 年版。

［96］吴浩：《自由与传统：二十世纪英国文化》，东方出版社 1999 年版。

［97］夏铸九、王志弘编译：《空间的文化形式与社会理论读本》，（台北）明文书局 1993 年版。

［98］谢少波、王逢振：《文化研究访谈录》，中国社会科学出版社 2003 年版。

［99］徐贲：《走向后现代与后殖民》，中国社会科学出版社 1996 年版。

［100］徐新建：《从文化到文学》，贵州教育出版社 1991 年版。

［101］徐之啸：《比较文学与中国古典文学》，学林出版社 1995 年版。

［102］阎嘉主编：《文学理论精粹读本》，中国人民大学出版社 2006 年版。

［103］杨乃乔、伍晓明主编：《比较文学与世界文学：乐黛云教授七十五华诞特辑》，北京大学出版社 2005 年版。

［104］杨小滨：《否定的美学——法兰克福学派的文艺理论》，上海三联书店 1999 年版。

［105］［英］约翰·斯托里：《文化原理与通俗文化导论》，北京大学出版社 2004 年版。

［106］［英］约翰·斯托里：《文化研究与大众文化研究》，北京大学出版社 2007 年版。

［107］［美］约翰·维维安：《大众传媒》，北京大学出版社 2005 年版。

［108］［英］约翰·沃森：《T. S. 艾略特传》，江苏人民出版社 2017 年版。

［109］［德］尤尔根·哈贝马斯：《后民族结构》，曹卫东译，上海人民出版社 2002 年版。

［110］乐黛云、张铁夫主编：《多元文化语境中的文学》，湖南文艺出版社 1994 年版。

［111］乐黛云、张辉主编：《文化传递与文学形象》，北京大学出版社 1999 年版。

［112］乐黛云：《跨文化之桥》，北京大学出版社 2002 年版。

［113］乐黛云：《比较文学与比较文化十讲》，复旦大学出版社 2004 年版。

［114］［德］于尔根·哈贝马斯：《现代性的哲学话语》，曹卫东译，译林出版社 2006 年版。

[115] 张伯伟:《中国古代文学批评方法研究》,中华书局 2002 年版。

[116] 杨大春:《文本的世界——从结构主义到后结构主义》,中国社会科学出版社 1998 年版。

[117] 张法:《中西美学与文化精神》,北京大学出版社 1997 年版。

[118] 张隆溪:《二十世纪西方文论书评》,生活·读书·新知三联书店 1986 年版。

[119] 张荣升、丁威、赵天民等:《小说家的批评和批评家的小说——英国第二代学院派小说家的理论与实践研究》,黑龙江大学出版社 2013 年版。

[120] 张中载、王逢振、赵国新编:《二十世纪西方文论选读》,外语教学与研究出版社 2002 年版。

[121] 赵红英:《英国文学简史学习指南》,中国传媒大学出版社 2006 年版。

[122] 赵一凡等:《西方文论关键词》,外语教学与研究出版社 2006 年版。

[123] 赵毅衡:《重访新批评》,四川文艺出版社 2013 年版。

[124] 赵毅衡、傅其林:《现代西方批评理论》,重庆大学出版社 2010 年版。

[125] 赵勇:《大众文化》,《外国文学》2005 年第 5 期。

[126] 支宇:《批评的批评》,中国社会科学出版社 2004 年版。

[127] 周宪主编:《文化现代性精粹读本》,中国人民大学出版社 2006 年版。

[128] 朱立元主编:《当代西方文艺理论》,华东师范大学出版社 1997 年版。

二　英文部分

[1] Andrew Gibson, *Postmodernity*, *Ethics and The Novel – From Leavis to Levinas*, London: Routledge, 1995.

[2] Allen Macduffie, *Victorian Energy*, *and The Ecological Imagination*, Cambridge: Cambridge University Press, 2014.

[3] Anne Samson, *F. R. Leavis*, London: Harvester Wheatsheaf, 1992.

[4] Annette T. Rubinstein, *The Great Traditon in English Literature from Shakespeare to Shaw* (1 – 2), New York and London: Modern Reader Paperbacks, 1953.

[5] Andy Mousley, *Literature and the Human*: *Criticism*, *Theory*, *Practice*,

London: Routledge, 2013.

[6] Bernard Harrison, *What is Fiction For? Literary Humanism Restored*, Indian: Indian University Press, 2015.

[7] Brian Mcguinness, *Wittgenstein in Cambridge: Letters and Documents 1911 - 1951*, Oxford: Blackwelll Publishing Ltd. , 2008.

[8] Claudia L. Johnson, "The 'Great Tradition' of the English Novel and the Jewish Part" . *Nineteenth - Century Literature*, *A Celebration of the UCLA Sadleir Collection*, Part 1, Vol. 56, No. 2, 2001.

[9] Douglas Kellner, *Critical Theory*, *Marxism*, *and Modernity*, Baltimore: Johns Hopkins University Press, 1989.

[10] David Pole, "Leavis and Literary Criticism", *Philosophy*, Vol. 51, No. 195, 1976.

[11] Denys Thompson, *The Leavises: Recollections and Impressions*, Cambridge: Cambridge University Press, 1984.

[12] David Bradshaw and Clarke N. Stuart, *A Room of one's own*, Malden and Oxford: Wiley Blackwell, 2015.

[13] David Damrosch, *What is World Literature?* Princeton and Oxford: Princeton University Press, 2003.

[14] David Ellis, *Memoirs of a Leavisite: The Decline and Fall of Cambridge English*, Liverpool: Liverpool University Press, 2013.

[15] Eric C. Otto, Green, *Speculations: Science Fiction and Transformative Environmentalism*, Ohio: Ohio State Univ Pr, 2012.

[16] Edward Greenwood, *F. R. Leavis*, London: The British Council by Longman Group Ltd. , 1978.

[17] Emily Horton, *Contemporary Crisis Fictions: Affect and Ethics in the Modern British Novel*, New York: Palgrave Macmillan, 2014.

[18] Eric Mcluham and Marshall Mcluhan, *Theories of Communication*, New York: Peter Lang, 2011.

[19] Edward W. Said, *Culture and Imperialism*, New York: Alfred A. Knopf. INC. , 1993.

[20] Fredric Jameson, *Marxism and Form. Princeton*, New Jersey: Princeton University Press, 1974.

[21] Fulie Rivkin and Michael Ryan, *Literary Theory - An Anthology* (1 - 4), Boston: Blackwell Publishing, 2004.

［22］ Francis Hovey Stoddard, *The Evolution of The English Novel*, New York: Haskell House Publishers Ltd. , 1971.

［23］ G. Wilson Knight, *Collected Works: Volume XI Byron and Shakespeare*, London and New York: Routledge, 2002.

［24］ Gary Day, *Re – Reading Leavis*, London: Macmillan Press Ltd. , 1996.

［25］ George H. Ford, "Leavises, Levi's and Some Dickensian Priorities", *Nineteenth – Century Fiction*, Vol. 26, No. , 1971.

［26］ Greg Garrard, *The Oxford Handbook of Ecocriticism*, Oxford: Oxford University Press, 2014. ［H］Hardin Craig, "University Training in Literature", *College English*, Vol. 11, No. 8, 1950.

［27］ G. ed Singh, *Collected essays*, Cambridge London New York New Rochelle Melbourne Sydney: Cambridge University Press, 1983.

［28］ Henry M. Battenhouse, *English Romantic Writers*, Woodbury, New York: Barron's Educational Series, INC, 1958.

［29］ Herbert Read, *Speculations: Essays on Humanism and the Philosophy of Art by T. E. Hulme*, London: Routledge, 2001.

［30］ Ifor Evans, *A Short History of English Literature*, New York, Middlesex, Victoria: Penguin Books, 1940.

［31］ Ian Mackillop, Richard Storer, *F. R. Leavis – Essays and Document*, London·New York: Continuum, 2005.

［32］ I. A. Richards, *Practical Criticism*, London: Routledge & Kegan Paul, 1929.

［33］ I. A. Richard, *Poetries and Sciences: A Reissue of Science and Poetry* (1926, 1935) *With Commentary*, New York: W. W. Norton & Company. INC. , 1970.

［34］ I. A. Richards, *Principles of literary criticism*, London: Routledge and degan paul, 1976.

［35］ I. A. Richard, *Coleridge on Imagination*, London and New York: Routledge, 2001.

［36］ Ian Watt, *The Rise of The Novel*, Berkeley and Los Angeles: University of California Press, 1965.

［37］ John Russell Brown, *A. C. Bradley on Shakespeare's Tragedies: A Concise Edition and Reassessment*, New York: Palgrave Macmillan, 2007.

［38］ John Constable, C. K. Ogden & I. A. Richards, *The Meaning of Meaning*,

London and New York: Routledge, 2001.

[39] John Constable, C. K. Ogden, I. A. Richards&James Wood, *The Meaning of Meaning*, London and New York: Routledge, 2001.

[40] Jung Sandro, *British Literature and Print Culture*, London: D. S. Brewer, 2013.

[41] Jim Mcguigan, *Cultural Populism*, London and New York: Routledge, 1992.

[42] Jennife Munroe, Edward J. Geisweidt, *Ecological Approaches to Early Modern English Texts: A Field Guide to Reading and Teaching*, Farnham: Ashagte, 2015.

[43] Julian Wolfreys, *Modern British and Irish Criticism and Theory: A Gritical Guide*, Edinburgh: Edinburgh University Press, 2006.

[44] Karen Csengeri, *The Collected Writings of T. E. Hulme*, Oxford: Clarendon Press, 1994.

[45] Ken Hiltner, *Ecocriticism: The Essential Reader*, Oxford: Routledge Taylor & Francis Group, 2015.

[46] Lewis Melvlle, Victorian Novelists, London: Archibald Constable and Company Limited, 1906.

[47] Ludwig Wittgenstein, *Lecture on Ethics*, New Jersey: Wiley Blackwell, 2014.

[48] Matthew Arnold, *Culture and Anarchy*, London: Cambridge University Press, 1882.

[49] Marcel Danesi, *Popular Culture: Introductory Perspective (Third Edition)*, Maryland: Rowman & Littlefield, 2015.

[50] Mohamed Ezroura, *Criticism Between Scientificity and Ideology: Theoretical Impasses in F. R. Leavis and P. Macherey*, London: Faculty of Letters of Rabat, 1996.

[51] Michael R. Page, *The Literary Imagination from Erasmus Darwin to H. G. Wells: Science, Evolution, and Ecology*, Farnham: Ashgate, 2012.

[52] Mimi White and James Schwoch, *Questions of Method in Cultural Studies*, New York, London Melbourne: Blackwell Publishing, 2006.

[53] Michael Bell, *Open Secrets: Literature, Education, and Authority from J -J. Rousseau to J. M. Coetzee*, Oxford: OUP Oxford, 2007.

[54] Mary K. Leig, Kevin K. Durand, *Marxism and the Movies: Critical Essays on Class Struggle in the Cinema*, North Carolina: McFarland & Co Inc, 2013.

[55] N. H. Reeve and Worthen John, *Introductions and Reviews: D. H. Lawrence*, London: Cambridge University Press, 2005.

[56] Ortolano Guy, *The Two Cultures Controversy: Science, Literature and Cultural Politics in Postwar Britain*, Cambridge: Cambridge University Press, 2009.

[57] Pamela McCallum, *Literature and Method: Towards A Critique of I. A. Richards, T. S. Eliot and F. R. Leavis*, USA: Gill and Macmillan Humantities Press, 1983.

[58] P. J. M. Robertson, *The Leavises on Fiction: an Historic Partnership*, London: The Macmillan Press Ltd. , 1981.

[59] Peter Miles, Malcolm Smith, *Cinema, Literature & Society: Elite and Mass Culture in Interwar Britain*, London: Routledge, 2013.

[60] Peter J. Kalliney, *Commonwealth of Letters: British Literary Culture and the Emergence of Postcolonial Aesthetics*, USA: OUP USA, 2013.

[61] Pal Sangeeta, *Ecology*, LAP Lambert Academic Publishing, 2013.

[62] Pietari Kaapa, *Ecology and Contemporary Nordic Cinemas: From Nation – Building to Ecocosmopolitanism*, New York: Bloomsbury Academic USA, 2015.

[63] Q. D. Leavis, *Fiction and The Reading Public*, New York: Penguin Books, 1965.

[64] Richard Allen, *F. R. Leavis*, London: The Open University Press, 1976.

[65] R. P. Bilan, "The Basic Concepts and Criteria of F. R. Leavis's Novel Criticism", *Novel: A Rorum on Fiction*, Vol. 9, No. 3, 1976.

[66] R. P. Bilan, " D. H. Lawrence " . *ComtemporaryLiterature*, Vol 19, No. 1, 1978.

[67] R. P. Bilan, *The Literary Criticism of F. R. Leavis*, London: Cambridge University Press, 1979.

[68] Richard Hoggart, *Between Two Worlds: Politics, Anti – Politics, and the Unpolitical*, New Brunswick and London: Transaction Publishers, 2002.

［69］ Richard Hoggart, *Everyday Language & Everyday Life*, New Brunswick and London: Transaction Publishers, 2003.

［70］ Richard Hoggart, *Mass Media in a Mass Society: Myth and Reality*, London and New York: Continuum, 2004.

［71］ Raymond Williams, *Reading and Criticism*, London: Frederic Muller, 1950.

［72］ Williams, Raymond, *The Long Revolution*, New York: Columbia University Press, 1961.

［73］ Raymond Williams, *Communications*, Harmondsworth: Penguin, 1962.

［74］ Raymond Williams, *Culture and Society* (1780 – 1950) (revised edition), England and New York: Penguin Books, 1976.

［75］ Raymond Williams, *Marxism and Literature*, Oxford: Oxford University Press, 1977.

［76］ Raymond Williams, Keywords: A Vocabulary of Culture and Society (revised edition), New York: Oxford University Press, 1983.

［77］ Raymond Williams, *The English Novel from Dickens to Lawrence*, London: The Hogarth Press, 1984.

［78］ Rebecca L. Walkowitz, "Ethical Criticism: The Importance of Being Earnest", *Comtemporary Literature*, Vol. 43, No. 1, 2002.

［79］ Terry Eagleton, *Literary Theory an Introduction*, London: Blackwell Publishing Ltd. , 1996.

［80］ Thomas Mallon, " Bitterness and Light ", *Comtemporary Literature*, Vol. 23, No. 3, 1982.

［81］ Vincent Buckley, *Poetry and Morality*, London: Chatto & Windus, 1961.

［82］ William E. Cain, " The Rest of Wholeness ", *A Forum on Fiction*, Vol. 12, No. 3, 1979.

［83］ William E. Cain, "*Leavis's Authority*", *A Forum on Fiction*, Vol, 14, No. 3, 1981.

［84］ William H. Shaw, *G. E. Moore: Ethics and "The Nature of Moral Philosophy"*, Oxford: Clarendon Press, 2005.